山田太一

装　幀　町口覚
本文組版　浅田農（マッチアンドカンパニー）

山田太一セレクション

想い出づくり

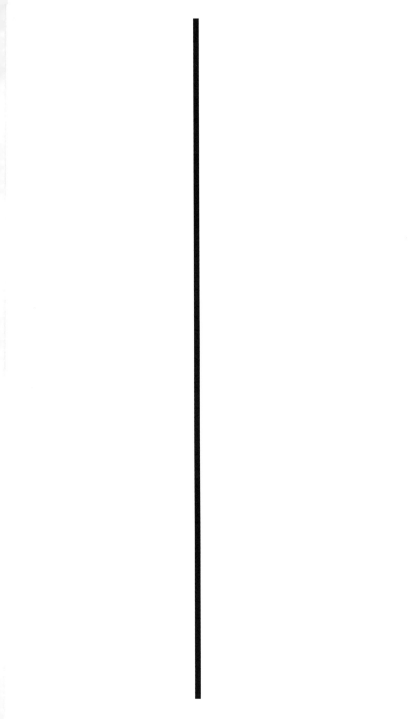

復刊に寄せて

映画より時間があるのだから

山田太一

このドラマのはじめの目標は、二十五歳前後の三人の女性を考え出して、なるべくドラマの分量も三等分して、それぞれ別の人生を描いてみようというものでした。

といってもオムニバス映画のように、まったく別の物語を三つ描こうというのではなく、ドラマの進行の中で三人は知り合いになり友人になり、ドラマの終りには団結して「とんでもないこと」をしてしまう仲間になっていたいと思ったのです。

「とんでもないこと」というのは、ある結婚式をめちゃめちゃにしてしまうということでした。

なぜそんなことを考えたかというと、今の人は「三十五年前の日本は、そんなふうだったのか」と少し驚くのではないかと思いますが、「女性とクリスマスケーキは二十四をすぎると値が落ちてしまう」というギャグが、事もなげにテレビで笑いの種になっていたのです。女性は婚期の二十四歳をすぎると結婚する時の値打ちが下がるばかりだぞ、という（その後の言葉でいえば）セクハラです。

今ならマスコミが大騒ぎしかねない——どころか、いまごろなに寝ぼけたことをいってるのと一笑されて終りかもしれませんが、三十五年前には（なんとたかだか三十五年前には）思い切っていえばそうなんだよ、という世間知として通用していたのです。

私は怒りました。といっても社会正義とかではなく二人の娘がいて二人とも二十歳前後だったのです。「二十四までだと！　値が下がるだと！」とまったくの私情でした。

そこで下重暁子さんの『ゆれる24歳』に出会いました。やはりそのギャグへの怒りがモチーフでした。しかし下重さんは現実の24歳の女性たちを地道に取材なさって、視野の広さも正義もあるいい御本になさっていました。刺激を受けました。

そうだ、内々でブックサいってないで、自分はドラマのライターなのだから、自分なりの24歳を書いてみようという思いがムクムク拡がりました。

で、取材をしながら考えたことが、三人の女優さんを配役して、それぞれに内緒で「このドラマの本当の主役はあなたです」と囁くと三人とも納得するような作品を書こうと考えたのでした。実際に囁きはしませんでしたが、狙いはそうでした。三人だけでなく、なるべくなら、男たちも親たちもこの物語では脇役だけれど、それとは別にそれぞれが主役の物語を生きていて、そのことを短く感じさせるシーンを書きたいものだと願いました。

それというのも、通常の劇映画は二時間足らずです。しかしテレビドラマはCMやミニ番組が入るとしても一回正味五十分として、このドラマは十四回連続でしたから、七百分ものスペースがあります。映画の六作分ぐらいあります。テレビと映画の大きな違いの一つは使える時間の長さだと（そんなことははじめから分っていたことなので、私が、といわなくてはなりません）私がそれを意識して、主役を一人にしない、三人だとして、その周囲のいくつもの人生が別の人生のまま時に横断するというようなテレビドラマを目指したのは、この「想い出づくり」がはじめてでした。もし、主役が誰だかしぼれないこのドラマがうまくいったら、主役の人数をもっと増やそう、と考えて書いたのだが「ふぞろいの林檎たち」でした。二作ともほぼ同じスタッフの手によって実現した作品で、改めてその力量、才能に敬服、感謝しています。

小田急に特急のロマンスカーが走りはじめたころで、乗務員の女性はスチュワーデスと呼ばれ、それは颯爽としたものでしたが、新宿―小田原往復に同乗して、終って私服に着替えてロッカー近くの廊下に並んで係長の終礼を受けるまでの彼女たちに接していると、こんなことで分った気になるなよと、無言で叱咤されている思いでした。

ガム工場でもそうでした。広い工場の最後の一画で包装もすんだガムがどしどしベルトに乗って流れて来ます。それに異常がないか見守る女性がいました。一人です。責任は重いといえば重いけど、もうそんなに不良品はないでしょう。軽薄なる見学者から見ると、ただもう止まらないガムの流れを前に呆然と、一人で立ちすくんでいるように（すみません）見えたのでした。すぐもう二十五歳がやって来てしまう。しかし、地方から仕事が決まっての上京で、工場に隣接した寮生活です。東京をろくに知りません。男性とのチャンスは会社が用意する自衛隊とのコンパぐらいです。でも二十五歳がやって来る。これで結婚したら子どもが出来て、あと十年以上は子ども本位で自分の時間はないだろう。いまのうち、独身の、24歳のうちに、うんと楽しい思い出をつくりたい。結婚して、つらいことがあっても、あの思い出があったとのちのちひそかに力になる体験をしておきたい。

と、いうのは、夢がなさすぎかもしれませんが、当時の結婚適齢期24歳という世間の圧迫は人によってはそんな焦りをうんでいたのです。今は、いい時代になったというべきなのでしょうか？

目次

TBS・TV　金曜ドラマ　一九八二年九月十八日〜十二月二十五日（全十四回）

想い出づくり

登場人物

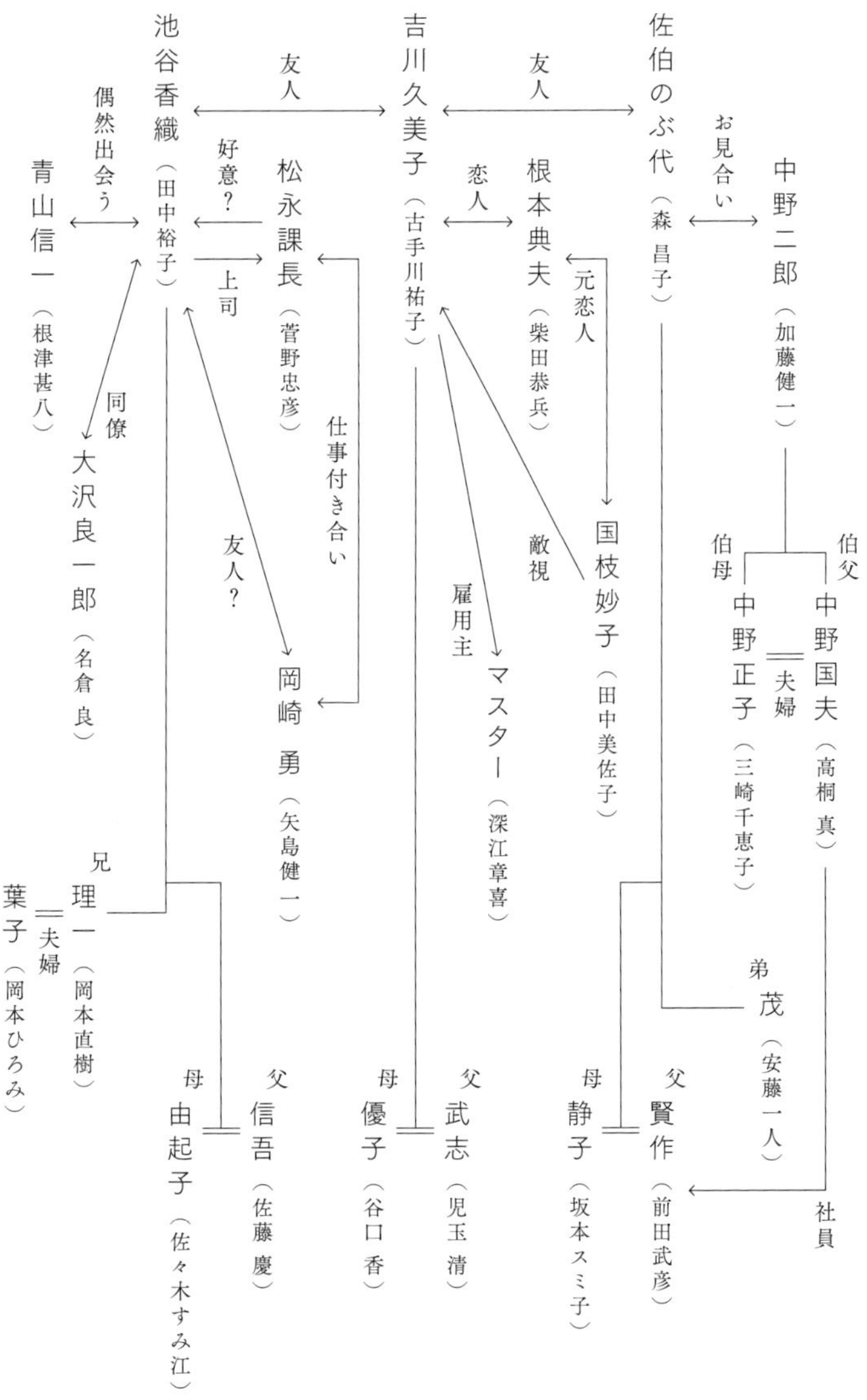
佐伯のぶ代（森　昌子）
友人
吉川久美子（古手川祐子）
友人
池谷香織（田中裕子）
お見合い
中野二郎（加藤健一）
伯父
中野国夫（高桐　真）
夫婦
伯母
中野正子（三崎千恵子）
社員
弟
茂（安藤一人）
父
賢作（前田武彦）
母
静子（坂本スミ子）
恋人
根本典夫（柴田恭兵）
元恋人
国枝妙子（田中美佐子）
敵視
雇用主
マスター（深江章喜）
父
武志（児玉　清）
母
優子（谷口　香）
好意？
上司
松永課長（菅野忠彦）
仕事付き合い
友人？
岡崎　勇（矢島健一）
父
信吾（佐藤　慶）
母
由起子（佐々木すみ江）
偶然出会う
青山信一（根津甚八）
同僚
大沢良一郎（名倉　良）
兄
理一（岡本直樹）
夫婦
葉子（岡本ひろみ）

1

「このまま結婚じゃ、あんまりつまんない。
なんかひとりの時の、すっごくいい想い出欲しい」

■新宿・日曜日の雑踏（昼）

若い人々のスケッチ。

根本典夫の声「ね、ちょっと旅行なんかよく行く？」
二十歳ぐらいの娘の声「私？」
典夫の声「そう」
娘の声「よくでもないけどォ」
典夫の声「うん」

■典夫と二十歳ぐらいの娘

娘「京都とかァ、ちょっと月並だけどォ」
典夫「軽井沢とか？」

■雑踏

娘の声「うん、まあ」
典夫の声「外国なんかはどう？」
娘の声「行ってみたーい」
典夫の声「どこらへ？」

岡崎久美子、ひとりウインドショッピングをしている。

娘の声「（間をあけず）そうねえ。ニュージーランドとかァ」
典夫の声「（おだてるように）きめてるウ」
娘の声「やっぱりさあ、お嫁行くと自由きかないでしょう」
典夫の声「（軽薄に調子合わせて）そうだよねえ」
娘の声「独身のうちに、青春の想い出っていうかさあ」

■メイン・タイトル「想い出づくり」

娘の声「想い出つくりたーい」

■久美子と典夫

クレジット・タイトル、はじまる。

久美子「そういうの、私ダメなの（と歩く）」
典夫「ダメって——」
久美子「売るんでしょ、なんか——」
典夫「（ちがうよ、という声で）ウウ（と手で否定しながら一緒に歩く）」
久美子「お金ないし、カセットとか（そういうのに興味ないし、といいかけるのを）」
典夫「アンケートよ。ぜんぜんぜん（と歩きながら手を振り）ただ、ほんとアンケート」
久美子「そんな（の信じられない）」

典夫「ほんとよ、ためしに終りまでつき合ってよ。なんにも売らねえから」

■止まっている久美子と典夫

久美子「行先？」
典夫「（アンケートをとる形で）そう、海外——（読むように）海外の旅行でまず行きたいところ」
久美子「やっぱ、ヨーロッパ（かなあ、と続ける感じで、ちょっと言葉途切れたところで）」

■歩く佐伯のぶ代と典夫

のぶ代「（ちょっと逃げるように）急いでるから（と歩く）」
典夫「五分よ。ほんと五分」
のぶ代「（待合せの）時間あるから（とちょっと気弱な笑顔で逃げようとする）」
典夫「（追って）約束？（と並ぶ）」
のぶ代「え？（答えたくなくて、きく）」
典夫「どこ？」
のぶ代「（ドンドン歩きながら迷惑そうに）え？」
典夫「（並んで）何処で待合せよ？」
のぶ代「（ちょっとムッとするが、怒る顔になれず笑顔をつくって）どうして？（といいながらもどんどん歩く）」
典夫「そこ行くまで、歩きながら、アンケート（とどんどん歩く）」
のぶ代「困る」
典夫「お礼にトランジスタラジオあげてるんだけど」
のぶ代「（内心ちょっと驚く。で、声を出さずに歩く。目だけが、え？というように動く）」

■止まっている池谷香織と典夫

香織「（典夫を正面から見て）トランジスタ？」
典夫「そう。これ（と印刷した券を渡し）西口に本社あるのよね、そこへ今度の日曜の一時に、これ持って行くと、トランジスタラジオ、漏れなく、あげてるんですよね」
香織「なんにも売らなくて？」
典夫「そう（目を合わせられず、アンケート用紙をいじりながら）だから、わりといいと思うんだよね。オレ、いろいろバイトやってるけど、すっごく、そっちにはいいと思うんだよね（と嘘のためにかえって力説するような口調）」

香織「旅行?」
典夫「旅行——のアンケート」

■ひとり歩く久美子

ここから、はじめて音楽。

■ひとり歩く香織

■ひとり歩くのぶ代

休日の三人の娘の、孤独な街歩きを見せて、クレジット・タイトル、終る。

■久美子のアパート・部屋（早朝）

情景的配慮なく、いきなりむくりと蒲団から起きる久美子。

目覚ましは五時半十数秒前。目を半分あけながら、パジャマを脱ぎかかる。タイマーと連結してある電熱のポットが、煮立って湯気をふき出している。コードをぬきに行く久美子。

目覚ましが鳴り出す。目覚ましもとめる。

■アパート・外観

新宿西口の高層ビル群が遠く見える。

中野あたり。

■久美子のアパート・部屋

トーストを食べながら、髪を直す久美子。
久美子の母、優子の電話の声「あ、久美子？　もしもし、もしもし」
久美子の声「なに？」
優子の声「（電話）なにって、いつ電話したっていないじゃないの（イライラいう）」
久美子の声「そうかしら？」
優子の声「一週間に一辺は電話くれる約束でしょう。ちっともくれないじゃないの（と怒っている）」
カーテンかけて、バッグを持ち靴をはきにかかる久美子。
久美子の声「（優子の声と直結で）明日早番なの。五時半に起きなきゃならないから」
優子の声「どうなの？　元気でやってるの？」
久美子の声「大丈夫よ」
優子の声「だったら電話くれりゃあいいじゃないの」

久美子の声「一週間に一辺なんて、しゃべることないもの」

■駅への道

久美子、急ぐ。

優子の声「なくたってするの。お父さんもお母さんも心配してるんだから」

久美子の声「―――（間あって）」

優子の声「もしもし、なんかいいなさい」

■駅・ホーム

六時十分すぎくらい。電車、すべり込んで来る。

久美子の声「東京へ出て来たのは、一年半前。静岡に近い小さな町から」

■静岡に近い小さな市・商店街

昼下り。ほとんど人通りがない。眠ったような午後。

情景、数カットあって。

■岡崎洋品店・表

久美子の父、武志が自転車で外から急ぎ帰って来て中へ。

■店内

ドアの開閉に甘いチャイム風の音が鳴る。

店と直結の茶の間から、

優子「（チャイム音を追うように待っていた風で顔を出し、武志にうなずき二階なのという動き）」

武志「（声押さえて近づきながら）またなんかいったんだろう？」

優子「だって、訳分らないことというんだもの（これも小声）」

武志「なんて？」

優子「明日市役所へ辞表を出すって」

武志「辞表？」

表のドアのチャイム音。

優子「あ（と客を迎える顔を無理矢理急いでつくる）」

武志「いらっしゃいませ（と笑顔）」

優子「いらっしゃいませ（と笑顔）」

■二階・久美子の部屋

久美子、出来るだけ放縦たらんとした姿勢で、畳にころがっている。部屋は荒れている。暴れたのである。

武志の声「（部屋の襖をノックして）久美子、ちょっとあけなさい（ノック）」

■部屋の外

武志「なに暴れた？　ちょっと、あけなさい（とあけようとする）」

■部屋

襖に、簡単な金具の錠。

それと心張棒用の竹刀がかってあり、それが武志のあけようとする動きで少しゆれるが、とてもあかない。

武志の声「久美子、久美子（声は叱る声だが、どこか甘やかしているところがある）」

久美子「（ただ天井を見ている）」

久美子の声「私は少し暴れた。でも本当には暴れていない。机の上のものをなぎ払い、ハンドバッグを叩きつけ、カーテンをひきちぎった。でも、カーテンは金具が曲っただけだし、机の上も、ハンドバッグも、片付ければそれで終り。ガラスを割ったわけじゃないし、プレーヤーにはさわらなかったし、これ（陶製の人形）も、これ（スタンド）も、こわれていない。本当には、ちっとも暴れていない」

■岡崎家・茶の間（夜）

武志、優子、久美子の夕食。

武志だけ、水割りをつくっている。

武志「（お替りの水割りをつくりながら）東京へ行きたいなんていうのは、十年ぐらい前なら分らないことはないがな（とおだやかにいう）」

久美子「――（ただ食べている）」

武志「今はもうそういう時代じゃないんじゃないかな」

久美子「――（食べている）」

武志「みんなが生れた土地に根をおろして、それぞれの土地をなんとかして行く時代だよ。早い話が、パパは立教の経済を出た。そのまま東京で就職して暮してたって不思議はない。しかし此処へ帰って来て、洋品屋をやっている。洋品屋を少しでもレベルアップしようとしている。この町でこんなセンスのブラウスがあるのか、と東京から来たものがおどろく。『なんだよう、今日は草刈りかよう』なんていう次元から『いらっしゃいませ』という言葉が似合うラインまでアップする。こういうことは、つまんないことに思うかも知れないが、そういうムードの変化が、意外に若い者をこの土地へひきとめる重要な要素になってるんだよ」

久美子「（――食べている）」

久美子の声「父は、本当は就職難で体裁のいいところには全然就職出来ず、ここへ戻って来て、母と恋愛をしたのだった。母は、おばあちゃんと二人で、この店をやっていた。結婚して父が、それをひきついだ。おばあちゃんは、二年前に亡くなった。父は、養子みたいにこの店をついだことを認めたくなくて、よく地方の時代だとか、青年は、故郷に戻るべきだとかいった。でも、それはまやかしだったし、母はそれを知っているくせに、一緒になってお体裁屋で、婦人読書クラブのこの辺の支部長をやっていて」

武志「（おだやかさが急変していて）なんだよう！（と久美子をにらんでふるえている）」

久美子「――（見る）」

武志「聞いてんのかよ！（とお膳の上のあまりさしつかえのないものを畳に叩きつける）」

優子「パパ――」

久美子「――」

武志「なんだよ、お前は（悲しい）」

久美子「――」

武志「市役所やめるって簡単にいうけどな。市役所、お前が入れたのは」

■市役所・戸籍課（昼）

久美子、抄本などのコピーをとったりしている。

武志の声「（前シーンと直結で）パパが、小野さんに頼んで、助役にもコネつけて、野島さんの方にも運動して」

■岡崎家・茶の間（夜）

武志「それで入ったんじゃないか」

優子「パパそれいいすぎよ。久美子自身の魅力とか力とかだってあったんだし」
武志「東京へなんでいかなきゃならないんだよ。こっちはお前、二人っきりになっちゃうじゃないかッ（これはやや女々しいが真情溢れて、畳が汚れるものもかまわず、ガチャガチャガチャンと食器をなぎ払ってしまう）」

■国電・中央線
新宿方向へ激しく走る。短く。

■新宿駅・小田急線構内（朝）
久美子、人の流れの中を急ぎ足で、胸をはって歩く。短く。

■事務所への階段
若い娘三人ほどが、急ぎ足でおりて行く。
久美子、続いて入って来て、急ぎ足でおりて行く。
娘たちの声「（先行して）お早うございます（と口々にいう。眠そうな声もある）」

■事務所
タイムレコーダーを押す手がある。
久美子「（事務所へ入って来て）お早うございます」
章子「（先輩）お早う」
元子「（同僚）お早う」
光子「（後輩。タイムカードを戻しながら）お早うございます」
古屋「（係長、世帯持ち）お早う（と事務机の方にいていう）」
それはほぼ同時にいわれ、その間にもタイムカードを押す音がある。

■ロッカー・ルーム
着替える娘たち。
久美子、章子、元子、光子もいる。
あまり口をきかない。
元子「（朝の声で、高くなく）あ、先輩、昨夜間に合ったんですか？（ちょっと東北なまりがある）」
章子「（同じくかすかななまり）間にあった。でも、入んなかった」
元子「どうして？」

章子「高いとこしかないんだもの」
久美子「スプリングスティーンですか？」
章子「そう。一万円だっていうんだもの」
元子「（おもねるように）ウワ」
久美子「（さっぱりと感じ悪くなく）ウワ」

■狭い通路

古屋「お早うございます（声、これも高くなく野暮くさくキチンとしている）」

制服の久美子たち十人ほどが並んでいて、ややばらばらに、
「お早うございます」と、これもあまり高くなくいう。

古屋「今日は早番で御苦労さま。13時13分新宿着まで二往復。大変ですが、気をつけて頑張って下さい」
娘たち「（聞いているのもいるし、服装を気にしているのも、髪を触っているのもいる）」
古屋「（自分の台詞に直結で）えー、特別注意事項はありませんが、明日（みょうにち）より二日間休憩室で、業者が入ってTシャツとジーンズの販売をするそうです。市価より多少安いそうですから、利用したい人はして下さい。（と、やや段取りというような口調でいい切って）」

■新宿・小田急線ホーム

ジェットのスチュワーデスの如く、制服の娘たち、人目を意識してしっかりした足取りで、ロマンスカーの傍を一方へ歩く。

■ロマンスカー車内

まだ客のいない通路を車掌の宮路（25）が、一種独特の職業的足どりで歩く。

■ホームの反対側のホーム

乗客が乗るのを待っている。

■車内・カウンター

宮路、入って来る。
久美子たち、仕度をはじめていて、

娘たち「お願いします。（と口々に云う）」
宮地「（もてたいので、えらそうに出来ず、ちょっと固くなって）お願いします。（と、半分口の中でいい

ながら通過）」

■車内
乗客が、ほぼ半分ぐらい入っている。

あと、どんどん入ってくる。

■ホーム
ロマンスカー発車。

アナウンスがあってもいい。

章子の声「みなさま、お早うございます」

■車内・カウンター
章子の声「本日はロマンスカーに御乗車いただきまして、ありがとうございます」
久美子「（慣れた手付きで、アイスピックで氷をガンガン割っている）」
章子「（マイクに向っていて）小田急走る喫茶室より御案内申し上げます。只今みなさまに、メニューと」

■車内
元子が、メニューとおてふきを配っている。
章子の声「おてふきをお届けいたしておりますので、どうぞ御利用下さいませ」

■代々木上原あたり
ロマンスカー、通過。
章子の声「喫茶御利用のお客様は」

■車内B
光子、メニューとおてふきを配っている。
章子の声「メニューをごらんの上、係の者にお申しつけ下さい」

■車内・カウンター
戦場である。オーダーを持って次々と娘たちがやってくる。久美子がそれを一手に受け、アイスティを一度に五杯分ぐらい氷を入れ、ティを入れる。手際がいい。

章子「ちょっと待って。駄目、薄い（と、ティを捨てる）」

光子「（盆にのせようとして、のみものを倒してしまう）

　　すみません。先輩。すみません」
久美子「大丈夫。水割り、何杯だっけ？」
元子「九杯。それに一つアイスコーヒー、ミルク半
　　分ぐらい入れて」
久美子「リョー、カイ（と、片時も手を休めず格好いい）」
　次々とオーダーのコール、動きなどが錯綜する。誰
もが一時も休まない。

■多摩川の鉄橋
　娘たちの忙しさの迫力に負けない迫力で走って行
く。

■チューインガム・工場（昼）
　包装の機械が動いている。かなりの騒音。
　一つの機械に一人つき、班長が見回っている。そ
の中の一人、佐伯のぶ代。現実音、ピタリと止まり、
のぶ代の声「急いでるから」

■新宿・日曜日の雑踏（反復）
典夫「五分よ。ほんと五分」
のぶ代「時間あるから」
典夫「約束？」
のぶ代「え？」
典夫「どこ？」
のぶ代「え？」

■チューインガム・工場
　包装工場の中の、のぶ代。騒音。
幾代の声「すみません。ちょっと聞いて下さーい」

■社員食堂
幾代「（チアガールの衣裳で、ポンポンを手にして、四人
　　の同じ衣裳の仲間が背後にいて）私たちはァ、み
　　んな多分知ってると思うけどォ、五人で話し
　　合ってェ、自主的に、チアガールのォ、練習
　　をはじめていまァす。近いうちにィ、うちの
　　社のプロ野球の応援にも行きたいし、男子社
　　員のサッカー試合にも、応援に行きたいと思っ
　　ていまァす」
　大半は、黙々と食べている白衣や白頭巾の娘たち。
その中の、のぶ代、隣のややオールドミス風の初
江と同じく黙って食べていて、顔をあげ、幾代の

方を見る。話を聞く顔。

幾代「えー、だけど、仲間がもっと多いといいと思うし、もし一緒にやろうと思う人がいたら、私たちの誰にでもいいですから、ふるってェ応募して下さい。制服もみんな自前ですから、少しお金はかかると思いますけどォ。（尚しゃべっているが）」

初江「（のぶ代の傍に顔よせ）ねえ」

のぶ代「え？」

初江「あんなに短いのはいて、人前で、パンツなんか見せちゃって、よく踊れるわねえ」

のぶ代「（少しチアガールに心動いていたので、すぐ切り替えて）ねえ。ほんと（と食べる）」

幾代たち、ちょっと模範演技風に、短く、「フレー、フレー愛甲、フレーフレー愛甲」と声高くいって、パッと決まる。

■京成曳舟駅（夜）

下り電車、出て行く。改札口へ急ぐ人々。中に、のぶ代がいる。

■商店街

のぶ代、歩いて行く。

のぶ代の父賢作の声「その髪はなんだって聞いてるんだ」

■佐伯家・茶の間

下町の小さな二階風。下は二間に台所。古家である。つっぱり高校生の格好をしてねそべって、テレビを見ている弟の茂。

賢作「（生真面目な父である。興奮して、テレビへ行き、とめ）その髪は、なんだ？」

茂「うるせェなあ。パーマだよ。（と、身体を起こす）」

賢作「高校生が、なんだっていうんだ。（と、その前へ座る）」

茂「冗談じゃねえよ。中学生だってかけてる奴いっぱいいるよ。俺なんか遅いほうだよ」

のぶ代、はなれたちゃぶ台で、おそい夕食をひとり食べている。

賢作「刈っちまえ。そんな不良みてェな頭は刈っちまえ。（と手は出さない）」

茂「やだね」

賢作「まるでやくざじゃないか」

茂　「やくざじゃねえよ。俺はね、俺はこれ、格好いいと思ってんだよ。バイトやって、パーマ代つくったんだよ。あんたの金は一文も使ってねえよ」
静子「（前記のやりとりの間、台所から、お新香を小皿にのせて現われ、茂を見て青ざめて立っている）」
賢作「金のことをいってるんじゃない」
茂　「おれは、いって貰いたいね」
賢作「折角高校へ行ってるのに、そんなお前、髪して」
茂　「行きたくて行ってんじゃねえよ。あんたが行けっていったんじゃねえかッ」
静子「（小皿をのぶ代の前において、茂の台詞の間に茂に走りより、物もいわず、茂を殴る）」
茂　「なにすんだよ」
静子「（泣きながら殴る）」
茂　「痛ェじゃねえか。痛エ！」
賢作「（悲しく見ている）」
のぶ代「（その方は見ないが、食事も出来ず、箸を止めて動かない）」
典夫の声「今度の日曜日の一時」

■新宿の雑踏・日曜日（昼）
典夫「この券持って、とりに来てよね、お礼のトランジスタ」
のぶ代「ほんと、くれるの？（と、遠慮がちに、しかし微笑でいう）」
典夫「あげるって、アンケートのお礼にバッチリ（と、ニッコリする）」
のぶ代「フフ、なんか、（嘘みたい、といいかけて微笑）」
典夫「来てよね、待ってるからね（と、さわやかに微笑）」

■佐伯家・茶の間
手を止めたままののぶ代。
テレビの傍では静子がワーワー泣いて茂を叩き、茂も賢作も動かず。
のぶ代、殆んど表情なく、一口御飯を食べる。

■池谷香織
なにかを考えるような目をしている。口をつぼめる。

つばを貯めているのである。下を見て、つばをコーヒーカップに落す。ペッペッと音を押さえて、一個をのぞき、五個のカップにつばを散らして落し、かき回す。

■ある会社の食肉輸入課

隅に小さくカーテンがかかって、その中がお茶の仕度が出来るスペースになっている。そのカーテンが、さっとあく。

香織、盆に、六人分のコーヒーをのせて現われる。なにくわぬ顔である。このシーンの頭から、一方の隅のテーブルをかこんだ六人の男たちの笑い声が聞える。

他に事務をとる三人ほどの女の子がいる。

松永「(課長。四十二歳。他は更に若いスタッフで、ちょっと得意気に説明する感じで)そうなりゃあ設備はよくたって原料面での制約が日本にはあるだろう。国際的に需給がゆるめば、国産より輸入ものの方が安いって現象が起こるわけよ。そうすっと、ここより輸入依存度の高いこっちの方が、収益が上っちまうって現象が出てくるわけだよ。こりゃ一つの例だけどね、先へ先へと手を打ったって、原料を外から依存してる限り、世界的な市況が、ちょっと冷えりゃあさ、なんにもしない方が勝ちって現象だって起るわけよ」
大沢「(二十五歳。ちょっとこびるように)なるほどねえ」
松永「計算して計算して、商売からギャンブル性をとりのぞこうっていう姿勢がすでに、俺にはね(急に香織の方を見て)香織さん、灰皿もかえてくれる? 悪いね(とつくり笑い一瞬して、すぐ続きに入り)臆病な優等生の発想で、全く問題外だと思うんだよ。商売はあんた、ギャンブルの側面があるから、面白いんだよ。熱くなるんじゃないか」
香織「(無表情にコーヒーをくばっている)」

■六本木あたり(夜)

次のシーンの店の音楽、先行して。

■バー

ドアをあけて大沢、入って来る。わりあい混んでいる。ちょっと奥まで見すかして、相手のいるのを見て、カウンターの奥へ行く。

大沢「（相手は香織である）ウー、やっと抜けて来たァ、
（と香織の傍へ来る）」
中年の男「（香織の隣にかけていて）あ、ずれようか？」
大沢「あ、すみません」
中年の男「お、ちょっと、そこ一つずつずれてくれェ」
バーテン「相すみません」
大沢「すみませんねえ、どうも。すみません」
バーテン「いらっしゃいませ（と大沢の前へコップひきを置く）」
大沢「あ、これ（と香織のグラスをさし）俺の、のんでんだろ？」
香織「そう」
大沢「あるまだ？」
バーテン「ございます。まだ三分の一ぐらい（と、ボトルを見せる）」
大沢「オン・ザ・ロックね」
バーテン「はい。ただいま」
香織「（一番隅にいて）今日ね」
大沢「うん？」
香織「北原さんとお昼食べたらね」
大沢「うん？」
香織「結婚するの？　っていうのよ」
大沢「誰が？」
香織「私」
大沢「誰と？」
香織「あなた――」
大沢「どうして？（といいながら苦笑してみせる）」
香織「六本木でしょっ中のんでるそうじゃないって」
大沢「冗談じゃないよ。まだ今日で、三度目じゃない」
香織「すぐそういうことというのよ」
大沢「大体、どうして分るんだ？　ここでのんでて
（とカウンターの客たちの顔をのでいてみる）」
香織「会社ってそうなのよ。一人の人と続けてのむと、直ぐ結婚だとかなんだとか」
大沢「まいったな、まったく」
香織「（言葉をことさらハッキリ）つまみ食いしようとしただけたのにねえ」
バーテン「お待たせしました（と置く）」
大沢「（グラスを持ってから）なによ、それ？」
香織「私って簡単そうだから」
大沢「そんな野心ないよ。俺は、ただ純粋に、あなたとのもうと思っただけだよ」

香織「じゃ、なんでかくれて逢おうとするの?」
大沢「よくないなあ。よくないよ。そういういい方するようになっちゃ、仲々お嫁に行けませんよ、池谷さん」
香織「そうね（と、苦笑）」
大沢「しかしバカバカしいねえ。結婚だって? 二回一緒にのむと、結婚かよ。狭いねえ。会社ってェのは、つき合いにくいよねえ。よそうか、もう逢うの」

■国電の車内（夜）

香織、立っている。うつろで孤独な目。

■香織のアパート・部屋

香織、腰を落してへたりこんでいる。しんとしている。鏡を見ている。鏡の香織。

香織「（つぶやく）だから——会社なんて、つまんない——つまんない——（すっと顔が締って鏡の自分をにらみ）私は——簡単じゃないわ（にらんでいて、目が抒情的になり）すっごく、真面目な、真剣な、恋愛したい。結婚も——したい。でも——このまま結婚じゃ、あんまりつまんない。なんか——なんかひとりの時の、すっごくいい想い出欲しい（と真情溢れ、うつむき）ああ、酔っちゃった（と目を閉じ、うつろにあき、一点を見て、ちょっとそれに焦点を合わせる）」

壁にピンで止めてある典夫から渡された券。そのアップ。

典夫の声「（その券の言葉を明るくあっけらかんとした声で読む）アンケートにおこたえ下さいまして、ありがとうございました」

■小田急・新宿の事務所の鏡（朝）

鏡に向って、制服の久美子が、帽子をととのえている。

典夫の声「（前シーンと直結で）お礼に、トランジスタラジオをさしあげたいと思います。御足労ですが」

■ガム工場の鏡

白衣、白頭巾ののぶ代が、やはり姿をととのえている。

典夫の声「（前シーンと直結で）日曜日の一時に、下記の新宿本社までおいで下さい。心からお待ちしております」

■新宿の雑踏（昼）

典夫「（キャメラに向って）ありがとうございました（と笑顔でいう）」

■ロマンス・カー車内

久美子、激しく氷を割っている。音楽。

■ある会社の食肉輸入課

重ねた書類の一枚一枚に印を押している香織。どんどん押す。だるい表情はなく、一生懸命働いている。

■ガム工場・包装機の前

動く機械の前で、監視しているのぶ代。これら三人の描写に、音楽、甘く流れて。

■新宿・高層ビル群情景（昼）

強くドアを閉める音で、音楽、終る。

■あるビルの一室

ドアを閉めた直後の青年、ふりかえって部屋の内部に向って立つ。もう一つの後部のドアを閉める典夫、やはりふりかえって、部屋の内部に向って、まるで出て行くのをさえぎるように立つ。たとえば、結婚式場の親族控室の一室を借りたような感じ。十人ほどの娘（その中に、久美子、のぶ代、香織も、バラバラにいる）がかけていて、その傍の机に、パンフレットとトランジスタラジオ（安物）が一つずつ置かれて行く。置いて行く青年三人も、典夫と同じく、ちょっと不良っぽい二枚目で、地味なスーツを着ている。三十六、七歳の沖田が、それを微笑しながら見ていて、

沖田「渡りました、みんな？」

青年Ａ「（ラジオを置き終えて）はい、どうぞ」

沖田「えー、みなさま、本日は、お休みのところ、よくおいで下さいました（と一礼）」

娘たち「（一礼）」

沖田「ジョイフル・ワールドの取締役社長をいたしております沖田弘人でございます（一礼し）えー、ただいまお手元にお配りいたしましたトランジスタラジオは、ささやかでございますが、過日アンケートにおこたえいただいた御好意に対して、私共の気持ばかりの御礼でございます。（一礼）」

ここまでの沖田の台詞の間に、短く、香織、のぶ代、久美子、典夫のショットが、散りばめられ、娘たちの心おだやかならぬことを見せる。

沖田「それから、同時にお配りいたしましたパンフレットは、私共が——どうぞ、御覧下さい（娘たち、パンフレットを手にする。紙の音）えー、ごく少数の方に、いわば利益の社会的還元というような意味をこめて企画いたしましたヨーロッパ・アメリカ・オーストラリア・ツアークラブの御案内でございます。みなさま、十万円台で、ヨーロッパ二週間の旅行が可能だとお考えでしょうか？　勿論、普通のルートでは、とても不可能でございます。しかし、私共は、それを可能にいたしました。ほら（急に声小さく、口調もくだけて）フフフ、みんなも、なんとなく聞いてるでしょう？　たとえば団体ツアーの旅行社が、ジェット機の三十席を確保する。しかし、行く人が二十五人しか集らない。もしくは、五人ぐらいが突然キャンセルだといって来る。ポカッと五つの席があく。飛行機会社だって困る。とにかく安くてもいい、乗ってくれ。誰も乗らなきゃ一銭も入らない。しかし、四万でも五万でも、誰かが乗ってくれれば、それだけの収入になる。で、慌てて人を集める。安く、その人達は憧れのヨーロッパへ行けてしまう（とこの頃には、ちょっとサビも入ってテキ屋のような口調になっている）」

香織「——」

沖田「（秘密でも話すように）こういうことが、現実にある。何処の旅行社、何処の航空会社とは、いわないが、そういうことがある。私は（胸をはり）こうみえても、海外旅行については、裏の裏まで知っています。さまざまなルートをつかんでいる。あんた方は、安く行きたいと思ったって、そういうルートはないでしょう。そりゃあ娘さんだから当然だ。みなさんのような清純なお嬢さん方が、そんな業者の裏なんかを知るわけがない。しかし、いまね、私が、世界を回って、ヨーロッパを見せたい、アメリカを見せたい、ナイヤガラの滝を見せてやりたい、と痛切に思うのは、みなさん方——お嬢さん。安く行かせたい。楽しく、一生の想い出になるような旅行をさせてあげたい！（間）娘が——生きていれば——みなさんより、ちっとばかりまだ小さいが、パリをね、ニューヨークを、アムステルダムを、見せたかった（としんみりする）」

娘たち「——」

沖田「（静かに）十五万。十五万で、ヨーロッパを二週間お見せしようじゃありませんか（と品よくなる）」

娘たち「——」

沖田「クラブにお入り下さい。入会金は七万で結構です。勿論いま、七万円をお持ちのお嬢さんは、少ないでしょう。あるだけ、一万でも、二万でも、手付けをお置き下さい。あとは一週間以内にお払い下されば結構。どうか、お手元の申込書に、署名、捺印。印のない方は拇印で結構——（口調かえて）なんだよ、申込書おくばりしてないのかッ」

青年Ａ「はい。まだ（とうろたえてみせる）」

沖田「（怒って）なにをしてんだよ。そういうことじゃ」

青年Ａ「ただいま」

青年Ｂ「ただいま」

青年Ｃ「ただいま」

沖田「（自分の台詞に直結で）失礼じゃないか。折角おいでいただいて、日曜日の貴重な時間をさいていただいてるんだよ。ペンペンペン——ボールペンもおくばりしなきゃ仕様がねえだろう！（と典夫を激しく指さす）」

典夫「はい（とくばって行く）」

沖田「休日の時間というものは、大切なんだよ。大事に思わなくて、どうするんだよ。柳いいな」

青年Ｄ「はい。どうぞ（と入口近くに机と椅子を用意して、金庫や書類なども置いてある）」

沖田「（おだやかに）どうか、お書きになった方は、お手をおあげ下さい。こちらで（と柳のテーブルを指し）とりあえずのお金をお払い下さい。正規の領収書、正規の契約書を直ちにお渡しいたします」

香織「ちょっと（と軽く二の腕はあげずに掌をあげて）聞きたいんだけど」

沖田「なんでしょうか？（と真顔）」

香織「なんか――（苦笑して）どんどん押しまくられてる感じだけど」

沖田「そうでしょうか（とさえぎり）私たちは、非常に丁寧に、みなさまに御説明申上げてるつもりでございますが（と作り笑いで香織の傍へ行く）」

香織「（ちょっと怖いけれど、目を合わせず）フフ、たとえば、入会金の七万ですけど」

沖田「はい。高すぎますか？　十五万でヨーロッパへ行けるクラブが、他にありますか？」

香織「いえ、つまり、七万は十五万に含まれてるんですか？　つまり、あと八万払えばヨーロッパへ行けるっていうのか」

沖田「そうは行きませんよ、あなた」

香織「だったら合計二十二万払うことになっちゃうじゃない」

沖田「それが誤解。すごく誤解。二回目を考えて下さいよ。たとえば二回目にアメリカへ行く。その時は、もう会へ入ってるんだから、七万はいらない。十万ちょっとのツアーを用意してます。それだけで、グランドキャニオンから、ニューオーリンズまで、見られちまうんです」

香織「――そうだとしても」

沖田「ちょっと待って。そういうね、私たちを、なんかインチキじゃないかって」

香織「そうはいわないけど」

沖田「いいの。そういう人は、必ずいるの。そりゃ当然。そういう性格の女性は必ずいます。私は、そういう方を非難しません。質問にも丁寧におこたえしましょう。しかし、ちょっと待ってよ。あなたのように、なんでも疑う人ばっかりじゃない。素直な、普通のお嬢さんがいるのよ。そういう方の時間をとらせたくない。どうぞ、私共を、御信用下さった方は、おみやげのトランジスタラジオをお持ちになって、サインをしてお帰り下さい。こんなね、こんなむさくるしいところに、いつまでもいたくないでしょう。どうぞ、気持のいい、日曜日の新宿の街へお出掛け下さい。私共を信用して下さった方は（と強調し）どうぞ、あちらへ（と柳を指し）疑っている方は、ゆっくりと、御説明しましょう（とちょっとスゴミのある目で香織を見る）」

娘Ａ「（半ば怖くなって、そっと立つ）」

沖田「（満面に笑みを浮べて）さあ、どうぞ、どうぞ（娘B、娘Cそれぞれの表情で立つ）あ、どうぞ。続いて、どうぞ」

久美子「――（動かない）」

沖田の声「どうか、トランジスタラジオをお忘れなく。どうぞ、どうぞ」

のぶ代「――（動かない）」

■あるビルの一室（昼）

入会申込書に「池谷香織」と書いている香織。その傍に、強要でもしているように沖田と柳が座って見ている。

残っているのは、他に久美子とのぶ代である。のぶ代、チラと典夫の方を見る。

典夫「（ドアの前に、ガードマンの如く立って正面を見ている）」

久美子「――」

沖田「印鑑は、お持ち？（とやさしくいう）」

香織「いえ――」

仲田「おい、印肉（と柳にいい）拇印を、じゃ、ここに」

香織「（拇印を押す）」

沖田「いやあ、よかった。分っていただいて、ほんとによかった」

久美子「――」

香織「いえ――」

沖田「お帰り下さい（と一礼し）御苦労さまでした（と立つ）」

香織「（柳の渡してくれたティシューで親指の汚れを拭いていて曖昧に一礼）」

沖田「さあて、まだお分りいただけない方が二人、いらっしゃるけど、どちらから御説明しましょ

久美子　うかねえ（と明るく微笑）」
のぶ代「――（目を伏せている）」
久美子「（思い切って顔をあげ）私、トランジスタラジオ返すわ。うちに毎月三万入れているし、貯金もしなきゃならないし、七万円なんて」
のぶ代「そういう人にこそ私は入って貰いたいの（とピシャッという）」
沖田「――」
のぶ代「パリ行きのね、チケット持って、パスポート手にして御覧なさいよ。嬉しいよう。ああ。私は行かないと思ってた。行きっこないと思ったパリに、もうあと何日かで行く。そういう時の、ワーッとこみあげてくるような嬉しさ、思い切って味合わなきゃ駄目よ、一度っきりの青春じゃないの」
沖田「（立ち上り）悪いけど、私、どうしても入る気しないわ（とドアへ行く）」
久美子「ちょっと待ってくれない」
沖田「（ドアの前の典夫に）どいて。あけてよ」
久美子「なに怒ってるのかなあ」
沖田「とにかく、入る気がないの」
沖田「質問ひとつしないで、いきなりそんな切口上で、それはないんじゃないかなあ（とやさしくいいながら近づく）」
久美子「疑うとかそういうんじゃないの、きっといい会なんでしょうけど、でも入りたくないっていうことだってあるんじゃないかしら」
沖田「そいつはきっとただの臆病だなあ。とてもいい事があるとワナじゃないかと思う。そうやって用心して用心して、一生、いいことさけて、ジャンプしないで、淋しい人生送っちまっていいのかなあ」
久美子「（目の前の典夫に）あなた、こうことといわなかったわ。ただ、ラジオあげるっていっただけじゃないの。私、見て。私の目見てよ」
典夫「――（正面向いたまま無表情）」

■新宿・ビル街
あまり人通りのない歩道を、のぶ代、久美子、香織が、やや前後して、しかし連れという感じで、ゆっくり歩いている。

香織「（ふりかえって他の二人に）少し早いけど、ビールでものむ？（と敗北感は底流にありながら微笑していう）」
久美子「（コーヒーと思っていたので、ちょっと意表をつかれるが）あ、いいけど（とのぶ代を見る）」
のぶ代「（ひっこみ思案と思われたくなくて、わざと元気に）いいわ」
香織「フフ、妙な、知り合いね」

■屋上のビアホール

時間が早く、まだあまり客がいない。旗とか提灯が、風にゆれている。
その一画に、のぶ代、久美子、香織、中ジョッキを前にして腰かけている。

香織「（一番ビールの減ったジョッキを口からはなし、ちょっと口を拭く）」
久美子「（同じく、はなして口を拭く）」
のぶ代「（一番減っていなくて、同じくはなして口を拭き、ちょっと香織と目が合って微笑し）ほんと、あんまり、のめないの（と語尾尻は久美子を見る）」
久美子「私も（と微笑して）強いんじゃないかって気もしてるんだけど」
香織「強い。一番頑張ったじゃない」
久美子「ううん。結局押しきられたもの」
のぶ代「でもね」
香織「うん？」
のぶ代「私なんか、あのくらいにいわれないと、外国なんて行きそうもないなあって、いまはちょっと納得っていうか」
久美子「インチキじゃなきゃね」
香織「そうなの。なんかさあ、女をまるでバカみたいに扱うじゃない。ああいうの頭きちゃうのよ」
のぶ代「そうねえ」
久美子「バカだと思ってるのよ（と鋭角的にいってジョッキをつかみ）女なんか、カモでバカで（とのむ。ぐいぐいとのむ）」
香織「やだ、大丈夫？」
のぶ代「やだ（とはらはらする）」

■屋上のビアホール（夕方）

店の音楽、かわっていて、景気よくジョッキを多量にはこぶウェイターいて、客も大分入っている。笑っている久美子、のぶ代、香織。ビール、のぶ代はまだ半分ぐらい。
久美子と香織は、お替りして、つまみも三皿ほど並んで賑やか。
香織「（笑いながら手を振り）やだやだやだ、どうして？　どうして、杉良太郎なんか好き？」
のぶ代「（笑いながら）どうしてって」
久美子「私、ああいうの駄目ェ」
香織「私も」
久美子「流し目つかっちゃって、（と戯画化して杉良太郎をやってみせる）」
のぶ代「そんなこというけど、立回りなんか、すっごく決まってて」
香織「私駄目、チャンバラ嫌らーい」
久美子「私もものによるけど、どっちかっていうと――」
香織「誰？」
久美子「え？」
香織「誰、好き？」
久美子「フフフ」
香織「あら、笑っちゃって」
のぶ代「いいなさーい（と少女っぽく）」
久美子「アラン・ドロンかなあ（ととぼける）」
のぶ代「ずるーい」
香織「外人駄目。日本人」
久美子「じゃ、そっちからいってよう」
香織「根津甚八」
久美子「ウワ、ああいう人のお嫁さんになりたい？」
香織「そういうこと（は考えていないわ、と苦笑でいいかかるのを）」
久美子「肩こっちゃうんじゃない、格好つけてて（とまた根津甚八を模する）」
のぶ代「怖い、あの人」
香織「そんなね、いちいちお嫁さんになること考えてなーい（と苦笑）」

■屋上のビアホール（夜）

ステージで、バンドが演奏をはじめている。久美子が酔っぱらって、のぶ代と香織で両方からささえて、エレヴェーターの方へ行く。客は一杯入っていて、面白そうに見ている客もいる。
久美子「ああ、ああ、気持悪い」
香織「待ってよ、もうちょっと待ってよ、此処じゃ駄目よ」

のぶ代「（一方からささえている）」
久美子、ドドーッとよろけるので、ちょっと三人でしゃがんでしまう。男たち、『あ、大丈夫？』『どうしたい？』などと周囲から三人ほどが立って、起きるのを手伝おうとする。
香織「あー、触んないで、大丈夫だから、触んないで（と男の手から久美子及び自分とのぶ代を守ろうとする）」

■タクシーの中
走行中。ダウンしている久美子を中にしてのぶ代と香織。
久美子「うう（と目を閉じたまま眉を寄せる）」
のぶ代「（心配そうに）大丈夫？」
香織「大丈夫。あれだけ吐けば、もう大丈夫（とやさしい）」

■香織のアパート・部屋
香織「（水道からコップ二つに水を汲んでいる）」
のぶ代「（電話をかけている）うん。だから心配ないから――うん。だから、心配ないから――うん？　ううん、工場の人じゃないのよ――女――女よ――すぐそういうことというんだから。そういうこと私ないじゃない――ウーン、ほんとに、切るもう。切る（と切る）」
香織「（お膳の上に、胃の薬二包み出してあって、そこへコップの水二つ持って来て、置いて座り、電話を切ったのぶ代に）はい。のんどいた方がいいわ」
のぶ代「大丈夫、私」
香織「（自分はのむ仕草にかかりながら）そうね。すごーく用心深くのんでた（といって薬をのむ）」
のぶ代「そうなの。私って、用心深くて、困っちゃうの。フフ、いい部屋ねえ」
久美子「――（毛布かけられて、眠っている）」
香織「でも、うちへ電話かけるのも、ちょっといいなあ」
のぶ代「いいわア、こういう所に一人なんて」
香織「遅くなるから、なんて、そういう電話ずい分かけない」
のぶ代「ううん（面倒くさくで、という感じ）」
のぶ代「何処？　家族」
香織「福島」

のぶ代「そう」
香織「小姑なの」
のぶ代「あ、小姑っていうと」

■池谷家の家族の写真
香織もいて、父の信吾、母の由起子、兄の理一、妻の葉子、笑っている。

香織の声「(前シーンと直結で)兄がね、結婚して両親といるわけ」
のぶ代の声「そう」

■香織のアパート・部屋
香織「ほら、母と嫁さんと、こう(と右手の親指と薬指を細かく叩き合わせて)でしょ。そこへ私いると、なんか複雑でもう、毎日なんかあって」
のぶ代「へえ」
久美子「あー(とむくむく起きる)」
のぶ代「どうした?」
香織「気分悪い?」
久美子「あら、ここお宅?(とまだ半分以上頭はっきりしないのに、性格的にしっかりしようとして)ごめんなさい、酔っぱらって(と目をこすったりする)」
香織「いいのよ、寝てて」
久美子「ううん。大丈夫。やだわ、はじめて逢った人ンち来て」
香織「いいじゃない」
のぶ代「いいわよ」
久美子「(頭はっきりさせようとしながら)明日早いの。早番(と立つ)」
のぶ代「何処お宅?」
久美子「中野。あ、(と膝つき)お邪魔しました(と一礼)」
香織「駄目よ、なんかまだポーッとしてるわ」
のぶ代「送ってく」
久美子「ううん。大丈夫(と押入れの戸をあけ)あ、なにやってんだ私」
「ホラ、やっぱり」と香織。「いいわ、私、ほんとに送ってく」とのぶ代。ロマンスカーのポロンという甘い警笛、湧き上り、

■走るロマンス・カー(朝)

■その車内
今朝は、久美子は車内の係で、「おてふき」とメニューを配っている。
久美子「（ニコヤカに）おてふきとメニューでございます。おてふきとメニューでございます」

■ガム工場
働くのぶ代。

■ある会社の総務課
香織、またコーヒーをくばっている。

■あるマンションの一室（昼）
事務所になっている。二人ほどの中年女性の事務員が事務とっていて、典夫、三枚の領収書に音たてて日付け印をポンポンポンと押す。

■隣接した応接室
ドアに近い部屋で、狭い部屋を椅子とテーブルの配置で三つに分けてあり、その一区画に並んで久美子、香織、のぶ代が腰かけている。他の二つの区画にも、それぞれ女の子二人と一人がいて、地味っぽい服を着た兄ちゃん風が、相手をして低い声でしゃべったり、笑ったりしている。
典夫「（入って来て）すいません、お待たせして（と慣れた感じで、三人の前に腰をおろし、すぐテーブルへ）じゃ、領収書と会員券と会社の定款（ていかん）やなんかです。えー、池谷さん――」
香織「私（受けとる）」
久美子「岡崎」
典夫「あ、岡崎さん（と渡し）じゃ、佐伯さん（とのぶ代にも渡す）」
のぶ代「はい（と受けとる）」
典夫「ほんと。ありがとうございました。いや（とわりと大きい態度で煙草をとり出しながら）三人一緒ってのは、ほんと助かるのよねえ。一週間以内に払うって、申込書にサインしたくせに、電話して電話して、やっとつかまえて払って貰うなんていうケースもあるのよねえ（火をつける）」
香織「――（領収書見ている）」
典夫「お宅さんたち、わりとサインするのねばった方じゃない。だから、一回の連絡で、こんな風に来てくれるとは思わなかった。フフフフ」
香織「この人（のぶ代）が、払いに行くっていうもんだから」
のぶ代「ほんというと、まだ心配だけど」
典夫「どうしてかなあ（と心外でたまらないようにいい）現にいい旅行でしたって、会員の礼状いっぱい来てるのよ」
のぶ代「だから（とさえぎり）だから、信用しちゃおうと思ったの」
典夫「そうよ、それでいいのよ」
香織「私も、なんかキッカケないと、行きそうもないし」
典夫「そう、こういうもんは、迷い出すとキリがないんだよね、実際」
久美子「（パンフレットを見ていて）じゃ」
典夫「うん？」
久美子「これで十一月からのツアーなら、申し込めるわけね」
典夫「そう。十一月の（と久美子の持ってるパンフレットを反対からのぞいて）七日発のヨーロッパからね」
のぶ代「へえー（いよいよかという微笑）」
典夫「いや、ほんとは、今月からっていう風にしなきゃいけないんだよね。だけど、ほら人数限ってるでしょう。すぐ定員一杯になっちゃうんだよねえ」
他のテーブルの営業マン、奇声のように大きく笑い、その営業マン「心配ない、心配ない」
心配そうな娘「（薄笑いを浮べて営業マンを見ている）」
営業マン「そういうインチキはしないんだから、うちは。ハハハハ（とはしゃぎすぎぐらいにいって手を振っている）」
心配そうな娘「（ニッコリ笑う）」

■新宿・中央公園

噴水の近く。香織、のぶ代、久美子、腰をおろして水を見ている。
間あって――。
香織「なんか、わりと簡単に払っちゃったけど（呟くようにいう）」
久美子「うん」
のぶ代「私が、行くなんていったから」

香織「ううん」
久美子「サインしちゃったし、うるさくいって来るのうんざりだし、いいや、と思ったのよ」
のぶ代「いい人みたいだったし」
香織「あら、ああいうのもいいの？」
久美子「趣味広ーい」
のぶ代「やだ（と苦笑する）」
香織「ああ、でも、これで、本当に外国行くらしいな、私（と他人事のようにいう）」
久美子「ほんと――」
のぶ代「私もやっとその気になって来た」
香織「（微笑）」
のぶ代「ジワジワーって、外国行く気になって来た」
久美子「（そうね、というようにちょっと微笑）」
のぶ代「どうせ、来年になっちゃうだろうけど。行くわ、ヨーロッパ」
香織「いつ？」
のぶ代「うん？」
香織「来年の、いつ？」
のぶ代「いつかなあ。お金はあるけど、二週間ていうと、会社の都合だってあるでしょう」
香織「決まったら、教えて」
のぶ代「（教え）て？」
香織「一緒に行きたい（目は合わせない）」
久美子「私も」
のぶ代「（ちょっと思いがけなくて）ほんと？（と両方を見る）」

■ホテルの最上階のコーヒー店

久美子「全然――」
香織「全然て？」
久美子「職場、女ばっかりでしょう」
のぶ代「でも、綺麗だし」
香織「お客さんが、誘ったりしない？」
久美子「するけど、そういうの、嫌じゃない」
のぶ代「そうねえ」
香織「でも全然いないなんて思えない（と改めて久美子を見るようにする）」
久美子「（苦笑して）だって、うちの職場、結婚の八〇パーセント、小田急の車掌さんとなのよ」
香織「へえ」

■ロマンスカー・カウンター車
久美子のグループじゃなくてもいい。いっせいに
「お願いします」
車掌「(照れながら真顔で)お願いします(と軽く敬礼して、カチカチで通過)」
のぶ代「私ンとこなんか」

■ホテルのコーヒー店
のぶ代「もっといない。女ばっかりでしょう」

■ガム工場
働く中年の男。
のぶ代の声「男性の大半は、もう結婚してるから」

■ホテルのコーヒー店
のぶ代「すっごく、チャンスなくて、みんな、郷里帰って、お見合いしたりするケース多いみたい」
香織「私ンとこも同んなじ」
久美子「嘘」
のぶ代「ねえ」
香織「ほんとよ」
久美子「嘘、嘘、嘘、嘘」
のぶ代「嘘嘘嘘嘘」
と久美子とのぶ代、ふざけて唱えるように言い、笑ってしまう。

■新宿の街(夕方)
三人、仲良く歩く。大笑いしたりする。
久美子の声「なんだか、すっごくどんどん、友達みたいな気持になったのだった。東京へ来て、はじめてだった。職場の人とは、なかなか、こういう風にならなかった。全然関係ないところの人だから、いいのかもしれなかった」

■ゲーム・センター
三人、キャッキャッと遊んでいる。

久美子の声「そして、私達は——はたから見ていれば当然すぎることかもしれないけど、やっぱり、だまされてしまったのだった」

楽しそうな三人。

2

「恋愛するチャンス少ないんで、　そういうムードに、弱かったんだと思う」

■久美子のアップ

久美子「（はじめは鏡に向ってしゃべっていることも分らぬサイズで）一度でいいから、生きるか死ぬかっていう――恋愛を――してみたい。（慌てず、ちょっと息をついて、言葉をさがす感じあって）結婚すれば自由じゃなくなるし、その前に強烈な想い出が欲しい。恋愛だめなら（小さく苦笑し）私って、わりとガード固くて、我を忘れるなんていう恋愛出来ないかもしれないから――だったら、旅行。うんといい旅行ひとつしたい。――想い出つくりたい」

久美子、アパートの自分の部屋で、頬杖ついて、鏡の中の自分に向ってしゃべっていたのが分る。

鏡の中の自分を見ている。

■タイトル・バック

働く娘たちのさまざま。みんな、いじらしいくらい一所懸命に働いている。美しい。

クレジット・タイトルも終って――。

■香織のアパート・部屋

ちゃぶ台を前にして香織の父信吾がワイシャツ姿で夕飯を食べている。

香織、父の来る前に夕飯をすましていて、一つだけあるカンバスを張った椅子に腰かけ、その父を見ている。よその部屋のナイターのテレビの音が聞えている。

信吾「（笑顔なく、見ている香織に）なんだ？」
香織「うん？（とこちらは微笑）」
信吾「人の食っとるの、見るんじゃねえ」
香織「フフ、はずかしい？」
信吾「（まったくもう、という気持あって）親からかって（と不機嫌）」
香織「なに怒ってるの？」
信吾「大体椅子に座って人の食うの見てる奴があるか」
香織「（もっともだと思い）うん（と身体を起す）」
信吾「親元はなれると、段々、妙な女（おなご）になっちまうだ」
香織「（立って強くなく）じゃあ、帰ろうか？」
信吾「――（食べている）」
香織「困るくせに（と畳に座る）」

信吾「――（食べている）」
香織「（お茶の仕度しながら）部屋だって二階全部兄さん夫婦で使ってるんでしょう？　私、帰ったら、どうするのよ？」
信吾「どうにかなるだ」
香織「なるもんですか。また小姑の私と義姉さんが揉めて、お母さんが間でキーキーいって、お父さんひどい目にあうから」
信吾「だからって、東京で羽根ばっかのばして。年とったら、どうするだ」
香織「年とったらって（苦笑）」
信吾「縁談もってくりゃあ、鼻で笑って。自分で見つけるとかなんとか」
香織「見つけるよ」
信吾「そーんなことばっかいうて」
香織「私、まだ二十三よ」
信吾「すーぐな。四ンなって五ンなって六ンなっちまうだよ」

■同じ部屋（時間経過）

香織、信吾の食器を流しで洗い終りかけ。水激しく出ていて、洗っている。

信吾「（カンバスの椅子を電灯の下へ持って来て、眼鏡をかけて書類を見ている）」
香織「（水を止め、手を拭きながら）出張また上野？（微笑）」
信吾「なんだ、上野て？（と書類見ながらいう）」
香織「国立の社会教育センターだっけ？（と来る）」
信吾「そったとこ誰が行くか」
香織「だって、お父さん、社会教育課長でしょう？（と傍へ座る）」
信吾「フンッ（と鼻を鳴らすだけ）」
香織「ちがうの？」
信吾「（うるさそうに）とうにやめてるだ」
香織「張り切ってたのに」
信吾「役所なんてもんは、どんどん動くだよ。ええだろうが、どこだって」
香織「そりゃええけど（淋しい）」
信吾「（ピッピッと書類をめくる）」
香織「（淋しいが、無理にちょっと微笑し）お父さん、お酒ものまねえし、久し振りでも、なんも（いいかけるのを）」

信吾「消しゴムねえか?」
香織「うん?」
信吾「消しゴム」
香織「うん(と立って、整理箪笥のひき出しをあける)」
信吾「(また、ピッと書類をめくり、またくり戻したりする)」
香織「(さがしている)」
信吾「(めくる)」
香織「(動きピタリととめ)なによ(と小さくいう)」
信吾「(めくる)」
香織「(太い声になって)なによ(と父の方へ振りかえる)」
信吾「(ギョッとして香織を見る)」
香織「こんな親ってある? こんな親ってあるかなあ?」
信吾「――(フラッシュのように短く)」
香織「なによう。普通なら、父親っていうのは、お嫁に行くなっていうじゃないッ(と消しゴムを投げつける)」
信吾「なにするッ(とよける)」
香織「顔見りゃあ、嫁行けっていって。たまに逢ったのにプンプンプンプン(と声も泣き声でうわずって)つまんないわよ。つまんなくて仕様がないよッ(と小学生があたるように幼なさが出て、父をぶちにかかる)」
信吾「おい――(と辛うじていうだけ)」
香織「(ウーッと幼く泣きながら、父をぶちにぶつ)」

■有楽町附近オフィス街(昼)

典型的OLといった歩調で、前シーンの痕跡まったくなく急ぎ足の香織。

■喫茶店

香織「(自動ドアを入って来て、『いらっしゃいませ』というウェイトレスの声を背景に一点を見て声にはせず)あらア(という口をして笑顔でその方へ行く)」
のぶ代「(いかにもよそ行きという服と化粧で腰掛けていて照れた微笑)」
香織「(傍まで来て)すごいお洒落」
のぶ代「ううん。仕方なくて(とちょっと鼻に皺をよせる)」
香織「(腰おろして)お休み?」
のぶ代「うん。うちで、どうしても休めって」
香織「(気がついて)お見合い?」

のぶ代「やだ、分る？」
香織「いいじゃない」
のぶ代「よくない。全然よくないの（と訴えるように泣きをいれていう）」
ウェイトレス「（水を香織の前へ置き）いらっしゃいませ」
香織「えーとね（のぶ代を見て早口に）あ、お昼いいの？」
のぶ代「うん。いいの（手を振り）私」
香織「じゃ、ナポリタンとアイスティ、一緒でいいわ」
ウェイトレス「かしこまりました（と去る）」
のぶ代「ごめん、お昼休みに」
香織「ううん。どうせ、このあたりウロウロしてるんだもの」
のぶ代「私の工場とはダンチ（外の道を見る）」
香織「ううん、見てくれだけよ」

■道を昼休みのＯＬが行く

香織の声「みんな最低の事務とってお茶汲んで、出世するわけじゃないし、事務が好きなんて人まずいないでしょう？」

■喫茶店

香織「その上私なんか一年契約だもの」
のぶ代「一年契約？」
香織「そ。転職したりして、条件悪くなっちゃったの」
のぶ代「へえ」
香織「何処で、お見合い？」
のぶ代「あ。新橋、天ぷら屋」
香織「へえ」
のぶ代「だけど問題なんないの。三十五の盛岡の人よ」
香織「盛岡――」
のぶ代「丁度出て来てるから逢えって、急に父が工場（こうば）でいわれて」
香織「工場って、お父さんの？」
のぶ代「そう。カメラの下請け。社長の甥なんだって」
香織「へえ」
のぶ代「断われないから逢うだけ逢えって」
香織「そう」
のぶ代「そのくせ結構乗り気なのよ、ガソリンスタンド二つ持ってて、一つの傍にもうじきドライブインひらくんだって」
香織「やり手じゃない」

のぶ代「だって、もうおじさんみたいなのよ、こんな
　顔した写真で（と顔つくる）」
香織「（笑ってしまう）」
のぶ代「（一緒に苦笑して）、母も父もはしゃいでて、面
　白くないから、その前に友達と逢うって、先
　出て来ちゃったの」
香織「何時から？」
のぶ代「二時」
香織「大変（御苦労様ねえ、という感じ）」
のぶ代「（苦笑して）で――」
香織「うん？」
のぶ代「でってこともないけど、ヨーロッパ、今年中
　に行けないかしら？」
香織「私？」
のぶ代「そう。都合――（どうかしら？）」
香織「いいけど――いいと思うけど」
のぶ代「来年だっていいんだけど、なんか私、ずっと
　我慢して働いてばっかりいたなって思って。
　ヨーロッパ行くわよって、ワッて家族にいい
　たくなっちゃったの」
香織「久美子さん、どうかな？」
のぶ代「うん。さっき事務所へ電話したら」

■ロマンスカー車内
　盆にアイスコーヒーを一杯のせて、通路を行く久
　美子。
のぶ代の声「今日は五時四十九分新宿着までだって」
久美子「（ある座席に）おまたせいたしました。すいま
　せんでした」

■ロマンスカー走る
　甘い警笛をあげて走る。

■新橋の天ぷら屋の部屋
　賢作の工場の社長とその甥中野二郎と賢作と静子
　とのぶ代が、食事をしている。
二郎「（見合いの相手。三十五歳。すっかり世慣れた田舎
　者という感じで）したら今度は県会議員のなん
　とかいうのを連れて来た。冗談じゃねえ。県
　会だろうが国会だろうが、そういう権威さ連
　れて来て土地売れったって、そうはいがねえ。
　そうなっとお父さん、私はもう意地でね」

賢作「(愛想よく) はあ」
二郎「駄目だッ、ここはドライブインつくるだ。明日にも鍬入れるだって、口からでまかせで、とうとうドライブインつくっことになっちまった。ハハハハ」
社長「よーくお前は、しゃべるなあ、もう」
二郎「そういうこといわんでよ、叔父さん。しゃべんなきゃ、俺の人柄、のぶ代さんに分らんでしょうが。両方で、はあーッ、はあーッって、ろくに顔も見ねえで別れて、どうするっていったって、こりゃ判断に苦しむよねえ、のぶ代さん」
のぶ代「フフフ(と仕方なく苦笑)」
二郎「いいねえ、この人は。いや、年ちっと上だから遠慮なくいわして貰うけど、今時こういう人が東京におるかねえ」
静子「なんだか、もう(出来の悪い娘で、という口調)」
二郎「いやあ、盛岡にだって、こんな控え目で日本的な美人は、めったいねえだよ」
のぶ代「フフ(と苦笑)」
二郎「工場へつとめとるっていうのがええ。東京なら、いくらだって派手な職場あるでしょうが。フワーッとね。青山なんか歩いとると、東京の娘っていう娘は、フワフワ遊んでばかりおるんじゃねえかって気ィするけど、そういう時代に、工場へつとめとる。そういうのええねえ。そういう女性を私は求めていた」
社長「ええ加減にせい」
二郎「だって、本当のことだもん、叔父さん。私はね、三十五のこの年まで、正直いって女遊びはせん、バクチはやらね、たーだ仕事仕事でやって来た男です。面白味はねえ。しかし誠実ですよ、のぶ代さん」
のぶ代「(目を伏せたまま苦笑)」
二郎「(指を折って) 金の心配はさせねえ。(また折って) 浮気の心配はねえ。酒はまあちっとばかりのむけんど、妻を可愛がる(と指折り) 可愛がる可愛がる可愛がる(と右手では足りず左手の指も折って) 可愛がる(といってワハハハハと笑う)」

■新宿駅・小田急線ホーム(夜)
乗務を終った久美子たち(章子、元子、光子もいる）階段をおりて行く。

■事務所への階段

娘たち、久美子、おりて行く。

■ロッカー・ルーム

着替えている久美子たち。

あまり口もきかない。短く。

古屋係長の声「えー、今日は二往復とも大分忙しかったそうで」

■ロッカーへ行く通路

私服になって整列している久美子の班の娘たち。

その前で古屋がしゃべっている。

古屋「御苦労さま（と一礼）」

娘たち「御苦労さまでした（と一礼）」

古屋「用がなきゃ終礼ははぶくんだけど、君たちの班には、ちょっと報告があります。えー、ギリギリまで内密にということで、今日まで黙ってましたが、大宮敏江くんが、明日付けで結婚退職することになりました」

章子「え？（と敏江を見る）」

元子「え？（と敏江を見る）」

久美子「（見る）」

敏江「（笑顔でうつむいている。えー？ というような娘たちの嘆声で、礼）」

章子「ウソォー」

元子「ほんと？ おめでとう」

久美子「ひどい、かくしてて」

敏江「（ほんと。ひどい。おめでとう、など口々にいわれる中で、また一礼）」

古屋「えー（手を叩いて）ちょっと静かに——静かにィ！（と更に手を叩いて、しずめ）大宮くんとしては、入社して一年足らずだし、先輩さしおいて結婚するのは悪いという気持もあって」

「そんな」「ひどーい」「嫌味だわン」など一斉に声があがる。

その中で、嬉しさをかくすように目を伏せてクスクス笑っている敏江。

■カウンターだけのコーヒー店

久美子「（面白くない顔でコーヒーをのんで、置きながら）

――ああいう時の男のいうことって、癪に触る」
香織「ほんと。うちの会社でもしょっ中」
久美子「――」
古屋の声「えー」

■ロッカーへ行く通路

古屋「(ニコニコと)出しぬかれた先輩諸君も頑張って、一日も早くいい男性をつかまえて下さい」

■カウンターだけのコーヒー店

久美子「(憂鬱に)バーカ」
香織「無神経」
久美子「――(ふくれている)」
香織「――どうする?」
久美子「うん?」
香織「旅行――ヨーロッパ」
久美子「行く。すぐでも行きたい」
香織「私も――(ものうくではなく、父とのやりとりを思い出して、悲しみも走って)すぐでも、行きたい」

■ガム工場・包装機械の前(昼)

働いているのぶ代。
のぶ代の声「(電話をかけている感じで)ええ。そうです。十一月七日出発のヨーロッパ二週間十五万ていうのです」

■工場の赤電話

のぶ代「(白頭巾に白衣で、ちょっと声ひそめて電話している。周りに立ち止まっている娘はいないが、昼休みらしく、通りすぎる娘たちはいる)ええ。ヨーロッパ。パリ、ロンドン、ローマなんかある――一杯って――もう一杯ですか? じゃあの(とパンフレットを持っていて、それを見て)十一月二十二日発っていうのは、どうですか? 三人ですけど――ずーっとって、だって、こないだ、七日っからのは、あいてるって、あの根本っていう人いったんですよ――じゃ今年は全部駄目ってこと? 分らないって――事務所何時までですか?――五時じゃ、私ら困るわ。五時まで、こっちも仕事だもの(といってから短く憤懣やるかたない表情が走る)」

■新宿西口の通り（夕方）

典夫が勧誘の帰りのスタイルで、事務所の方へ、同じスタイルの三人の青年と、バカ話して笑いながら行く。

■マンション入口

典夫たち、仕事が終った開放感でマンションへ入って来る。

■四階・エレヴェーター前

エレヴェーターひらく。

典夫たち四人、軽い冗談のあとらしく笑って姿見せ、典夫ドキンと下を向く。

久美子「（待っていて、いた、という目）」

典夫「（目を伏せたまま、他の三人にまぎれて行こうとする）」

久美子「（それを見ていて、後姿の典夫に）、根本っていう人（呼びとめる）」

■マンション近くの喫茶店

典夫「（椅子にかけていて、両手で顔をかくすようにして額をこすっている）ウーン（そうか、というような声）」

久美子「（向き合って腰掛けていて、その典夫を見つめていて）いったわ、おたく。十一月七日出発からなら、あいてるって」

典夫「（目をあげず）いった」

久美子「あれから何日たってるっていうの？　一週間とちょっとよ。正確には（ちょっと数えて）九日」

典夫「（目を伏せたままうなずく）」

久美子「それで、もう今年中は一杯、来年も三月頃まで一杯なんて、そんなわけないじゃないの」

典夫「（目を合わせず）そりゃあ普通のツアーなら、ないけど――」

久美子「普通じゃなくたって――」

典夫「十五万で二週間ていうのは、やっぱり魅力あんだよ」

久美子「嘘――嘘よ。おたくたち、ツアーなんて実行する気ないんでしょ！」

典夫「（キッと久美子を見て、おどすように）冗談じゃねえよ」

久美子「分ってるわ（と目を伏せ）十五万でヨーロッパ行けるっていって、入会金七万円どんどん

集めて、申し込むと一杯だ一杯だっていって
——それで入会金だけ、とっちゃう気なのよ。
分ってるわ。どうも変だと思ったのよ。返し
てよ（とチラと典夫を見ると）」

典夫「——（久美子を見つめている。さっきの怒った目で
はない）」

久美子「（その目にドキンとするものを感じてすぐ目をそら
し）返してよ（という声はちょっと弱くなり）三
人分、入会金返して貰いたいわ」

典夫「——（ただ見つめている）」

久美子「——（目はそらしたまま）とても——つき合っ
ちゃいらんないわ（と横を向いている）」

典夫「（静かに）あんた——綺麗だな」

久美子「（横向いたまま）なに——なにいってんのよ」

典夫「ドキンとした」

久美子「よしてよ（典夫を見られない）」

典夫「今まで、どうして気がつかなかったかな（と
息の声でいう）」

久美子「そーんな。そんな手にのるほど甘かないわよ
（と目のやり場がない）」

典夫「十一月七日は無理かもしれないけど、二十二
日の、なんとかやってみるよ」

久美子「だって、そんなの、ほんとに出てるの？（と
典夫を思い切ってみる）」

典夫「——（久美子を見つめている）」

久美子「——（ドキンとして、思わず見つめたままになる）」

典夫「出てるよ。全然ツアーなしで、こんなことし
てりゃあ、いい訳しようがないじゃない。そ
んな——ヤバイことはしねえよ。（とまるで恋
でも語るように久美子を見ていう）」

久美子「——（やっと目を伏せ）なら、いいわよ。信用
——信用しようじゃない」

典夫「ああ（と久美子を見つめている）」

久美子「——（視線を感じて、なんとか平静でいようとする）」

■佐伯家・茶の間（夜）

テレビのナイターのコンバットマーチ。
寝ころがってテレビを見ている茂。そのすぐ後ろ
のちゃぶ台で、夕飯終えて、茶碗にお茶を注いで
いるのぶ代。
夕刊をたたむ賢作。
台所で、タイムスイッチをセットしている静子。

賢作「茂」
茂「――（こたえないでテレビを見ている）」
賢作「茂」
茂「うん？（テレビから目ははなさない）」
賢作「呼ばれたら一回で返事しろ」
茂「うるせェなあ（と見ている）」
賢作「テレビとめて二階行け」
茂「やだよ（見ている）」
賢作「行けったら行くんだ」
茂「見てんだろう、いま（見ている）」
賢作「ラジオがあるだろうが。野球なんかトランジスタでいいよ」
茂「自分が見てェときは、見てるくせに（と、さすがに腹が立って起き上る）」
静子「（台所から来て）のぶ代に話があるの。二階ちょっと行ってて」
のぶ代「――（母を見る）」
静子「大事な話なんだから、（とテレビへ行って止め）悪いけど、行ってて」
茂「はじめっから、そういう風にいやあいいんだよ。いきなり、止めろ止めろって。俺だって感情があんだよ、（と、階段を上って行く）」
賢作「チョッ（と舌打ちして、一旦置いた夕刊をまたとって、畳に強く置く）」
のぶ代「なに、話って？」
静子「うん（と座る）」
賢作「（咳払いをする）」
静子「こないだの、見合いだけど」
のぶ代「断ってくれたんでしょう？」
静子「断ったさ。今日、お父さん、ちゃんと社長さんとこ行って」
のぶ代「今日までいわなかったの？」
静子「だって翌日やだともいえないじゃない」
のぶ代「そうかしら」
静子「いいお話で、随分本人も迷ったけど、あんまりお相手が立派すぎてって」
のぶ代「皮肉みたい」
静子「そりゃそういう風にいうもんよ」
のぶ代「で、なあに？」
静子「うん――」
のぶ代「そういって断ったんでしょう？（と、賢作の方へいう）」

静子「断ったさ、だから」
のぶ代「なら、いいじゃない。御苦労さまでした。（なにかありそうに思うが、ききたくなくて、食器を重ねて、台所へ立ち上って行こうとする）」
賢作「のぶ代（と呼び止める）」
のぶ代「（その声にドキリとするものあって立ち止り）うん？」
賢作「我儘いってるとな、一生、行きおくれるぞ（と、玄関へ）」
静子「お父さん――」
賢作「（サンダルつっかけながら）年とか顔なんてもんは、一緒になっちまえばどうってことはないんだ。金あって、大事にしてくれりゃあ、いうことないよ。（と戸をあけてとび出して、バタンと閉める）」

■表

狭い路地を、逃げるように去る賢作。

■佐伯家・茶の間

のぶ代「（立ったまま）どういうこと？（と小さくいって母を見る）」
静子「なんでも、こういうことになるとおっつけて行っちまうんだから」
のぶ代「（大方の見当はつき、目を伏せ、台所へ）」

■台所

のぶ代「（流しへ食器を置く）」
静子「（茶の間で）社長さんに、随分たのまれたらしいの。甥御さんは、すっごくあんた気に入っててて、絶対に貰ってくれって、くれぐれもって、盛岡へ帰ったって」
のぶ代「――」
静子「真面目なことは真面目らしいし、やり手だし、奥さん大事にするっていうし」
のぶ代「お母さん、どう？（と、普通の声でいう）」
静子「うん？」
のぶ代「お母さんなら、あの人ンとこ、行く？」
静子「そんなこと（と苦笑）」
のぶ代「仮に娘だとして、行く？」
静子「そりゃ、ガソリンスタンド二つ持ってるっていうし、お金の心配しないですむっていうのは、やっぱり、大変なことだからねえ」
のぶ代「行かないわよ。可愛がるって、あの人いった時、ゾッとしたわ」
静子「――」
のぶ代「自分たち、恋愛のくせして。社長さんになんていわれたか知らないけど、あんなの娘に押しつけるなんて、ひどいわよ」
静子「――（それもそうだと思う。ふくれたような顔をしている）」

■パチンコ屋

賢作、パチンコをやっている。

■久美子のアパート近くの道（朝）

十時頃。

典夫、片足をぴょんぴょんさせて道の隅へ行き、「畜生」と呟きながら、あげている方の靴を脱ぎ、底についたチューインガムをとりにかかる。

典夫「あーあ、べったり。もう」

■久美子の部屋の前

久美子「（用心深くドアをあけ）やだ（と、ちょっとおびえさえ走る）」
典夫「お早うス（とニッコリ）」
久美子「なに？」
典夫「さがした（と、ニッコリ）」
久美子「（目を伏せ）困る」
典夫「とれたんでよう、十一月二十二日」
久美子「ほんとォ（と、小さく嬉しい）」
典夫「ちょっといい？」
久美子「え？」
典夫「ちょっと、中（と指さす）」
久美子「駄目。一人だもの」
典夫「ガク、いいじゃない」
久美子「そういうことしないの、私」
典夫「（また用心しちゃって）ちょっと説明するだけよ。（と、入ろうとする）」
久美子「いや。駄目（と押し返す）」

■近くの道

久美子「（来て振りかえり）どうして、こんな時間いると思った？（と、固い顔）」
典夫「事務所へ聞いた（ケロリという）」
久美子「（やだ、という顔で）やたら電話しないでよ」
典夫「どうして？」
久美子「どうしてって、いうもの、いろんなこと」
典夫「男つくったとか？」
久美子「いい？　私、図々しい人嫌いだし、お宅なんかなんの関係もないし、困るわよ、うちなんか来るの。（強くいう）」
典夫「すいません。（神妙すぎるくらい）」
久美子「どういう手続きしたらいいか、それだけ教えて。（ちょっと悪いような気がする）」
典夫「俺は、あんたが、すっごく行きたがってたから、喜ぶかと思って」
久美子「そりゃ嬉しいけど――」
典夫「それだけ。手続きは、俺の方でやっとく。近くなったらパスポートとか旅費とか、いろいろして貰うけど、いまは、やっとくから（と一礼して行ってしまう）」
久美子「――（すまない気がして）あ――どうもありがとう（あんまりいうとつけ込まれるかな、という思いあって微妙な声）」
香織の声「あぶなーい」

■香織の部屋（夜）

香織「そういうの絶対テクニックなんだから、のったら駄目よ」
久美子「大丈夫（ムック形式のヨーロッパ写真集を見ている）」
のぶ代「やあねえ、アパートまで来るなんて」
香織「ああいう奴、申し込んでおいて払わないのいると、さがすでしょう。女のアパート行き慣れてるのよ」
のぶ代「やだ」
久美子「見て、これ（と、話題を変えたくて、ひらいてチュイルリー公園あたりの写真を見せ）よくあるけど、綺麗ねえ。やっぱり」
のぶ代「ほんと」

■パリの写真重ねて

久美子の声「どうして外国ってこんなに綺麗なんだろう」

のぶ代の声「ねえ（ほんと、という感じでいって続けて）
写真のせい？」
香織の声「もともいいのよ」
のぶ代の声「そうよねえ」
久美子の声「十一月でしょう。枯葉よねえ」
香織の声「どうかなあ」
久美子の声「どうして？」
香織の声「もう全部落ちてるかも」
のぶ代の声「それもいいじゃない」
香織の声「寒くて」
のぶ代の声「いい、いい（そのくらい）」
香織の声「犬の糞がやたらにあって、曇ってて、ユーウツで」
のぶ代の声「（はしゃいで）やだァ。そういうことばっかり、いってェ！」
三人の笑う声。美しい写真にかかって。

■香織の部屋
三人共、水割りのグラスを持って、壁によりかかっている。
香織「（唄う。小さく）オー、シャンゼリーゼ、オー、シャンゼリーゼ」
久美子「それ、ばっかり」
香織「（酔った声で、ちょっと苦笑）」
のぶ代「ねえ。変なこと聞くけど、おふたり、性体験あり？（と酔っていて、声小さく思い切ってのようにいう）」
久美子「——（表情変らず。ないのだが、ないというのも残念な気もする）」
香織「あり」
のぶ代「ほんと。そう思ってた。私、ないの」
香織「パリですましたら」
のぶ代「ウー（と、酔った目を大きくひらいて、首を振ってみせる）」
香織「フフフフ」
久美子「（苦笑して、のむ）」
のぶ代「ほら、雑誌でさあ、男欲しいなんて、よく書いてあるじゃない。私、ああいうこと分らないの。そういうことないの」
香織「経験なきゃそうよ」
のぶ代「だって、男の人なんか、経験なくても、欲しがるっていうじゃないの」

香織「ちがうもの」
のぶ代「おくれてるのかなって思って」
久美子「――（のむ）」
のぶ代「フフ、ひどい事いってる。酔っぱらったわァ」
香織「用心深いのに」
のぶ代「フフ、パリのせい。行くの決まって――浮かれてる。フフ」
久美子「――（典夫のことを思ってのむ）」

■マンション近くの喫茶店（反復）
久美子を見つめている典夫。

フラッシュ。

■香織の部屋
香織「考えると、今頃パリで喜こんでるなんて、ずれてるんだけどね」
久美子「――（フーッとふり切るように息をつく）」
のぶ代「そうかしら。私の周りじゃ、グァム島だって、行ってないわ。（間あって）――」

■ガム工場・包装機械の前（昼）
現実音だけ。

働いている娘たち。その中の、のぶ代。

途中から音楽。

■ロマンスカー・車内
「おてふきとメニューでございます」といいながら配っている久美子。

現実音と音楽。

■ある会社・食肉輸入課
音楽続いて。

香織、課長の前にいて、両手で顔をおおって泣く。

松永「（うんざりして立ちながら）泣くなよ。泣いてごまかすなよ。汽車の切符買うんだって仕事のうちだよ。とれなきゃ能力ねえんだよ。（と廊下の方へ）」

■日本橋横山町あたり（昼）
衣類の問屋街である。

スーパー「東京日本橋横山町」賑わっている現実

音。

■ある衣類問屋

小売りの人たちが品物を選んでいる。品物を運び出す店員。忙しい。その中で武志も買い付けをしている。

武志の声「いや、よかった」

■小さなレストラン（夕方）

すいている。その隅で武志と久美子、まだ水のグラスとナイフとフォーク、スプーンなどだけのテーブルをはさんで向き合っている。

武志「めったに、こうやって逢えないもんな」

久美子「うん。（と微笑）」

■横山町の道（昼）

駐車場へ運搬車を使って衣類を運ぶ店員と一緒に急ぐ武志。

武志の声「月に二回は東京へ仕入れに来るのに」

■小さなレストラン

武志「こういうことが少ない」

■横山町・駐車場

店員と共に、車に衣類を積み込んでいる武志。

武志の声「往復下手すると十時間ぐらいかかってな。日帰りじゃ、とても」

■小さなレストラン

武志「逢えない」

久美子「（目を合わせず、うなずく）」

武志「一泊すりゃ逢えるが、お前が嫌がる」

久美子「嫌がるわけじゃないけど、信用して欲しいってこと」

武志「だから信用している。アパートへも二度しか行ってない」

久美子「困る」

武志「なにが？」

久美子「パパと逢うと、なんか非難されてるみたいで」

武志「非難はしないよ」

久美子「フフフ（と目を伏せていて苦笑）」

武志「一人っ子に出て行かれたんだ。多少恨みがましくなるのは、仕様がない」
久美子「でも、あそこで」

■岡崎洋品店・店内

衣類の奥で、ポッンと店番している優子。ぼんやりしている。
久美子の声「お母さんと二人で」
優子の隣へ、同じようにぼんやりした顔の久美子が一瞬のうちに並ぶ。
久美子の声「ぼーんやり店番したり、お花ならったり、そんなことしてる」

■小さなレストラン

久美子「娘の方がいい？　私が親なら、一人で東京へ出て来て、自分で生きてく娘の方がいいな」
武志「そりゃあいいよ。しかし、娘だからな。心配ではある。そろそろ結婚ということも（といいかけると）」
久美子「考えてないの」
武志「考えてないいって――」
久美子「いいの（少しいらいら）もうこの頃、会社でも、そろそろ結婚そろそろ結婚て、周りがなんとなくそういう感じで、パパにまで、いわれたくないの」
武志「――うむ」
久美子「やっぱり（と話題かえたくていう）」
武志「うん？」
久美子「東京来るの、火水木？」
武志「ああ」
久美子「前そうだったわよね」
武志「いまも、そうだ」
久美子「そう」
武志「このあたりは」

■横山町問屋の商売風景

武志の声「火水木、一分びきするんでな。どうしても、それを狙う。今日は、冬物四分びきってことでな。大分地方から来てた」

■小さなレストラン

武志「十万買って四分だと四千円だろう。三、四十万買えば、飯代、高速料金、ガソリン代ぐらい浮く。ハハ、ま、みみっちい話だが、商売ってのは、そういうことでな。ハハハハ」
久美子「私がいない分、浮くでしょう、お金」
武志「ああ（意外なことをいわれた思いで）そりゃ浮く」
久美子「そういうお金で、二人で旅行でもすればいいのに」
武志「そうはいかない」
久美子「どうして？」
武志「お前で浮いた分は貯金してある」
久美子「やだ」
武志「嫁行く時やろうと思ってる」
久美子「いいの、そんなこと」
武志「よかないよ」
久美子「私は、そういうお金で、パパたち遊んでくれた方がずっといい」
武志「遊ぶったって――」
久美子「私も、ヨーロッパ行こうと思ってるし、パパたちも、そういうことして貰いたいわ」
武志「ヨーロッパ？」
久美子「そうなの。お金貯まったんで、十一月に、女の、友達と、二週間行って来ます」
武志「すごいな。ヨーロッパっていえば、なんだかんだ五、六十万かかるだろう」
久美子「フフフ」
武志「よく貯めたな」
久美子「私、自分で嫌になるくらい、真面目だもん」
武志「ほんとかあ？」
久美子「ほんとよう」

■佐伯家・茶の間（夜）

静子「（アイロンをかけていて、意外な顔で）ヨーロッパ？　お前が？」
のぶ代「（パジャマで、クレンジングで顔を落していて、低く不機嫌に）そんな声出さないでよ。普通なら、ヨーロッパぐらい、とっくに行ってるのよ。三万円ちゃんと入れてるんだし、今年は何処も行ってないし、去年は裏盤梯行っただけだし、なーんにも私なんか楽しいことしてないんだから」
賢作「（ころがって、腹のあたりには毛布がかけてあって、眠っている）」

静子「いいけど――」
のぶ代「いいにきまってるわ」
静子「お父さんね（と低く）」
のぶ代「なによ？（と聞きたくない）」
静子「こないだ、すごい間違いして、半日分ぐらい、やり直したんだって」
のぶ代「だから？（冷たくはないが、あまり入れこみたくもない）」
静子「そこへ社長さんからお見合いの話だろう」
のぶ代「まだそのことといってるの？」
静子「行けないのよ、断りに」
のぶ代「だって仕事と私と関係ないじゃない」
静子「そりゃ理屈はそうだけど、間違いした時、社長さんは賃金のカットをしなかったんだって」
のぶ代「だから私が、お嫁に行くの？」
静子「そうはいわないけど」
のぶ代「じゃ、なによ。行くべきよ、いくらなにがあったって、娘とは関係ないじゃない。あんまり勇気なさ（ギクッとする）」
賢作「（むっくりとおきる）」
のぶ代「（小さく）勇気――なさすぎるわよ」
賢作「（低く）勇気なんか関係ねえよ」
のぶ代「じゃ、なによ？」
静子「のぶ代（よしなさい、という感じ）」
賢作「でけェ口きいて、二十八九になってみろ（と立って台所へ）」
のぶ代「なあに？」
賢作「結構いい話だったって」
のぶ代「そんなこと絶対ないわ」
賢作「思うにちがいねえんだ（とコップをとり、水を注ぐ）」
のぶ代「バカみたい。バーカみたい、あんなのと。よく、親のくせに（と立ち上り）よく、そんなことといえるわ（とテレビのところへ行き、たたくようにテレビをつける）」
笑い声がして――。

■テレビの画面

桂文珍「女の人っちゅうんは、クリスマスケーキと同じでんな、二十五すぎたら、急に売れんようになる（ワーッと笑い声。のぶ代の手がとめる）」

■香織の部屋の窓（朝）

香織、ガラッと窓をあける。ショックを受けていて、思わず窓をあけたのである。

新聞握っている。すぐ、ひっこみ、

■香織の部屋

ハンドバッグをとり、中の小さな住所録を散らかすようにしてさがしあて、「オ、オ」といいつつ慌てて「岡崎久美子」をひらき、電話へとりつく。くちゃくちゃの新聞。ダイヤル、回す香織。

■ロマンスカー走る（朝）

■その車内・カウンター車

久美子、カウンターの中へ入って、氷をアイスピックで激しく割っている。

香織の声「もしもし、あの小田急のロマンスカーの走る喫茶室の事務所でしょうか？」

古屋の声「（電話を通した声で）そうですよう」

香織の声「あの、スチュワーデスの岡崎久美子さんは、もう今日は勤務中でしょうか？」

古屋の声「（電話を通した声で）え――」

■香織の部屋

電話にとりついている香織。

古屋の声「（電話を通した声で）岡崎久美子、岡崎は（と名札かなにかを見る感じ）」

香織「自宅にかけたら、もういないんで」

古屋の声「（電話を通した声で）あ――」

■ロマンスカー車内

古屋の声「乗ってますねえ。今日は、新宿着十四時四十二分まで勤務」

古屋の声、終ると車内現実音。

久美子、少しも休まず働いている。

■ガム工場包装機械の前

働いているのぶ代。はじめ、前シーンの現実音とうまくつないで現実音の中にいて、ピタリと消え――。

事務所の中年の男の声「（電話を通した声で）あ――、規則でしてね、従業員は、勤務中は、電話には、出られませんです。はい（と東北なまりでいう）」

■香織の駅への道

香織、どんどん歩く。現実音のまま、ただボリューム低くなって。

松永の声「（電話を通した声で）風邪？　気分悪い？（全然信用していない声で）さようですか。どうぞお休み下さい。はいはいはい、お大事にイ（と声高くいう）」

■マンションの前

ガードマンの青年「（中からドアをあけて出て来て人が好くなまりのある声で、ショックを受けて集まってべちゃくちゃしゃべっている娘たちに）悪いけどォ（娘たちちょっと静かになる）解散してくれないですか？」

娘Ａ「どうしてェ？」

娘Ｂ「どうして中へ入れないのよう」

「ほんと」「頭へ来ちゃう」「責任者出してよう」などの声。小走りに到着する香織。

ガードマンの青年「いや、だからさ、さっきから何辺もいってるように、倒産したァ、ジョイフル・ワールド関係の人は、誰もいないんだよねえ」

「そんなことってある？」「どこ行っちゃったのよう」「入れなさいよ」「事務所行かしてよう」

ガードマンの青年「ちょっと、待って、下さい。ここは、普通のマンションで、住んでる人もいっぱいいるから」

「だからなによ」「警察いったっていいのよ」などワーッとなる。

■新聞記事、短く

「旅行クラブが倒産
若い女性の夢崩れる
悪徳業者の疑い」

「私たちのお金がどうなってるかを聞きたいのよ」

「冗談じゃないわよ」などの声。

■マンションの前

香織「（娘たちの騒ぎの中で声もない）」

ガードマンの青年「ちょっと騒がないで下さい。騒がないで。うるせェと俺怒られっから（と制止に努めている）」

■マンションの一室のドア

内部から見たドア。シンとしている。外から鍵をあける気配あって、ドアをあけるガードマンの青年。

ガードマンの青年「（あけながら中へ入って、脇へより、声なくドアの外にいる娘たちへ）どうぞ。気イすむなら、中見て下さい」

■その一室

ガランとして、なにもない。段ボールとか、つまらぬものが一つ二つころがっているだけ。

ガードマンの青年「（前シーンの台詞と直結で）ただし、周り、住んでる人いるから、静かに、見て下さい。どうぞ」

娘たち、入るまでもないが、入って来る。

ガードマンの青年「債権者だか本人だか知らねえけど、昨夜からドンドン品物はこんで、朝にはもう、なーんもなかったっていうんだもんね」

一分ほど時間とんで、香織、部屋の中央にいる。娘たち、呆然となにもない部屋に立っている。

ガードマンの青年「なーんもないもんねえ、ひでェもんだなあ、ほんと」

■都・消費者センター受付

野村「（奥からカウンターの椅子へやって来て）えー、消費者センターの野村です（と一礼しつつ座る）」

香織もいる、六人ほどの娘たち一礼。

野村「いや、これは悪質かもしれないですがねえ（と書類など見ながらいう）」

娘たち「（うなずく）」

野村「倒産が（と娘たちを見て）偽装なら当然刑事犯罪として、警察の追求がありますが（と言葉に力なくなって書類を見て）そういう事で尻尾出すケースは少いんだよねえ」

娘たち「（見ている）」

野村「消費者センターは、業者と消費者のトラブルの調停、業者への注意、そういうことはしますが、倒産っていうような事になると、これは仕様がないんだよねえ」

娘Ａ「入会金の半分でもとり返すというような事は出来ないんですか？」
野村「出来ないことはないだろうけど、こういうケースじゃ、もっと大口の債権者がむらがってるし、ま、私は、個人的意見としては、運が悪かったと、さっさと諦めて忘れるのが一番じゃないかと思うけどね」
娘Ｂ「七万円は大金なんです」
野村「そりゃそうだろうけど、なまじ関わってると、時間も金もかかるし、大体お宅さんたちも、こういうのに街頭でひっかかったについては、注意が足りなかった、といわれても仕様がないんだよねえ」
「そんな」「ワー」「だってェ」などと口々にいう中で香織、顔を上げ、
香織「ちょっとあの（と注意を促がし）こういう時、弁護士を頼むというような事はどうなんですか？」
野村「（問題にならないという声で）そんなあなた、引き受けないよ。弁護士はね、最低でも一人三十万ぐらいの損害がなきゃ、引き受けません。大体、お宅さんたちも、足が出ちまって、そんなことは、わりに合いっこない」

■香織の部屋（夜）

のぶ代、久美子、壁かなにかを背にして憮然としている。
香織、ちゃぶ台でコーヒーを三つのカップに注いでいて、
香織「（低く）のんで、コーヒー」
のぶ代「（夢からさめたように）あ、うん（しかし動かない）」
久美子「――（動かず一点を見ている）」
香織「（自分の分に砂糖を入れ、牛乳の紙パックから牛乳を加えたりしながら）なーんか、おかしいおかしいと思いながら、契約したり、払い込んだり――フフ、いまになると、不思議な気持する」
久美子「――」
のぶ代「ほんと。随分用心深くて、うまい話なんか、全然のらなかったのに」
香織「私も――フフ」
のぶ代「（膝ずらして、コーヒーのむ動きにかかりながら）ひとつには、そういう、自分が、いやになっ

てたのねえ。うまい話は、きっとワナだと思って。ほんとにいいチャンスもつかみそこなって。だから、だまされたっていいやって、半分、思ってたところあるなあ」
久美子「――」
香織「のんで、久美子さん」
久美子「うん（と微笑して、ちゃぶ台の方へ近づく）」
久美子の声「私は、三人とも、もう一つの理由があったんじゃないかと思う」
三人、黙ってのんでいる。
久美子の声「それは、あいつ――」

■新宿の雑踏（回想）
久美子、のぶ代、香織、それぞれに声をかけている典夫。
久美子の声「あいつがちょっといい顔してたんで、つられたんじゃないかと思う。少くとも私は、あいつが、あんただけは特別だなんていう目をしたんで、つられたと思う。恋愛するチャンス少ないんで、そういうムードに、弱かったんだと思う」

■香織の部屋
久美子「――」
久美子の声「（低く、おだやかに）口惜しい」
久美子「あいつ――」
香織「うん？」
のぶ代「（久美子を見る）」
久美子「あいつさがして、少しでもとりかえしてやれないかしら？」
のぶ代「あいつって――」
香織「根本？」
久美子「そう。あいつ、そりゃあ、いわれてやったんだとかなんとかいうだろうけど、やっぱり直接だましたのはあいつだし」
のぶ代「だましたかどうかは」
久美子「だましたに決まってるわ。こんなの計画的よ。はじめっから、こうするつもりでやったに決まってるわ」
香織「ほんと――」
のぶ代「だけど、聞いた？　住所とか」
久美子「だから、さがすんじゃない。第一に、あいつ、声かけるの、すっごく慣れてたじゃない」

香織「そう」
久美子「きっとまた何処かでやってると思うの」

■原宿・日曜日の雑踏

久美子の声「日曜日、今度私休み。三人で、原宿とか
　——どこだろう——渋谷とか——あいつが、
　いそうなところ、さがしてみよう」
現実音のなかで久美子、香織、のぶ代、さがして
歩く。勧誘している青年たち。しかし、典夫は見
当らない。

■銀座・歩行者天国

　さがして歩く三人。
　典夫は見あたらない。
久美子の声「見つからなかった」
　音楽、静かに入って来る。

■池袋の雑踏（夕方）

久美子の声「それでも私たちは、池袋まで足をのばし
　て、さがして歩いた」

■寿司屋（夜）

カウンターではなく、テーブルで寿司桶をそれぞ
れ前にして食べている三人。
久美子の声「夕飯の頃にはへとへとで、あまり口もき
　かなくなっていた。変な一日だった。つかま
　えて、少しでもお金をとり返してやろうと、そ
　う思ってさがしているにはちがいなかったけ
　れど、一日三人で、一人の男性を頭に浮べて、
　さがし歩いていると、ふっと、憎らしくてさ
　がしているのか、ただ逢いたくてさがしてい
　るのか、少くとも私は、よく分らなくなる時
　間があった」

■マンション近くの喫茶店（回想）

典夫「（久美子を見つめている）」
久美子の声「ふりはらっても、思い出すのは、あの時
　の目だった」

■寿司屋

久美子「——（食べている）」
久美子の声「喫茶店で私を見つめている目なのだった」

のぶ代「きっと――きっと見つかるわ。東京にいるなら、きっといつか、何処かで逢えるわ（とお茶をとる）」
香織「やだ（とからかうようにいう）」
のぶ代「なに？」
香織「恋人でもさがしてるみたい」
久美子「（声とはちがって陽気に）ほんと（のぶ代をからかう）」
のぶ代「やだァ。よくそういうことというわ（とお茶を持っていることを忘れて手を振るので、こぼれて）アツ、アツ、アツ」
「やだ」「アラァ」などと三人、笑ってしまう。
ロマンス・カーの警笛、先行して。

■小田急窓外風景（昼）
警笛、鳴って神奈川県内を走る。

■その車内
久美子、光子と共に団体用の弁当を持てるだけ持って「お弁当でございます。お弁当でございます」と配っている。

■ガム工場・包装機械の前
相変らず働いているのぶ代。

■ある会社・食肉輸入課
お茶を配っている香織。

■国電山手線走る（夜）

■山手線の中
のぶ代、吊り革につかまっている。ちょっと目の端がかゆくなって、顔傾けて、かく。姿勢を戻す時、何気なく横の方を見て、アーッと思い、しかしつとめてなんでもない顔で正面を見る。それから、ゆっくり、また吊り革へつかまっている手を使って、出来るだけ何気なくその方を見る。

座席に、典夫座って頭を窓につけて眠っている。

すぐ目をそらしたのぶ代、また見る。

■巣鴨駅ホーム
山手線、すべり込んで来る。

■山手線の中
走行中。
のぶ代、どうしようか、と思う。見る。
眠っている典夫。
目を戻してドキドキしているのぶ代。

■駒込駅ホーム
山手線、すべり込んで来る。

■山手線の中
のぶ代「(停車音の中で典夫を見る)」
典夫「(眠っている)」
のぶ代「(正面になる。ドアのあく音。チラッと典夫の方を見て、ドキンとする)」
典夫の席「(人がかわってかける)」
のぶ代「あ、すいませーん(とドアへ)」

■駒込駅前
典夫「(駅から出て来て一方へ)」
のぶ代「(すぐ出て来て追う)」

■駅近くの道
典夫、行く。
のぶ代、尾行。

■別の道
典夫、行く。
のぶ代、尾行。

■やや小暗い道
典夫、立小便している。
はなれて、のぶ代、閉口している。
電話のベルの音、先行して。

■香織の部屋
香織「(フライパンを持ったまま電話へ急ぎ受話器をとって)はい。もしもし」

■公衆電話ボックス
のぶ代「あ、私、あの、のぶ代、佐伯」

■香織の部屋

香織「どうかした？

何処、そこ？」

■公衆電話ボックス

のぶ代「見つけたの。あいつのアパート」

■典夫の古いアパート・表

のぶ代の声「つきとめたのォ」

典夫「（入って行く）」

香織の声「（電話を通した声で）どうやってェ？」

のぶ代「（アパートの表まで来て、目立たないように戸口を見る）」

のぶ代の声「（香織の声と直結で）山手線で見つけて、尾行したの」

■公衆電話ボックス

のぶ代「だって、私ひとりでつかまえて、なんかいったって、きっと駄目だろうと思って」

■香織の部屋

香織「行く。今から行く。久美子さんにも連絡する。

■駒込駅近くの道

のぶ代、久美子、香織の足が急ぐ。

のぶ代の声「駒込。駅で待ってる。改札口で。あの、えーと、上野方向に向って（と尚説明しようとしている声消えて）」

意気込んで歩く三人。

■別の道

歩く三人。

■やや小暗い道

三人、ぐいぐい来て、久美子、立ち止り、

久美子「ちょっと待って」

二人、振りかえる。

久美子「なんかかっとして、ドンドン来ちゃったけど、大丈夫？　このまま行って？」

香織「大丈夫って？」

久美子「（目をちょっと伏せ）どんな奴かも分んないのよ。誰か一緒かもしれないし、こんな夜、アパートなんか行って大丈夫？」

■金物屋
刺身包丁をえらんでいる香織。
金鎚をふってみているのぶ代。
小刀のさやを抜いて刃をためす久美子。

■やや小暗い道
それぞれに包んだ武器らしきものを持って、また行進する久美子、のぶ代、香織。

■典夫のアパート・表
のぶ代「（来て）部屋は、どこか分らないけど（と小声でふりかえっていう）」
香織「うん——」
久美子「（入口を見ている）」
のぶ代「（声小さく）とにかく、ここへ入ったわ」
香織「（入口へ向って行く）」
久美子「（続く）」
のぶ代「（続く）」

■廊下
香織を先頭に入って来る三人。
テレビの音などしている。
中央に土足で歩ける通路があり、両側に部屋がある。
廊下は暗い灯り。
香織「（表札をたしかめながら行く）」
久美子「（反対側を見て行く）」
のぶ代「（両方をなんとなく見ながら、ついて行く）」
久美子「（立ち止って手を上げる）」
香織「（その方を見る）」
のぶ代「（見る）」
久美子「（その二人にうなずく）」
三人、典夫の部屋の前に行く。
久美子「（テレビの音）いるわ、中に」
香織とのぶ代「（うなずく）」
久美子「いい？」
香織とのぶ代「（うなずく）」
久美子「（ノックする）」
返事がない。また久美子、ノックする。
典夫の声「う？（テレビの音止まり）俺ンとこ？」

ドア閉まる。

久美子「ええ（というのが息の声になって中へ聞えそうもない）」
香織「（代って急いで）ええ」
典夫の声「誰？」
香織「ちょっとあけて」
典夫「（立ってくる気配）」
久美子「――」
典夫「（ドアをあける。下着で、ジーンズ）あ」
久美子「（真顔で）今晩は」
香織「今晩は」
のぶ代「今晩は」
典夫「（まいったなあ、という感じで）何処で聞いた？」
久美子「ちょっと、いいかしら？」
香織「（うなずく）」
のぶ代「（うなずく）」
典夫「ああ。ひでェけど（と中を気にし）いいよ。どうぞ（と身をひく）」
久美子「（小さく）お邪魔します（と入って行く）」
香織「（入って行く）」
のぶ代「（入りかかって）お邪魔します（と入りかけて、手の金槌を落し、慌てて拾う）」

3

「手前ら、結婚までに、他になんにもねえのか？」

■二回目の映像で
　駒込の夜の道を久美子、香織、のぶ代が歩いて行く。
久美子の声「会員になると海外旅行が安くなるといわれて、七万円払った」
■一回目の映像で
　典夫が、三人にそれぞれ勧誘しているショットで。
久美子の声「勿論インチキくさいという気はしていたんだけど、三人とも、用心ばかりして生きてるのに、少しうんざりしていた」
■一回目の映像で
　ビヤホールの三人で。
久美子の声「結婚前に、なんかコレーッていう想い出が欲しかった。で――」
■二回目の映像で
　夜の道を歩く三人。
久美子の声「結局、だまされてしまったんだけど――」

■タイトル
■典夫のアパート・廊下（夜）
典夫「（ドアをあける。下着で、ジーンズ）あ」
久美子「今晩は」
香織「今晩は」
のぶ代「今晩は」
典夫「何処で聞いた？」
久美子「ちょっと、いいかしら？」
典夫「ああ。ひでェけど（と中を気にし）いいよ。どうぞ（と身をひく）」
久美子「（小さく）お邪魔します」
香織「（入って行く）」
のぶ代「（入りかかって）お邪魔します」
　ドア、閉まる。
■典夫の部屋（短く時間経過）
　六畳に小さな台所だけの部屋。

　典夫、冷蔵庫からとり出した氷皿の氷を、バラバラな形の三つのコップに台所で入れている。

　香織、久美子、のぶ代は「どうぞ」といわれて、万年床をまくって隅に押しやったスペースに、座っている。

部屋の壁に、通常なら戸棚でも置くところに、小型冷蔵庫がおかれ、その上にカセットテープが数十本のせられている。その横に、高級ではないカセットデッキ。

ころがって見ていたらしい位置に、ポータブルテレビ。部屋の奥にパイプが渡されて、数点のスーツ、替ズボンなどが丁寧に吊されている。

他にはほとんどなにもない部屋。

香織「（氷をコップに入れる典夫を見ていて）構わないで、貰いたいの（とこれから文句をいおうと思っているので、固い表情でいう）」
典夫「（ええ、というように、東映やくざの神妙振りみたいなうなずき方をして、しかしやめるわけではなく氷を入れ、やや大きいお膳がわりになるようなお盆にコップをのせる）」
久美子「（柔らかくいう余裕がなく）座ってくれないかしら？（身構えた声でいう）」
のぶ代「（声を出せず、私だって甘くないんだから、という目を典夫に向け、正面に向ける）」

典夫「（動ぜず、ラーメンの丼に水を汲み、三つの氷を入れたコップと一緒に盆にのせて三人の方へ来る）」
香織「（その典夫をにらんで）随分、さがしたのよ」
典夫「（正座して盆を置く）」
久美子「私たちね、簡単に諦める方じゃないのよ」
のぶ代「（にらんでいる）」
典夫「（冷蔵庫の脇から、八分の二ぐらいになったサントリー・ホワイトの瓶を出し、盆の上に置き、正座のまま一礼）」
香織「なによ、これ？」
典夫「水割りでも、オンザロックでも（と東映やくざスター風に一礼）」
久美子「冗談じゃないわよ。どうして私達がお酒なんかのむのよ」
のぶ代「（漸く小さく、自分も少しはなにかいわなくてはと）ほんと」
典夫「日本茶も紅茶もコーヒーも、ないんです。これだけ、ウイスキーのこってたもんで、せめて、と思って（と一礼）」
久美子「（神妙さに押されそうになって、声が出ない）」
のぶ代「（同様である）」

香織「悪いけど、私、そういうの嫌いなの。やくざぶって、こんな風にすると怖がると思ってるのかもしれないけど、似合わないわ、そういうの」
典夫「――（目を伏せたまま）」
香織「（久美子に）ねえ」
久美子「（急にいわれ）あ、うん、似合わん（と方言になり）あ、ちょっと方言出ちゃったけど（とニコリともせず早口でいって唇をさっと手の先で拭くようにする）」
のぶ代「（口をとがらせて、そっぽを見る、笑いをこらえたのである）」
典夫「――（目を伏せたまま）」
香織「（ちょっと可笑しかったのだが、笑顔は見せず）あやまってね、貰いたいなんて思って来たんじゃないの」
久美子「そうよ。ちゃんとさ、私、少しでもいいから返して貰いたいの」
香織「少しでもじゃなくて、全額ね（と典夫をにらんだまま訂正）」
久美子「そりゃあ（香織をチラと見て）そりゃ勿論そうだけど、（と典夫をにらむ）」
香織「全額、三人分、二十一万、返して貰いたいの」
久美子「そっちはさ、七万円なんて、たいしたお金じゃないでしょうけど、こっちはお給料安いのよ」
のぶ代「安いわ。十万行かないのよ」
久美子「私は、それほどじゃないけど」
のぶ代「手取り？」
久美子「え？」
のぶ代「手取り、十万切らない？」
久美子「そりゃ、時には切ることもあるけど、私なんかわりと同期でも高いから、十万ちょっとぐらいは大抵いくけど」
香織「（うち切るように）とにかく安いわけ（と低く、目を伏せていう）」
久美子「そう。とにかく安いわけよ」
香織「そういうのを（と典夫を見て）ひっかけてドロンなんて、やり方汚いんじゃないかな？」
久美子「汚いわ」
のぶ代「そりゃあさ――そりゃあ」
久美子「え？」
のぶ代「（久美子にいうように）自分たちはいわれてやっ

ただけで、悪いのは上の人だとか、きっというと思うけど」
久美子「そんなの逃げ口上よ。いくら上がいったって、下がやらなきゃいいんだもの。やらなきゃ殺すとか、そういうのなら仕様がないけど、ただバイトで雇われて、私たちひっかけたんだもの。責任あるわよ、この人」
のぶ代「だから、私、そういう風にいおうと思って（と久美子の剣幕が不満である）」
香織「仲間でいい合いしないで」
久美子「いい合いじゃないわ。責任あるっていってるのよ。お宅（と典夫をにらむ）」
典夫「――」
香織「どうなの？　黙ってるの、ずるいじゃない」
のぶ代「ずるいわ（あまり迫力はない）」
典夫「ひっかけたとかさ（と目を伏せたままいう）」
久美子「ひっかけたとか、なに？」
典夫「（両手を畳につく）」
久美子「（典夫の頭がぐっと来たので、ヒヤリとして）そんな両手ついたってねえ」
典夫「（ただ、足を崩そうとしただけで、膝を立て、ふくらはぎをちょっと揉んで）両手ついて、あやまるわけじゃないの（とやくざっぽくなく普通にいう）」
久美子「どうして？」
香織「なによ、その態度」
典夫「会社はね、倒産したんだよ」
香織「でも、嘘でしょ」
久美子「偽装倒産でしょ」
のぶ代「分るわ」
典夫「（不良っぽくもなく、ごく普通の学生の口調で）そんな事する理由がないじゃない」
久美子「理由はあるわ。私たちから会費集めて、ドロンすれば、儲かるじゃない」
典夫「土日に、ああやって、説明会ひらいて、会費集めるよね」
久美子「うん」
典夫「一日二十人、二日で四十人としたって、七万の会費で二百八十万じゃない。仮に全額ごまかしたって、いくらでもないよ」
香織「でも、前から毎週毎週やってるんでしょ。それ全部なら、大変なお金じゃない」
典夫「そんなことないって。バイトの俺たちに金払うし、事務所の家賃や説明会の会場費だって安くないしさ」
久美子「じゃ何故やってるのよ？　もうかるから、やってるんでしょう？」
典夫「そりゃそうさ。続けてやってりゃ儲るんだよ。ひっかかる奴は一杯いるわけよ。俺にいわせりゃあ、女なんかバカよ。毎週毎週三十人から四十人が金払うんだよ。そんな商売やめる奴はいないよ」
香織「ひっかかるっていったわね」
典夫「ああ」
香織「やっぱりインチキなわけね？」
典夫「そうはいわない（よ、といいかける）」
久美子「いったわ。ひっかかるのは、バカだって」
のぶ代「いったわ」
典夫「全然インチキじゃあ、つかまっちゃうでしょうが」
香織「じゃあ、なに？」
典夫「二十人や三十人は、半年に一辺ぐらい、安く旅行行かせるのよ」
久美子「うん――」
典子「で、あとのは、満員だとかなんとかいって、ひきのばしておく」
のぶ代「うん――」
典夫「その間、その金、別会社のサラ金で人に貸して、ボロ儲けしたりしているわけよ」
久美子「ひどい」
典夫「倒産は本当よ」
香織「――」
典夫「俺はね、倒産なんかしなきゃ、あんたたち三人は、本当に安くヨーロッパ行って貰おうと思ってたのよ」
香織「どうして？」
典夫「え？」
久美子「どうして、私たちなのよ」
典夫「うん――」
のぶ代「きっと――うるさそうだったからでしょ？（と、にらむようにいう）」
典夫「いや（と、のぶ代をピタリと見る）」
のぶ代「うん？」
典夫「三人とも、綺麗だったから」
香織「見えすいたこと」

三人、一笑に付すが、照れて、悪い気はしない。

典夫「二百円貸してくれない？」

久美子「え？」

典夫「二百円――」

香織「なによ、それ」

典夫「倒産でバイト料貰いそこなってね、仕事さがしてんだけど、今日は朝からなんにも食ってないんだ」

久美子「嘘」

典夫「嘘じゃないよ。冷蔵庫ほら、なにもないし（とあけて見せ）氷なめて暮してたのよ」

香織「バカにしないで。二百円ないわけないいじゃない」

久美子「そうよ。二百円もないなんて」

のぶ代「そういえば、私たち、諦めると思ってるんでしょッ」

典夫「（パタンと冷蔵庫を閉め）あーあ（と寝ころんでしまう）」

久美子「なによ、それ」

久美子「冗談でしょ」

のぶ代「よくいうわ」

香織「おきなさいよ」

のぶ代「失礼じゃない」

典夫「（寝ころがったまま）バカバカしくなったね」

久美子「ちょっと。私たち、かなり覚悟して来てんのよ。こういうの持ってるのよ（と紙包みをあけ、箱をあけ、刺身包丁を出し）見てよ。見なさいよ（という）」

香織「（持っているが、ひらかない）」

のぶ代「（同じく持っているが、包みを握っているだけ）」

典夫「そんなに欲しけりゃ、テレビでもなんでも持ってけよ（と静かにいい、急に身体を起して怒鳴る）持ってけよ、なんでもッ！」

久美子「（包丁持ったまま、にらんでいる）」

典夫「手前らには、うんざりだ。手前らみたいなのは、うんざりなんだッ！」

香織「食べてないわりには、元気じゃない。（と青ざめながら切り返す）」

典夫「（その香織をにらみ）毎日毎日、手前らみたいのひっかけて、旅行はどうですか？　海外旅行は、行きたくないですか？　いきたいわ。結婚までに一度でいいから外国歩いて、想い出つくりたいわ。そんな台詞散々聞いたッ」

久美子「だから、どうだっていうの？（と、にらんだまいう）」

典夫「いじましい話じゃねえか」

久美子「そうかしら？」

典夫「あげくに、七万円なくしたって、包丁持って大騒ぎか？　手前ら、それでも生きてんのかッ」

香織「生きてるわ」

典夫「ちまちま二十万ちょっと貯めて、ヨーロッパへ十日ぐらい行って、それで青春の想い出は出来たって、笑わせるぜッ」

久美子「おかしくないわ。自分で稼げば、二十万は大金だし、それで夢買おうとしたって、おかしかないわよッ」

典夫「他になんにもねえのか、手前ら、結婚までに、他になんにもねえのか？」

香織「なんにもなかないわよ」

典夫「なにがあるんだ？　なにがあるんだよ？」

香織「なにって――（こたえられない）」

典夫「なんにもねえから、旅行にすがってるんだ。せめて、せめて海外旅行ぐらいって。ハハハハ、ケチな奴らは、ケチなめにあうもんだ。七万円パアにして、包丁持って、八つ当りか。刺しやがれ！　気に入らなきゃ、刺しやがれッ！」

久美子「（ものもいわずに刺しにかかる）」

典夫「（おどろいてよける）」

久美子「（素早く刺しにかかる）」

典夫「（ふっとんでよける）」

久美子「（また刺しにかかる）」

典夫「やめろ、やめろよ（とぶるってしまって、手を前へつき出して止める）」

久美子「（にらんでいる）」

典夫「ほんとに、やるな、バカ（と声がふるえる）」

香織「（中腰で久美子と典夫のアクションを思わず見ていて）フフ（とつっぱって立ち上り）あんたに――」

のぶ代「（へたりこんでいて）ああ、びっくりした（と溜息）」

香織「私ら笑う資格ないわよ。なによ、こんなボロアパートで二百円もなくて、なに粋がってんのよ」

久美子「（包丁持ったまま）そうよ（と典夫を見つめている）」

典夫「帰れよ（せめてのつっぱりで、大声で）なんでも

持って、帰れよッ（と彼女たちの方は見られずに
いう）」

■新宿駅ホーム（夕方）
ロマンスカーが到着する情景。

アナウンスなどがある。

■新宿駅・階段
事務所の方へ同僚と行く久美子。

典夫、待っていた顔で久美子を見送り、野心をおさえた目で、その方へ歩く。

■ガム工場・遊技室
ピンポン台などのある部屋。

その一画で、チアガールのメンバーが、練習のスタイルで、幾代のかけ声で、ジャズダンス風の振りで格好よく動いている。

ワントゥ、スリーフォー。

入口で、作業着のままの、のぶ代が立って見ている。

振りをくりかえしたりする幾代たち。

のぶ代見ている。

典夫の声の間はのぶ代だけで。
典夫の声「手前ら、それでも生きてんのかッ。ヨーロッパへ十日ぐらい行って、それで青春の想い出は出来たって、笑わせるぜッ。他になんにもねえのか？　手前ら、結婚するまでに他に、なんにもねえのかッ」
のぶ代「（ゆっくりと頭巾をとる）」
幾代たち、ワントゥスリーフォーとくり返している。のぶ代、近づいて行く。
幾代「（キリのいいところで終り、ちょっと額の汗を拭きながら、近づいて来たのぶ代に）なに？　のぶ代さん」
のぶ代「うん——ちょっと（と目を伏せる）」
幾代「入る？」
のぶ代「え？」
幾代「やる？　チアガール」
のぶ代「うん——出来たらと思って」
幾代「（嬉しい）ほんとォ？」
「ほんと？」「すごい」「嘘ォ」などと、他のメンバーも歓迎の声でのぶ代を見る。
のぶ代「フフ——」

■ビヤホール
地下の店。まだすいている。
ドイツ娘の衣裳の白人の娘が、中ジョッキ二つ持って一方へ行く。
典夫と、自分の服に着替えた久美子が、腰掛けている。
ウェイトレス「お待たせしました」
典夫「(ウェイトレスに微笑で)サンキュー」
ウェイトレス「ビテ(と微笑してやわらかく置き)ありがとうございました(と去る)」
久美子「(固い顔で目を伏せている)用事ってなに?」
典夫「用事は(とジョッキを持ち)これっていうか(とビールをのぞくように見る)」
久美子「なあに、それ(とムッとしたようにいう)」
典夫「金入ったんでね。おたくとのみたくなった」
久美子「そんなことだろうと思ったわ(と立つ)」
典夫「他の二人じゃなくて、あんたとのみたくなったんだ」
久美子「(なにかキツイことといってやろうと思って典夫を見る)」
典夫「そんなに、いけない事かな?」
久美子「(目をそらす)」
典夫「倒産についちゃ、俺も被害者なんだ。しかし、すまないとは思っている」
久美子「口うまくて、しょっ中女性に声かけて――」
典夫「仕事じゃないと、俺、気ィちっちゃいんだよ」
久美子「図々しく、用事用事って、ここまで連れて来たくせに、(と、いってドアの方へどんどん行き、ドアをあけて出て、閉め際にチラと典夫を見る)」
典夫「(とり残されたように、ガランとした店の奥で、中ジョッキ二つ前に置いてポツンと久美子を見ている)」
久美子「(ドアを押すように閉める)」
典夫の声「そんなに、いけない事かな?」
久美子「(声をふり切るように、階段を上って行く)」

■ある会社・食肉輸入課(夜)
香織「(立っている)」
松永「(立っていて、自分の机の上の書類などをせわしくまとめて、ひき出しに入れたり、印鑑をしまったりしながら)じゃ掛けて(と、すぐ脇の来客用のテーブルと椅子の方を指す)」
他に誰もいない。

香織、一礼して、椅子の方へ行く。

松永「（ポケットから、キーホルダーを出しながら）結婚でもするの？」
香織「（立ち止まり）いいえ」
松永「（キーのひとつで机のひき出しの一つに鍵をかけながら）じゃ、どうして？」
香織「（うなずきながら目を伏せる）」
松永「福島だったっけ？　家」
香織「はい」
松永「帰りたくなったか？」
香織「いいえ――」
松永「じゃ、どうして、やめたいの？」
香織「――ええ」
松永「もっと、いいとこあったの？（と事務的にいって、来客用のセットの椅子に腰をドスンとかけ）あーッ（とすぐ煙草を出す）」
香織「（立ったまま）ただ、なんか、やめたくて」
松永「駄目だよ、そんなの。かけて」
香織「（うなずいてかける）」
松永「こっちだって、急にやめられちゃ困るんだよ」
香織「（うなずく）」
松永「ま、困るのは、なんとでもするけど、よくないよ。何回職かわってるんだい？　癖になるんだよ、そういうのは」
香織「どうして、職かわっちゃ、いけませんか？」
松永「条件どんどん悪くなるでしょうが。そうだろう？　転々としてりゃあ、新卒が入るような所へは入れないし、給料だってあがっていかないし」
香織「どうせ、少しです」
松永「そりゃそうにしてもだ」
香織「いい会社入ったって、ずっといれば嫌な顔されるし、男の人は頑張ればえらくなるけど、女はえらくもなれないし」
松永「えらくなればいいだろう。愚痴いってないで、頑張って、前例つくって、えらくなっちゃえばいいじゃないか。部長でも重役でもなってみろよ」
香織「私が、重役に向いてますか？」
松永「そりゃ頑張り次第さ」
香織「嘘よ。課長さんだって、本当は、私が重役になれるなんて思ってないわ」

松永「だったら（と立ち上り）結婚しちゃえよ。二十三だろ。いい年頃だ。（と上着をとりに行く）」
香織「――」
松永「仕事かわってウロウロしてりゃあ、ろくな事はねえぞ」
香織「――」
松永「いるんだろ、君、何人も」
香織「いないわ」
松永「聞いてるぞ、ボーイフレンド多いって」
香織「噂なんか――」
松永「じゃ紹介しようか？　仕事なんか変えないで、結婚した方がいいと思うね（と香織の背後まで戻って来る）」
香織「――（動かない）」
松永「帰ろうか」
香織「他に――」
松永「うん？」
香織「（立ち上り）他に生きようがないのかしら？」
松永「うん？」
香織「（松永をふりかえり）これでもう結婚するしか生きようがないのかしら？（と真摯に、しかし強くいうのではなく、真情溢れていう）」
松永「（その香織に目を奪われ、小さく）まいったね」
香織「（目を伏せる）」
松永「君が、そういうこと本気で考えているんだとは思わなかった」
香織「――」
松永「ドキンとした。綺麗で、おどろいた」
香織「（目を伏せたまま薄く苦笑して、椅子から、通路の方へ出る）」
松永「もっと、フワフワ、世の中、なめて生きてる人だと思ってたよ」
香織「仕事――生甲斐っていう風にならないし」
松永「（香織を見ている）」
香織「いいんです、すいませんでした（とバッグをとりに松永の背後の方へ行こうとするのを）」
松永「（急に抱きしめて、キス）」
香織「（唇を避け、ふりきる）」
松永「冗談（と真顔でいい）冗談だよ、冗談。ハハ、ハハハ冗談、フフ」

■久美子のアパート・部屋
久美子、天井を見て、ころがっている。
久美子「――」
ビヤホールで、とり残されたように久美子の方をポツンと見ている典夫の映像が横切る。
久美子「（顔をそむける）」
また同じ映像が横切る。
久美子「（顔をそむける）」
典夫の声「そんなにいけない事かな？」
久美子「（動かない）」
ノックの音。ドキンとする。

■久美子の部屋の前
典夫「（ノックしている）」

■久美子の部屋
久美子「（起き上り）どなた？」

■久美子の部屋の前
典夫「俺です――オレ」

■久美子の部屋
久美子「（ドアを見ながら立ち上る）」

■久美子の部屋の前（夜）
典夫「今晩は」

■久美子の部屋
久美子「（ドアを見て立っている）」
また、ビヤホールの、とり残されたような典夫のショット。
久美子「（行き、ドアを細くあける）」
典夫「さっきは、図々しくて、すいませんでした（と一礼）」
久美子「（目を伏せ）いいえ――」
典夫「（また一礼）」
久美子「（立ち去らないので）で、なに？」
典夫「ちょっと、話なんか出来ないですか？」
久美子「（何処で、というつもりだろうという迷いの間短くあって）何処で？」
典夫「出来たら、お宅で――」
久美子「私、男の人、入れたことないの」

典夫「そんなルール、悪いけど、今時の女性とは、思えないですね」
久美子「（苦笑し）そうかもしれないけど」
典夫「ためしに、俺、入れてみたら、どうですか。怖いですか？」
久美子「――」
典夫「オレ――怖いですか？（と久美子を見る）」
久美子「――（典夫を見る）」
典夫「（おどけて眉をひそめ）怖いですか？（と笑わずにいう）」
久美子「（苦笑）」
典夫「（笑ってしまう）」
久美子「じゃ――三十分ぐらいなら（とあける）」
典夫「（パッとかくしていた片手を出す）」
久美子「あら（とおどろくが、小さな数本の花束である）」
典夫「どうぞ」
久美子「フフ（と花束を受けとり）花なんて（とあとずさり）ものすごく久し振り。どうぞ（と部屋の中央あたりまでさがって）あら、花瓶押入れだわ。いま、ちょっと（台所へ行き）洗面器に入れとくわ（とプラスチックの洗面器に水を入れる）」

典夫「（ドアに鍵をかけ、ブーツを脱ぎにかかる）」
久美子「フフ、散らかってて、あまり人来ないもんだから（と座敷へ戻り、クロワッサン風の雑誌を数冊畳からとり上げて戸棚の上にのせる）」
典夫「（上へあがっている）」
久美子「あ、どうぞ。これ（と座蒲団を裏返し）なにものむものないのよ」
典夫「（部屋を、それとなく見る）」
久美子「ビール、ほんとはあるんだけど、でも、こういう時、のまない方がいいでしょう（と冷蔵庫をあけ）麦茶。悪いけど。フフ（とグラスをとり、盆をとったりする）」
典夫「（部屋へ入って立ったまま）」
久美子「座って。あんまり見ないで（とお膳のところへグラスと麦茶の瓶を盆にのせて来て）ほんというと、ちょっと後悔してたの。大人気なかったなって。おどろいたでしょ、パッと立って帰っちゃったり、包丁ふり回したり、私って、そういうところ、あるのよ。思い切ってさっと東京へ出て来ちゃったり（ドキッと上を見る）」
典夫「（電灯を消す）」

久美子「あら、なに？」
典夫「（かぶさるように背後から抱きすくめる）」
久美子「ちょっと（口を押さえられ）な、なに、すんのよ」

しかし、典夫の迫力はすごく、ひき倒され、凌辱されてしまう。

■佐伯家・二階（朝）

三畳と四畳半ぐらいの部屋が、茂とのぶ代の部屋に分れていて、その三畳の方がのぶ代の部屋である。パジャマののぶ代がさっと振りをつけて立ち上る。

のぶ代「ワン――（それからチアガールの振りで）ツースリーフォー、ワンツースリーフォー（と蒲団の上でとんだりする）」

■佐伯家・階下

静子「（味噌汁を台所から賢作のために持って来ながら）あーら、またはじめた」
賢作「（新聞を読んでいて）う？」
静子「（二階へ）いけないよッ、また。ほこりが落ちるだろッ」

■二階・のぶ代の部屋

のぶ代「（かまわず）ワン、ツー、ワンツースリーフォーと襖（ふすま）をあけて）」

■踊り場

のぶ代「ワーツースリーワンツー（などと、ちょっと図にのって楽しげ）」
茂「（襖をあけ、ちょっと不気味そうに）またやってるのかよ」
のぶ代「やってるわよ。トレーニング。ワン・トゥ、ワン・トゥ（と一時も振りはやめずにおりて行く）」

■茶の間

のぶ代「お早うございます。ピャッ、ピャッ、パッパッパッ（などと、茶の間の入口で、また振りをくりかえしている）」
静子「（情けなく）いってよ、お父さん（と真顔で台所へ）」
のぶ代「なにを？　なに？　お母さん」
賢作「（新聞たたみながら）いいから座れ」
のぶ代「やだ。またケチつけるの？」

賢作「ダンスだダンスだっていうから、ダンスだと
　思っていりゃあ」
のぶ代「ダンスじゃない」
賢作「チアガールだそうじゃねえか」
のぶ代「チアガールよ。そういったじゃない」
賢作「いったって、それだけじゃ、ダンスかと思うよ」
のぶ代「なにいってんだか分らない」
賢作「チアガールってのは、野球場で、パッパカ足
　あげて踊る奴だそうじゃねえか」
のぶ代「そうよ」
賢作「そんなの、やるなよ」
のぶ代「どうして？」
賢作「こんな足出して、パンツ見せて、そんなのお
　前、やるな」
のぶ代「バレーボールだって、なんだって、足ぐらい
　出すじゃない」
賢作「十七や十八なら、いいよ。二十三にもなって、
　急にやるな」
静子「やだよ、お母さんも」
のぶ代「どうして？」
静子「気味悪いよ、急にはしゃいじゃって」
のぶ代「そんないい方ないでしょ」
静子「似合わないもの、あんたには」
のぶ代「似合うようになるもの。変えるんだもの（と
　台所へ）」
静子「なにを？」
のぶ代「人間を変えるの、前から、そうしたかったの」
静子「なにいってるんだか――」
のぶ代「自分をなんとかしたかったの。でも、ひとり
　で急にちがったことするの大変だわ。きっか
　けが欲しかったの。誰かが、ちょっと背中押
　してくれないかって。そしたら背中押された
　のよ」
静子「誰が？」
賢作「誰が背中押した？」
のぶ代「たとえよ、バカね」
賢作「バカってことはないだろう」
のぶ代「昨日、急に、チアガールやったらどうだろうっ
　て思ったの。自分がやるなんて思ってもいな
　かったけど」
静子「そうだよ。誰だって思わないよ」
のぶ代「そういうことやってみたかったの。そうすれ

ば、自分の殻がとれるかもしれないって」
賢作「無理してなんかやりゃあ、ろくなことないよ」
のぶ代「ううん。思ったより、ずっと効果あったわ。おどろいたわ。こんなに、ちょっと身体動かすだけで、気分から考えから、いろんなものが変わっちゃうなんて、自分が今まで随分ジーッとしてたんだなあって、つくづく思ったわ。やめるわけないじゃない」

■久美子の部屋
疲れたような顔で、ダイヤル回している。

■ある会社・食肉輸入課
電話のベルの中で、松永、書類をチェックしている。
大沢「（電話に出て）はい。食肉輸入課。あ、池谷さん？」
松永「（ピクッとする）」
大沢「池谷さんは、今日は休み。えー、なんかね、明日の土曜と、三連休とる気じゃないのかな。はい、はい、どうも」

■久美子の部屋
久美子「（電話を切る）アーアー（とやや異常を感じさせて真顔で大きく口をあけ）さっぱりしちゃった。面倒なもん捨てちゃって、さっぱり、しちゃった。アーアー（と思い切り大きな口をあけ、単調に声を出す）」

■仙台へ向う急行

■その列車の中
香織、乗っている。
典夫の声「他になんにもねえのか？　手前ら」

■典夫の部屋（反復）
典夫「結婚までに他になんにもねえのか？」
香織「なんにもなかないわよ」
典夫「なにがあるんだ？　なにがあるんだよ？」

■池谷家・表
福島市郊外。山。
香織の声「お母さん――」

■池谷家・座敷

香織「（小さな旅行バッグを提げて、玄関の方から現われ）お母さん――やだわ、あけっぱなしで――（ちょっと見回し）誰もいないの？（とちょっと上を見ていう）」

由起子の声「あ、香織？」

香織「何処？（と一瞬分らない）」

由起子の声「こっち、田口さん」

香織「（庭ごしの隣の勝手口を見て）やだ」

■庭と生垣ごしの隣の勝手口

由起子「（勝手口は、暑いので、あけてあり、すだれがかかっていて、それを分けて顔出していて）あんた、また、急に来るんだから（と上りこんでいたので、サンダルを履く動きになる）」

■座敷

香織「（由起子に聞えなくていい声で）物騒ねえ（と旅行バッグを置き）あけっぱなしで、あがりこんでんだから（と腰をおろす）あーッ（とのびをする）」

由起子の声「（香織の台詞の背後で）ええ、香織。なんか呼んでるような声してると思ったら。どうも、じゃ、葉子さん、これ、持って来てね」

葉子の声「はい」

■池谷家・玄関

由起子「（段ボール箱に、乾（ほし）そばや卵などを入れたのを持って、小走りに入って来て）来るなら、電話一本、よこしゃいいでしょう」

■座敷

香織「（立ち上り）それよりなに？（と玄関へ）」

■玄関

由起子「なに？（と箱をおいて上って、サンダルを揃えるプロセスの中で）」

香織「玄関あけっぱなしで、誰もいなくて」

由起子「東京じゃないんだから、大丈夫なの」

香織「福島は大都会じゃない」

由起子「大都会は、あっちの方。この辺は田舎（と台所へ箱を持って行く）」

香織「ドキンとしたわ、玄関あいてるんだもの（と台所へ）」

■台所

由起子「いいでしょう、帰る早々、うるさいねえ（と箱を置く）」

香織「なに、それ」

由起子「生協。乾そばに卵に、お醬油に（と床にべたりと座る）」

葉子の声「香織さん？」

香織「あ、今日は（と玄関へ）」

■玄関

葉子「（妊娠が目立つ姿で、段ボール箱を持って入って来ながら）お帰りなさい」

香織「あら、お義姉さん、赤ちゃん？」

葉子「そうなの（大変、と苦笑気味）」

香織「やだわ。お父さん、こないだ、なんにもいわないのよ」

■台所

由起子「お父さんは肝心な事はいわないの」

■玄関

葉子「あ、暑いわねえ、なんだか」

香織「大丈夫？　こんな重いもの持って」

■台所

由起子「大丈夫よ。妊婦は、あまりいたわらない方がいいの」

■玄関

葉子「そうなの」

香織「やだわ。姑がそんなこといったら、揉める元でしょう、お母さんは」

葉子「いいのよ」

■台所

由起子「いいの。いいたいこと言って、うまくいってるんだから」

香織「それは、お母さんが勝手に、そう思ってるだけでしょう」

由起子「うるさいねえ、あんたは。帰ってくると、文句いってるんだから」

■茶の間（夜）

池谷家五人の夕食である。

信吾「職業ってものはな、そういうもんでねえ」

香織「分ってるけど」

信吾「分ってたら、気分で、どうして休むんだ？」

香織「たいした事、まかされてないもの、どうって事ないのよ」

信吾「そんな事はない筈だ。いらねえ人間を企業がやとっとく訳はねえ」

由起子「いいでしょう、もう。お父さんも、ガミガミガミガミ」

香織「そうよ。こっちは有給休暇使ってるんですからね。そんなに、いわれることないわよ」

由起子「いいから、もう」

香織「いろいろ考えようと思って、帰ってくりゃあ」

信吾「ああ、考えろ。結婚本気で考えねえで、どうするだ。こっちが持ち出しゃあ鼻もひっかけねえで、自分はちっとも、動こうとしねえで」

香織「結婚結婚て、いわないでよ。結婚のこといわないでよッ（終りは大声）」

■二階・廊下

理一、一歩歩いて障子に手をかけ、

理一「香織あけるぞ」

香織の声「うん――」

理一「（あけ）なんだ、真暗にして」

■理一夫婦の二部屋

その窓辺の畳に座って外を見ている香織。

香織「蚊が入るから」

理一「網戸、閉めりゃあいい」

香織「あら、入れたの？」

理一「（電灯のところへ行って）閉めろ。つけるぞ」

香織「ほんと（と網戸をちょっとさがして閉めながら）気がつかなかった」

理一「（電気をつけ）どうした？」

香織「うん？」

理一「なんかあったのか？」

香織「なんにも――」
理一「気にしてるぞ、下で」
香織「どうだか」
理一「聞いて来いって、うるさいんだ」
香織「(苦笑)」
理一「なんだ？」
香織「兄さんが、めずらしいと思ったら」
理一「うん？」
香織「いわれなきゃ、聞きに来ないもんね、兄さんなんか」
理一「失恋か？」
香織「そんないい男いないもの」
理一「じゃ、なんだ？」
香織「別に――」
理一「急に帰って来て、夕飯で大声出して、別にはないだろう」
香織「結婚結婚ていうんだもの」
理一「いうさ、二十三だろ、四になると少し条件が悪くなるっていうじゃないか」
香織「バカバカしい」
理一「親が気にするのは仕様がないだろう」
香織「すりゃあ、いいの」
理一「うん？」
香織「結婚すりゃあ、安心？」
理一「ほっとするさ」
香織「へえ」
理一「赤ん坊うまれるし、戻って来てもいるとこないぞ」
香織「冷たいの」
理一「本気で少し考えろよ。どうなんだ？」
香織「結婚て、結局男の人生に合わせろってことだもんね」
理一「なんだ、それ？」
香織「自分押さえて、下の義姉さんみたいに暮すってことでしょ」
理一「そんな青くさい理屈、今頃なにいってるんだ？」
香織「でも本当じゃない」
理一「自分押さえりゃ不幸かよ？　人間てのは、そんな簡単なもんじゃないよ。人のために生きた人間の方が幸せだってことだって一杯あるよ」
香織「じゃ、義姉さん幸せ？」
理一「うん？」

香織「兄さんの人生に合わせて、お母さんに合わせて、義姉さん幸せ？」
理一「少くとも不幸のどん底じゃあないだろう」
香織「その程度か」
理一「そんなこと、十九や二十なら、ともかく、二十三にもなって、いう事じゃないよ」
香織「二十三だから言ってるの。そんなに、結婚を夢みたいに思えないもの」
理一「一人でお前、三十四十になったこと考えてみろよ」
香織「なーんにもないんだもの。ふりかえったって、なんにもないし、先き行きもなんにもないし、なんかもう――」
理一「鬱病だ、こりゃ」
香織「なんかギンギンするような想い出があれば、結婚も随分しやすいだろうけど（と、ちょっと強くいう）」
理一「じゃ、すぐさま、問題があるわけじゃないんだな？」
香織「――うん」
理一「見ろよ（と、右の腕を見せる。あざになっている）」
香織「どうしたの？」
理一「生徒さ（と、立ち上り）高校の教師もこの頃は、生命がけだ（と、階段へ）」
香織「下になんて言うの？」
理一「うん。ま、お袋に逢いたくなったとか、いっとくよ（と閉める）」
香織「（その障子を見て）ま――それも――あるけど――」
列車の警笛。ゆっくり窓の外を見る。
列車のやや遠い通過音。

■ガム工場・遊技室（夕方）
幾代たちの中に入って、ポンポンを持って、チアガールの練習をするのぶ代。いきいきしている。

■新宿駅ホーム（夜）
ロマンスカーの到着。

■事務所へ行く階段
おりて行く久美子たち。かけ上って行く二人ほどの制服の女の子「お疲れさま」「いってらっしゃい」と声をかけ合う。久美子、普通に明るい。

■物品倉庫

パチンと外で灯りがつけられ、古屋係長がドアをあけ、

古屋「こんなとこで、悪いけど、ちょっと（とドアをひいてひらき、身をひく）」

久美子「（自分の服に着替えていて）はい（と一礼して中へ入る）」

古屋「（続いて）コーヒーでも、のみながらがいいいんだけど（と入ってドアを閉める）」

久美子「（なんの話か分らず）いえ」

古屋「事務所、他に人いないんでね」

久美子「なにか？」

古屋「うん。ま、余計なことだっていえばそれまでなんだけど」

久美子「いえ」

古屋「ボーイフレンドいるね？」

久美子「いる――っていうか――」

古屋「こういっちゃ悪いが、よくない人じゃないだろうね？」

久美子「よくないって――」

古屋「今日、二度電話かかって来たんだけど――」

久美子「誰から、ですか？」

古屋「名前はいわないんだ。荒っぽいんだよ、すごく」

久美子「なんて？」

古屋「おう、久美子、いるかって」

久美子「そんな――そんな人、つき合ってないけど」

古屋「久美子に――つまり君に、手を出したら、ただじゃおかねえぞって、酔ってるようだったけど――」

久美子「知らないわ、そんな人」

古屋「（うなずき）君、寮を出てるし、一人暮しだし、心配になってね」

久美子「いやだわ」

古屋「交友関係は、ほんとに、気をつけるように」

■中野坂上あたりの道

久美子、足早に歩く。

■久美子のアパート・廊下

久美子「（帰って来て、ドキリとする。しかし、すぐほっと

する）」
香織「（久美子の部屋の前にいて、微笑し）事務所かけたら、もう出たっていうから（手にケーキの箱を持っている）」

■久美子の部屋

久美子「（小さなお膳に向って座っていて、ケーキを一口食べる）」
香織「（同じく横座りに座っていて、はじめの一口を食べる）」
久美子「おいしい」
香織「ね、ちょっとかわった味するでしょ」
久美子「野いちごみたいな。ちょっと野生っぽい」
香織「ね、すっぱくて」
久美子「大変ねえ、お菓子屋も多いから」
香織「ほんと（食べている）」
久美子「高校の頃は、やたらケーキすきで食べたけど」
香織「そう？　私、中学。あと、肥りそうで（食べている）」
久美子「ほんとォ（と食べている）」
香織「どうしてた？」
久美子「うん？」
香織「あれから――」
久美子「あれからって？（とちょっとガードを固めるような声になる）」
香織「あいつンとこ行ってからよ。それから逢ってないじゃない」
久美子「あ、そうか――あ、でも、別に、どうしてるって、かわりようもないじゃない（と典夫のことはかくしたいので、ちょっと甲高いような、強い口調になる）」
香織「そうだけど――私、なんか、あいつに、ガーンとやられたっていうか」
久美子「あいつに？（ドキリとする）」
香織「ほら、お前らみたいなの、うんざりだっていったでしょ」
久美子「そうだっけ？（と嫌な想い出がこみ上げてくる）」
香織「うんざりじゃない女って、どういう女なんだろう？」
久美子「あんな奴のいうことなんか」
香織「うんざりなの。私も、自分がうんざりなの。だけど、なにしたらいいんだろうって――」
久美子「あんな奴――」

香織「そう。あんな奴にバカにされて――でも、あたってるから、癪なのよ」
久美子「よして。あんな奴なんて――（泣き声で）あんな奴なんて、どうだっていいわ（と乱暴にケーキ皿を置く）」
香織「どうしたの？」
久美子「どうも――なんにも――なんにもないわ（と自制する）」
香織「変――」
久美子「――」
香織「変よ。なんかあった？」
久美子「そりゃ変よ。七万円、なくしたの、ショックだもの。思い出すと、口惜しいわ。思い出したくないわ」

■佐伯家・茶の間（夜）

二郎「（来ていて、ビールの出ているお膳の脇で、電気アンマのできる座椅子の背を倒して平らにし）ほら、お父さん、ここへ寝てみてよ、ちょっと」
賢作「え？（とのぞくように中腰になる）」
二郎「いや、お父さんみたいに、身体かがめて、機械に向ってる人はさ、絶対、背骨に負担がかかってんだから。ここへ寝て、背中、バイブレーターかけりゃあ（絶対いいに決まってるんだから、と尚しゃべり続ける感じ）」

■二階・のぶ代の部屋

静子「（襖をあけ小声で）のぶ代」
のぶ代「（座り机に向っていて）やだもの」
静子「挨拶だけでいいから」
のぶ代「断ったはずでしょう」
静子「断ったんだよ」
のぶ代「嘘」
静子「ほんとだよ。お父さん、社長さんに嫌われたって仕様がないって、断りに行ったんだよ」
のぶ代「なら、どうして来るのよ？」
静子「勝手に来たんだもの」
のぶ代「追い返せばいいでしょう」
静子「社長さんの甥だよ。そうもいかないじゃないか」
のぶ代「はっきり、本人にいってよ」
静子「知ってるんだよ、お前が断ったことなんか知ってるの」
のぶ代「図々しすぎるわよ。なんか貰ったりしないでよ」

■階段

二郎「（下で）お母さん（ともう上っている）」

■階段の上

静子「あ、はい」
二郎「いいんですよ、無理に（と顔が出る）」
静子「ええ、なにしろ」
二郎「いいですか？」
静子「は？」
二郎「（中へ向い）ちょっといいですか？　のぶ代さん（ともう襖のところへ行っている）」
静子「あら、でも」
二郎「今晩は（と顔をつっこんでいる）」

■のぶ代の部屋

のぶ代「呆れた」
二郎「いや、お返事は、叔父から聞いて（と正座しながら）どうにも、ショックでした（と一礼）」
のぶ代「でも、仕様がないんじゃないでしょうか？」
二郎「――（見つめている）」
のぶ代「（聞こえなかったのか、と）仕様がないんじゃないですか――（見て、目を伏せる）」
二郎「いいなあ――」
のぶ代「は？」
二郎「（見つめたまま）やっぱり、いい」
のぶ代「勝手に、そんな事いわれたって――」
二郎「チアガールをやっとるそうだね？」
のぶ代「まだ――はじめたばっかりだし」
二郎「いいですよ」
のぶ代「ひかえめがいいって、そういったんじゃないかしら？」
二郎「ひかえめな人が、そういう積極性を秘めてるっていうのがいい」
のぶ代「秘めてなんかいませんけど。どんどんやるんですけど、これから」
二郎「惜しいよ、そういうのは」
のぶ代「え？」
二郎「チアガールなんて、いくらやったって、なんの蓄積にもなんないでしょう」
二郎「そりゃあ（蓄積なんていわれれば）」
のぶ代「正直いって、そんなもん野球場でやったって
ね、みんな、手振りなんかみてませんよ。足
みて、お尻みてる」
二郎「失礼じゃないですか」
のぶ代「本当のこと」
二郎「本当って、あなたが、そういう人なんで、他
の男性はちがうと思うわ」
のぶ代「（二郎の背後に立っていて）のぶ代——（たしな
めるようにいう）」
静子「いいのいいの。ハハハハ、いいねえ、こうやっ
てムキになってると」
二郎「行って下さい。行っちゃって下さい」
のぶ代「そういうバイタリティはね。のぶ代さん。チ
アガールなんてものに使っちゃいけませんよ」
二郎「余計なお世話だわ」
のぶ代「のぶ代」
静子「私と一緒になって、経営に使って下さいよ。
金儲けで、発揮して下さいよ。面白いよう。
私と結婚すると、面白いよう」
二郎「お母さん、この人、なんとかしてよう（と立
ち上る）」
のぶ代

■香織のアパート・部屋の前
松永「（ノックを、ひかえめに、しかしもう何度かして、ま
たするというように）」
隣室の三十代の女性がドアをあける。
松永「（一礼する）」
隣室の女性「いないんじゃないですか？」
松永「どうも——そうのようですが」
隣室の女性「なにか？」
松永「いえ、勤め先の課長なんですが、具合悪いと
いって、今日、欠勤したようなんで」
隣室の女性「夕方出てったようですけど」
松永「なら、たいした事ないんでしょう、（一礼して
出口へ）」
隣室の女性「課長さんですね？」
松永「はあ。しかし、結構ですから（と一礼）」

■新宿駅・小田急線情景（朝）
電話のベル、先行して——。

■「走る喫茶室」事務所
おばさん風の事務員と古屋がいて、タイムレコーダーの所には、制服の女の子と私服の女の子が三、四人いる。おばさん風の事務員「(電話をとり)はいはいもしもし、こちら」

■公衆電話
典夫「(思い切って不良っぽく)久美子いるかよ?」

■「走る喫茶室」事務所
おばさん風事務員「え?」
古屋「(ハッとその電話の方を見る)」

■公衆電話
典夫「吉川久美子だ」

■「走る喫茶室」事務所
おばさん風事務員「いませんよ。遅番ですよ」
古屋「あいつかな?」
おばさん風事務員「あんた、昨日もかけたでしょ?」
古屋「かして(と受話器をとる)」
見ている制服、私服の女の子。
古屋「誰だ、君は? あんたなんか知らないっていってたぞ」

■公衆電話
典夫「じゃあ、知らねえ男の子供を大事にしろってていっとけ。あんまり電車でゆらすなってなッ(ガチャンと切って、外へ)」

■久美子の部屋
鏡に向って、髪をとかす久美子。

■久美子の部屋
カーテンを閉める久美子。

■久美子の部屋の前
久美子、出て来てドアに鍵をかける。

■中野坂上の道
久美子、歩いて行く。
突然、並んで歩く典夫。

久美子「（ギクリと立ち止る）」
典夫「（少し前へ行って振りかえり）すまなかったよ
（と目を伏せ一礼）」
久美子「二度と、逢う気ないわ（と行く）」
典夫「（並んで歩く）」
久美子「（立ち止まり）一緒に歩かないで」
典夫「（立ち止まる）」
久美子「（その典夫を追い抜いて歩く）」
典夫「（ついて行く）」
久美子「（立ち止まる）」
典夫「（立ち止まる）」
久美子「（振りかえり）ついて来ないで」
典夫「（見つめている）」
久美子「大声だって出すし、警察だって呼ぶわ」
典夫「――」
久美子「（また後姿になって歩いて行く）」
典夫「（急に大声で呼ぶ）じゃあ、こういう時どうし
たらいいいんだッ」
久美子「（立ち止まる）」
典夫「あんた好きなのに、どうしたらいいいんだッ」
久美子「――（あまりの大声に立ちつくしてふりかえる）」
典夫「どうしたらいいいんだよ？」
久美子「――（典夫を見ている）」
典夫「（見返している）」
ほどよき傍を国電が轟々と通る。

4

「親が安心なら子供は、どうでもいいの？
一人で強く生きようとしているのを封じこめ
ないで」

■久美子の部屋（三回目の反復）
久美子「（ドキッと上を見る）」
典夫「（電灯を消す）」
久美子「あら、なに？」
典夫「（かぶさるように背後から抱きすくめる）」
久美子「ちょっと（口を押さえられ）な、なにすんのよ」

■中野坂上の道（三回目の反復）
久美子「二度と、逢う気ないわ（と行く）」
典夫「（並んで歩く）」
久美子「（立ち止り）一緒に歩かないで」

■ロマンス・カー車内
働く久美子。
久美子の声「つまらない男に、乱暴された。でも、そんなことで私は、自分の将来を真黒に塗りつぶしてしまおうとは思わない。私はもっと自分を大切にしている。振りかえって、いい想い出だったといえるような、そんな青春をきり拓きたいと――そう思って、生きている」

■メイン・タイトル

■新宿駅・小田急線ホーム・情景（朝）
現実音。その中で電話のベル。
古屋の声「（電話のベルのあとで）はい、小田急『走る喫茶室』事務所ですゥ」
典夫の声「（電話を通した声で）久美子来てるか？」

■「走る喫茶室」事務所
古屋「（電話に出ていて）また、あんたか」

■公衆電話ボックス
典夫「（電話に出ていて）久美子、来てるか？」

■「走る喫茶室」事務所
古屋「き、きてないよ。来てないこと知ってるんだろ」

■公衆電話ボックス
典夫「なんだと？」

■「走る喫茶室」事務所
古屋「あんた、彼女がいない時ばっかり電話よこすじゃないか。本人はね、本人はあんたなんか、知らないっていっていってるんだよ」
事務員のおばさん、制服、私服の女の子、古屋を見ている。

■公衆電話ボックス
典夫「（せせら笑う）」

■「走る喫茶室」事務所
古屋「用があるなら、事務所へいらっしゃい。一度顔を見せなさいッ」

■公衆電話ボックス
典夫「（ガッと物凄い迫力で）いいのか手前。俺と面合わせて、いっちょ前の口きけんだろうなッ（ガチャンと切る）」

■「走る喫茶室」事務所
古屋「（受話器をちょっとはなす。強くまだ握っている）」

事務所にいる人々。みんな古屋を見て動かない。瞬間である階段をおりる音がして、久美子の声「あ、お早う」と更衣室への廊下にいる人に向っていう声がして、
久美子「（事務所へ）お早うございます（と私服で姿を見せ、ドキリとし）あら（と古屋を見て）また、ですか？」
古屋「本当に――（と受話器を置き）心当り、ないんだね？」
久美子「ええ（みんなが見ているので、チラと彼女らを意識し、目を伏せ）ありません」

■食肉輸入課
香織「（松永課長の机にお茶を置き）お早うございます」
松永「あ、お早う（と顔をあげ、なにかいおうとするが）」
香織「（すぐ他の机にお茶を置いて）お早うございます（また机に置いて）お早うございます」
松永「（その香織を見ている）」
香織「お早うございます」

■ガム工場
働くのぶ代。
二郎の声「のぶ代さん」

■のぶ代の部屋（夜）
二郎「（正座していて）私は諦めませんよ。出来る限り盛岡から上京して、お宅さんとの交渉にあたるつもりです」

■ガム工場
のぶ代、働く。現実音なく。
二郎の声「諦めません」

■のぶ代の部屋（夜）
二郎「諦めないこと、その一点で、私は自分の人生をきりひらいて来たんでございますから」

■ガム工場
現実音の中で、のぶ代、働いている。

■新宿駅ホーム
久美子とは別の班の五、六人のスチュワーデスが、明け番で、事務所の方へ談笑しながら行く。

■階段
スチュワーデスたち、おりて来て、ハッと立ち止まる。典夫が立ちはだかっているのである。班長らしい一番前の佐奈江。
佐奈江「なにか？」
典夫「久美子は、お前たちの班じゃねえのかよ？」
佐奈江「吉川久美子さん？」
典夫「（近づくので、女の子たち、あとずさったり、脇へよけたりする）今晩、俺ンとこへ来いって、いっといてくれよ」
佐奈江「（びびりながら）お名前は？」
典夫「そういやあ分るんだよ（と佐奈江の乳房を上から軽く叩く）」
佐奈江「よして下さい（と振りはらう）」
典夫「久美子より、でっかいじゃねえか。フフ、フフ（とさっと他の子のお尻に触る）」
キャッという声。

■とぶように走る窓外風景

■「走る喫茶室」カウンター

激しく氷をわっている久美子。

■物品倉庫

パチンと外で灯りがつけられて、ドアがあき、古屋、久美子、章子の順で入って来る。久美子と章子は制服である。

古屋「疲れてるとこ悪いけど、そういうことがあったんでね」

久美子「――ええ」

古屋「ま、適当に腰おろしてよ（と木箱をちょっとひき出す）」

章子「あ、これ（と久美子のために、隅に一つだけの丸椅子を持って来てすすめる）」

久美子「いいんです」

章子「いいわよ、かけなさい（と先輩らしくいって久美子を導いてかけさせる）」

古屋「班長には、すまないけど（と章子にいう）」

章子「いいえ」

古屋「二人でさ（久美子と二人でという仕草をし）ここ入っては、しゃべってると、また（と外を指し）妙な噂立っちゃったりすっから。ハハハ」

章子「フフ（一礼する）」

久美子「――（目を伏せている）」

古屋「どうなの？　全然心あたりないって事はないんじゃないかね？」

久美子「――ええ」

古屋「他の人にまで迷惑がかかってくると」

久美子「あります」

古屋「え？」

久美子「心当り、あります。一緒に、行って貰えますか？（キリリという）」

古屋「（小さくビビつて）何処へ？」

久美子「（目を伏せ、しかし弱くはなく）そいつの家です」

古屋「ぼくが？」

久美子「ええ。私ひとりだと――」

古屋「そりゃそうだよ。そりゃそうだけど、ぼくなんか行ったって――その、やくざみたいなんじゃないの？」

久美子「やくざ、じゃあ、ないと（思いますけど、といいかかるが）」
古屋「警察の方がいいよ。すごかったもん、電話（章子へ）すごいんだよ、すごんじゃってさあ」
章子「（へえ、というようにうなずく）」
久美子「警察がなにか出来ますか？」
古屋「出来るだろう？　いやがらせの電話かけて来たり」
久美子「いるかいないか、かけただけだっていえば」
古屋「ヒップさわったりしたんだよ。被害者が、こいつだっていうさ」
久美子「さわったぐらいで警察がひっぱれるかしら？」
古屋「そりゃあ――」
久美子「ああいえばこういうわ。警察のお説教ぐらいじゃ（いいかかるのを）」
古屋「じゃあ、どうしたらいいの？　君とぼくが行けば、それより効果あると思う？」
久美子「（古屋を見て息をつき）一日、下さい」
古屋「どうするの？　駄目だよ、一人で、なんとかしようなんて」
久美子「考え――ます。一日――考えて――それから、御相談します（一礼）」

■ある会社・廊下
松永「（食品輸入課から出て来て、ちょっと歩いて待つ）」
香織「（続いて出て来て、ドアを閉める）」
松永「（それを見て歩き出す）」

■廊下・窓際
松永「（来て）勤務時間中になんだが、つまりその、月火と休んだのは、俺のせいじゃないだろうね？」

■三回目の反復
松永、香織を抱きしめて、キス。香織唇をさけ、ふりきる。

■廊下・窓際と階段
香織「（松永を見据えるようにして）いいえ」
松永「それならいいんだ。逃げ口上じゃないが、ほんと、ちょっと、どうかしてた。若いお嬢さんは、ああいうことでも、ショックだったのかもしれないと、すまない気がしてた。じゃ、ま、行こうか（と階段をおりかかる）」

香織「（あとに続く）」
松永「あ、いま四時、ちょっとすぎだが、もう、このままいいからね」
香織「いいって」
松永「いや、シドニー貿易の岡崎、知らないかな？」
香織「いえ――」
松永「去年まで、うちの担当だったんだ。いま下に来てる。君に――いいと思ってね。ハハ（とおりて行く）」
香織「――（続く）」

■都心の道
岡崎勇と香織歩いている。
岡崎「急に課長さんから、電話いただいて、すっごくいい子がいる、すごいんだって」
香織「すごかないわ（と苦笑と照れ）」
岡崎「こっちも、結婚相手さがしてて、こういっちゃあ自分を棚にあげてるようだけど、なっかなか、いい人いなくて、ぼやいたりなんかしてたもんだから、乗ります、行きます、なんて、とんで来ちまったりして――すみません」
香織「――（苦笑）」
岡崎「――フフ、背丈の感じは、わりと合ってるような気がしますね」
香織「――そうね」
岡崎「フフ、あとが問題だけど――」
香織「ほんと――」
フフ、とお互い、相手をちゃんと見られずに、ぎこちなく歩いて行く。

■川崎球場（夕方）
照明がつく。ロッテが、試合前の練習をしている。
のぶ代「（客席への出入口に現われ、球場を見て）ウワー、ここで、やるの」
幾代「そう。あそこね、ほら、板敷いてあるでしょ」
ロッテ、シートノックなどしている。

■球場建物の内部の一画
トレパンを脱いで、チアガールらしい白い足を見せるメンバーたち。
その中で、のぶ代、ポンポンを持って振りの復習をしている。

のぶ代「出来るかなあ、あんなところで、私（動きながら、悲鳴のようにいう）」

「大丈夫」「出来る出来る」という声。
のぶ代、一生懸命な顔で、振りを続けて、暗記でもするような目のまま、きまる。

■典夫のアパート・廊下（夜）

久美子、現われる。いつものショルダーを握るように摑んでいる。ゆっくり、典夫の部屋へ近づく。いないらしい。ノックをして見る。早すぎたか、と思い、何処かで時間をつぶすつもりで、戻って行く。背後でドアがあく音。振りかえると、典夫、上半身裸で、眠そうな目でドアをあけて立っている。

典夫「（久美子が意外で微笑が浮び）よう」
久美子「（笑顔なくうなずく）」
典夫「眠ってた。フフ。来いよ（と中へ入り、灯りがつく）」
久美子「――（立ったまま）」
典夫の声「どうぞ、いいよ（ガラス窓をあけたりしている音）」
久美子「（ゆっくり部屋へ）」

■典夫の部屋

スポーツ紙などを、まるめて台所のポリバケツへっこんでいる典夫。

久美子「（入って、ドアを閉める）」
典夫「（ポリバケツの蓋を閉め）よく、来てくれたな。すごく思いがけなかった（と振りかえる）」
久美子「（まだ靴のまま入った所に立って典夫を見ている）」
典夫「上ってよ。フフ、暑いな（と冷蔵庫へ行き）また俺、さぼってんで、氷しかないんだ（と氷を出す）」
久美子「（ショルダーのチャックをあけ、すっと刺身包丁を抜くようにとり出す）」
典夫「あんた酒いやがるから、氷の水になっちまうけど（と久美子の方を見てギクリとする）」
久美子「座って（と靴をぬぐ）」
典夫「よそうよ（氷皿がつめたく、畳へそれを置いて、しかし、すぐ立ち）あれだけで、死ぬの生きるのは、ちょっとあんまりじゃない？　そんな――あんた――そういう人なの？　フフ（とパッと台所へ行って包丁をとる）」
久美子「（素早く走って、その典夫の横顔に包丁をつきつける）」

典夫「（スキを見つけようとして）なに、よ？」
久美子「はなして、包丁はなして」
典夫「フフ、切れねえ、包丁でね。フフ（と包丁をはなす）」
久美子「そっち（部屋へ）行って」
典夫「しかし」
久美子「行って」
典夫「（行きながら）よ、よそうよ。分ったよ。俺その」
久美子「座って――」
典夫「（久美子の方を向き）やることは俺、乱暴になっちまうけど、気持は純情っていうか――」
久美子「座ってよ（と包丁をぐいと出す）」
典夫「わかった。よせよ。わかった（と座る）」
久美子「（ゆっくりあとずさって、すぐとびかかれない距離をおいて座る）」

拍手や口笛の音などして。

■川崎球場（夜）

人々の注視の中を、登場し板の上へ行き、お辞儀をするまでのチアガールのメンバー。

のぶ代、緊張して、つまずきそうになったりして、お辞儀までたどりつく。

■典夫の部屋（夜）

向きあっている久美子と典夫。

久美子「（静かに）なぜあんな電話かけるの？」
典夫「電話？」
久美子「とぼけたって駄目」
典夫「なんのことか――」
久美子「他に――他にいないんだもの――分るのよ」
典夫「（なにいってるんだか、という仕草）」
久美子「今更ジタバタしないで」
典夫「（苦笑しようとする）」
久美子「なぜ？」
典夫「（どう説明したら、いいか、というように言葉をさがす感じになる）」
久美子「なぜ、佐奈江さんたちに、いやらしいことしたの？」
典夫「俺は（そんな事）」
久美子「ごまかすの見たくないの」
典夫「――（表情を止める）」
久美子「人相、聞いてすぐ分ったわ」

典夫「――」
久美子「何故？　なぜ、そんなことするの？」
典夫「――」
久美子「私と逢うと、道で、まるで青春ものみたいに、あんな大声で好きだなんて叫んで」
典夫「好きだ（と久美子を見つめる）」
久美子「よしてよ」
典夫「好きだ」
久美子「裏で、なぜ、そんなことするの？」
典夫「――（見つめている）」
久美子「こたえて」
典夫「――（見つめている）」
久美子「（目を伏せ）見つめたって、駄目よ。その目で、まいる子もいるんでしょうけど、私は、そうはいかないの」
典夫「――（見つめている）」
久美子「考えたわ。どうして、そんなことするんだろうって」
典夫「――（見つめている）」
久美子「私に、やくざみたいな男がついていて、生活乱れてるってことになれば、あそこ馘になるかもしれないわね」
典夫「――」
久美子「それが目的かな？　それしか、私には考えられないけど（と顔を上げ）他にある？」
典夫「（目を伏せる）」
久美子「私に、やめさせて、どういう風にしたいわけ？」
典夫「――」
久美子「バーにでも、つとめさせて、ヒモにでもなりたいの？」
典夫「――」
久美子「こたえないとこ見ると、みんな当ってるのね？」
典夫「ちがう」
久美子「どうちがうの？　どうちがうかいってみて」
典夫「あんな、くそ面白くもねえ仕事やってて、なにが楽しいんだ」
久美子「仕事は、楽しいから、やるんじゃないわ」
典夫「楽しいに越したことはないだろう」
久美子「そんな仕事が、そうそうあるわけないじゃない」
典夫「あんたならあるさ。あんたぐらい、いい顔してりゃあ、モデルやったって、月三十万は固いね」
久美子「上前はねて、暮そうってわけ？」
典夫「いやなら、俺は、一銭も貰わない」
久美子「悪いけど、そんなんじゃないの」
典夫「楽に暮せるのに、なんで、わざわざ苦労してんだか――」
久美子「苦労だと思ってないわ。仕事、好きだし、楽しいこともあるわ（と立つ）」
典夫「もっと、もっとうーんと面白い人生があるのによう」
久美子「他さがして。私は、あんな事ぐらいで、いうなりになるほど、安っぽかないの（と用心して靴をはきにかかる）」
典夫「率直にいおうじゃねえか（と立つ）」
久美子「来ないで（と包丁を向ける）」
典夫「コンプレックス、いろいろあってよ。素直に、なんかいったりしたり、出来ねえとこがあるんだ」
久美子「（靴はき終える）」
典夫「本当は、他には、なにもねえんだ、ただ、あんたに、まいっちまったんだ」
久美子「（真剣な目で）お芝居は沢山」
典夫「芝居じゃねえ」
久美子「その手はくわないの（とドアをあけて出る）」
典夫「芝居じゃねえよ」
久美子「（閉める）」

■廊下

久美子、理性は典夫を否定しているが、感情的にはひかれるものがあり、ドアを閉ざしたことで、感情が波立ち、包丁をむき出しのまま入口へ。
それを、壁にはりついたまま見送る与太っぽい青年、急いで、典夫のドアへ行き、ノックして、
青年「よう。ノリ。大丈夫か？」

■川崎球場

ロッテがヒットもしくはホームランを打つ。
ワッと湧く観客席。
もう我を忘れてポンポンを振って喜ぶのぶ代。
すぐ、ラッパかなにかに乗って、勝利の振りを、他のメンバーとやる。
楽しそうだ。

■佐伯家・茶の間（朝）

賢作、のぶ代、茂が朝食をとっている。

静子、台所からおしんこを持って来て、

静子「私はね、チアガールそのものに文句つけてるんじゃないの」

賢作「なにいってんだよ（と遺憾である）」

静子「そりゃ脚出したってパンツ見せたって、時代が私らの頃とはちがうんだから」

賢作「そんなことはないよ。いざとなりゃあね、世間てェものは、保守的なもんだよ。世の中動いてるとかなんとかいったって、いざ結婚とかね、そういうことになると、なに？　足出したの？　パンツ見せてた？」

のぶ代「見せてやしないわよ」

賢作「こだわるもんなんだよ」

のぶ代「そんな人ンとこ行かないもの」

静子「だから、そんなこと私はいってるんじゃないの」

賢作「いってんだよ、俺は」

静子「お父さんは、ちょっと黙ってて」

のぶ代「なにをしたっていうの？　まるでキャバレーにでもつとめたみたいに」

静子「あんた口紅かえたろ？」

のぶ代「（苦笑してやりきれなく）いいでしょう」

静子「いいよ。そんな小さなことで、いちいちなんかいう気ないよ」

のぶ代「いってるじゃない」

静子「もっと大きなことにつながるからいってるの」

のぶ代「（食べる）」

静子「地味で、真面目で、もうちょっとなんとかしたらって、酒屋のお節介ばばあがいったくらいののぶ代がだよ」

賢作「あのばばあ、まったく」

静子「（無視して）ここへ来てあんた、チアガールはやる、口紅は濃くする、アイシャドウもつけはじめる。これで親がなんともいわなきゃ、どうかしてるよ」

のぶ代「いっとくけど、私は女ばっかりの会社のチアガールのグループに入っただけなのよ」

静子「あせってるのよ、あんた」

のぶ代「失礼しちゃうわ」

静子「自分じゃ分らなくても、あせってるの。だから、なんとかしよう、なんとかしようって」
のぶ代「御馳走さま（と茶碗を重ねる）」
静子「そういう時が、女は一番あぶないんだよ。コロッと妙な男にひっかかるんだよ」
のぶ代「（台所へ）茂」
茂「なんだよ」
のぶ代「（台所で）あんた少しなんかいってよ。姉弟がなにいわれたって、知らーん顔して」
茂「急に、そんな――」
静子「ほんとだよ、茂は」
茂「なによ？」
静子「家にいる間ブスーッとして、私らが生きようと死のうと知ったこっちゃないって顔して」
茂「関係ないだろ、いま（と茶碗重ねながら立つ）」
賢作「ホーラ、ホラ箸、箸一本（忘れているという感じで指す）」
茂「なんでこっちが急にいわれるんだよ」
のぶ代「少しは引き受けなさいよ（と洗っている）」
茂「（台所へ行きながら）お父さんたちはね」
賢作「なんだ？」
静子「なんだい、私たちは？」
茂「自分らが遊ばねえで来たもんだから」
静子「遊びたくたって、遊べなかったんだろう」
茂「こっちが、ちょっと遊ぶと、すげェぐれたみたいなこといって、こっちはもう人並にも遊んじゃいないのに」
静子「嘘いいなさいッ」
賢作「嘘つけ、バカ」
茂「親も少し、遊びゃあ、いいんだよ、釣やるとかトルコ行くとか」
静子「よくそういうこと」
賢作「そういうことを高校生がだな親に向っていうってエところがもう（すでに親を親と思っていない証拠――）」
静子「（ほんとだよ。あんたは、子供らしい少年らしい可愛いところがなくなってなどとワイワイ茂をやっつけている）」
のぶ代「（台所の流しで）あーうるさいうるさい（とホコ先が茂へ行ったので、水を止め、濡れた両手を拭いたりしている）」

■ビルの地下の天ぷら屋

松永「（四人席のテーブルに、香織と向き合っていて天丼を食べながら、笑いながら）変った顔だと——変った顔かな？　そんなに（岡崎がそういっていたの意）」

香織「フフ（と天丼を食べている）」

松永「ま、とにかく奴はね、照れて（ムシャムシャ）なんだかかんだ前置き並べてさ、結局は『気に入りました。よろしくお願いします』って、だらしがねえんだ。ハハハ」

「いらっしゃい」「いらっしゃい」という声と共に五、六人のサラリーマンが横の通路を席をさがしながら奥へ。

松永「込んで来たねえ。ここは、わりとすいてたんだけどな、いつも」

天ぷら屋の女将「相すみません。御相席よろしいでしょうか？」

松永「ああ、いいですよいいですよ（と奥へ席を移す）」

■喫茶店

その隅。コーヒーを前にして、松永と香織、向き合っていて、

松永「（煙草を指にして、のり出すようにして香織に）慎重だねえ。なかなか返事しないんだなあ」

香織「——（苦笑）」

松永「見かけと違うなあ、あんた、ほんとに（と椅子の背にもたれる）」

香織「そうですか（と松永を見ない）」

松永「イヤならイヤって、ケロッと決めちまうような顔してるけどな」

香織「そういうとこもあるんだけど」

松永「意外性の魅力だね（とまたのり出して香織を見る）」

香織「フフフ」

松永「いや、あの時はドキンとしたなあ」

香織「（苦笑）」

松永「結婚するしか生きようがないのかしらって、すごく真面目な顔だろう」

香織「やだわ（と目を伏せたまま苦笑）」

松永「いやこっちは中年の固定観念でね、今時の（適当に背もたれにもたれたりしながら）お嬢さんはマジなことをマジに考えたりしないもんだ、な

んて思ってた。フワフワッと、その日その日を楽しく、そのうちいい男つかまえて、結婚すりゃあいいって、そのくらいのことしか考えていないと思ってた。はっきりいやあ、多少反感もあった。まったくいい気なもんだ。手に負えないよって感じがあった。そこへ、急に、聞かれたろ。結婚するしか生きようがないのかしら？」

香織「（コーヒーのんで苦笑）」

松永「ジーンというか、ズーンというか、正直いって感動しちまったね。そういうことを思ってるのか。そういうことを考えてるのか、気がついたら――」

■三回目の反復

短く、松永、香織にキスしようとして、香織、押し返す。

■喫茶店

松永「俺としたことがって――気持だね。会社の子とは、そういうことは絶対しないことにしている。なにいわれるか分からないからね。ハハハハ」

香織「私も――どうして、あんな事きいたんだろうって思ったわ」

松永「まあ、そりゃあいいけど――」

香織「相談する人いないんですよね」

松永「（香織に目を置き、それから）そうか」

香織「父は頭ごなしだし、母はいうこと分ってるし、兄はつめたいし」

松永「決めつけるのはどうかな。人間てのは、こっちの出方次第で、思いがけない面を見せることもある。お父さんが、そういう風なのは、あんたが、そういう風だと決めているせいもあるかもしれない」

香織「どうして？（と目を伏せたままいう）」

松永「う？」

香織「どうして課長さん、私が、ああいう質問したのに、結婚すすめるんですか？」

松永「――ああ（そういえばそうだな）」

香織「やっぱり、女は結婚しかないんだと思ってるからですか？」

松永「そうじゃない。そんな、高級なことを考えたんじゃないんでね。ま、その、ぶちまけていうと、つまり自衛本能かね？」
香織「自衛？」
松永「そ、つまり、解説するのも妙だが、はっきりいえば、あんたに魅力を感じた。こりゃいけない。部下の子に手を出したりするとロクなことはない。結婚しちゃってエ、そういう人は、早く結婚して目の前から消えてくれエって、そういう分析になりますかハハハハ（と腕時計を見て）あ、一時五分前。じゃ、つき合うね、彼とは、つき合う。迷ってるなら、つき合った方がいい。ね（と立ちながらいう）」

■吉川洋品店・店内

武志「（低い踏み台かなにかで、店の飾りつけの一部を変更するので、釘を打っている）」
優子「（これからとりつける飾りを持って、夫の手元を見上げている）」

■静岡に近い所

静かに眠ったような昼下り。金槌の音が聞える。

■吉川洋品店・店内

久美子「（ドアの外で、両親を見ている。金槌の音。ドアをあける。チャイムの音）」
優子「あら」
武志「どうした？」
久美子「（明るく）お休み」
優子「お休みって？」
久美子「お休みとったの（と奥へ）」
武志「どうして？」
久美子「どうしてって、夏の休みをとったのよ（と台所の方へ）」
優子「昨日電話でなんにもいってなかったじゃない」

■試着室あたり

久美子「急にとったの（とちょっと親のところへ来て、甘えが出て泣くような声で台所へ）」

■台所

久美子「なんかない？　冷めたいの（と冷蔵庫をあける）」

■試着室あたり

優子「（店から現われ）どうしたの？」

武志「（現われ）――久美子」

■台所

久美子「ウワーすずしい。冷蔵庫すずしい（とこれは泣き声ではなく、胸の上あたりを掌でパタパタとして冷気をかきよせる仕草）」

■赤電話（夜）

香織「（電話をかけていて）お休みですか？」

■「走る喫茶室」事務所

事務員のおばさん「（電話に出ていて）そう、急にね、急にちょっと里（くに）へ帰るからって、四日間」

■赤電話

香織「そう、じゃ――ううん、いいんです――じゃ、失礼しました（と切る）」

■佐伯家・玄関（夜）

二郎「（ガラッと外から戸をあけて）今晩は（また大きなみやげの包みを持っている）」

■茶の間

スリップ一枚ののぶ代、寝ころがって、ピクンと起き上る。テレビの唄。

■玄関

二郎「中野二郎でございます」

■茶の間

のぶ代「見ないで、こっち見ないでッ（と茂の部屋へとびこんで襖閉める）」

■玄関

二郎「あ（目を閉じていて）目を閉じております」

■茂の部屋

のぶ代「（団扇を持って胸のあたりをかくしながら）いま誰もいませんッ」

■玄関

二郎「誰もって――」

■茂の部屋

のぶ代「いないんです、誰もいませんッ」

■佐伯家・玄関の表（夜）

二郎「（立っている）」

のぶ代「（ガラス戸を中からあけ）どうぞ（と仏頂面でいう。ブラウス・スカート）」

■茶の間（短く時間経過）

二郎「（バリバリっとみやげの包装をとくと、掛時計である）いや、こりゃ、気イ悪くされると困るんだけど、ほら、茶の間に時計がなかったような気がしてね」

のぶ代「ありますよ（と置時計を指す）」

二郎「いや、掛け時計、これね、一見どうってことないでしょ、でもね、ここ（裏を）セットするとね、ウエストミンスターの音がするんですよ、知ってます？　ウエストミンスター」

のぶ代「知りません」

二郎「キンコンカンコーン（とウエストミンスターの音を口ずさむ）」

のぶ代「物を貰うのは困るんです。こないだの、電気座椅子だって父は全然つかってませんし（と立って部屋へ入った脇あたりから、折りたたんだ電気座椅子を持って来ながら）物を貰ったからって、私の返事は変らないんです（といいかけて、電気座椅子のコードが茂の部屋のさし込みにささっていたので、ひっぱられてしまう）あ、（とひっぱる）」

二郎「ああ、乱暴にひっぱっちゃ駄目、ひっぱっちゃ（とのぶ代を制して茂の部屋へ行き、コンセントをぬき）負担を感じるなら、持って帰りますけどね、私は、こんなケチなもので、のぶ代さんに恩を売ろうなんて、そんなこと思っていません」

のぶ代「そりゃそうでしょうけど」

二郎「茂君か、お母さんか、お父さんか知らないけど、電気座椅子、使ってくれたんですよ、ちょっと使ってみようかって、コンセントにさし込んでくれたんですよ」
のぶ代「やんなっちゃうわ（と独り言のようにいう）」
二郎「私の立場になってみて下さい。無理にお宅に、お邪魔してるわけですよね（おだやかにいう）」
のぶ代「――」
二郎「のぶ代さんは断ってる。お父さん方も、なんか迷惑そうな顔をなさってる。そこへ度々お邪魔するのは、こんな私でも、随分勇気がいるんですよね」
のぶ代「――」
二郎「手ぶらで来る元気はないんだよね、やっぱり、なんか持って来ないと、とても、お宅のしきいまたげないんだよね」
のぶ代「だから（おだやかに）来ないで下さい。もう、あの、お見合いのことは、正式にお断りしたんだし、来るの、変だと思いますから（と一礼）」
二郎「いえ、諦め、ません」
のぶ代「だって、それじゃ（たまんないわ）」
二郎「諦めないこと、その一点で、私は自分の人生を、きり拓いて来たんでございますから（とピシリといって一礼）」

■新宿駅・小田急線・情景（昼）

■事務所の階段

制服の女の子たち、出勤組と勤務から戻って来た班とが、すれちがって「お疲れさま」「お先に」「いってらっしゃい」などと明るく声をかけ合う。

■「走る喫茶室」事務所

古屋「（事務所の奥からカウンターの方へ来ながら）えーと、どうしますかねえ（と勤務をはなれる訳にいかないので考えながらいう。事務のおばさんはいる）」
武志「（カウンターの外にいて）いや、ほんとに、五分ほどで、結構なんです」

■物品倉庫

パチンと外で灯りがつき、
古屋「（入ってきながら）いや、もう一人いるんですけど、階段から落ちて入院してるもんで、はなれること出来なくて（と丸椅子を隅からとり）どうぞ」
武志「（入ったところで）お忙しいところを、突然伺いまして（と一礼）」
古屋「（自分は、なにかの箱をひきよせながら）すいません、こんなところで」
武志「いいえ」
古屋「どうぞ、どうぞ」
武志「はい。その、日本橋へちょっと仕入れに来たもんでございますから」
古屋「久美子さん、なにか？」
武志「いえ。なにか、こちらでなかったかと、そんなことを、ちょっと伺えたらと思いまして（と一礼）」

■吉川家・庭（夜）

サンルームのガラス戸をあけ、浴衣で、一人、線香花火をやっている久美子。

優子の声「ありがとうございました（と店から聞える）」

■店

優子「（ドアをあけ母娘らしい、客を送り出しながら）今度仕入れの時、お嬢さんのTシャツ、さがすようにいっておくわね」
娘「（中二ぐらい）ええ」
母「お邪魔さま」
優子「お気をつけて。ありがとうございました」

■庭

久美子「（ろうそくで、また線香花火をつける）」
優子の声「やあね、バカに、なんだか赤ん坊になっちゃったわね」
久美子「（苦笑し、半ばひとり言のように）ほんと」
優子「（来て）どうせ買うなら、もっと景気のいいのにすればいいのに、淋しいじゃないの」
久美子「これだと十本三十円でしょう、ちょっと派手だと一本七十円とか八十円とか」
優子「細かい」
久美子「ケチになったの、働きだして」
優子「それはまあ、いい傾向だというべきだろうな（と花火を見ている）」

久美子「落ちる（呟くように）」
落ちそうな火の玉。車の音。
優子の声「あら、お父さん――かな？」

■車の中（店の表）
武志「（エンジンを切り、フーッと息をつく。目は、沈んでいる）」

■店の表（時間経過）
閉店後の情景。

■茶の間
武志「（浴衣に着替えていて、夕食後である。久美子に向って）どうなんだ？」
久美子「だから――」
武志「なにもないわけはないだろう」
久美子「どうして？」
武志「どうしてって――ママはなにしてるんだ？」
優子「（台所で）ちょっと西瓜」
武志「そんなもん、いま、誰が食べるんだよ？」
優子「だから、冷蔵庫へ戻してるのよ（優子もショックを受けている）」
武志「よくそんな余裕があるね」
優子「急にパパ切り出すんだもの」
武志「誰なんだ、電話の男は」
久美子「もう、かかって来ないわ」
武志「ああ、かかって来ないそうだ。お前が一日下さい、といった。それで古屋さんは警察にいうのを一日待った。以後かかって来ない。ということは、その一日にお前が、その男に逢ったと考えるのが自然だろう」
久美子「――」
武志「どういう男だ？　新宿の駅で、女の子の胸に触ったり尻に触ったりする男と、お前はつき合ってるのか？」
久美子「つき合ってないわ」
武志「じゃあ、なんなんだ？」
久美子「――」
武志「今日、新宿の事務所へ行って来たのは、お前がなんかおかしいからだよ」
久美子「別に――」
武志「おかしいんだよ。帰って来た時から、なんだかおかしいと思った。明るくしているが、二人でおかしいと感じたんだ。だから、なにかなかったか、と事務所へ寄ってみたんだ」
武志「どんな事だ？」
久美子「たしかに多少のことはあったけど」
武志「自分で解決したわ」
久美子「いわなきゃ、もう出すわけにはいかないね」
武志「そうよ。事務所へ話して、退職させて貰うわ」
優子「ここにいれば、安心？」
久美子「当り前じゃないか」
武志「安心ならいいの？　親が安心なら子供は、どうでもいいの？」
久美子「なにをいってる」
武志「ここにいちゃ、どうしてそんなにいけないの？」
優子「そうだよ。なにがいけないっていうんだ？」
武志「そうね――きっと一人っ子で、可愛がられたから、反動で一人になりたいのかもしれないけど」
久美子「もう充分だろう。一年半以上一人で暮したんだ」
武志「私、パパたちが思うより、ずっと強いのよ」
久美子「娘の強さなんてたかが知れてる」
武志「ふりかかった火の粉は、はらったし」
久美子「どんな事があったんだ？」
武志「（カッと強く）強く生きようとしてるの」
久美子「スローガンみたいなことをいったって安心出来るか」
武志「一人で強く生きようとしているのを封じこめないで。強い方がいいんじゃない？（と強くいう）」
久美子「――」
武志「――」
優子「大丈夫――ほんとに大丈夫、（と冷静にいう）」
久美子「

■吉川家の車の中（昼）
久美子、武志の運転する車に乗っている。

帰り仕度。

久美子の声「たしかに私は甘えたくて戻って来た。なんだか両親に甘えたかった。でも」

■車から見た町
久美子の声「このまま、ここへ戻って来てしまうのは嫌だった」

■清水駅前

吉川家の車、やって来る。

久美子の声「それじゃあ、情けなかった。気ばかり強い娘が、一人で東京へ出て、悪い男にひっかかって、泣き泣き戻って来た、という、よくある話になってしまう」

久美子、車から明るくおり「ありがとう」と父親にいって、強くドアを閉める。

■東海道線上りホーム

電車、すべり込んで来る。

久美子の声「そんなのは嫌だった。私は、これから自分の値打ちが分るんだ、という思いだった」

■中野坂上の道（夜）

久美子、故郷からの帰り仕度で歩いて行く。

■久美子のアパート・廊下

入って来る動き丁寧に見せ、ドアの前を見てギクリとする久美子。

自分の部屋に灯りがついている。

久美子「（ゆっくり近づいて行く）」

■久美子の部屋の前（夜）

久美子「（ドアの前まで来る。中からテレビの音がする。ノブをゆっくり回し、そっとあける）」

■久美子の部屋

典夫「（ころがって、灰皿がわりの皿を置き、煙草を持って、テレビを見ていて、ハッとして、素早くテレビを消し）お帰り（といたずらでも見つけられた子供のようにいい、煙草を皿の上で消す）」

久美子「どうやってあけたの？」

典夫「今日帰って来るって聞いたんでよ（と皿を持って台所へ行き、流しで洗う）」

久美子「（ドアを閉めずにその典夫をにらんでいて）また電話したの？」

典夫「俺はしねえよ」

久美子「（たたみかけ）じゃ、誰がしたの？」

典夫「お、おんなの子、女の子、ちょっと頼んだ女の子に（と急いでいい）迷惑かけてねえよ」
久美子「出てって」
典夫「ああ、行くよ。その――」
久美子「人の部屋へ勝手に入って」
典夫「（さえぎり）一言、一言いいたくて――」
久美子「どうやって入ったかこたえてないわね」
典夫「あ――（白人風に口ごもる）」
久美子「どうやって入ったの？」
典夫「アパートの鍵なんてのは、簡単だから」
久美子「泥棒じゃない、まるで」
典夫「なにもとってねえよ」
久美子「当り前だわ」
典夫「俺は、ただ――」
久美子「出てって（やっと荷物をほうるように置き）出てって（と廊下へ出て、キッと立つ）」
典夫「俺は、ただ、あんたを愛してるって」
久美子「なにいってんの」
典夫「そういいたかったんだ」
久美子「靴はいてよ。テレビ見て、ころがってたくせに」
典夫「いつ、あんた帰ってくるか分らないし」
久美子「靴はいて！」
典夫「はくよ。はくよ（と大声をなだめようとして、こっちも大声）」

■廊下

隣のおばさん「（自室のドアをあけ）どうかした？」
久美子「ええ（と典夫をにらんだまま）変な男が出て行かないの」
隣のおばさん「やだ、変なって？（と出て来る）」
典夫「（ブーツをはきながら）行くよ、もう」
隣のおばさん「（典夫を見て）なんなの、あんた」
典夫「なんでもないよ。俺（と閉口しつつ、とび出すように靴ははきかけて廊下へ出る）」
久美子「なんでもなかないわ。今後みなさん（とアパート中にいうように大声を出し）この男がウロついていたら、警察呼んで下さいッ」
典夫「まいったなあ（と急ぎ靴をはき終えようとする）」
ドアが、あちこちであいて、人々が、典夫たちをのぞく。
典夫「入ってろよ。なんでもねえよ、バカヤロウ（と出口の方へ急ぎ）お、おれはね、ただ（大声で）いいたかっただけだ。あの人（久美子を指し）

をね」

久美子「――」

典夫「あの人を愛してるって、いいたかっただけだッ！」

久美子「下手な芝居しないでよッ」

典夫「芝居じゃねえっていったら、バカヤローッ（と叫んで、パッと去る）」

久美子「――」

隣のおばさん「やだ、こわいわねえ」

■都心の街角（昼）

岡崎と香織が歩いて来て、岡崎立ち止り、香織も立ち止って、

岡崎「じゃ、今日は（これで、という感じ）」

香織「ええ――」

岡崎「昼飯だけで残念だけど――」

香織「（目を伏せ、うなずく）」

岡崎「今度週末でも、ゆっくりつき合って下さい」

香織「――ええ」

岡崎「じゃ（と手を出す）」

香織「（うなずいて握手をする）」

■近くの道

松永「（ひとりせかせかと歩きながら前を行く香織に）池谷くん」

香織「あら」

松永「（並んで）逢ってたね」

香織「ええ――」

松永「別に尾行したわけじゃないんだよ（と足が早くて少し先になる）」

香織「フフ（苦笑）」

松永「あ（と腕時計を見ながら振りかえり）この足で晴海へ行って来ちゃうからね」

香織「あ、はい」

松永「（もう歩き出していて）ボードに書いといて」

香織「はい」

松永「えーと（と忽ち短く立ち止り）三時に戻るから（と行く）」

香織「（やや大声で）はい」

■会社のエレヴェーター前

昼休みの終りで、かなりの人が待っている。

以下、二人、エレヴェーターに向って並んで。

大沢「(二、三歩静かに行き、立っている香織に)香織さん(と囁くようにいう)」
香織「あら(とこれも小さくこたえる)」
大沢「噂、たってますよ」
香織「なんの?」
大沢「課長と、あやしいって」
香織「バッカバカしい」
大沢「そうかなあ。さっき課長を見送ってた顔」
香織「見てたの?」
大沢「熱っぽかったなあ」
香織「よして」
大沢「フフフ」
香織「私は、そんな、よくあるお話みたいなの、大嫌いなの」
大沢「へえ。よくあるんですか? 課長とOLって」
香織「口くさーい」
大沢「あー(と香織に近づけていた顔をはなして)そうじゃないかと思ってたんだ(と指先で、唇のあたりを押さえ、息が人に行かないようにして)胃ガンかもしれないな、おれ(と胸がむかつくような顔をして、胃のあたりをさする。傷ついている)」

■佐伯家・茶の間(夜)
のぶ代「(電話に出ていて)あら、しばらく(嬉しく明るい)」

■久美子の部屋
久美子「うん。しばらく(パジャマ)」

■佐伯家・茶の間と久美子の部屋
のぶ代「どうしてた?」
久美子「ま、どうってことないけど」
のぶ代「気になってたの」
久美子「気にって?」
のぶ代「ううん。ただ、どうしてるかなあ、と思って」
久美子「元気?」
のぶ代「元気よ。どうかした?」
久美子「ううん、どうもしないけど、一度ちょっと逢うのもいいんじゃないかな、なんて」
のぶ代「逢おう。日曜は、出番?」
久美子「出番なの」
のぶ代「じゃ、土曜の夜は?」
久美子「いい」
のぶ代「彼女、どうかな?」

久美子「電話する」
のぶ代「いいわねえ。久し振りで、ドーンとのもう、ビール」

■佐伯家・台所と茶の間

電気釜のタイムスイッチを合わせながら、
静子「ビールだって（とひとりで目を丸くして呆れてみせる）」
のぶ代「（電話に）うん――うん――じゃ、待ってる。うん――じゃ、（と切る）」
静子「小田急の子？（と面白くなくいう）」
のぶ代「よく分る（とおどろく）」
静子「そんなね。行きずりみたいな子と、逢ったりするの、あんまりよくないよ」
のぶ代「いい子なんだってば」
静子「いい子が集って、ビールなんかのむかね？」
のぶ代「ビールぐらい誰だって、のむわよ」
静子「肥るの気にしてるくせに」
のぶ代「毎日のむわけじゃないもの」
静子「土曜日は留守番して貰おうと思ってたのに、勝手に決めちゃうんだから」
のぶ代「あら、何処か行くの？」
静子「民謡のね、民謡の先生が、樋口さんのところへ来るの」
のぶ代「茂だって、お父さんだっているじゃない」
静子「あてにならないだろ、二人とも。今日だって、まだ帰って来ないじゃないか」

といっている中で、ウエストミンスターの音が聞えはじめる。八時。
のぶ代「あ、あらァ（と茶の間へ行き、欄間の掛時計を見上げ）どうしたの？　これ（ときわめて遺憾という声）」
静子「社長さんがくれたんだって」
のぶ代「冗談じゃないわよ。これね、あの盛岡の、あの人が、私ひとりの時持って来たのよ。それで私、こういうものはいただけませんて、電気座椅子と一緒に、押し返したのよ」
静子「（台所で、片付けものをしている）」
のぶ代「それじゃあ持って帰りますって、淋しいような顔して帰ってって、社長さん通して、またよこすなんて、一体どういう人、あの人は？」
静子「社長さんの甥だもの。そりゃそういうことだって考えるさ」
のぶ代「平気なの？　平気で貰っちゃうの？」
静子「いらないともいえないだろう、社長さんだもの」
のぶ代「貰えば、それだけ負い目になるじゃないの」
静子「あんた、景気よくそういうことばっかりいうけどね」
のぶ代「なによ？」
静子「絶世の美女ってわけじゃないんだよ」
のぶ代「そんなこと分ってるわよ」
静子「いいかい？　女がね、相手が誰にせよ、これだけ思われるってことは、そんなにめったにあることじゃないんだよ」
のぶ代「だからなによ？」
静子「なにってことないけど（と背中を向ける。プリプリしている）」
のぶ代「お母さん、あの人と結婚しろっていうの？」
静子「しろとはいわないよ。しろとはいわないけどね」
のぶ代「私、本気で、やだっていってるのよ」
静子「お化けやフランケンシュタインじゃないんだよ、あの人は」
のぶ代「当り前よ」
静子「これだけ思ってくれるなら、ちょっと考え直すとか」
のぶ代「絶対や。私は、もうちょっと自分を大事にしてんのよ。絶対あんな人やですからねッ」
静子「だったらアラン・ドロンとでも結婚すりゃあいいだろうッ」

■ガム工場（昼）

働いているのぶ代。

■ロマンスカーの車内

働いている久美子。

■食肉輸入課

働いている香織。

■花を買うのぶ代

■小エビを買う久美子

■外国ビールを買う香織

■香織のアパート・廊下（夕方）
　のぶ代、花を持ってやって来て、楽し気にノックをする。
久美子の声「はーい（とパッとドアをあける）」
のぶ代「（なつかしく）こんにちは（と花束をつき出す）」
久美子「（ギクンとする）」
　フラッシュのように、三回目で典夫が花束をさし出す映像が走る。
のぶ代「どうした？」
久美子「あ、ううん。いま、彼女、きゅうり忘れたって、買いに行ったの」
香織の声「（廊下で）いらっしゃい」
のぶ代「（その方を見て）こんにちは」

■廊下
　香織「しばらく（とのぶ代に近づく）」
のぶ代「ほんと、そんな感じ」
久美子「（部屋から顔を出し）ね、ちょっと（のぶ代へ）お化粧濃くなったんじゃない」
のぶ代「そうなの。あれから、いろいろあったの、私。聞いて貰いたくて」
香織「私も――（ついいってしまう）」
のぶ代「あった？」
　香織「うん、ちょっと（と苦笑）」
のぶ代「そう」
久美子「私も――実は（やや複雑に）」
のぶ代「ウワ――じゃ今日は、実は実は大会」
　三人、笑いながら入って行く。

■香織の部屋（夜）
　ビール片手に笑っている三人。
久美子の声「それでも最初は、三人とも当りさわりのないことをいっていた。段々ビールが回って来て、それから私まで、なにもかも話してしまったのだった」

■香織の部屋（時間経過）
　沈んでいる三人。

ちょっとビールに口をつけたりする。

久美子の声「逢いたくなければ逢わないですむつき合いのせいかもしれなかった。一人でかかえているより、誰かに話した方が強くなれるような気もした。三人ともありきたりといえばありきたりの出来事の中にいる。でも、三人とも、これからだった。これから、ありきたりの出来事に、どれだけありきたりでなく立ち向って行けるかが問題だった。そんなことを、最後には、励まし合って三人で話した。十一時をすぎていた」

ノックの音。

三人、それぞれ顔をあげる。

■香織の部屋の前

典夫が、また、控えめにノックをする。

5

「人生こんなもんかなって、諦めたように結婚するのは、よそうって思ったの」

■久美子の部屋（夜）
リアリズムの照明ではなく――。
はじめは、ただ独りで呟いているように大きな唇で。次第に小型マイクを使って、ポータブル・カセットデッキに録音していることが分っていく。
久美子の声「ひとりで東京へ出て来て、アパート暮しで、働いて、悪い男に、乱暴されて――そんなの、きっと、やたらにあることなんでしょうけど――私は――だからって、傷ついた想い出をかかえて、しょんぼり両親のところへ帰って行くなんてことはしたくなかった。そんないやな想い出を吹きとばすような、強烈な想い出をつくってしまいたかった。これは――日記がわり。書くの弱いから、テープに入れときます」

■タイトル

■香織の部屋（夜）
四回目の継続――
香織「（ドアを見ている）はい――」
久美子「――」
のぶ代「――」
香織「どなた――ですか？」
返事がない。
香織「誰？」

■香織の部屋の外
典夫「すいません、こんな遅く（不良っぽいところなく真摯にいう）」

■香織の部屋
久美子「（ドキンとする）」
香織「（典夫だと分っている）」
のぶ代「（小さく）あいつ――」
久美子「（小さく）逢いたくないわ（と顔をそむける。魅かれる気持があり、それが自分で腹立たしい）」
香織「（ドアの向うへ）なんの用？」

■香織の部屋の前
典夫「頼みが――あってね」
いきなり隣の部屋のドアがあく。

三回目で松永と会話した三十代の隣室の女性である。
典夫、ギクリと見るが、すぐ目を戻す。

隣室の女性「（ビニール袋に入れたゴミを外においたポリバケツに入れて、蓋をしてまた部屋へ入る）」

入れかわりに香織のドアがあく。細くである。

香織「（目を合わせず）どんな用かしら？」

典夫「一人かと思って（でも誰かいるようだね、という感じ）」

香織「一人なら、なに？　今度は私の番？」

典夫「（まさか久美子が話しているとは思わなかったので香織を見る）」

香織「（典夫をにらみ）全部知ってるのよ。その手に乗るもんですか（と閉めようとする）」

典夫「アーッ、（と足をつっこんでいたので、痛がる。しかし、足をひっこめない）」

香織「（ちょっとゆるめ鋭く）ひっこめなさい。足、ひっこめなさいよ（とその足を蹴る）」

典夫「（足は蹴られるが、今度は上半身をつっこむ。閉められまいとする）」

香織「出てって（とドアを閉める）」

典夫「話だよ、話。話だけ、聞いて貰いたいんだ（身体をどかさない）」

香織「（ドアを押している）」

典夫「頼むよ。痛えよ」

香織「（ドアを押しながら）のぶ代さん、包丁」

のぶ代「（台所に久美子のグラスや箸などを置いた形で、香織と典夫の方を見ていて）うん（とパッととって、香織に手渡す）」

香織「（受けとって、典夫につきつける）」

典夫「ああ、そうやってろよ、そうやってていいよ（うなずく）」

香織「（ドアからさっとはなれる）」

典夫「（ほっと息をつき、中へ入り、ドアを閉めようとして手を止め）あけとく？」

香織「いいわ、閉めて。のぞかれるの、いやだから（と低くいう）」

典夫「（閉め）すいません（と閉めた形のまま一礼し、靴を脱ぎ出す）」

のぶ代「（台所の鍋をとり、おたまをとる）」

香織「そこまで」

典夫「（上ったところで立ち止る）」

香織「なに、話って？」
典夫「（香織を見、急にのぶ代を見て）二人だけ？」
のぶ代「（急に聞かれて）え？（と必死でごまかそうとして挑戦的な高い声になる）」
香織「見りゃあ分るじゃないの」

■トイレ

久美子、ドアを見て立っている。

典夫の声「ああ、ただちょっと」

■香織の部屋

典夫「三人のような気がしたもんでね（瞬間、かくしきれていない座蒲団の下の久美子のハンドバッグを見るが、すぐ香織に）いつも三人だったせいかな（と微笑する）」
香織「可笑しかないわ（ピシリという）」
典夫「ああ」
香織「あの人が警察にいわないのは、許してるからじゃないのよ。証拠だとかなんだとか、あんたみたいな汚い奴と、泥試合したくないから、キッパリ忘れることにしたのよ」

典夫「（うなずく）」
香織「用事なに？」
典夫「小学校の頃、こんな奴いなかったかな？誰か女の子好きなんだよな。でも好きっていえねえんだ。大体、そんないい子に好かれっこねえと思ってんだよ。で、好きな子に、かえって、石なんか投げちまってよ」
香織「あんたは、小学生じゃないわ」
典夫「そりゃあ（そうだけど、といいかかる）」
香織「そんなたとえ話で、ほろっとするほど、甘かないのよ」
のぶ代「そうよ、甘かないのよ（ほんとはちょっとホロッとしたのである。で強くいう）」
典夫「俺は、まともに、ちゃんと生きてる子に、コンプレックスあんだよな。そういう子には、好かれっこねえって思っちまうんだ」
香織「そういう子はうんざりなんじゃないの」
のぶ代「そうよ。私たちなんて、うんざりだっていったわ」
典夫「ああ。そりゃあ、そういう気持もないことはねえけど。座って、いいかな？」

香織「どうして?」
典夫「いや、みんなで立ってるってえのも」
香織「このくらい立ってるのがなによ?」
典夫「ああ。その用件というのは、お宅さん立合いで(のぶ代に)よかったら、お宅さんにも」
香織「お宅さんなんていい方大嫌い」
のぶ代「大嫌い」
典夫「あなた(とすかさずいう)あなた方に立合ってもらって、あの人と、もう一辺話を、させて貰いたいんだ」

■トイレ

久美子「———(聞いている)」

■香織の部屋

香織「なにをいおうっていうの?」
典夫「俺は、どう見えてるか知らねえが、不器用な人間でね」
香織「信じられる?(のぶ代にいう)」
のぶ代「ぜんぜん(と首を振る)」
典夫「成績悪くてよ。高校もボロ高校で、そこのクズみてエにいわれて、それで、なんか、人と素直につき合うってことが出来ねえんだ。嫌われるにきまってるって思っちまって、どうせ嫌われるなら、先手をうって嫌われちまおうって、本当にバカな小学生みてエなところあるんだ。まして、あの人みてエな、綺麗な———(と押入れを見つめ)人には、好かれっこねえって」
香織「(押し入れへ行き、バッとあけ)いやしないわよ」

■トイレ

久美子「———」
香織の声「何処向いて、しゃべってるの?」

■香織の部屋

典夫「後悔してる。俺は、好きになっちまった」
香織「(すかさず)彼女は大嫌いだっていってるわ」

■トイレ

久美子「———(短く)」

■香織の部屋

典夫「当然だよ。だから、俺はこれ以上、しつこくすまい、諦めようって」

香織「そんなに口がうまくて、何処が不器用なの？」

のぶ代「そう思うわ」

香織「毎日毎日、女の子ひっかけて、何処が不器用だっていうのよ」

典夫「好きな子には、不器用になっちまうんだ」

香織「よくも（呆れ）よくも、そう、ぬけぬけ、調子のいい事いえるわね」

のぶ代「大体、好きだ好きだって、失礼しちゃうわよ。そんな、人の前で、ひとの事——」

香織「（のぶ代で攻撃がゆるみそうになるのをピシリと）本当に悪いと思ってないわ（と非難する口調で典夫にいう）」

典夫「思ってる」

香織「彼女が、どんな思いをしたと思うの。自分がなにをしたかあんた分ってないのよ」

典夫「だから、だからあやまりたいっていってるだろ（とちょっとイラ立っていう）」

香織「だからとはなによ」

典夫「（自制しつつ）俺は——あんたらになんかしたかよ？」

香織「したわ」

のぶ代「七万円忘れてないわ」

典夫「今はその事じゃねえだろ（とのぶ代に大声でいう）」

のぶ代「なんて口！」

典夫「（自制して）おだやかによ、おだやかに」

■トイレ

久美子「——」

典夫の声「彼女と」

■香織の部屋

典夫「改めて、つき合いたいんだ」

香織「そういえば喜んで私たちが間に立つとでもいうの？」

のぶ代「甘ったれてるわ」

香織「自分がなにしたか分ってれば、ケロッとそんなことといいに来られる訳ないのよ」

典夫「じゃあ、どうしたらいいんだッ」

香織「制裁を受けるべきよ」
典夫「制裁？」
香織「わかってない奴には分らせるしかないのよ。のぶ代さん、それ、なんの気？（と典夫をにらんだまま早口でいう）」
のぶ代「それ？」
香織「お鍋とおたま」
のぶ代「あ（と持っているのに気づき）なんかあったら、たたいて人呼ぼうと思って」
典夫「俺が、なんかする訳ないだろ」
香織「する訳いくらだってあるじゃない。あんたそういう人じゃないッ」
典夫「だから――（反省してるって）」
香織「叩いて（とのぶ代にいい）誰かア（と呼ぶ）」
典夫「おい、よせ」
のぶ代「（鍋をおたまでガンガン叩く）」
香織「痴漢！　痴漢、痴漢！　痴漢！　誰か来てェ！」
典夫「（バッと靴を持って廊下へとび出す）」

■香織のアパート・廊下
階段の方へ行こうとする典夫の行く手をさえぎってドアがあき、中年の男が急ぎバットを持って現われる。

典夫、ハッとする。

背後のドアもあき、青年が出て来る。

別の部屋からは、おばさんが出て来る。

のぶ代、ガンガン叩く。

香織「殴って！　やっつけてェ！」

■トイレ
久美子「（パッと出る）」

■廊下
典夫、突破しようとして殴られ、蹴とばされ「一一〇番！」などと叫ぶおばさんもある。のぶ代、ガンガン叩く。

久美子、廊下へ出て、その典夫を見る。

すべて短い時間のことである。

典夫、押さえつけようとする男たちをはねのけ、階段をころげ落ちるようにおり、その腕をつかんでいる青年をはねのけて、外へ逃げる。

■ポロロンとロマンス・カー走る（昼）

■その車内

働いている久美子。

■ガム工場

働いでいるのぶ代。

■食肉輸入課

働いている香織。

■典夫の部屋

殴られたところが痛く、ランニングシャツとパンツで、身体をやっとのことで蒲団から起しながら、

典夫「アーイタース、畜生――」

■浅草雷門あたり情景（夕方）

■浅草の喫茶店

大正か昭和初期といった飾りの店へ、二郎、ドアを肩で押して入って来る。両手に大きな照明器具をさげている。「いらっしゃいませ」とウェイトレスとマスター。

二郎「あー（とざっと店内を見て）あの、悪いけど、これ、ちょっと何処かあずかってくれない？」

マスター「あ、じゃ、事務所の方にでも（とレジのあたりにいて手を出す）」

二郎「すんませんね（と渡しながら）いや、これからちょっと女の子と逢うんでね、あんまり周りに荷物置いとくのも、どうかと思ってね」

マスター「お帰りに、どうぞ（と受け取って奥へ）」

二郎「すんませんね（と見送り）あー、汗かいた（と改めて店を見回し、髪をちょっと気にしながら奥へ行きかけ）あ」

のぶ代「（ちょっと入口からは見えにくい位置、植物のかげにいて、もう立ち上っていて一礼する）」

二郎「六時、半じゃなかったですか？」

のぶ代「そうです（伏し目のまま、学生のようにいう）」

二郎「いや、まだ十六分（と腕時計を見ていい）ある

でしょう。てっきり、こっちが先かと思って」
のぶ代「いえ――」
二郎「そりゃ、どうも失礼しました」
のぶ代「いいえ」
二郎「あ、どうぞどうぞ（と座るようにいい）あ、なんか、もっととりましょうか……」
のぶ代「いえ（と座る、コーヒーが出ている）」
二郎「あ、じゃ、私（とウェイトレスの方を見ると、すぐ傍に水を持っているので声落し）あ、アイスコーヒーね、アイスコーヒー（と腰をおろす）」
ウェイトレス「かしこまりました（と水をおく）」
二郎「いや、ドライブインのインテリアの参考にね、秋葉原へ行って、ちょっと照明器具を見てみっかと思ったら、なんかこう買いたくなって、これとこれとこれとなんて、しめて十七万三千二百円現金ハハハハ」
のぶ代「（苦笑）」
二郎「こんなことなら車で来りゃあよかったって、後悔して、しかし、送らせっと送料バカにならないんだよねえ。ハハハ」
のぶ代「あの――」
二郎「いや、あの、昨日お留守に伺って（一礼）」
のぶ代「かまぼこを沢山に（一礼）」
二郎「いえいえ、仙台でね――来がけに仙台で一時間だけ友人と逢ってね、そン時、ワーッと買って、またすぐのって、だから新鮮で、ようしまっとったでしょう」
のぶ代「ええ、あの――」
二郎「いや、そちらからお電話いただくとは思いませんでした（と一礼し）叔父が、のぶ代さんから連絡があって、浅草で六時半にっていうんで、ウワって思ってね。あー、やっぱり、こっちの誠意分ってくれるやさしい人なんだってもう、嬉しくって。ハハハハ」
のぶ代「あの（通路をへだてた席の方を見て）友達なんです」
久美子と香織が向き合ってかけていて、立ち上る。
「今晩は」「今晩は」
二郎「あ。あー、そうですか」
のぶ代「どう？」
二郎「え？」
のぶ代「私が断ってるの、我儘だと思う？　この人（二郎）、私と合ってると思う？（と語尾で久美子と香織を見る）」

二郎「あ、その、どういうことでしょうか？（と抗議したい気持もこめて、久美子たちの方を見て立ち上る）」

久美子「合ってるなんて思わないわ」

香織「思わないわ」

二郎「あ——その、これは（と座り）どういうことですか？　のぶ代さん、どういうことですか？（つよくもいえないで）」

■浅草の喫茶店（夜）

久美子「（のぶ代と並んでかけていて、向き合って香織と並んでかけている二郎に）ちがいますか？　断られたら、諦めるのが、お見合いのルールじゃないんですか？」

二郎「でも、その、諦めたら、終りじゃあないですか？（とおだやかにいう）」

香織「終りよ」

二郎「終りって——終りじゃあやだっていう時は——」

久美子「やでもなんでも、断られたら仕様がないのよ。そこで終るしかないんじゃないですか？」

香織「そう思うわ」

二郎「そりゃあんた、そういう風に、他人事だからそういう風にいうけど、あんたが好きな人がいましてですよ。向うが嫌いっていったら、ああそうですかって終れますか？」

久美子「仕様がないと思うわ」

二郎「そうかねえ、だって、いい？　この人（のぶ代）と結婚するかどうかで、自分の後半生が、すごくちがって来るわけよね、こちら（のぶ代）駄目だから、こっち（香織）にしたとしますね」

香織「やだわ、あたし（と鼻で笑う）」

二郎「たとえでしょうが（と香織の背中を叩き）そしたら、どうですか？　私の結婚生活は随分ちがったものになりますよ。この人（香織）が女房か、この人（のぶ代）が女房かで、私は随分幸福だったり不幸だったり」

香織「失礼しちゃうわ」

二郎「たとえ、たとえ（と背中を叩く）」

香織「触らないで（と身をよける）」
久美子「自分のことばっかり考えてるじゃないの」
二郎「あ、そうかねえ（反論しかかるが）」
久美子「のぶ代さんだって、あなたと結婚するか杉良太郎と結婚するかじゃ」
二郎「杉良太郎？　あんなのいいんですか？（のぶ代にきわめて遺憾な声）」
のぶ代「自分の方がいいつもり？」
二郎「そりゃそうよ。そりゃ、もう、向うはあんた、大変よ、周り女女女で、どんな苦労するかも分らないじゃないの」
久美子「たとえでしょう。あんなスターと結婚するわけないじゃない」
二郎「そりゃ分んないよ。これだけの人だもの、何処で目ェつけられるか分んないでしょう」
久美子「とにかく、彼女は断わりたいわけ。しつこくしないで貰いたいの」
香織「二人（自分と久美子）が見ても、似合わないもの。あなた、無理いってると思うわ」
二郎「しかし、こういう事に第三者がね」
久美子「友達が助け合っちゃいけないかしら？」
二郎「助け合うって（いうけどねえ）」
のぶ代「（私が）頼んだの。（あなた）あんまり図々しくて、断ったって全然平気だし」
久美子「こういう時は、助け合うの。助け合う仲なの。お互い、困った時は、助け合うの。いい加減にしてやってくれないかしら？（とにらむ）」
二郎「（その久美子を見ていて、目を伏せる）」
香織「こないだ、別の事で、あんまり訳分らないこという男がいたんで、三人で制裁したの」
二郎「制裁――？」
香織「まだ、あっちこっち痛くて、寝てると思うわ」
久美子「――（短く目を伏せる）」
のぶ代「みんな力もあるの。気をつけた方がいいと思うわ」
二郎「――」
香織「いいわね？」
久美子「――いいわね？」
二郎「いや――」
久美子「いや？」
二郎「私は、そんな暴力には屈しませんよ。そんな弱い男じゃありませんよ」

香織「叔父さんの力借りたり、物を運んで圧力かけたり」
久美子「そうよ。そういうの私、弱い奴のすることだと思うわ」
香織「そう思うわ」
のぶ代「そう思うわ」
二郎「（そののぶ代を見る）」
のぶ代「（目を伏せ）思うわ」
二郎「いいでしょう。じゃ、今後は、叔父にも、物にも頼りませんよ」
のぶ代「――」
二郎「でも、諦めたりはしません。人の、人の気持蹴とばす権利、あんたらにだってないはずです。こっちは――諦めませんよ（と、のぶ代を見つめる）」

■佐伯家・階段

静子が西瓜三人前と食卓塩をのせた盆を持って上って来て、
静子「（上りきらず）のぶ代」
のぶ代の声「はい」
静子「西瓜（と、上りはなに盆を置く）」
のぶ代「あ（と襖をあけ）ありがとう」
久美子「すいません」
香織「すいません」
静子「（ちょっと不機嫌だが、一応笑顔をつくって）いいえ（とおりて行く）」

■茶の間

静子「（おりて）なんだか、あの子の友達らしくなくて。変なんじゃないといいけど（と西瓜のあるちゃぶ台の前に座る）」
賢作「（西瓜食べはじめていて）変なことはないだろう」
静子「だって、あの子らとつき合いだしてから、口紅かえたりしたのよ」
賢作「いいだろ、口紅ぐらい。うるせえな、お前はいちいち」
静子「お父さんは、すぐそう言うけど」
賢作「大体友達連れて来たなんて、何年ぶりだよ？いいもんじゃねえか。若い、白い足が、この汚ねえ畳の上を四本つーって、二階へ上ってって、あー、二階にいまいるのかあ、と――」

静子「見上げないでよ。いやらしい（と叩く）」
茂は終始西瓜を食べながらイヤホーンでテレビを見ている。

■のぶ代の部屋

のぶ代、久美子、香織が西瓜を食べながら、あまり派手ではなく話したり笑ったりしている。
久美子の声「私たちは、なにかしらいい方向へ一歩踏み出したような気持でいた。のぶ代さんの相手を諦めさせることは出来なかったけれど、でも贈り物や叔父さんの力を借りることはしないと約束させたんだし、それは三人だから出来たことだと思った。もっとも、こうやって男の人をはねつけて、いつまでも三人でいるのではしょうがないけれど、とにかくいまは一人じゃ出来ないことが、三人だから出来たという気持だった」

■同じ部屋（時間経過）

香織「――（なにかを考えている目）」
のぶ代「（その香織を見ていて）聞いてなーい」
久美子「（同じく香織を見ていて）聞いてない」
香織「う？」
のぶ代「（短く、オー、という感じ）」
久美子「（短く、オー、という感じ）」
香織「（ちょっと苦笑気味に）なによ？」
のぶ代「なにを考えてましたか？（と、冗談めいて聞く）」
香織「なにも」
久美子「ウソ――」
のぶ代「ウソ――」
香織「なによ？（と苦笑）」
のぶ代「なんかないかって聞いたの」
香織「なんかって？」
久美子「私たちが助けるようなこと」
香織「別に――（と苦笑）」
のぶ代「大丈夫？　その課長」
香織「大丈夫（苦笑）勇気ないのよ」
久美子「あらァ（そうだったの？　という感じ）」
香織「う？」
久美子「勇気なくて、がっかりっていう声」
のぶ代「ほんと」
香織「冗談じゃないわ」

のぶ代「でも、そういう風に聞えた」
香織「私がいま考えてたのは（と、のぶ代たちの目をふり払うように）その」

■四回目の岡崎
香織の声「岡崎って人――」

■のぶ代の部屋
香織「あぶないな、と思って」
のぶ代「あら、そういう人なの？」
久美子「ほんと（温和しい人かと思ったという感じ）」
香織「ううん。乱暴だとか、そういう意味じゃないの。むしろ、すごく普通でさ、適当に優しそうだし、親なんかも気に入りそうだし――」
のぶ代「うん（うながす）」
香織「このままデートなんかしてると、結婚しちゃうかもしれないって――」
久美子「いけない？」
香織「だって、全然、愛するとか、そういう風になりそうもないの」
のぶ代「分んないわ、そんなこと」
香織「ううん。あの人にカーッとなるなんて思えない。でも、もうすぐ二十四だし、他に誰かいるわけじゃないし」
のぶ代「さがしたら？　急いで」
香織「そう。さがしてもいいから、人生こんなもんかなって、諦めたように結婚するのは、よそうって思ったの。二人ともつっぱってるのに、私だけ、カーッともしないで結婚するんじゃ情けないもの」
久美子「（真面目に受けとめ）ほんと（と、静かにうなずき）おたがい、つっぱろう、少し（のぶ代に目をやる）」
のぶ代「うん。三人で、ちょっと、張り合おうじゃない」
フフ、フフと三人、微笑めいて笑い、それぞれの思いの中に入りかけて――

■食肉輸入課前の廊下（昼）
松永「（ドアをあけて出て来て、窓の方へせかせかと行く）」
香織「（続いて出て来て、ドアを閉める）」
松永「（香織も別にのろのろしているわけではないのに、待ちきれず、ちょっと戻るようにして）岡崎に、電話して断ったんだって?」
香織「はい」
松永「どうして?　いいじゃないの、あいつ」
香織「ええ。ただ――(といいかけるのを)」
松永「今晩あいてる?」
香織「はい」
松永「じゃ、六時半に。何処にするかな(と、ドアの方を見て)なんだよ、のぞくなよ」
大沢「(ドアから顔出していて)部長からお電話です」
松永「ほんとかよ?」
大沢「ほんとですよ(と、苦笑気味にいう)」
松永「まったく(と、行きながら)変な噂立てんなよな、なんでもねえんだから(と、大沢にいいながら行く)」
香織「(松永の語尾の台詞かかって、松永の方を見ている)」

■和風割烹店・二階・廊下(夜)

あまり高級ではない。一室から仲居、出て来て。

仲居「じゃすみません、お願いします」

■一室

松永「はい、御苦労さん(と、サッパリと短くいって)そうか、つまんないですか――(と、ビール瓶を香織の方へさし出す)」
香織「(半分ほど入ったコップをさし出して注がれながら)つまんないっていうと、あれだけど」
松永「いや、まあね(と、自分のにも注ぎながら)たしかにあいつは面白味はないねえ」
香織「いえ――」
松永「真面目で温和しくて、仕事もまあまあこなして、顔も、それほど悪かあない」
香織「ええ」
松永「無難だと思った」
香織「ええ――」
松永「そうか。ああいうの駄目か?」
香織「駄目ってわけじゃないんですけど」
松永「いいよ。なにも、無理矢理くっつけたいわけじゃない」
香織「ええ(と、一礼)」
松永「えらいよ」
香織「えらいって(と、苦笑)」

松永「いやえらい。この頃の子はさ、遊ぶのは別だけど、結婚となると、やたら計算してさ、給料まあまあ、世間体まあまあ、麻雀少々、酒少々なんていう無難なのさがすんだよ」
香織「(苦笑)」
松永「愛情なんてのは、どうせあとからついて来るだろう、と思ってる」
香織「(苦笑)」
松永「そりいう時代に、あいつとじゃ、カッカしそうもないからって、あ、食べてよ、どんどん。足もっと崩せよ。ここはね、課長とか、そういうんじゃないんだから」
香織「ええ(と、ちょっと足崩す)」
松永「いや、こういう時ね、ぼくはちっともがっかりしないんだ」
香織「だったら、いいけど」
松永「そりゃそうだよ。あんたみたいな、相当にいい娘さんをだよ、他の男とくっつけて、喜んでたら、そりゃそっちの方がおかしいよ」
香織「(苦笑)」
松永「くっつけたかないよ。しかし、まあ、四十越して、課長とかね、そういうことになりゃあ、くっつけなきゃならない時もある」
香織「(苦笑気味に、うなずく)」
松永「くっついちゃえ。目の前チラチラしないで、くっついちゃえ」
香織「(苦笑)」
松永「と、まあ、思いましたが、くっつかなきゃくっつかないで結構。のもうや、今日は」
香織「(うなずく)」
松永「のみましょう(と自分にいうようにいって、薄く笑ってのむ)」
香織「――(ちょっとのむ)」

■バー(夜)

カウンターで並んでのんでいる松永と香織。水割である。

松永「だから――だから、どういうタイプ?」
香織「タイプって、別にないんですよね」
松永「そんなことないだろう。やっぱり好きな傾向ってえのがあるだろう」
香織「うん――(あるかなあ、という感じ)」

松永「聞こうじゃない。そういうのをさがしてやろうじゃない」
香織「いいんです」
松永「いいってことはない。のりかかった舟だ。いい亭主さがしてやろうじゃないか」
香織「フフ」
松永「顔は？」
香織「そりゃあ――」
松永「二枚目の方がいいか？」
香織「うん。あんまり愛嬌ばっかりの人じゃ、やっぱり」
松永「しかし、二枚目ぶらず、バリバリ仕事をやるってエのは、どうだ」
香織「（苦笑気味にうなずく）」
松永「いざという時、頼りになる」
香織「（うなずく）」
松永「そのくせ甘さもなくさない。子供っぽいようなところもある。カーッとわれを忘れる激しさもある」
香織「（苦笑して、うなずく）」
松永「俺だね」
香織「え？」
松永「まるで、俺」
香織「やだ」
二人、笑う。

■坂のある横丁
渋谷のラブホテル街の細い石段のある抜け道のような坂。時折人通りがある。松永、上からやって来て、よろけるようにうずくまってしまう。
香織「（続いて来て、かがんで）吐けたら、吐いた方がいいんじゃないかしら？」
松永「いや、そうじゃないんだ（と壁に手をついて立ち上りながら）そんな、のんでないしね、むかつくっていうんじゃないんだが――」
香織「じゃあ（どういう風に？）」
松永「いや、ちょっとくらくらっとしてね（壁に手をついている）」
香織「大丈夫かしら？」
松永「大丈夫（左手は壁についていて、右手で胸の内ポケットの財布をとり出し）いや、ひきとめて、こんなことをいっちゃいかんが」

香織「いいえ――」
松永「すまないが、タクシー代とって、先に帰って
くれないか」
香織「そんな（とんでもない、と思う）」
松永「少し、少しぼくは、ここで座って行くから（と
座りこむ）」
香織「（押しつけられた財布を持って、しゃがみながら）
いいかしら、救急車呼ばないで」
松永「大丈夫。フフ、大丈夫。叱られちゃうよ、こ
んなことで呼んだら。フフ（としっかりしよう
としている）」
香織「血圧かなんかかしら？」
松永「いや、そんなんじゃないだろうが――」
香織「よく、あるんですか？」
松永「いや、はじめて。なんかね（と荒く深呼吸する）」
香織「そこまで出れば、タクシーつかまるでしょう
から」
松永「ああ。そうだね」
香織「少し、おさまったら、肩につかまって下さい」
松永「ああ――しかし、いいよ。帰れよ、きみ」
香織「いいんです。そんな事、気にしないで下さい」
松永「ああ（と壁に手をついて立とうとする）」
香織「いいんですか？　肩に――私の肩につかまっ
て下さい」
松永「ああ――ああ――（といいながら立ち上り）あ
あ（と香織の肩に顔をもたせる）」
香織「無理しなくていいんですよ」
松永「休んで行こうか――」
香織「え？」
松永「一緒に、ここらで、ちょっと休んで行かないか。
頼むよ、頼む（とせっぱつまったようにいう）」
香織「――」

■ラブホテルの一室

松永「（打ちのめされたように椅子に座っていて）芝居
じゃないんだよ。まさか、そこまで、エゲつ
なくはない。バーを出て、君を帰さなくては、
と思いながら歩きはじめた。帰さなくては、い
けない。急に、気持が悪くなって来た。帰さ
なくては。タクシーをつかまえて帰さなくて
はいけない。そう思いながら、歩けなくなっ
ちまった。分ってた。これは、血圧でも心臓

　でも、無論のみすぎでもない。身体が君を帰したくないんだ、ってね。帰したくなかった」
香織「――（はなれて、座っている）」
松永「いつも相談ばっかりでね。課長さん、御相談があります。あの男とやっちゃいましたが、どうしましょう。あっちがいい寄って来てるけど、こっちの方が好きです。どっちと一緒になる方が得ですか？」
香織「――」
松永「時には、そんな役割に、うんざりしたって当然だろう。しかし、こんな事ははじめてだ。しかも、ほんのさっきまでこんな風になるとは思っていなかった。いや、それは、正直じゃない。夕飯にあんな和室をとったっていうのは、ひそかに、野心があった、ということかもしれない。しかし、自制していた。バーでも、ぼくは、まるで高校生のように自制していた。君の背中に手を回そうと、何度も、こうしながら（手を回す仕草）自分を押さえた。後ろから見ていたら滑稽だったろう」
香織「――」
松永「今思うと、半年前、君が入ってきた時から、ぼくは自制していた。君を、わりと怒鳴りつけた。そうやって距離を置いておかないと、なにかしちまいそうな気がしてた」
香織「――」
松永「君は、今日、いいことをいった。諦めて手を打つというような結婚をしないで、本気でカッカ出来るような結婚をしたいってね。そういう、いじらしいようなことをいった娘さんを、相談相手は、なんとラブホテルへ連れ込んじまった。そして、無茶苦茶に抱いちまうなら、ともかく、まだふんぎりがつかずに、長々と、おしゃべりをしている」
香織「――」
松永「末端管理職は、怖がっている。部下に手を出したという非難を、女房を、君を怖がっている。ここへ二人で入るだけで大半の気力を使い果しちまっている」
香織「――」
松永「帰ろう」
香織「――」

松永「これ以上は、誰にとっても、しなきゃしない方がいいはずだ」
香織「(立ち上る)」
松永「帰ろう——(と立ち上る)」
香織「わたし——」
松永「うん?(と見る)」
香織「いいわ」
松永「いいって——?」
香織「課長さんを愛してなんかいないし」
松永「そりゃそうだよ」
香織「考えたことと、そっぽへ行っちゃうようだけど、このまま、帰りたくない」
松永「しかし——(気押されるように見ている)」
香織「いいの。怖がらなくてもいいの(ゆっくり近づいて行く)」
松永「——(魅入られたように立っている)」
香織「三人、知ってるし、四人目だし、大げさなことには、思っていないわ(と圧倒的な官能性で、ゆっくりと松永に近づき、キスする)」
松永「(せきをきったように、いささかみっともなく、香織を求めて行く)」

■久美子のアパート・廊下(昼)

一見して普通の娘ではない。ちょっとすごみのある姿で、階段をあがって来る国枝妙子。久美子のドアを見つけ、ノックする。

■久美子の部屋

久美子「(休日で、小さな洗濯物を窓の外に干していて、ノックにふり向き)はい」
ノック、更に、ゆっくり、着実に。
久美子「(すーっと顔色かわり)誰?」
ノック。
久美子「誰ですか?(ともう包丁をとっている)」
妙子「私——」
久美子「私?(女の声なので、とった包丁を置き)私って?(返事がなく、あまりしつこく問いただすのもどうかと思い、ドアへ行き、錠をあけ、あける)」
妙子「(目を合わせず、立っている)」
久美子「(見ても誰だか分らないので)どちらさま?」
妙子「(目を合わせず)ちょっと、いい?」
久美子「なんの、御用ですか?」
妙子「(ぐいと、目は合わせずに中へ入り)根本に、汚いことしたそうね」
久美子「（ムッとして）汚いことなんかしないわ」
妙子「（その久美子をグイと見る）」
久美子「汚いのは根本さんよ」
妙子「（目をはずし、ドアを閉める）」
久美子「なんの用？」
妙子「根本、蹴られた足が痛くて、仕事出来ないので、昨日一日、なんにも食べてなかったのよ」
久美子「そう（意外ではある）」
妙子「それだけ？　あんたのいうことは、それだけ？（と強く久美子を見る）」
久美子「種をまいたのは、根本さんよ。おくやみいう気はないわ」
妙子「（ゆっくり靴のまま上る）」
久美子「なによ、靴のままなによ、あんた」
妙子「（前へ出る）」
久美子「（あとずさりながら）あんた、なに？　あの人の女？　女よこすの？　そんな奴なの、あいつ」
妙子「（喧嘩慣れしたアクションで、久美子を平手打ちする）」
久美子「（腕でガードする）」
妙子「（その髪の毛をひっぱって、膝蹴りをしてひっくりかえして、靴で蹴る）」
久美子「（相手の強さに恐怖が走る）」
妙子「（着実に、痛めつける）」
久美子「（ころがって、かばうのにせい一杯）」
妙子「（その久美子を更に蹴る）」
久美子「（痛さに声をあげ、更に、隅へうずくまる）」
妙子「いい？　根本はね、女よこすほど腰抜けじゃないよ」
久美子「――（荒い息）」
妙子「何処がいいんだい？　お前なんか（と口惜しさと悲しさが、チラと走って、ゆっくりドアの方へ）」
久美子「――」

■久美子の部屋の外

妙子「（ドアをあける）」
近所の奥さん、二、三人が音を気にして出て来ている。
妙子「なんだよ？　なんだよ、その面（つら）は？」
各自の部屋へ入る奥さんたち。
妙子、ドアをあけはなしたまま、帰って行く。

■久美子の部屋
久美子「(立ち上ろうとして、腰あたりの痛さに、ウッとなってなにかにつかまる)」

■佐伯家・表(夜)
のぶ代「(仕事から帰って来て、戸をあけ)ただいま(といって、そのまま口があいてしまう)」

■佐伯家・茶の間
二郎が、茂と四つに組合っていて(といっても相撲のようではなく、喧嘩で相手の殴ろうとした腕を摑んだというように型にはならずに)二郎「オッ」と茂の腕をねじ上げて、座らせてしまう。
のぶ代「なにしてるの?」
二郎「(かまわず茂に)いいかい? 人間口だけじゃどうしようもないんだ。なんかいう以上はね、いっただけの力持ってなきゃ仕様がないんだよ。口ですごんで、やり合うと、このざまじゃ世間は通用しないんだ。強くなれ。あんた、勉強できねえそうだが、そんなら、強くなれ。身体つくれ。なんかとり得がなきゃ、世の中、いいことはなんもねえだよ(と手をはなし、のぶ代に)今晩は(と一礼)」
のぶ代「まだ、東京にいたんですか?」
二郎「んにゃあ、さっき、またやって来ました」
のぶ代「さっきまたって(呆れる)」
二郎「仕事手につかねえで、車、ころがして、来ちまったんです」
のぶ代「困るわ」
二郎「約束通り、みやげは持って来ません。叔父も、来たこと知りませんッ」
のぶ代「(茂に)お父さんは?(とはきものを脱ぐ)」
二郎「お通夜だそうです」
のぶ代「お通夜?」
二郎「そこのブリキ屋さんのお祖母さんが亡くなって」
のぶ代「(茂に)ほんと?」
二郎「お母さんと二人で、お手伝いだそうです」
のぶ代「そう(と台所へ)」
二郎「あ、夕飯、ここにありますよ、(と隅の、新聞紙のかかったちゃぶ台を指し)いま、ちょっと隅へ、やったんです(と真中へ持って来て)茂君が出て行けっていいいましてね」
のぶ代「(台所で手を洗っていて、水をとめる)」
二郎「いろいろ、ひどいことをいいましてね」
茂「――」
二郎「まあ、姉さんを思う弟の言葉としては、分んねえこともないけど、こっちも、ちょっとカッとなって、追い出すなら、力で追い出してみろ、なんていって、乱暴なとこ――見せちまったたね」
のぶ代「(台所で)おかしかないですか?」
二郎「え?」
のぶ代「こんなにしつこいなんて、おかしいわよ」
二郎「ええ――」
のぶ代「盛岡なんて、すごく遠いじゃない。そこ帰って、またすぐ来るなんて私信じられないわ」
二郎「ええ――」
のぶ代「恋愛とか、そういうのなら、分らなくないけど、お見合いじゃないの。ちょっと逢って、それで、こんなにしつこいなんて、おかしいわよ」
二郎「(うなずき)私も――そこんとこは、どうしてかと思ってね。盛岡だって、綺麗な人、いっぱいいるしね」
のぶ代「そうよ。私なんか、綺麗でもなんでもないし、こんなに私にこだわるの、おかしいわよッ」
二郎「綺麗ですよ。のぶ代さんは」
のぶ代「毎日鏡見てるの。自分がどの程度かわかってるわ」
二郎「いや、私も、盛岡へ帰る汽車で、どうして、こんな風になっちまったかと考えましてですね」
のぶ代「そうよ」
二郎「正直いって、女なんて、どれもそれほど違いはないって、たかァくくってたんで、自分で、ちょっとアワくってるとこあるんですよね」
のぶ代「かいかぶってるのよ、私を」
二郎「そう。そうじゃないかなあ、と私も思いましてですね。今日、もう一回、もう一回、のぶ代さんを、しっかり見せて貰おう」
のぶ代「冗談じゃないわ」
二郎「そうすりゃあ、夢からさめるかもしれない」
のぶ代「(勝手なことといってるわ、というように鼻を鳴らす)」
二郎「夢なら、さましちまわないと、仕事、手につかないしね」

のぶ代「こっちも迷惑だし」
二郎「そうです。そっちも御迷惑だし、じゃ、あの、もう一回、しっかり、こっち向いていただけますか？」
のぶ代「そんなの」
二郎「考えると、じーっと見たこと、なかったんですよね。なんかこう目にまくがかかったようになって、はじめっからフワーッとなったところあって」
のぶ代「そんなのそっちの勝手じゃない」
二郎「今日は実態をお見せ下さい。本当は、どの程度か、はっきりお見せ下さい」
のぶ代「そんなこといわれて、どうぞって顔出せる訳ないじゃない」
二郎「どうしてですか？　私のこと嫌いでしょう？　嫌いな奴になに思われたっていいじゃないですか」
のぶ代「――（そりゃそうだけど）」
二郎「ズバッと、お顔お見せ下さい。そして、私をがっかりさせて下さい。そうすりゃあもう、迷惑かけねえし――どうか、こっち、お向き下さい」
のぶ代「――」
二郎「のぶ代さん」
のぶ代「いいわよ。じゃ、見ればいいわ。見なさいよ（と茶の間へ思い切って行き）私の、ひどい顔しっかり見ればいいわ（と座って目をつぶる）」
二郎「（見つめ）駄目ですよ。綺麗だ。駄目ですよ。そんないい顔しちゃ」
のぶ代「いい顔って、（と目をあく）」
二郎「好かれようなんて思わないで下さいッ」
のぶ代「思ってないわ」
二郎「だったら、もっとひどい顔して下さい。私が、がっかりするような顔して下さいッ」
のぶ代「じゃ、こうなら、どうよ（と怖い顔をする）」
二郎「駄目ですッ」
のぶ代「じゃ、こう」
二郎「駄目ですッ」
のぶ代「じゃ、こう」
二郎「駄目です。なにやっても可愛く見えてしまうッ（顔そむける）」
茂「（我慢できず、声をあげて笑い出してしまう）」

のぶ代「茂、なに笑うのよ（と茂をぶちにかかる）」
二郎「そうだよ。笑うことはないよ（と茂をズデンドウと投げとばす）」

■食肉輸入課（夜）

香織、残業している。他には大沢しかいない。
大沢は、もう片付けながら、
大沢「池谷さん――」
香織「なに？」
大沢「課長がいってたよ」
香織「（ドキリとするが、ごまかして）なにを？」
大沢「女の強がりはね、男の思う壺だって」
香織「どういうこと？」
大沢「男にもて遊ばれたって、泣いたり恨んだりする女はかなわないけど、強がってる女性は、遊ばれたんじゃない遊んだんだ、対等なんだ、と胸をはる。だから、つまらなくあとをひかなくっていいってことじゃないかな？」
香織「それ、私と、なんの関係？」
大沢「いや、みんなね、みんな課長の自慢話だと思って聞いていた」
香織「相手が私だっていうの？」
大沢「ちがうなら結構だけど」
香織「当り前じゃないの」
大沢「課長なんてのは、稀なる浮気だろ？ 黙ってられないのよ。なんかの形で口に出る。ああいうの相手にしちゃ駄目ってこと（ドアをあける）」
香織「余計なお世話だわ」
電話のベル。
大沢「お先にィ（とごく日常的にいってドアを閉める）」
香織「（そのドアを見ていて、思いを無理矢理電話に向けて、受話器をとる。しかし、切れたらしくツーという音）」

■久美子の部屋

久美子「（受話器を置いた直後、短く）」

■食肉輸入課

香織「（受話器を置く）」

■久美子の部屋

久美子「（息をついて、受話器から手をはなしかけた時、ノックの音)」
隣のおばさんの声「吉川さん」
久美子「あ、はい(と立ち上る、ちょっと足が痛い)」
隣のおばさんの声「ちょっとね、こんなの、どうかと
　思って」
久美子「(足をひきずりながら、近づき)はい(とドアへ行
　き錠をあける)」
隣のおばさん「タンシチュー(と小鉢にサランラップで
　蓋をしたものをさし出す)」
久美子「あら(と微笑して受けとる)」
隣のおばさん「食べた? 夕飯」
久美子「いえ、まだ」
隣のおばさん「そうじゃないかなあと思って」
久美子「御馳走さまです(と一礼)」
隣のおばさん「大丈夫?」
久美子「ええ。もう」
隣のおばさん「ひどい目にあったわよねえ」
久美子「ええ。でも、もう(と一礼)」
隣のおばさん「友達でも呼ぶのかなあと思ってたのよ」
久美子「ええ。でも、呼ぶとおどろくだろうし」
隣のおばさん「そりゃおどろくわよ」
久美子「一晩寝れば、治りそうだから(一礼)」
隣のおばさん「そう? 事情はよく知らないけど」
久美子「ほんと。大丈夫ですから。御馳走さまでした
　(とやや打ち切り気味の口調で微笑して、礼をする)」
隣のおばさん「そう。じゃ、フフ、圧力鍋だとね、す
　ぐタンも柔らかくなって、(と、身体を外へ出し
　かけて、階段側の傍に気づいて)あら、(と、おど
　ろく)」

■久美子の部屋の前

典夫「(バットを杖がわりにして立っていて)今晩は」
隣のおばさん「あんた(と久美子の方へ)この人、こな
　いだ、大声出した。ああッ」
典夫「(隣のおばさんを押しやるように部屋の前に立ち)
　今晩は」

■久美子の部屋

久美子「――(ただにらむように見る)」
典夫「急いで――急いで来たんだ」
久美子「帰って(と横を向く)」
隣のおばさん「ちょっとあんた(と典夫の腕をつかんで、

ひっぱろうとする）」

典夫「（これをさっとふりほどきながら）うるせェんだよ、ほっといてくれよッ」

隣のおばさん「痛いじゃないのッ」

典夫「（ぐいと部屋へ入って、ドアを閉める）」

久美子「（足をひきつつ、しかし素早く台所へ走り包丁を持つ）」

典夫「（その久美子を見ていて）さっきまで知らなかったんだ。あの女が、あんたに、ひでェ事したなんて、知らなかった」

久美子「そんなこと（信じられない、という口調で）」

典夫「ほんとだよ。びっくりした。夢中で走って来たんだ」

久美子「バットを持って？」

典夫「あ、これは杖だよ。杖がわりだ。階段なんかじゃあった方がいいんでよ」

久美子「とにかく、あれで、気がすんだでしょ、文句いわないわ。あいこで——これで、一切関係ないってことにしようじゃない」

典夫「そんなのは嫌だ」

久美子「いい加減にしてよ。あの人いれば沢山じゃないの」

典夫「あいつは、そんなんじゃねえんだ」

久美子「そうは思えないわ」

典夫「そんなんじゃねえッ！」

久美子「なら、どっちでもいいわ。とにかく、ほっといてよッ」

典夫「（久美子にちょっと目を置いてから）たしかに、あいつと、前に、そういうことあったけど、もう、ずっと切れてる。ただ、あっちは、そう思ってなくて」

久美子「聞きたくないわ」

典夫「今日みたいな、見当違いをしちまうんだ」

久美子「分ったわ。分ったから、帰って」

典夫「——」

久美子「私は——（にらんで）絶対にあんたの女になんかならないわ」

典夫「——」

典夫「——」

久美子「そんなに——そんなに、安っぽくないのよ」

ノックの音がして、待たずにさっとあけられる。

典夫「（振りかえって、ハッとする）」

警官「（もう一人背後にいて）ちょっと、廊下へ出て下さい（と身体をひく）」
典夫「なんでよ?」
久美子「――（思いがけない事態で、ただドキリとしている）」

■久美子の部屋の外

警官「いいから、出るんだ」
隣のおばさん「（中へ）吉川さん。丁度外へ出たら、パトロールがいたの」
警官「出なさい」
典夫「俺は――（と出て来て）あんたらに、そんな扱い受ける覚えないぞ。（と大声でなくいい）帰りゃあいいんだろ（と階段の方へ行く）」
別の警官「（そういう事態を見越して立っていて）ちょっと待て（と腕をつかむ）」
典夫「なにすんだよ、手前ら（とふりほどこうとする）」
警官「（素早く加勢して、典夫の腕をねじあげ）つまんない抵抗すんじゃないよッ（と壁に典夫を押しつける）」
久美子「（ドアの外へ出ていて）すいませんッ。そんなんじゃないんですッ」
隣のおばさん「吉川さん――」
久美子「（警官のところへ足をひいて行き）すいません。この人、そんなんじゃないんです」
隣のおばさん「だってあんた前に、この人来たら、警察呼んでって」
久美子「事情がかわったんです。今日は、そんなんじゃないんです（典夫をひっぱるようにして）ただ、遊びに来たんですから」
隣のおばさん「そんなこといっていいの? ほんとに」
久美子「いいんです。（警官に）すいません。こっち来て（と典夫をひっぱる）」
警官「しかしね、あんた（と手をはなしつつも、心配でいう）」
久美子「はい（と警官にこたえ、典夫を部屋に押し入れるようにしてドアを閉め）ほんとに。すいません。余計な心配かけました。なんでもありませんから（と一礼する）」

■久美子の部屋

典夫「（入った形で立っている）」
隣のおばさんの声「なんでもないって」

■久美子の部屋の前

久美子「（ドアをかばうように立っていて）ほんとうに。なんでもないんです。失礼します。ありがとうございました（とドアをあける）」

■久美子の部屋

久美子「（入って）すいませんでした（とドアを閉める）」

典夫「――」

久美子「――（錠をかける）」

典夫「――（久美子を見る）」

久美子「――（ドアを閉めた形で動かない）」

6

「未来が、見つかる男次第なんて、時々、やりきれなくなるわ」

■久美子の部屋（夜）

五回目の終りの久美子がドアを閉めるところから見せる。同じ靴脱ぎの狭いスペースに典夫、立っている。

久美子「――（錠をかける）」

典夫「――（その久美子を見る）」

久美子「誤解しないで。警察に頼むことじゃないと思っただけ。個人的なことだもの（とドアの傍は動かず典夫を見ないで、低くいう）」

■久美子の部屋の外

警官「（隣のおばさんへ）じゃ、まあ、ここンところは（と敬礼して階段の方へ）」

別の警官「（続く）」

隣のおばさん「（二人の脇をすりぬけて前へ行くようにしながら）あいすみませんねえ。お忙しいところを」

■久美子の部屋

久美子「（外に耳をすましている）」

隣のおばさんの声「（階下へ行きながら）御苦労さまでございました（遠くなる）」

典夫「――（久美子を見ている）」

久美子「（とにかく一段落という気持と、典夫の視線を感じて、ドアからはなれようとする）」

典夫「――（その久美子の腕をつかんで抱こうとする）」

久美子「――（抵抗して、パッと部屋へ上って、はなれて激しい目で立ち）そうはいかないの（低いが強い声でいう）」

典夫「――」

久美子「女なんて、なんだかんだいったって、抱いちまえばこっちのものだなんて思ってるんでしょうけど、私は、そうはいかないのよ（低く慌てずにいう）」

■タイトル

■久美子の部屋の表（夜）

典夫「（杖がわりのバットを持って、ドアを中からあける）」

隣のおばさん「（自室の部屋のドアを細くあけて伺っていて、慌てて閉める）」

典夫「（そのドアを見て）安心しろよ、おばん（パッと中の久美子の方を見て、すぐ目を伏せ小さく）出

てってやらぁ（カッと八ツ当り気味に隣のドアに
向って大声で）お巡りなんか呼びやがって！」

■久美子の部屋

久美子「（部屋の中央あたりに立って、典夫を見つめている）」
典夫「（久美子は見られず）俺じゃなかったら、こん
な事じゃすまねえぞ（と低くいう）」
久美子「（見つめている）」
典夫「俺だから、帰ってやるんだ（ドアを殴る）」
久美子「――」
典夫「（キッと久美子を見て）じゃ、どうしたらいいん
だ。お前と、つき合いようがねえじゃねえか
（と真情溢れていう）」
久美子「（目を伏せ）さよなら」
典夫「気取りやがって（と久美子をどうしても忘れられ
ぬ思いで見つめ、激しくドアを閉め）なに様のつ
もりだ、手前なんか！」
久美子「（部屋の中でドアを見つめている）」

■久美子の部屋の外

典夫「（足をひきずりながら階段の方へ）」

■久美子の部屋

久美子「――（その足音を見送っている）」

■ロマンス・カーが走る（昼）

■小田急の車内

働いている久美子。

■和食の店

ビルの中の店で、昼は定食を出している。しかし
場所が悪いらしくカウンターに二人。奥のテーブ
ルに松永ひとりである。
香織「（はじめから松永がいることは分っていて、入って
来る）」
店の女性「いらっしゃいませ」
店の男性の声「いらっしゃいませェ」
香織「（そうじゃないの、というように手をちょっと振り）
ちょっと（と店の女性に松永を指し）用事いう
だけ、すみません」
松永「（香織が意外で慌てる気持もあり）よく分ったな
あ（おしぼりをつかっている）」

香織「(一礼して小さく) 尾行したんです」
松永「あ、ま、掛けろよ (店の女性に) ちょっと、ここ、もう一人」
香織「(すかさず店の女性に) いいんです、すみません (と腰かける)」
松永「どうして? 食べてけよ」
香織「用事だけいえばいいんです」
松永「フフ、なんだい? (と胸のあたりが痛い感じになる)」
香織「私をさけてるから」
松永「そんなことないよ。ないよ」
香織「あの事は、あの日だけのことだと思ってますから」
松永「よそうよ、こんな所で (と小声でなだめるようにいう)」
香織「責任とれなんていいませんから」
松永「そりゃそうだよ。君がそんなことという人じゃないことは (分ってるし)」
香織「怖がらなくてもいいんです」
松永「ハハ、ぼくは別に――」
香織「それから、陰で自慢しないで下さい」
松永「自慢?」
香織「若い子と浮気したって、ほのめかして、自慢してるそうですね」
松永「そんな――」
香織「私を怖がったり、自慢したり、気持分らなくないけど、両方やめて下さい」
松永「無論だよ、誰が、そんな事――」
香織「(立って一礼する)」
松永「食べて行けよ、行きなさい」
香織「(もう出口の方へ行きかけていて店の女性に) すみませんでした (という)」

■ビル街

昼休み。香織その中をぐいぐい歩く。しかし、近づくと涙が溢れている。

香織の声「なんかね。訳分んないけど」

■久美子の部屋 (夜)

香織「涙なんか出ちゃったりして」
久美子「へえ」
香織「なかなかあなたみたいに、スカッとしないわ」

久美子「（実はスカッとなどしていなくて）ううん」
のぶ代「それ、その課長さんを好きだってこと？」
香織「ぜんぜん（と苦笑）」
久美子「あら、そうなの？」
香織「そりゃそうよ」
久美子「でも、なんか、私、好きだっていうんだと思った（典夫と重ね合わせている）」
のぶ代「私も」
香織「あんなビクビクした中年好きになる訳ないじゃない」
のぶ代「嫌いで、ホテルなんか行くかしら？」
香織「全然嫌いなら（そりゃそうだけど）」
久美子「やっぱり（あなた）好きなんだと思う（自分の気持をさぐっている）」
香織「決めつけないで（苦笑気味に）」
のぶ代「どうするの？」
香織「どうもしないわ。とに角ビクビク手を出せないでいるから、可哀想になっただけ」
のぶ代「だって、それだけで——」
香織「体験ないとそうだけど、私何人か知ってるでしょう。面倒くさくなかったら、一回位つき合ってやるかって、そういうの、あるのよ」
のぶ代「へえ」
久美子「じゃ、何故泣いたの？」
香織「意味ないんじゃないかなあ」
久美子「そうかしら？」
のぶ代「スカッとしないっていったわ」
香織「（苦笑気味に）尋問ね」
久美子「やっぱり、そんなにわり切れないのが、普通だと思うな（と、ちょっと自分の心の告白めいていう）」
香織「あら、あなた、わり切れてないの？」
久美子「わり切れてるわ（と笑顔をつくり）私は——わり切れてるわ（しかし、そうでもないという顔になってしまう）」

■新宿駅・小田急ホーム（昼）

ロマンスカーが到着する。

スチュワーデスたち、事務所の方へ。

その中に久美子がいる。久美子、前に人が立ちはだかるので、ギクリと立ち止る。妙子である。

妙子「（目をはずしていて）ちょっと、時間、くれない？」

■新宿・ビル群あたりの道

妙子「（人通りのない道を来て、振りかえり、また目を伏せて行こうとする）」
久美子「（帰り仕度の服になっていて）何処まで行くの？」
妙子「駅の近所、どこ入ったって一杯じゃない。そんなとこで話すことじゃないから（と行きかける）」
久美子「じゃ此処でいいわ（と立ったままいう）此処で話して」
妙子「（立ち止る）」
久美子「変なとこ行くの、嫌だわ」
妙子「なんにもしないわよ」
久美子「でも話して」
妙子「――」
久美子「朝早かったし、これ以上歩くの嫌」
妙子「（久美子の方を向く。しかし、目は合わせられない）」
久美子「なに？」
妙子「私、あの人と、仲良かったのよ」
久美子「――」
妙子「（ゆっくり久美子の前を行ったり来たりしながら）一回、私、でも、酔っぱらって他の、つまんない奴と寝ちゃったの」
久美子「――」
妙子「あの人、それ、すごく怒って――終りになっちゃったんだけど――全然他の奴愛したなんていうんじゃないし、あの人が、やっぱり、いいと思うし」
久美子「――」
妙子「あの人だって、短かかったけど、私に夢中だった時あるんだし――」
久美子「――」
妙子「ほんとよ。夢中だったんだから」
久美子「――」
妙子「あきるのよ。気を付けた方がいいわよ」
久美子「関係ないわ」
妙子「――」
久美子「誤解されるの、迷惑だわ」
妙子「――」
久美子「邪魔しないわよ」
妙子「――」
久美子「しないわ（と駅の方へ行きかかる）」
妙子「邪魔してんのよッ」

久美子「（立ち止る）」
妙子「（目を伏せ）邪魔してるんだもの」
久美子「（振りかえり）してないわ」
妙子「あんたのことばっかり思ってるわ」
久美子「そんなこと、私に、どうしようがある？」
妙子「どうしようもないけど——（と久美子をにらんで涙）」
久美子「来るたんび、きついこといって追い帰してるわ。それ以上、私に、なにが出来る？」
妙子「約束してくれる？」
久美子「なにを？」
妙子「これからも、ずっと追い帰すって？」
久美子「——（すぐ返事出来ない）」
妙子「どうして？（ちょっと強く）どうしてすぐ返事出来ないのよッ！」
久美子「いいわ。あんな奴、いつだって、追い帰すわ（と駅の方へ）」
妙子「約束よ」
久美子「——（どんどん歩く）」
妙子の声「（その久美子にかかって）約束したわよッ」

■繁華街の雑踏

典夫「（ちょっと足をひきずりながら）あ、すいません、映画、よく見ますか？（と娘に声かける）」
娘「（歩きながら）うーん、あんまり」
典夫「どんなのが好きですか？（と追いすがり）いま、あんまりスーパースターはいない感じだけど（というあたりでブッ切りの感じ）」

■久美子の部屋（夕方）

久美子「（鏡を見ていて）約束——するわよ。してやるわよ。あんなワル——関係——ないわよ」

■食肉輸入課（夕方）

香織「（計算機を鉛筆でたたいている）」
松永「（書類を五六枚まとめながら）大沢くん（と立ち上る）」
大沢の声「はい」
松永「（ドアの方へ早くも行きながら）ちょっと部長室」
大沢「はい（と続く）」
香織「（計算機叩いている）」

■曳舟商店街（夕方）

のぶ代、帰りを急いでいる。八百屋から静子が声かける。

静子「のぶ代（と手をふる）」

のぶ代「あ、ただいま（と微笑）」

静子「えーと、じゃ、おナスこれね（と小さくザルに入ったナスをとり、他の買い物の傍へ置き、これだけ）これで（計算して、という仕草して、すぐのぶ代の方へ）大変なんだよ、また」

のぶ代「なに？」

静子「なにって、いまこんなところでいえるわけないだろ（とのぶ代の方へ来ながらいう）」

のぶ代「なんのこと？」

静子「そりゃまた盛岡だよ」

のぶ代「え？　また、あの人来たの？」

静子「来やしないよ。来やしないけど」

八百屋「えーと六百二十円だね」

静子「はい、六百ね（とあけかけていたガマ口をあけて金を出す）」

八百屋「二十円」

静子「二十円と（と金を出しながら、八百屋の方へ戻る）」

のぶ代「（小さく）どうして？　私なんかがそんなにいいんだろう（とややもてるつらさのよさもある）」

■佐伯家・茂の部屋

のぶ代「（帰って来た姿で襖をあけ）なあにィ？　暑いのに、閉め切って」

茂「（ウォークマンを耳にかけている）腹へったなあ、もう（と心から大声でいって、のぶ代に背を向けてころがる）」

■台所

静子「パートがおそくなったんだもの仕様がないだろ。御飯ぐらい自分で炊きゃあいいんだよ」

■茶の間

賢作「（ちゃぶ台にビール一本、コップ一つでのんでいて）ああ炊きゃあいいんだ。夏休みにゴロゴロゴロゴロしてやがって、バイト馘になったてェんだから、まったくもう取得がねえってェかなんていうか」

■茂の部屋

のぶ代「（その賢作へ茂からウォークマンをとろうと争いながら）聞えやしないわよ、こんなもんつけてんだもの（とやっととってしまう）」
茂「なにすんだよ（とろうとするが）」
のぶ代「（後ろ手にかくして）盛岡へ行くって、どういうことよ？」
茂「関係ねえだろ」
のぶ代「関係あるわよ。誰ンところ行くのよ」
茂「誰って（そんなこと分ってるくせにブツブツ）」
のぶ代「誰よ？」
茂「あの人だよ。だけど、ねえさんとは関係ねえって向うもいってんだよ」
のぶ代「そんな訳にいかないでしょう」
茂「俺はね（と立って台所へ行きながら）働きに行くんだよ、働きに」

■茶の間と台所

のぶ代「わざわざ盛岡へ行くことないわよ」
茂「（台所でコップをとりながら）きたえてやるっていってんだよ。行きてェんだよ」
のぶ代「絶対やですからね。向うの目的は分ってるじゃないの」
茂「自惚れちゃって」
のぶ代「自惚れてやしないわよ。あれだけ、私に結婚してくれっていってるのよ。そんな奴ンとこへ、弟のあんたが、なにも世話されに行くことないでしょう」
茂「世話じゃねえよ。働きに行くんだよ」
のぶ代「きたえて貰うっていったじゃない（賢作に）お父さん、よくこんなこといいっていえるわねえ」
賢作「俺は、別に——」
静子「いったじゃない、行っていいって」
賢作「お前だっていったろ」
静子「私は、のぶ代が怒るからねっていったのよ。ただいいとはいいませんよ」
のぶ代「どうして？　どうして、あの人ンとこへ行くのを許せるのよ」
茂「あの人はね、高校中退なんだよ」
のぶ代「それがなによ？」
茂「中退してさ、コックやったりさ、船に乗ったりさ、六人のやくざと喧嘩してめっちゃくちゃにやられたりさ」
のぶ代「やられたのが、えらいの？」
茂「終りまで聞けよ」
のぶ代「いつ、そんな話聞いたの？　ずるいわよ、弟まるめこむなんて」
茂「だから、そうじゃないっていってるだろ」
のぶ代「なにがそうじゃないのよ？」
茂「あの人はよ、俺のこと分ってんだよ」
のぶ代「まったく（よくまあ、弟たらしこんで、という感じ）」
茂「俺のこと分ってくれてんだよ」
のぶ代「お人好し」
茂「ああ、なんとでもいえよ。俺のこと分った奴、他にいるかよ？　クズみてェなことばかりいいやがって。この家じゃ俺なんかカスみてェじゃねえか、畜生！（と自分の部屋へ入って襖を閉める）」
のぶ代「行ったら、どうなるのよ？（賢作にせまるように座り）私だって、お礼いわなきゃならないじゃない」
賢作「だから俺だって、はじめっから行かせる気はなかったよ」
のぶ代「私、絶対やですからね、あんな人のお嫁なんて」
賢作「だから、それとこれとは」
のぶ代「ちがうわけないでしょう」
静子「ちがうわけないけど、あんな茂見たことある？　あんた」
のぶ代「え？」
静子「あの人ね、やくざにやられて、すぐ空手ならったんだって。それで二年後に六人ともやっつけたんだって。そういうこと一つ一つファイトがあってね。高校だけは」

■茂の部屋

茂、ころがっている。

静子の声「さっぱり出来なくて中退したそうだけど」

■茶の間と台所

静子「社会へ出てからの一生懸命ぶりは大変らしいのよ」
のぶ代「そりゃそうかもしれないけど」
静子「あの人、ガーンて、茂にお説教したらしいのよ。『そんな事で、どうする？　俺のところへ来い』って」
のぶ代　「そこが、ずるいじゃない」
静子「だけど、そういうことって、めったにないじゃない」
賢作「あいつは、俺のいうことなんか聞きゃしねえし」
静子「私だって、手におえないだろ」
のぶ代「だから人に頼むの？　人に教育押しつけるわけ？」
静子「他にあると思うかい？　あの子をそんな親身になって、きたえてやるっていう人いるかい？」
賢作「学校だって、もう投げてるだろうが」
のぶ代「茂！　普通はね、姉さんがお嫁に行くっていったら、弟は、行かないでって、泣いたりするもんなんだからッ！」

■佐伯家・二階・階段あたり（深夜）

のぶ代「（パジャマ姿で、あまり眠そうではなく自室の襖をあける。下を見る）」
階下の台所からの灯りが漏れている。

のぶ代「（おりて行く）」

■茶の間と台所

のぶ代「（階段おりて来て、台所を見る）」
茂「（台所の灯りだけついていて、床にあぐらをかいて、安ウィスキイの瓶を置き、コップの水割りを持っていて、姉が見たと思うと、意地になって、のみ干す）」
のぶ代「（そのコップを無理にとり）バカ。お酒なんかのんじゃ駄目よッ」
茂「夜中まで文句いいやがって（と流し台かなにかによりかかる）」
のぶ代「ゴトゴトなにしてるかと思えば」
茂「うるせェなあ。小便なら、してくりゃあいいだろ」
のぶ代「そんなんじゃないわよ。あんたのこと考えてたのよ」
茂「行かねえよ、行かなきゃいいんだろ。そういったじゃねえか」
のぶ代「（大声を気にして）起きるでしょ、二階が（とたしなめる）」
茂「ここで（と手をつき）寝るからよ（と横になり

ながら）暑くて、あっちなんか寝てられやしねえよ」
のぶ代「盛岡、行ってていいわ」
茂「いいよ」
のぶ代「いいの、行っていいの。行った方がいいわ」
茂「いろんなこというなよ」
のぶ代「でも、そう思ったの。誰かに、きたえて貰いたいなんて、そんなこと、あんた、めったに思わないもんね」
茂「気まぐれよう（背を向ける）」
のぶ代「（その茂を見て）ほんとに気まぐれ？」
茂「――」
のぶ代「いい加減なの？」
茂「――」
のぶ代「気まぐれなら、やめて貰いたいけど、そうじゃないんじゃないかなって、いま、上で思ったの」
茂「――」
のぶ代「あんた、この頃、どうしようもないもの」
茂「なにいってやんでェ（とすごみかかる）」
のぶ代「でも、あんたのせいじゃないとこ、一杯あるもんね」
茂「行けよ、もう」
のぶ代「頭悪いから高校行きたくないっていうのに、お父さんが、無理に行かせたんだもんね」
茂「――」
のぶ代「成績悪くて、バカとかなんとかいわれてりゃあ、そりゃ少し、おかしくなるよね」
茂「――」
のぶ代「どうせよって、パーマかけたり、すごんだりするの、分るよ」
茂「――」
のぶ代「でも、こんなことじゃいやだ。なんとかしたいって、すごく思ってたんだよね」
茂「（閉口したように、うるさそうに起き上る）」
のぶ代「ガーンて批判されて、きたえてやるっていわれりゃあ、ワーッって、そこ行きたい気持分るよ。行けば、ガーッって、自分変るかもしれないもの」
茂「――」
のぶ代「分るよ」
茂「解説、終りかよ」
のぶ代「終り。行ってくりゃいいわ（と立ち上る）」

茂「――」
のぶ代「但し、あの人が、どういおうと、私の弟だから、親身になってくれるのよ（と階段へ）」
茂「いいのかよ？」
のぶ代「――」
茂「それでいいのかよ」
のぶ代「よかないわ。あんた、ガンガン働いて、自分の魅力発揮してよ。私が、あの人に、恩なんか感じないですむようにしてよ」
茂「――」
のぶ代「他の人やとうより、あんたやとってよかったたって、向うがむしろ感謝するようにしてよ」
茂「――」
のぶ代「お休み（と上って行く）」
茂「――」

■ガム工場（昼）

働くのぶ代。

■盛岡行きの列車走る

■その車内

弁当を食べている茂。

■ビル街

昼休みの人通り。

ここまで音楽、こぼれて。

■喫茶店

香織「（ひとりコーヒーを前にして、アンアン風の雑誌を見ていて、前に立つ男の気配で顔をあげ）あら（とちょっとバツの悪い顔をする）」
岡崎「しばらくです」
香織「ええ（と一礼）」
岡崎「いいですか？　ちょっと」
香織「あ、ええ――どうぞ」
岡崎「（向き合った席へ腰をおろし）そこ（ややはなれた席を指し）の席で、人と逢ってたんです」
香織「気がつかなかったわ」
岡崎「いらしたときから見えてました」
香織「（目を伏せ、含み笑い風に）ごめんなさい」
岡崎「いいえ。もともと、印象の強い人間じゃないんです」
香織「（そんな、というような笑いあって）電話で、づけづけ、失礼しました」
岡崎「いいえ」
香織「おつき合い、すればするほど、お断りする時、気まずいような気がして、ちょっと結論急いじゃった感じありますけど」
岡崎「残念だったな」
香織「（一礼）」
岡崎「たしかに、ぼくは面白味がないと思います。平凡だし、変った趣味もないし、可愛気もないし、不良っぽくもないし、フフ、女性をひきつけるところ、少ないと思っています」
香織「そんなことないと（思うけど）」
岡崎「いいんです。残念だけど、諦めます」
香織「（一礼）」
岡崎「ただ、これは雑談ですけど、キェルケゴールがこんなことをいっています」
香織「キェルケ？」
岡崎「ゴールです。キェルケゴール」
香織「ええ」
岡崎「この頃はみんな面白い人間を求めている。どんな風に面白いか、どんな面白いことをしたか、そういうことが、人間を判断する基準になっている」
香織「（うなずく）」
岡崎「しかし、人間の、静かで平凡な強さなどというものは、あまり評価されない。面白くないから」
香織「――ええ」
岡崎「それから、こういうことはしてよくて、こういうことは死んでもしてはいけないというような一貫した決意を持っている人間も評価されない。その場その場で、賑やかに面白いことをしたり、面白い発言をする人間が評価される。それは、情けないことだといっています」
香織「ええ――」
岡崎「それだけです。お邪魔しました（と立ち上る）」
香織「（なにかいおうと思って）あ」
岡崎「さようなら（と行ってしまう）」
香織「――（なにか心に落ちるものがあり、振りかえる）」
岡崎「（レジで金を払っている）」
香織「――（顔を戻す）」

岡崎「（出て行ってしまう）」
香織「――（ちょっと印象とちがう人だな、と思う）」

■街路
久美子、つけられていることを気づいている顔で、歩いている。
つけている典夫。久美子に気づかれることを怖れてはいない。
久美子、すっと横丁へ入る。

■横丁A
久美子、急ぎ足で行く。
典夫、つけて急ぎ足で行く。
久美子、別の道へ出る。

■別の道
久美子、またすぐ横丁に折れる。

■横丁B
久美子、急ぎ足で来て、更に路地を曲って止り、息を止める。しかし、足音なく、振り向いて見る。
横丁Bから見える別の道にも、典夫はいない。
久美子「（なんとなく物足りない思いがある。横丁Bへ出る）」
典夫のいない別の道。久美子、立っている。
典夫のいない別の道。久美子、目を伏せ、ちょっとがっかりしたような思いで、ふと今入っていた路地を見ると、
典夫「（からかうような目ではなく、久美子を見つめて）そこ（と背後の路地を手振りで示し）ぬけて来たんだ」
久美子「――（目を伏せて、いい加減にして、みたいなことをいわなければと思うのを）」
典夫「コーヒーのまないか」
久美子「（とんでもない、といおうと顔をあげるのを）」
典夫「（静かに、しかしピシリと）話ぐらいいいじゃないか（真情溢れ）いいじゃないか、話ぐらい」
久美子「（その声の真摯さにドキリとして典夫を見る）」
典夫「（見つめている）」
久美子「（目を伏せる）」

■ある喫茶店の前（昼）
妙子、その前に立ち止っていて、斜めに店の方を

見るような見ないような気弱な目をあげ、ドアの方へ、ゆっくり二、三歩歩き、そのまま決心したようにあとはするすると店の中へ。

■ある喫茶店・店内

「いらっしゃいませ」「いらっしゃいませ」とウェイトレスとマスターの声の中を、妙子、顔をかくすようにして隅へ行き、店内に背を向ける位置の椅子に腰をかける。

ウェイトレス「(すぐ水を持って来て) いらっしゃいませ」

妙子「ホット」

ウェイトレス「かしこまりました。少々お待ち下さい(と去る)」

妙子「(固い顔のまま、やや顔をあげる)」

妙子の背からボックス二つ分ぐらいはなれた席に、典夫は妙子に背に向け、久美子は妙子の背を見る位置で腰かけている。

典夫「じゃ、早番もそんなに悪くないんだな(なるべく抵抗感なく淡々という)」

久美子「そう。出て行く時、まだ暑くもないし、終ってから、夜までかなり時間があるでしょう(笑顔はないが、淡々と)」

妙子「(席を久美子と向き合う席へかえる)」

久美子「そうね。あんまり、映画なんかは見ないわね」

典夫「じゃなに?」

久美子「うん、やっぱり、買物っていうか、買物の下見っていうか(ギクリとする。妙子を見たのである)」

妙子「──」

典夫「ディスコなんかは?」

久美子「え?」

典夫「ディスコ?──」

久美子「(うなずき) 東京へ出て来た頃はね」

典夫「行かないか?」

久美子「え?」

典夫「映画でも見て、今日、行かないか?」

久美子「ああ(と気をしずめようとして)」

妙子「──」

久美子「なにいってるの。コーヒーだけっていったじゃないの」

妙子「──」

久美子「私、きっとなんか、そういうこと」

妙子「──」

久美子「いい出すんじゃないかって（と水をのむ）」
典夫「どうしたの？」
久美子「どうもしないわ（コップを置く）」
妙子「――」
久美子「私――」
妙子「――」
久美子「帰るわ（とレシートに手を出す）」
典夫「（その手をおさえ）まだ十分もたってないじゃないか」
久美子「でも（妙子の方を見まいとするので、やや不自然に）私、やっぱり、こういうことも、やだって――はなして。はなして（とはなしてから、チラと妙子を見る）」
典夫「（目ざとくその久美子の目の動きを見ていて、振りかえる）」
妙子「（両手で顔かくす）」
典夫「（畜生、というように立ち上る）」
久美子「（立ち上って）あの人、関係ないわ。つき合いたくないだけ。ほっといて、あの人（と小声で急いでいう）」
典夫「（妙子を見ていた目を落して、レシートをとる）」

久美子「乱暴しないで。したら私、本当につき合わないよ」
典夫「――（久美子を見）しなきゃ、つき合ってくれるの？」
久美子「そういう意味じゃないけど」
典夫「出よう（とレジの方へ）」
久美子「（見送って、妙子を見る）」
妙子「（久美子を見て、典夫を見て、立ち上って、典夫の方へ行き）私、つけたわけじゃないのよ」
典夫「――（釣り銭を待っている）」
マスター「ありがとうございました（と釣りを渡す）」
妙子「（そのマスターへ）私、コーヒー頼んだんだけど、よくなったの」
典夫「（出て行ってしまう）」
妙子「いくらかしら？　払うわ」
マスター「結構ですから。また、どうぞ、おいで下さい」
妙子「そう。ありがとう（と久美子をさがすように見る）」
久美子「（ややはなれて妙子を見ている）」
妙子「私、頭、どうかしてるのよ（と悲しく苦笑して、ドアを押して外へ）」
マスター「ありがとうございました」

久美子「（外へ）」
マスター「ありがとうございました」
ウェイトレス「ありがとうございました」

■ある喫茶店の外

典夫「（立ち止っていて、出て来た妙子の方を振りかえって）汚いことするなよ」
妙子「だから、偶然ね（私、この店へ）」
典夫「見えすいたこと言うなよッ」
久美子「よして、昔の恋人でしょう」
典夫「ちゃんと切れたんだ。それも、そっちの理由でね」
妙子「悪かったって、何度も何度もいってるのに」
典夫「たまんないね。人を、つけて歩いて、なんだっていうんだ」
久美子「あなたもそうじゃないの。私をつけてたんじゃない」
典夫「それは、だけど――」
久美子「ちがう？　何処がちがう？」
典夫「（やりきれなく）畜生！（と道を蹴とばしてみる）」
妙子「ごめん。ごめんね（とハラハラしながら典夫にいう）いいわよ。私もう消えるから。だから、何処へでもいってよ、二人で（とあとずさる）」
久美子「行かないわ。私、この人（と、妙子と並んで）と行くわ」
典夫「どうして？」
妙子「困る（と久美子に言う）」
久美子「とにかく、あんたとつき合う気はないのよ（と妙子の腕をとってどんどん行く）」
妙子「ちょっと（とひっぱられる）」
典夫「（見送る）」

■ビヤホール

まだそれほど込んではいない。その隅で向き合って掛けている妙子を、久美子ヒタと見て――。

久美子「あなた、はじめすごく強い人かと思ったら、弱すぎるわ。あんまり弱いわよ。あれじゃ、向うが、つけ上るばっかりじゃない。あんな風に、つけて歩いて、あの人、あなたを好きになると思う？　いわせて貰えば、あんな人何処がいいのかと思うけど、好きになって欲しいなら、もう少し毅然としたところがなきゃいけないいと思うわ。おどろいちゃうわ。私を、すごい力で蹴ったりぶったりしたあなたが、あの人の前で、まるでオドオドしてるんだもの。あれじゃ、奴隷にでもしようというのならともかく、一人の女として、愛そうなんて気になるかしら？　昔、愛されたんなら、胸はって、もう一度見直せって、堂々としてもらいたいわ」

妙子「――」

久美子「そうじゃない？　そうじゃないかしら？」

妙子「（肘をついて、額の汗を掌でぬぐうようにして久美子の方は見ずに）笑わせないでよ（と薄く苦笑していう）」

久美子「（しょんぼりしていると思っていた妙子からの思わぬ反撃に）え？」

妙子「（目をそらしたまま）人好きになったこともないくせに、えらそうなことといわないでよ」

久美子「好きになったことぐらいあるわ」

妙子「（ギロリと久美子を見て）男、知ってるの？」

久美子「し、しってるわ、勿論」

妙子「（見つめたまま）夢中になった？」

久美子「私、あんなこと、大げさに考えてないもの」

妙子「子供――（一笑に付すようにいう）」

久美子「そうかもしれないけど、別にはずかしいとも思わないわ。大人になりゃあ、いいってもんでもないでしょ。それに、私、誰かに夢中になったって、あなたみたいに、メロメロになんか絶対ならないわ。主導権は、絶対こっちがとってやるわ」

妙子「（久美子のしゃべっている間にジョッキのビールをのんでいて、ゆっくり置き、こみあげる可笑しさに、笑い出す。くっくっと笑っている）」

久美子「全然可笑しくないわ。私は、あなたみたいにはならないわ（ビールをのんで行く）」

■食肉輸入課（夜）

松永、大沢他、男の課員が煙草の煙をもうもうと立てて、議論の真最中で、はじめそれぞれが「そりゃあちがうんじゃないか」「ちょっと論点がずれてたんじゃないかな」「タコツボ的に輸入課だけの問題にしても解決しないんじゃないかな」などという熱気のある声が起っていて、その中から松永

課長の声が「よおし、よおし」とみんなを制するように起って、
松永「つまり論点を整理するとだな、ビーフの品質を輸入課がどうチェックしようと、価格の決定をどうきめこまかくしようと、決定的に日本では輸入もののビーフのイメージがよくないということがブレーキになっている（相槌を打つ課員）」
香織「（はなれて帰り支度をしている）」
松永「広告宣伝サイドも、輸入ビーフに関しては、安いことばかり強調してだな。こんな厚いのがキロいくらだからお買いなさい、というようにだな、日本人の味覚に対する欲求と全然ズレだところで商売しようとしている」
「そうそう」「そこンとこの姿勢が、やっぱり問題だな」「連繫しようという気がないんだから」
松永「そう。つまり雑誌なんか見たってだな」
香織「お先に――」
松永「あ、お疲れ」
「御苦労さん」「お疲れ」という課員。
松永「（しかし、忽ちに話題に戻って）大体うまいものを食わせる店は何処かという頁はあっても、安くて量の多い店はどこかなんて志向はまったくないんだよ」
「そうそう」「その時代に、輸入ビーフはまだ、安くて量が多いというところに重点がおかれてて」「それを、宣伝は少しも、疑っていない」「それは、こっちの責任もあると思うんだ」とワイワイやっている。

■食肉輸入課前の廊下
香織「（出て来てドアを閉める）」
香織の声「別に、誰か誘って貰いたいとか、そういうんじゃないんだけど、会社って、カッカしだすと、女なんか全然はじき出して、男ばっかりでワーッとやってるのよね。お前なんか勝手に帰れって感じで、ギンギンしてるの見ると」

■あるバー
カウンターに香織と岡崎が並んでいて、
香織「私ら一体、なんだろうって、思っちゃうわ」
岡崎「うむ（とのむ）」

香織「さき行きっていうのは、ないわけなのよね。よく働けば出世するとか、そういう望みはないから、いい男見つけていい結婚するぐらいしか未来ないのよね」
岡崎「うむ」
香織「だけど、周りに、とりたてていい人いないし――（口調かえず）ごめん」
岡崎「いいえ（と眼鏡をちょっと上げる）」
香織「努力すればめぐり逢うってもんでもないし、なんとなく運みたいなもんを期待して、その日暮ししてるのよね」
岡崎「うむ」
香織「こんな状態――男なら、耐えられる？」
岡崎「うむ」
香織「未来が、見つかる男次第なんて、時々、やりきれなくなるわ」
岡崎「うむ」
香織「温和しく、待っちゃいられないって――そう思ったって無理ないと思うわ」
岡崎「――」
香織「その場限りの、ワーッっていう、なんか勝手なこと、したくなって無理ないと思うわ」
岡崎「つまり」
香織「え？」
岡崎「今日、ぼくを呼んでくれたのは、とても未来を託すような男じゃないけど、その場限りのワーッという遊び相手としては、まあまあだから――」
香織「（苦笑気味に）そうじゃないの」
岡崎「――（眼鏡を上げる）」
香織「だって、あなた、遊び相手としては、あんまりまあまあじゃないわ」
岡崎「ええ――（と苦笑）」
香織「（ちょっと心を話すという口調で）そんなんじゃないの」
岡崎「――（のむ）」
香織「こないだ、喫茶店で逢って――なんか、あなたのこと、早合点したのかなって思ったの」
岡崎「――」
香織「もう一度、なんか話がしたくなったの」
岡崎「――」
香織「なんかしゃべって」

岡崎「キェルケゴールは――」
香織「え？」
岡崎「キェルケゴールです」
香織「あ、また、その人、なんかいってるの？」
岡崎「二人の人間が逢って、逢っている間しゃべっていては、なんにも見えて来ない。暫く黙ってみるといい。黙って二人でいてみるといい。その沈黙に耐えられる関係かどうか」
香織「へえ」
岡崎「おかわり下さい」
バーテン「はい。ただいま」
香織「いいわ、黙っててみましょう」
岡崎「ええ――」
香織「（自分のグラスを見、氷をゆり動かしているうちに可笑しくなり、クスクス笑う）」
岡崎「――（笑う）」
二人、笑ってしまう。

■佐伯家・階段（午前中）

静子「（階段下に封書持って現われ、二階を見る）お父さん――のぶ代――フフ（とやはり嬉しく、しかし、その手紙通り喜んでいいかどうかに疑いもあって、階段をあがり）お父さん（と襖をあけ）フフ、お休みに、わざわざ起こすことじゃないかもしれないけど」
賢作の声「（眠そうに）うん？」
静子「（のぶ代の襖に向って）のぶ代、茂からね、なんか、すごく頑張った速達来たんだよ（といいながらのぶ代の襖をあける）」
賢作「（パッと現われ）速達？」
静子「うん。なんだか、あてんなりゃしないけど（と嬉しさ半分でさし出す）」
賢作「（受けとって、ひろげる）」
のぶ代「（パジャマ姿で現われ）茂から？」
静子「ああ、あの子の手紙なんて、はじめて読んだわ。フフフフ」

■二郎のドライブイン・店内

茂「（髪を短くし、蝶タイに半袖のシャツを着て、盆を片手にして、油断なく客席を見回している）」
静子の声「（フフフフ、と少しこぼれて）」
茂の声「こっちへ来たら、その日に、髪の毛を切られました」

茂「（ドアを見て大声で）いらっしゃいませッ（と叫び入って来たトラックの運ちゃん三人ほどに）どうぞ。どうぞこちらがあいておりますッ（と四人席へふっとんで椅子をひき）メニューでございますッ、よし子さん、お冷やッ。九番、三人さんですッ（と調理場との境いにいるよし子の方へ行く。客は他に二テーブルぐらいで混んではいない）」

よし子「（だれて、水を盆にのせている）」

茂「（忽ち来て）お冷やです、よし子さん」

よし子「やってるでしょう」

茂「あ、そういうこと、お店で、いわないで下さいよ（と小さな声でいう）」

よし子「うるさいわねえ（うんざりしていう）」

茂「あ、コップの周りが濡れてると、お客さまの服が濡れたりするから（ともう自分でよし子の盆からコップをとってふきんで一生懸命拭く）」

よし子「（やんなさいよという感じで盆を持っている）」

男客「（運転手風の声）レジ頼むよ」

茂「はいッ。ありがとうございましたッ、ちょっと、あと拭いて（とレジへ急ぎ）失礼いたしましたッ。毎度ありがとうございますッ（とレシートをとって、下手だが一生懸命レジスターのボタンを押して行く）」

茂の声「店は朝の七時から夜の十一時までで」

■普通写真

犯人の写真のような三枚の写真。

よし子とウェイトレスＡＢである。

それぞれ、手におえない面構えである。

茂の声「三人の女の子が交替で一人ずつ勤務し、ぼくはその上のマネージャーです」

■二郎のドライブイン・表（早朝）

駐車場を掃除している茂。一生懸命。

茂の声「いきなりマネージャーなんて無理だといったのですが、無理なことをしなくて、どうするといわれました」

■店内

盆一杯に丼をのせて運びながら「いらっしゃいま

　セェッ」と叫んでいる茂。
茂の声「準備の時間を入れると一日十八時間ぐらい働
　かなければならず、女の子は交替だからいい
　けど、と文句をいうと、うまく女の子を使え
　ば、いくらでも休めるんだから工夫しろ、と
　いわれましたが」
よし子「（茂の働いているのを、うんざりしたように見ている）」
茂の声「女の子は、みんなオレより年上で、全然いう
　事をきかなくて、五日目で三キロやせてしま
　いました」
　茂、レジに呼ばれて「はい、ただいま。少々お待
　ち下さいませェッ」とふっとんで行く。

■ドライブイン・店内（夜）
　掃除をするために椅子をさかさまにしてテーブル
　にのせてある。
　その一隅だけ灯りがついていて、その下のテーブ
　ルで、茂、手紙を書きながらの感じで、眠ってい
　る。
茂の声「本当は、手紙を書く元気はないのですが、家
　族に近況ぐらい書かないでどうすると、怒ら
　れたので、こうやって書いているのです」
静子の声「なんか、いいように、安く使われてるんじゃ
　ないだろうね」

■佐伯家・茶の間と台所（朝）
　手紙を見る賢作の両側にのぶ代と静子いて、
賢作「そんなことはないよ（と手紙をたたみかける）」
のぶ代「見せて（ととる）」
静子「だって（と朝御飯の仕度に立ちながら）一日十八
　時間なんて、一体いくら払うつもりだろ？」
賢作「そういうことというもんじゃないよ（と静子に続
　いて台所へ行きながら）いきなり店をまかせるっ
　てエのは、大変なこったよ（コップをとり水を
　汲みながら）そんな思い切ったこと、あいつに
　やらせる人は他にはないよ」
静子「そりゃそうだけど、五日で三キロやせたなん
　てきくと、（と電気釜としゃもじを持ったりして茶
　の間の方へ行く）」
賢作「（ゲロゲロゲロとうがいをする）」
のぶ代「（手紙見ていて）あの子、こんなに働いてるな
　んて信じられる？（と嬉しい）」

静子「（茶の間に電気釜を置いて、座りながら）ねえ。それも、なんだか、本当かしらと思っちゃって」

賢作「疑うような事いうなよ（と口をタオルで拭きながら茶の間へ来て）頑張れって、すぐ返事書いてやれよ」

静子「お父さん書いてやればいいでしょう（と御飯をよそっている）」

賢作「こういう時になにいってんだよ」

静子「なにって？」

賢作「労惜しむなよ、バカヤロ（急に泣くような声になる）」

静子「（突然の泣くような声にひるんだようにはなるが）自分が惜しんでるんじゃない」

賢作「あの茂が――お前――こんな――びっくりしちまうじゃねえか（と涙が出て来て）俺は、どうなるかと思ってたよ。あいつは、もう、ずーっとぐうたらして、どうしようもねえ野郎になっちまうんじゃねえかって、どうしていいか分んねえような気持だったんじゃねえか。それが、こんなに働いてよ、手紙まで書いて来てよ。お前、ほっとしねえのか？　嬉しくねえのか？」

静子「そりゃ、嬉しいわよ。だから、二人起したでしょ」

賢作「どうでもいいような声出してたじゃねえか。どうして、ワーッと、ワーッと喜こんでやらねえんだよッ！」

静子「だってさあ（とすぐ反論したいがちょっと胸がつまって声が出ない）」

賢作「俺ならお前、こんな手紙読みゃあ、ドーッと二階あがって、起きろ起きろ、早く読めって、でっけエ声出してお前らに読ませたねえッ」

静子「がっかりしたくないのよう（と大声で泣くようにいう）」

賢作「がっかりィ？」

静子「茂はね、なんだって、はじめはこのくらいやるのよ。新しいことは、やるのよ。だけど、すぐ飽きるじゃない。そんなこと知ってるでしょう」

賢作「決めつけんなよ。子供をそういう風に決めつけんなよ」

静子「そりゃ私だって嬉しいけど、五日やそこらじゃ

　　分んないでしょう」
賢作「そこを信じてやるのが、親じゃねえのかッ」
静子「そんな、格好いいこと、急にいっちゃって」
賢作「大丈夫だよ。今度は、あの男がついてんだ。
　　大丈夫だよ」
静子「あの人だって、のぶ代めあてに、やってくれ
　　てるんですからね」
賢作「そんな事は分ってるよ」
静子「のぶ代が、あくまでやだっていえば、すぐポ
　　イよ。茂なんか、すぐポイよ」
のぶ代「（両親のいい合いの間に台所で口をゆすいだりして
　　いて、手を止める）」
賢作「そんな、掌（てのひら）かえすような事は」
静子「なにいってんの。人の好い事いっちゃって」
賢作「人が好かないよ。あの男はね、あの男は――
　　なかなか、いい人物だよ」
のぶ代「――」
賢作「そんな、頭から、やだやだっていう人物じゃ
　　ないよ、のぶ代」
のぶ代「――」
静子「お父さん――」
賢作「考えた方がいいよ。自分を考えろ自分を。そ
　　んなお前、あの男は悪い男じゃないよ（と二
　　階へ行ってしまう）」
のぶ代「――」
静子「（その、のぶ代の後姿を気にして見ながら）なにい
　　い出すかと思えば」
　　玄関の戸をあけようとして、あかない感じの音し
　　て、
二郎の声「お早うございます」
のぶ代「（ドキンとする）」
静子「ま、あの人だよ（と立つ）」

■玄関の表

二郎「お休みの朝すいません。お早うございます」

■茶の間と台所

静子「あ、はい（玄関へ行きかかるのを）」
のぶ代「出るわ」
静子「え？」
のぶ代「私が出る（と玄関へ）」
静子「（その腕をつかみ）茂が世話になってるんだか

らね」
のぶ代「分ってるわ（と鍵をあけ、戸をあける）」
二郎「あ（好きな人の前へ出た緊張で）お早うございます」
のぶ代「お早うございます（と一礼）」
二郎「あ、あの、ちょっと、あの東京へ出て来たもんで」
のぶ代「ずるいと思うわ」
二郎「ずるい？」
静子の声「のぶ代（たしなめる）」
のぶ代「茂ひきとっといて、家へ来れば、こっちはいい顔するしかないじゃないの」
二郎「茂くんは、関係ないですよ」
のぶ代「そんな事どうしていえるの？」
二郎「あれはあれ。のぶ代さんはのぶ代さんです」
のぶ代「よくそんな事いえるわ」
二郎「いえますよ」
のぶ代「私、こんなことで、絶対、あなたと結婚なんかしませんから（と戸を閉めてしまう）」
静子「のぶ代」
賢作「（階段から現われ）のぶ代！　そんなお前、失敬なことよく出来るな。あけろ、あけろったら」
静子「のぶ代。茂のお礼だけは、いわないわけに（ともう土間へおりていて、のぶ代をどかし）いかないだろ（とあける）」
二郎、いない。
静子「中野さん――」
賢作「（ぱっと土間へおり、サンダルをひっかけ）ちょっと！　中野さん！」
静子「中野さん」
賢作「（すぐ脇にいるのぶ代に）バカヤロ、手前は（といって押すようにする）」
のぶ代「（よろけて、下駄箱かなにかに背をぶつける）」

■道

賢作、小走りにさがす。静子も、さがして小走りになる。「中野さん」「中野さん」

■玄関

のぶ代、ゆっくり、身体を起こす。

■中野坂上の道（夜）

勤め帰りの久美子がひとり歩いて行く。

久美子の声「それからの事は、自分でもよく分らない。いいえ、――心の底では、ずっと前からそうなることを願っていたのかもしれない、という気もする。口惜しい気もする」

声、終っても、暫く歩いていて。

■久美子のアパート・階段

久美子、上って行く。鍵を出しながら。

■久美子の部屋の前

久美子、来て、鍵を入れ、ドアをあける。サッと背後から典夫、口をふさぎ、ナイフをつきつける。

久美子「（目を大きくあけ、叫ぼうとする）」

典夫「こんなことは、本当にしたくないんだ（と部屋の中へ入る）」

■部屋の中

典夫「頼むから声を出さないでくれ（といい、つきつけていたナイフをおろして、その手でドアを閉める）」

久美子「（依然、口はふさがれている）」

典夫「どうしても、あきらめられない。愛している。声を――頼むから、声を出さないでくれ。頼む（とゆっくり薄氷を踏むように久美子の口から手をはなす）」

久美子「――」

典夫「ありがとう（と正面から抱きしめる）ありがとう」

久美子「――」

典夫「抱いてくれ。あんたも、俺を抱いてくれ――抱いてくれ（と抱きしめている）」

久美子「――」

典夫「――」

久美子「――」

久美子の手が典夫の背をゆっくりとのぼり、抱きしめる。

久美子、目を閉じている。

7

「自分を駄目にしたくないの。自分を大事にしたいの。でもこの人のことも、好きなの。」

■街路（昼）

　典夫の腕に久美子が摑まるようにして、歩いている。

　まぎれもない恋人同士の姿である。楽しげである。

久美子の声「（雑踏の音の中を歩いている間あって）悪い奴だと思っていた男に、乱暴されて——」

■三回目の反復

　久美子、凌辱される。

久美子の声「（短く凌辱の現実音あってから、その音が消え）段々その男にひかれて行くなんて」

■街路

久美子の声「（楽しげな典夫と久美子にかかる）バカな女の見本みたいだけれど、私はそのまま、ありきたりの道を歩く気はなかった。自分を失くして、ただ典夫にすがりついて、なんでもいうなりになるなどという気はなかった（心の声のように低く息の声で）しっかりしていようと——いつも——思っていた」

■タイトル

■中野坂上の道（夜）

　七時すぎ。のぶ代と香織が、久美子のアパートへ、不安と気がせく思いで、足早やに向っている。

■久美子のアパート・階段

　のぶ代と香織、のぼって行く。

■久美子の部屋の前

のぶ代「（はなれて立ち）暗いわ（と小さく部屋の灯りの消えていることをいって近づき、ノック。返事なく、またノック）」

香織「（素早く、いないと判断し、小声で）隣に聞いてみる（といって、隣のおばさんの部屋のドアをノックする）」

亭主の声「はい（と野太くこたえる）」

香織「すいません。隣の吉川さんの、友人なんですけど——」

中学二年の女の子「（錠をあける音して、あけ）はい」

香織「あ、ごめんなさい。隣、電話かけてもいないもんだから、ちょっと来てみたんだけど」
のぶ代「なんか、吉川さんのこと聞いてない？」
中学二年の女の子「（直接こたえず）お母さん（と中に向って呼ぶ）」
隣のおばさんの声「ちょっとトイレ（という声と前後して水を流す音）」
香織「すいません、夜分」
のぶ代「すいません」
隣のおばさんの声「（トイレのドアをあけながら）何度も電話かけて来たの、お宅？（非難ではない。いい人なのだ）」
香織「あ、電話って――」
のぶ代「（そう、電話って、なにかしら？という顔。一瞬だが）」
隣のおばさん「いえ、隣、電話、リンリンリンリン何度も鳴るもんだから」
香織「私たち、だと思います」
のぶ代「すいません」
隣のおばさん「どうかしたの？　やっぱり」
香織「あ、やっぱりって？」
隣のおばさん「いいえ（と衣裳のウェストあたり、ととのえたりしながら）ここ十日ばか、なんか変だからね」
香織「ええ（と先が聞きたくていう）」
隣のおばさん「聞こうと思っても、さあっと行っちゃうのよ」
のぶ代「変て？　どんな風にですか？」
隣のおばさん「わりとね、早番の次は十時頃、その次は遅番て、規則正しかったのよ」
香織「ええ」
隣のおばさん「それが、ここンとこ、夜ばっかりで、おそくてね」
のぶ代「ええ」
隣のおばさん「ものすごく酔っぱらって帰って来たり、一昨日だか朝まで帰って来なくて」
亭主の声「おい」
隣のおばさん「うん？」
亭主の声「ひとの事をべらべらしゃべるんじゃないよ」
隣のおばさん「（憤然と）いいでしょう、心配して来てる友達なんだもの（語尾尻少し次のシーンにこぼれる）」

■典夫のアパートへの道
のぶ代と香織、足早に行く。
古屋係長の声「(電話を通した声で)えー、吉川久美子君はね、突然辞表を出してね、辞めましたよ」
■ロマンスカー車内(昼)
現実音なく、台詞だけの長さ。久美子、制服で働いている。にこやかに――。
古屋係長の声「(電話を通した声で)理由聞いたって一身上の都合というばっかりでね」
■典夫の部屋の前の廊下
のぶ代と香織、現われる。
古屋係長の声「(電話を通した声で)一方的に辞めましたよ、一方的に(と憤懣のある声である)」
のぶ代「いるわ(灯りがついているのである)」
香織「(うなずく)」
のぶ代「(香織よりストレートに腹が立っていて、ドアの前へ行き、ノックをする)」
香織「(久美子も一緒という思いで、ドアを見る)」
典夫の声「誰?」
のぶ代「私たち――分るでしょ?」
典夫の声「(面倒くせェな、という思いあって)なに?」
のぶ代「用があるの。あけて。あけなきゃあけるまで、ノック(するわ、といいかけて、ノブを回して、ひっぱると簡単にあいてしまうので、ちょっと、自分の身体にドアをぶつけて痛い)」
■典夫の部屋
典夫「(ランニングにパンツで、夏のスーツに、アイロンをかけている。わざとのぶ代の痛がるのを見ないで、アイロンをかけている)」
のぶ代「(大げさには痛がらず、すぐ押さえて、中へ入る。しかし、すぐ声が出ない)」
香織「(続けて入り)久美子さん、何処?(ドアは閉めない)」
典夫「(アイロンかけている)」
香織「分ってるのよ。何処?」
典夫「分ってるなら」
香織「(とりあえず)あんたと(といってさえぎり)関係があるってことが分ってるの」
のぶ代「何処いま? 久美子さん、何処?」

香織「小田急やめたのも、あんたのせいね？」
典夫「（アイロンかけている）」
香織「勿論、あんたのせいよ（と典夫をヒタと見ていう）」
典夫「（アイロンかけている）」
のぶ代「なによ？　男らしく、なんとかいいなさいよ」
典夫「（手を止め）お前ら（とアイロンをあげ）勝手に入って来て、でかい声出して、こっちの迷惑は考えねえのか？（と低くいう）」
香織「そんな時じゃないでしょう（とちょっと怖いような気もあって強がる）」
のぶ代「すごんだって駄目よ。ぜんぜん怖くないわよ、ぜんぜん」
典夫「いっとくがな、俺は、久美子をかくしてもいねえし、縛ってもいねえぞ」
香織「なら、何処？」
のぶ代「何処よ？　かくしてないなら、何処よ？」
典夫「いちいち、でけェ出すなッ（とのぶ代に怒鳴る）」
のぶ代「（びっくりするが、ひるむまいとして）フフ、なによ、フフ、フフフ（と鼻で笑おうとする）」
典夫「（すっと立ち上る）」
のぶ代と香織「（キッとする）」
典夫「あいつはな（と前へ出る）」

■典夫の部屋の表

のぶ代と香織、ドドッとあとずさって出て、しかし、ひるむまいとする。

のぶ代「（あいつは）何よ？」
典夫「（部屋の中で、二人を見て）お前らが来たら、来るようにいってくれとな」
のぶ代「何処へ？」
香織「（うなずき）何処へよ？」

■巣鴨駅ホーム（夜）

実写。国電すべりこんでくる。いかにもバーを思わせる演歌が流れはじめる。

■のみ屋街

香織、のぶ代、看板をさがして歩く。
あるバーから、バーの女が、酔っぱらいに髪をつかまれてひき出され、それを止めようとする男も続いて出て来る。女は、悲鳴をあげて「イタイ」という。香織とのぶ代、脇へよける。すると、バーの女が、送り出した酔っぱらいに抱かれて、ケラケラ笑いながら、ひきはなそうとしている。それらに演歌、流れていて。

のぶ代が、その一隅のスナックの看板を見つける。

香織も見る。その傍を警官二人が、酔っぱらって怪我をした男を両側から持って、通過する。やや、ここまで、バー街への過剰な地獄的イメージによって構成される。しかし、あくまで現実的な描写で、照明に幻想的なところはない。

のぶ代「（その警官たちを見送って、香織を見、スナックのドアをあける）」

■スナック「カテリーナ」

のぶ代「（中を見る）」
小さなスナックである。五人ほどのカウンターの客と煙草の煙。
マスター「いらっしゃいませ（あまり柄がよくない）」
久美子「（カウンターの中にいて）いらっしゃいませ（といってのぶ代だと分る）」
のぶ代「（うなずく）」
久美子「（微笑して）いらっしゃい（多少は、つっぱりもあって、わざと明るくしているところもある）」

■小さな喫茶店

演歌、前シーン一杯でブッ切りとなり、しんとしている。
のぶ代と香織、コーヒーを前にしている。間あって――。
香織「なんだか――」
のぶ代「うん？」
香織「余計なこと、してる気もする」
のぶ代「（全然そう思わず）どうして？」
香織「誰好きになったたって勝手だし、勤め変えるのだって」
のぶ代「だまされてるんじゃない」
香織「そりゃ（そうかもしれないけど）」
のぶ代「だって、本当に好きなら、勤め、やめさせると思う？　夜の仕事、やらせると思う？」
香織「うん――」
のぶ代「彼女の方は好きだから、分らなくなってるのよ」
香織「うん――」

のぶ代「そういう時、冷静に、なんかいってくれる友だちいたら、私だって、いいと思うわ」
香織「──」
のぶ代「本人の自由だっていって、距離おいてる人ばっかりだったら、淋しいと思うわ」
香織「（うなずく）」
のぶ代「私たちは、ちょっと、ちがうんじゃない？　私のことで、浅草まで来てくれたの、とっても嬉しかったし、あんな奴に、だまされてる彼女、ほっておきたくないわ」
香織「（やや大人なので、それほどストレートには思えずうん（とうなずいて、ドアの方を見る）」
久美子「（ドア押して入って来て）ごめんね、うんと待たせて（と微笑）」
のぶ代「ううん（と明るくいう）」
ウェイター「（不精ったらしく）いらっしゃいませ（声だけでいい）」
久美子「（ちょっと、なにかきり出す前の表情あって、つかつかと二人の前に来て）彼、来てるの（と目を合わせずいう）」
のぶ代「え？」
香織「あいつ？」
久美子「迎えに来たの。外に」

■喫茶店の外

典夫、立っている。

久美子の声「待ってるの」
のぶ代の声「まるでヒモじゃない」

■小さな喫茶店

久美子「そう思うの分るけど」
のぶ代「よくないわ（と立ち、小声で）あの人、悪いけど、よくないわよ」
久美子「うん──」
香織「で（と立ち）どうするの？」
のぶ代「三人で、話せないわけ？」
久美子「四人で、話して貰えないかしら？」
のぶ代「四人で？」
久美子「そうなの。力になって貰いたいの。私が、やろうとしてる事の、証人になって貰いたいの」

■久美子の部屋

のぶ代「(電話をかけていて) だから、吉川久美子さんていってるでしょう。電話番号、そこ書いてあるわよ」

久美子と香織、四つのコップに氷を入れたり、ウイスキイを注いだりしている。典夫、電話に近い壁によりかかっている。

のぶ代「中野だもの。会社近いし、これから帰るよりいいでしょう。また、そんな――男なんていないわよ。そういうこと、どうしていうの?」

典夫「(急に電話に向って) 男なんていないわ、ママ (と太い声でいう)」

のぶ代「(パッと受話器押さえ) なんて事するの」

典夫「(いたずらした楽しさで、笑っている)」

のぶ代「(電話に向い) いまの男じゃないわよ。テープ・レコーダー。テープ」

典夫「テープじゃないでエす」

のぶ代「(受話器押さえ) どうしてェ? (と悲鳴のようにいう)」

典夫「(笑っている)」

久美子「(可笑しいのをこらえて) よして、典夫 (とにらむようにする)」

のぶ代「(怒りにふるえながら電話へ) とにかく、心配ないから、泊るから (とふるえる声でいってガチャンと切る)」

典夫「(笑っている)」

のぶ代「頭おかしいんじゃない、あんた」

典夫「(コンピューター風の声で、のぶ代を両手で指さして) アナタウソツキ、オヤニウソツクウソツキ (指さした人差指を頭の両側に角のように立て) ピーッピーッピーッ」

のぶ代「久美子さん、こんな人好きなの (と泣きたいような声でいう)」

電話のベル。典夫、さっと受話器をとろうとするのを、のぶ代、ふっとんで上から押さえ、

のぶ代「出ないでッ。久美子さん、助けて」

典夫「(鳴っている電話器に) モシモシモシモシ」

久美子「よして、典夫 (とその頭叩いて、脇へどけ受話器をとり) 吉川です」

のぶ代「母でしょ?」

久美子「あ、いま、すみません。ちょっと兄が来てて、ふざけたんです。はい」

典夫「（またもや、のぶ代に）ウソツキウソツキ（とロボット振りで指さして、今度は小声でいっている）」
のぶ代「もう（とやりきれなく、手近かの氷入りのウイスキイぶっかける）」
典夫「アーッ（と絶望の声あげる）」
久美子「ちょっと、ちょっと黙っててェ」
香織「（典夫の絶望が可笑しく笑ってしまう）」
典夫「アーッ（といいつづけて、ロボット振りで、立ち上ってゆれている）」
隣のおばさんの声「ちょっと、いい加減にしてよ」
久美子「（電話に）はい。いえ——はい（などといっている）」
典夫、アーッといいつづけ、ちょっと混乱した印象の中で——。

■久美子の部屋
しんとしている。
典夫、濡れたシャツを脱ぎ、バスタオルをかけて、ウイスキーグラスを持っていて、ちょっとのむ。
のぶ代、香織もグラス持っている。
久美子「（ちょっとグラスに口をつけ、のんで）いまみたいに、（ちょっと苦笑して）この人、時々突拍子もないの」
のぶ代「（ひどいもんだわ、という思いでのむ）」
久美子「道で、急に、私のこと好きだって、大声で叫んだりするの」
香織「——」
久美子「そんなこと普通の人、出来る？　やらないわよね」
典夫「——（真顔で、グラス見ている）」
久美子「なんていうのかな——私の、きまりきった生活っていうのかそういうの、ゆさぶるところがあるの」
のぶ代「だけど（どうかしてるわ）」
久美子「勿論、それが全部いい事だなんていってるんじゃないの。この人、悪いとこ一杯あるわ。ちょっとお金入ると働かないし、ひがみっぽいし、口先だけの所あるし、見栄っぱりだし」
典夫「いい加減にしろよ（と低音でちょっと怖いような声でいう）」
久美子「（苦笑）気がちっちゃいくせに、すぐこんな風に、すごんだりするし、女癖悪いし」

典夫「（まったくもう、と文句をいいそうな顔に）」
久美子「でも、いいとこも一杯あるの。格好いいし、やさしいし、変な常識にとらわれてないし、一緒にいて楽しいし、ふざけたりすると、子供みたいに可愛いし」
典夫「やめとけよ、もう」
のぶ代「悪ふざけで、可愛いなんて思えないわ」
久美子「でも、何故、電話で親にそんな嘘つくのか？　そんな嘘つかなくたっていいじゃないかっていわれたような気がしない？」
のぶ代「しないわ。家はすぐ、余計な心配するし」
久美子「そういう風に思い込んでるだけで、案外、本当のことをいっても、なんでもないかもしれないじゃない？」
のぶ代「そうは思えないわ」
久美子「とにかく、この人といると、時々自分がすごくつまんないことに、こだわってるなって、ドキンとすることがあるの」
香織「（のむ）」
久美子「たとえば、会社をやめてスナックへつとめないか、なんていわれた時、なんとなく私、身を落せっていわれたような気がしたの」
典夫「――」
久美子「でも、月給、スナックの方が高いし、いろいろ考えても、スナックへ勤めをかえちゃいけない理由なんてないのよね」
のぶ代「――」
久美子「人に聞かれた時、小田急の方が、体裁いいってことぐらいかな――」
香織「――」
久美子「で、やめてみたの」
のぶ代「そりゃ小田急の方がいいと思うわ。保証はあるし、キチンとしてるし、誘惑だってないし」
久美子「自分がしっかりしてりゃあ、いいことじゃないかって思ったの」
のぶ代「そういっちゃえば、そうだけど」
久美子「私、しっかりしようと思ってるの」
香織「（なにかいいたそうになるが）」
久美子「この人（典夫）を好きなの」
典夫「――」
久美子「でも、この人悪いところもあるでしょ。私のヒモになりたがったり――だから、そういうところは、絶対抵抗しようと思ってるの」
香織「でも、女って――」
久美子「そうね。普通は、そうはいかないわね。だけど、私つっぱって、そうしたいの。この人には利用されないの。私の稼いだお金は、一円だってこの人にあげないし、そっちはそっちで稼いでっていってるの」
典夫「――」
久美子「変な見栄はれば、嫌だってはっきりいうし、ひがんでぐれたようなふりすると、軽蔑するし、どんどんいうことにしてるの」
典夫「――」
香織「怒らない？」
久美子「怒るわ。生意気だとか、いろんな事いうけど、負けないの。負けないで、つっぱって、その上で、この人を好きになっていいたいの」
のぶ代「そんな事出来るかどうか――」
久美子「出来るって思ってるの。この人も、だったら、やってみろっていってくれたの」
典夫「――」
久美子「どうせねじ伏せてやるって、たかをくくってるのかもしれないけど」
典夫「――」
久美子「私は、ずーっと、どこまでも、つっぱってるつもり。自分を駄目にしたくないの。自分を大事にしたいの。でもこの人のことも、好きなの。だから、こうするしかないと思ったの」
香織「――」
久美子「いま、改めて、そのこと、二人の前で、確認っていうか、宣言ていうか、するわけ。以上――」
ちょっと間あって、
典夫「――（苦笑）」
久美子「――（苦笑）」
のぶ代も香織も、それぞれ、そんなにうまく行くかなあ、という思いで微笑する。

■久美子の部屋（朝）

窓のカーテンを通して朝の光がある。
ちょっとひかえめなノックの音。
のぶ代、久美子を真中にして香織と三人で寝ていて、ハッとドアを見る。
ノックの音。

のぶ代「（眠っている久美子へ）久美子さん、誰か（来たわ）久美子さん（と起こす）」
久美子「う？」
香織「ノックしてるわ（と身体を起こし）はい」

■久美子の部屋の表

武志「（声がちがうので、瞬間言葉に迷うが、すぐ）久美子、パパだ（感情を押さえて、それだけいう）」
優子「（ほぼ並んで、ドアを見ている）」
久美子の声「（急ぎ起きた気配あって）ちょっと待って。お友達来てるの。すぐ（とカーテンをあけたり窓をあけたりする音）」
優子「（小さく武志に）友達って（まさかその男じゃ、というようにいう）」
武志「いや、女性らしいよ（と怒ったように緊張している）」
隣のおばさん「（ドアをあけて、見る）」
武志「あ（と一礼）」
優子「（時が時なので、笑顔がつくりにくく）お早うございます」
隣のおばさん「ああ、御両親――？」
優子「はい。いつも、娘がお世話、おかけしてます（と一礼）」
武志「（一礼）」
隣のおばさん「いいえ。お世話なんて、なんにもしてませんけど（とポリ袋の生ゴミを持って出て来て、廊下のプラスチックのゴミバケツに入れる目的なのだが、この頃の久美子について一言いいたく）ただ、私ちょっと、なんか連絡でもとらなくていいのかって（ドアの錠の音でその方を見る）」
久美子「（ドアをあけ）どうぞ」
武志「うむ」
優子「では、あの（一礼）」
隣のおばさん「そうですか。でも、あの私、余計なことかもしれないけど」
久美子「おばさん、御心配なく」
隣のおばさん「え？」
久美子「この頃の私のこと、全部、父や母には、手紙で知らせてありますから」
隣のおばさん「そうなの？」
優子「失礼します」
武志「ごめん下さい」

■久美子の部屋

のぶ代と香織、台所あたりに遠慮するように立っていて、久美子たちの方を見ている。

隣のおばさんの声「はい。そうならいいんですけど。フフ（決して隣のおばさんは不必要にいやらしくない。こうした娘の隣にいれば当然の気持の動きという範囲の言動である）」

久美子「（部屋の中央へあとずさって、両親を迎える姿勢で）昨夜、話し込んで遅くなったんで、泊って貰ったの。池谷さんと佐伯さん。お友達」

香織「お早うございます」

のぶ代「お早うございます」

武志「ああ（とあがったところで一礼）」

優子「（ドアを閉める）」

久美子「なあに？　こんな早く（と膝をつき、座蒲団二つ、すでに置いてあるのを、ちょっと配置をととのえる）」

香織とのぶ代「（膝をついて座りかかる）」

武志「いや、友達がいるとは思わなかったが（と立ったままいう）」

のぶ代「すみません」

香織「すぐ失礼します」

武志「いや、こっちも、すぐ、ここを出るんだ（と語尾は久美子を見ていう）」

久美子「出るって？」

武志「荷物は、あとで考える。いますぐ、家へ帰るんだ」

久美子「どうして？」

武志「話は、家でしよう。とにかく、帰るんだ」

久美子「だって、そんなの――」

優子「久美子（と青ざめていて）あなたはね、いろんなことがまだちっとも分ってないの（と靴を脱ぐ）」

久美子「分ってないって（不満）」

優子「だから、あんな、バカな手紙を書いてくるの。帰るの、（とサッと一直線に久美子の腕を摑んで、ひっぱる）」

久美子「ちょっと、よして（ふり払うのを）」

武志「（反対側から久美子の腕をつかんで）帰るんだ（と戸口の方へ）」

久美子「よして（と抵抗するのを）」

優子「（つかんでひっぱりながら）ほっとけると思って

るの（それだけであとは、戸口へひきずって行く）」
久美子「バカな事しないでよう（と抵抗するが）」
武志と優子の決心は固く、強引に廊下へひっぱり出して行く。
のぶ代「（息をのんで立ち上り、その光景を見ていたが、はっと止めようと思い、前へ出かかる）」
香織「（その腕を摑んで止める）」
のぶ代「どうして？」
香織「――（久美子のさからう声）」

■久美子のアパート・階段

武志と優子が、ひきずるように久美子をひっぱって、おりて行く。

■東京の街の雑踏（昼）

典夫、女の子に近づき、相変らずの勧誘をしている。
典夫「映画をやすく見るっていうのに、興味ないスか？（ないというように首を振って笑顔半分で逃げようとする女の子に）どうして？　テレビの方が好き？　今度さ、すごいの来るの知ってる？（と追って行く）」

■ガム工場

働くのぶ代。

■食肉輸入課

働く香織。

■久美子の働いていたスナックの前（夜）

典夫、とび出して来る。「畜生」という思い、しかし口にはせず、駅の方へ走る。

■典夫の部屋

典夫「（灯りをつけ、Tシャツを脱ぎ、かけてあるアイロンのかかった半袖のシャツをとって、フワッとほうり、畳を金属性の靴ベラでこじ上げて、いざという時使うつもりの雑誌の写真ページを折った間にはさんだ三万円をとり出し、ポケットに入れようとしてハッとする）」
あけたままのドアのところに香織とのぶ代が立っている。
典夫「手前ら相手にしてる暇はねえんだ（とシャツを着て、ズボンの間へたくし込む）」

香織「どうするの？」
典夫「決まってるだろ」
のぶ代「連れ戻すの？」
典夫「ああ（と煙草をさがし、見つけてポケットへ入れながら）連れ戻して、一緒に暮すのよ。一緒にいりゃあ、こんなことにならなかったんだ（と出て行こうとするのを）」
香織「（さえぎるように立って）私が連れてくるわ」
典夫「お前が？」
香織「但し、条件があるの」
典夫「頼まねえよ（と行こうとするのを）」
のぶ代「（さっと典夫の靴を持って立って廊下へ出て）聞きなさいよ。聞くまで、渡さないわ」
典夫「手前ら、一体なんだっていうんだ（と廊下へ出る）」

■廊下

のぶ代「（パッと走って、はなれる）」
香織「（そののぶ代と典夫の間に立っていて典夫に）あの人が、どういおうと、いまのあんた、よくないわよ、あの人、帰って来て、ここで一緒に暮して、幸せなわけないわよッ」
典夫「でかい声出すな、バカヤロ」
香織「あんた、ほんとにあの人好きなら、もうちょっと、ちゃんとしなさいよ。フラフラいい加減なことしてないで、どっか就職するとか、手に職つけるとかしなさいよ」
典夫「ヘッ、笑わせるぜ（とジリジリ前へ行きながら）どっかで月給貰やあ、ちゃんとしたってことになるのか？」
香織「いまよりいいわよ。ヒモになろうとしてるより、いいわよッ（とあとずさる）」
典夫「手前らと（と香織を押しのけのぶ代にせまり）しゃべくってる暇は」
のぶ代「（典夫が自分に到着する寸前に窓から外へ履きもの全部ほうり投げ）ないわ（と典夫に向って手をひろげる）」
典夫「この野郎（殴りかかろうという形相になった時）」
香織「（のぶ代の前へするりと立って典夫に対し）そうやって、女をすぐ殴るの？　そういう人なの？　そんな奴といて、彼女幸福なわけないじゃないッ」

典夫「（にらむ）」
香織「嘘でも、誠意見せて。ひと月、どっかで力仕事してみて。それ続く人なら信用する。きっとあの人、連れ帰るわ」
典夫「女の、考えそうなこった（と部屋の方へちょっとせせら笑って戻りかけ）ひと月だと？（とふりかえり）その前に、あいつが自分で、とび出してくらあ」
香織「来させないわ」
典夫「（カッとして傍の壁を蹴とばして）温和しくしてりゃあ、つけ上りやがって（と香織とのぶ代の方へ突進し、忽ち二人をはじきとばして、アパートの出口へ行き、ギクンとする）」
武志「（目の前にいる）」
典夫「なんでエ（と小さくいう。武志の目が真剣なので、ひるんだのである）」
武志「久美子の父親だ（前へ出る）」
典夫「（鼻を鳴らすようにするが、笑いにはならず）へえ（といってあとずさる）」
武志「――（前へ出る）」

■典夫の部屋（夜）

あいたドアから、灯りのついた部屋へ典夫、あとずさる。武志のせまる速度が早くなったので、よろけかけ、
典夫「（裸足なので、そのまま上へあがって、部屋の真中で立ち直り）なんですか？　大体、あんた、二十三の娘を、無理矢理家へ連れ帰るなんて、横暴もいいとこじゃないスか（とひるみを押しかくしていう）」
武志「（靴脱ぎのせまいスペースに立っていて）なんでもかまわん。俺は、お前みたいな奴に、娘は決してやらん」
典夫「へへ（口だけで笑顔はない）あの人は、あんたの所有物かい？」
武志「（かまわず、静かだが、激しい気迫で）二度と、娘に近づくな（と靴を脱いで上っている）」
典夫「そんなことは、親の（越権行為だといおうとして、ドキリとする）」
武志「（ナイフをぬいている）」
典夫「まいったね（とあとずさり）親子して、やるじゃねえか」

武志「本気だ」
典夫「――」
武志「（近づく）」
典夫「よ、よせよ（と青くなる）」
武志「忘れるか？　娘を忘れるか？」
典夫「ワ、ワ、わすれるよ。わすれちまうよ」
武志「いつでも刺す。一人娘だ。お前みたいな奴に」
典夫「わかったよ。もう、逢わねえよ。逢わねえよ（と隅へ腰落してしまう）」
のぶ代と香織「（戸口で見ている）」
武志「娘に、そう伝えよう（と見下ろしていう）」
典夫「ヘッ。女に不自由してるわけじゃあるめエし、そんな面倒くせエのは、こっちでごめんだよ（と目を合わせず強がりを隅でいっている）」
武志「いいだろう（と靴の方へ行く）」
典夫「ヘッ。まあ、せいぜい、箱にでも入れて、行きおくれにすりゃあいいんだ。ヘッ、何様の娘じゃあるめエし、御大層に（と荒い息で強がっている）」
武志「（出て行く）」
典夫「（パッとやや不様に立って行ってドアを激しく閉め）二度と逢うもんか。逢いたかねえや。バッカバカしい！」

■典夫のアパートの表

武志「（興奮を押さえ、青ざめて出て来る）」
のぶ代と香織「（出て来て武志の後姿を見る）」
武志「久美子から（と背中のままいう）聞きましたよ。いろいろ、心配してくれたそうで、ありがとう」
のぶ代「（小さく）いいえ」
香織「（小さく）いいえ」
武志「簡単だね、ああいう奴らは。忽ち、諦めちまう」
のぶ代「（うなずく）」
香織「（うなずく）」
武志「お茶でも、のみましょう（と行く）」
のぶ代「（ちょっと見て行く）」
香織「（武志のたくましい父親振りに惚れ惚れして見ている）」

■吉川家・久美子の部屋（夜）

久美子、やや大きめのショルダーを斜めに肩にかけ、立つ。

灯りを消す。

窓へ行き、窓外の手すりに置いてあったズック靴を持ち、窓柵をまたいで、窓柵の下の軒に足をのせ、下を見る。

とびおりる。

■吉川家・表

久美子「(とびおりて、すぐ立って行こうとすると)」
優子「(それに気づいて)久美子!(と店の方で叫ぶ)」
久美子「(ハッとするが、すぐ行こうとするのを)」
優子「(ものすごい勢いでつかまえ、乱暴にひき戻しながら)バカ(と一声いうぐらいで、あとは、押しまくるようにして家の中へ押し入れようとする)」
音楽は、前シーンから淡々と流れて。

■ガム工場(昼)

昼食のために手を洗う娘たちの中ののぶ代。
のぶ代の声「(手紙を読む感じで)久美子さん。お父さんからお聞きでしょうけどあの人は、簡単に諦めてしまいました。ほんとうに簡単に」

■吉川家・庭。

久美子、花をにらむようにしながら、涙いっぱいで、すすりあげている。

のぶ代の声「(ちょっと間あって)香織さんと私と、二人で、それを見ていました。お父さんから、嘘ではない、ということを保証するように頼まれて、こんな手紙を書いています」

その久美子を居間あたりから見ている武志。

■食肉輸入課

働いている香織。
香織の声「たしかに嘘ではありません。でも、こんな事を書くとお父さんに叱られるかもしれませんが、これで本当に終りかな、とは思います。そんなに安っぽい人じゃないんじゃないか、なんて少し思います。そうじゃなくちゃ、久美子さんが、あんまりやりきれないというように思います」

■香織の部屋(夜)

父の信吾がまた出張で来ていて、夕飯を食べている。夕刊を折ってお膳の上に置き、読みながらである。

香織「（面白くなく、お茶を入れていて）はい、お茶」
信吾「うむ（食べる）」
香織「おいしい？」
信吾「ああ」
香織「ほんとかなあ」
信吾「嘘いったって仕様がねえべ」
香織「夕刊ばっかり見て、味なんか分るの？」
信吾「夕刊は目で見るだ、味は口だろうが（と食べる）」
香織「（その信吾を見て、苦笑し）もしかして、いまの冗談？」
信吾「なにが？（全然通じない）」
香織「（がっかりして）お父さん出張だって、ちっとも面白くない。少しは、私のこと聞かないの？」
信吾「聞きゃあ、うるせェっていうじゃねえか」
香織「誰か見つかったか、とか、そんな事ばっかりなんだもの」
信吾「他に聞くことはねえべ」
香織「そりゃあないわよ」

信吾「二十三の女に、他になんがある？」
香織「なんだってあるわよ。仕事で、どういう苦労をしてるか、とか」
信吾「そんな事は、一時（いっとき）のことだ。問題は、なんだかんだいうたって、結婚だ。どんな男と結婚するかで、女の後半生は、決まっちまうだぞ。それが、この一、二年で決まるだ。七十八十まで生きるとすりゃあ、これからの五十年以上が、この一、二年のお前の選択にかかっとるだ」
香織「そんな事（大げさな）」
信吾「そんな事じゃねえ。それが現実だ。どんなに真剣になっても、真剣すぎることはねえ。ちっと考えりゃあ、そんな事はすぐ分ることだ」
香織「（うんざりして）いいわ、もう」
信吾「よかあねえ。うちじゃあな、お前がそこンとこを、本当にわきまえとるかどうかって、みんなで心配しとるだ」
香織「ふーん（へえ、そうですか、という感じ）」
信吾「これは男が、何処の大学へ入るかなんてことより、もっともっと一生を左右するだぞ」

香織「そんなことといわれたって、この一、二年の間に、そんなないい男が出てくるかどうか分らないし」
信吾「機会を求めるだ」
香織「どんな機会よ？　会社行って帰って来て、また会社行って、どうやってそんな男さがせるのよ？」
信吾「だから、こっちは見合いをしねえかっていう。するとお前はキーキーうるさがって、自分でさがすという」
香織「さがすもの」
信吾「何年そんな事をいうとる？」
香織「何年だっていいじゃない。一生を左右するんでしょう」
信吾「いうとくがな、毎年お前は年をとっとるぞ」
香織「分ってるわよ」
信吾「身体の線も、毎年こうくずれて来とる」
香織「いやらしい事いわないでよ」
信吾「お前がたかァくくっとるから、俺は現実を提示しねえ訳にいかかね。二十四をすぎたらな、ガターッと条件悪くなるぞ。五や六になったら、相手の男は、ぐーっと落ちてくるだぞ」
香織「私はね、そんなとこで男、見つけたかないの（カッとしていう）私だって夢があるのよ。三十なろうと四十なろうと、この人だって、心から思えなきゃ結婚なんかしないのよ。知らないの？　お父さん。この頃はね、結婚しない女の人、どんどん増えてるのよ」
信吾「そういう女が、年とって、どうなる？　どんな淋しい暮しになるか分っとるのかッ！」
ノックの音。
信吾の台詞の間からノックしていたのが、沈黙ではっきりする。
香織「（父から目を伏せ、気をしずめようとしながら）はい」
典夫の声「俺。俺だよ」
信吾「（香織へ）誰だ？」
香織「ううん。なんでも、ないの（といって立って、サンダルをひっかけて、ドアをあける）」
信吾「（見ている）」

■香織の部屋の前
典夫「客？（遠慮のある声でいう）」

香織「うん、父が――」
典夫「いいかな、ちょっと（とドアの傍をはなれ、ほどよきところへ行く）」
香織「なに？（と小さくいい、外へ出てドアを閉め、典夫に近づく）」
典夫「（香織を見られず）俺が――」
香織「うん？」
典夫「ひと月、どっかで、力仕事すりゃあ、あいつを、連れて、帰ってくれるっていったな？」
香織「（その気になったのかと、嬉しく）いったわ（とかすかに明るくいう）」
典夫「やるからよ。ほんとだろうな？（と香織を見る）」
香織「ほんとよ。だけど――」
典夫「そういったじゃねえか」
香織「いったわ。だけど、連れ帰ったら、また元の生活っていうんじゃ――」
典夫「そりゃあねえだろ」
香織「だって、そりゃそうよ。問題はさ」
典夫「そういったじゃねえか（とまたいう）」
香織「だから、あんたが、久美子をどのくらい思ってるか、その証拠を見たいってことでしょう」
典夫「だから、働くっていってるだろう」
香織「一ケ月なの？　一ケ月分しか、思ってないわけ？」
典夫「一ケ月っていったのは、お前だろう」
香織「だから一ケ月たったら、そりゃ連れ帰るように努力するけど」
典夫「努力かよ？」
香織「だって、向うのお父さんがあれだもの。すんなり行くかどうか分らないでしょう」
典夫「それじゃあ俺はバカみてェじゃねえか」
香織「ううん。少しおくれたとしても、あんたが本気なら、きっと連れ戻すわ」
典夫「じゃ、やるからよ（と行こうとする）」
香織「（その腕をつかんで）だから、だからその」
信吾「（ドアの外に出て、その香織を見ている）」
香織「帰って来ても、久美子のヒモになんかならないって約束してくれる？」
典夫「バカにするんじゃねえよ（とふり切ろうとする）」
香織「約束してよ。はっきり（とはなさない）」
典夫「そんなこと当り前じゃねえか（とふりはなそうとした時）」

信吾「貴様（と典夫の腕をつかむ）」
香織「（おどろいて）お父さん――」
信吾「こんな――こんな（ドドーッと階段をつき落すようにおろして行く）」
典夫「（あっという間で）なに、すんだよ（というぐらいで、ころげおちる）」
香織「お父さん！　そんなんじゃないのよ」
信吾「（空手を心得ている人の適確さで）オッ（と典夫を殴り倒す）」
典夫「（痛さに声が出ない）」
香織「なにするの、お父さん（と父を突き倒すように押す）」
信吾「（ビクともせず）一番悪いケースじゃねえか。こんな男に、狂っとったスかッ！」

■工事現場（昼）

汗まみれで働きはじめている典夫。

■吉川家・店の表

ガラス戸の腰のあたりを雑巾がけしている久美子。
傷心。

■工事現場

働いている典夫。

香織の声「（手紙の声で）久美子さん、三、四日は様子を見ようと思ってお便りするのをのばしていましたが、彼、働いています。汗まみれで、あなたのために、働きはじめているのです」

典夫、働いている。
これを香織、通りのかげから見ている。
働く典夫。

■香織のアパート・廊下（昼）

由起子、やや大きめの旅行カバンを持って階段をあがって来て、長旅なので疲れてはいるが、元教師らしいシャンとしたところがあり、息をつくと、ツカツカと香織のドアへ行き、ドアの脇のゴミのポリバケツの蓋がずれているのを直して、ドアをノックする。返事がない。ノックする。

香織の声「あ（と眠そうな声で）はい」
由起子「私――（と普通の声でいい、ちょっと肩がこるのか、首を曲げたりする）」
香織の声「やだ、お母さん（と慌てたような声がして、ちょっとスタンド倒す音などして、ドアがあき、髪を乱したパジャマ姿の香織現われ）やだ、急に来るんだもの」

由起子「日曜日だし、いると思って（とちょっと微笑して中へ）」

■香織の部屋

香織「（急ぎカーテンをあけ、窓をあけながら）いたからいいけど、いなかったら、どうする気だったの？」

由起子「一年半ぶりだもの、何処だって歩くとこあるわ（とドアを閉める）」

香織「やんなっちゃうなあ（と枕元の煙草と灰皿を流しにやりながら）せめて上野から電話くれりゃあいいでしょう」

由起子「あんたなに？　シーツなしで寝てるの？」

香織「やだなあ、いつもは敷いてるのよ（と蒲団をたたんで押入れに入れながら）昨日は、土曜日だし、テレビ見てるうち面倒くさくなって、やっと敷いて眠ったのよ」

由起子「酒瓶はあるし、新聞はひろげたまんまだし（と立ったまま観察している）」

香織「そんなの、私、まいっちゃうわ。いつもは、もっと綺麗にしてるのよ。昨日なんだかすごく疲れちゃったから、そういう時、狙って来るんだから、もう（とどんどん荒っぽく片付けている）」

由起子「あーあ（と座り）遠いね、まだ東京は」

香織「何時？　こんな早く着くなんて？」

由起子「早かないわよ、もう昼すぎよ」

香織「福島からなら、早いじゃない」

由起子「とにかくね、お父さんが、うるさいの」

香織「やだ（と手を止める）」

由起子「不意に行ってみろって、もう、こないだっから、毎日そんなことといってんだから」

香織「こないだの人は、なんでもないのよ（と動き出す）」

由起子「だから（とカバンからおみやげをとり出しながら）友だちのね、恋人にしても、そういう不良みたいのが来たりしてるんじゃ、安心出来ないっていうの」

香織「だから、帰って来い？」

由起子「そうじゃないわよ」
香織「でしょうねえ（とちょっと調子ゆるめて皮肉に）帰ったって部屋はないし、兄さんのお嫁さんとまた揉めちゃうし、帰れなんて、いえっこないもんねえ」
由起子「そういうことというもんじゃないよ（と図星なので、ちょっと弱くなる）」
香織「でも、そうじゃないの」
由起子「そりゃあねえ、あんたが、どうでも帰りたいっていえば、部屋ぐらいどうにだってなるし」
香織「大丈夫。大体、兄さん夫婦となんて全然暮したくないもの」
由起子「すぐ、そういうことを」
香織「だって、こないだ帰った時、兄さんなんていったと思う？」
由起子「なんて？」
香織「子供うまれるし、帰って来たってお前の居場所なんかないから」
由起子「まさか」
香織「そうよう。覚悟決めて、早く結婚しちまえっていったのよ」
由起子「そりゃあの子独特のいい方なのよ」
香織「そうかしら？」
由起子「そうなの。あの子、ちょっと悪ぶったいい方、すぐするのよ。お父さんと似て、ちっとも甘いこといえないの」
香織「ほんとよ。ほんとに、甘いとこ、家（うち）ないんだから」
由起子「でもね、それなりには、心配してるのよ」
香織「兄さんが？」
由起子「うーん（とうなずき）お父さんだって、大変だ、あいつは、ほっといちゃいけないって」
香織「それはさあ。ほっといて、東京でスキャンダルなんかおこされたら、市役所の名士のお父さんに傷がつくからって」
由起子「そりゃそういうとこもあるかもしれないけど」
香織「ほら、お母さんも客観的。甘いとこないからなあ（とタオルをしめしたものを渡す）」
由起子「どういやあいいの？（と苦笑して受けとる）」
香織「（ちょっと泣きを入れた芝居で）血を分けた親や兄弟じゃないの。あんたの幸せ以外のなにを願うっていうの？」

由起子「そうよ。そう思ってるわ」
香織「あーら（と苦笑）」
由起子「いい方が、そんな風にならないだけよ。見てごらんなさい、これ（と十近い紙袋をカバンから出す）」
香織「なに、それ？」
由起子「お父さんと私と、理一と葉子さんと、四人でこの五、六日で、ワーッと、これだけ縁談集めて来たの」
香織「写真？」
由起子「そう。まざるといけないから、一つずつ袋に入れて来たけど――」
香織「よくまあ、こんなに」
由起子「東京にね、いい人いないんだったら（と改まった口調になり）覚悟きめて。こんなかから、いくつかお見合いしてみて頂戴。こんな生活いい加減にしなきゃ、お父さんじゃないけど、ほんとに、あんた、行きおくれちゃうから。いいわね？（迫力がある）」
香織「おどろいた（とさまざまな思いに胸つかれて、ぼそりという）」

■佐伯家・裏口の表（夕方）

寿司屋が岡持ち持って入って来て、あいている勝手口へ。

寿司屋「はい。寿司清です、お待遠さまァ」

■佐伯家・茶の間と台所

静子「（茂の部屋から雑巾とバケツ持って）はーい（と急ぎ顔出し）早いのねえ（と台所へ）」
賢作「（ころがって、茶の間で、テレビの競馬かなにか見ている）」
寿司屋「早いスよ、もう家は」
静子「日曜だから時間かかると思って（とバケツを置いて、手を洗う）」
寿司屋「いえ、もうじゃんじゃん人ふやしてやってますから（と大桶の上に箸を置く）」
静子「景気いいのねえ」
寿司屋「すいません。代金いまお願いしたいんですが」
静子「あら、そうなの」
寿司屋「相すいません」
静子「五千円ね（と茶の間へ）」
寿司屋「はい。桶は、ここら出しといて貰えば持って行きますから」
静子「上寿司なんて、本当いうと食べたことないんだけど、息子がね、帰ってくるもんだから」
寿司屋「海外旅行スか？」
静子「そんなもん行くわけないでしょ」
寿司屋「そりゃまあそうスけど」
静子「そりゃまあそうはないでしょ」

■のぶ代の部屋

のぶ代、洋裁の最中で、裁断した布をひろげて仮縫いしている。
考えている目。

寿司屋の声「あー、失言でしたァ」
静子の声「ほんとにまあ（笑い声）」
寿司屋の声「ありがとやしたァ」
静子の声「御苦労さま」
玄関の戸のあく音。
静子の声「あら、なに茂（と大声）」
のぶ代「（ハッと顔上げる）」
茂の声「ただいま（戸を閉める音）」
賢作の声「早いな」
茂の声「うん」
のぶ代「（階段のところまで行っている）」
静子の声「お帰りィ。一人かい？」
茂の声「え？」
静子の声「ひとり？」
茂の声「ああ、ひとり——（と台所へ行く）」
静子の声「ほら、みな。のぶ代」
のぶ代「うん（聞えなくてもいい）」

■階段の下

静子「（上をのぞいて）一人だよ。いった通りじゃないか（とすぐひっこめる）」

■台所と茶の間

静子「（台所で手と顔を洗う茂に近づきながら）姉ちゃんたら、きっと中野さんが一緒だって、大変だったんだよ」
茂「（洗っている）」
静子「一緒に来て、結婚しろっていうに決まってるって」
茂「——（タオルさがす）」

静子「へえ。なんか随分感じがちがっちゃったねえ（タオル渡す）」
のぶ代「（現われて）お帰り」
茂「（慌てず、キチンと顔を拭いてから）ただいま（と目合わせず、健さん風にいう）」
賢作「おどろいたな。二十日ばかりで、随分変ったぞ（と近寄りにくいような照れくさく嬉しいような気持である）」
のぶ代「髪のせいよ。そんな、急にかわるわけないじゃない」
静子「そういうことというもんじゃないよ。一生懸命やって来たんだもん」
賢作「さあ、此処へ来い。おう、ビールビール」
静子「いいの？　高校生に」
賢作「一杯だよ一杯。どうせ、お前かげでやってたんだ。さあ、座れ座れ。茂」
茂「おれ、ビール、いいよ（と正座する）」
静子「あ、そうかい？」
賢作「いいから持って来い持って来い」
静子「自分がのみたいもんだから（と持って来る）」
のぶ代「どうしたの？　なに正座してんの？（と茂にいいながら座る）」
茂「（正座して目を伏せている）」
静子「どうした？」
賢作「どうした？」
茂「別に、どうもしねえけど（目を伏せたままいう）」
静子「うん？（と先をうながす）」
茂「長エこと、ぐうたらして、迷惑かけたと思ってるよ」
賢作「――（あっ気にとられて声が出ない）」
静子「――」
のぶ代「――」
茂「この、二十日間の、体験で、人間しまる時はしまんなきゃ駄目だってよーく分ったよ」
賢作「（ちょっと感動して）そうかい」
静子「（同じく）そうかい」
のぶ代「バカねえ」
賢作「バカってことはねえだろ」
静子「そうだよ」
のぶ代「あんたすぐ影響受けちゃうんだから」
賢作「そういうことというなよ」
のぶ代「私、そういうヤクザみたいの、大嫌い」

静子「そんな、水さすような事いうんじゃないよ」
賢作「立派なもんじゃねえか。こいつがこんな口きくってェのは、立派なもんだよ」
茂「姉ちゃん（やや大声でいう。しかし、顔は上げない）」
一瞬、三人で茂の方を見る。
茂「中野さんは、姉ちゃんのことなんか一言もいわなかったよ」
のぶ代「なに？」
のぶ代「（なんとなく侮辱を感じて）そう」
茂「だけど、内心は姉ちゃん欲しさに俺を、しごいてくれたんだと思うよ」
賢作「そりゃあそうだ」
茂「俺は、あの人が、俺をしごくたんびに、どれくらい姉ちゃんのことを欲しいのかが、胸にしみたよ」
静子「そうかい」
茂「今日、駅まで送ってくれてね。ホームまで来てくれてね。最後の最後に一言だけいったよ」
のぶ代「――」
茂「お姉さんに、よろしくって」

■ガム工場
激しい機械音を聞かせて、のぶ代働いている。音楽になって――。

■食肉輸入課
働いている香織。

■工事現場
働いている典夫。

■吉川家・店
久美子、表情暗くなく、しかし笑顔などではなく、陳列を整理している。

8

「そこで溺れなきゃ、なんか、生きとるバランスとれねえような気ィした」

■吉川家・表（朝）

店の前を掃いている久美子。

久美子の声「娘に、かなり自由を許している親でも、二十二歳、二十三歳、そして二十四歳が近くなって来ると」

■香織の部屋（七回目）

由起子が見合写真をひらいて香織につきつける。

香織、由起子の迫力に押されて受けとる。

久美子の声「親の最後の義務のように、行きおくれることを心配しだしてしまう」

■佐伯家・茶の間（七回目）

茂が二郎のことをにらむようにしてのぶ代にいっている。

のぶ代、目を伏せて行く。

久美子の声「私たち三人も、次第に、結婚という第二の人生を、早く選べ、なにをしていると、本気でせまられはじめているのだった」

■吉川家・表（朝）

掃除している久美子。

久美子の声「でも、一緒になる男性次第で、大半が決まってしまう人生を、急いで、せきたてられるように決めたくはなかった」

■タイトル

■佐伯家・茶の間（夜）

一家四人の夕食。

茂が正座して迫力ある着実な速度で食べている。

賢作は、あぐらをかいてビール。静子、のぶ代も黙って食べている。

のぶ代「フフ、なんかあれね」

賢作「うん？」

静子「（ほとんど同時に）うん？」

のぶ代「静かね」

賢作「そりゃそうだよ」

静子「そうよう。静か、いいじゃないの」

賢作「いいよ。こうやってよ、テレビつけないで夕飯食うってのは、いいもんだよ」

静子「ほんとよ」

のぶ代「テレビのことじゃないの。なんか、黙っちゃってるなあって」

賢作「黙ってないよ」

静子「黙ってないじゃないの」

のぶ代「そうかしら?」

賢作「そうさ。俺はね、いま、ああやっぱりテレビをつけねえで飯食うのはいいもんだなあって」

静子「大体、お父さん、そういう事は、親がいうもんなのよ」

賢作「俺ンちは、これ(茂)が、いっちまった」

静子「うーん(大きくうなずき)ピシッとしてさ(茂の口真似のつもりで健さん風に)夕飯にテレビつけるのは、よそうよ」

のぶ代「うまいじゃない」

賢作「(静子に)ふざけんじゃないよ」

静子「ふざけちゃいないわよ」

賢作「十三日ね、もう今日で十三日、茂のおかげで俺ン家は、品のいーい夕飯くってんだよ。なごやかによ。くだらねえテレビに邪魔なんかされないでよ」

静子「ほんとよう(と大きくうなずく)」

茂「御馳走さま(と軽く健さん風に一礼)」

静子「あ、お茶あげようか?」

茂「いいよ(と食器を持って台所へ)」

静子「いいからね、置いときゃ、洗うからね」

茂「いいよ(と洗いはじめる)」

静子「ほんと、助かるわァ(と茂に聞えるようにいう)」

のぶ代「(なんだか両親の会話がさっきから不自然だと思っていて小声で)どうしたの?(と静かにきく)」

静子「(小さく素早く)いいから(と手を強く振る)」

賢作「まったく(ちょっと声大きくしないと茂に聞えないので、聞えるように)他人の飯食うっていうのは、大変なこったよ」

静子「ねえ(と同意する)」

賢作「たった夏休み二十日間でよ。茂が、パーッとあれだけしっかりしちまうんだ」

静子「ほんとよ。前はこんな髪の毛して(短かくかつての髪の茂がうつる)ぐうたらぐうたらしてたのが」

賢作「三人の女の子使ってよ(ドライブインで働く茂うつる)ドライブインの店関係を、いきなり責任もたされて、それ、こなしちまったんだからなあ」
静子「自信つくわァ」
賢作「ああ。そういう経験をお前、茂はサッと自分のものによ（茂が茶の間へ来るので絶句する）」
茂「（とまらずに玄関の方へ行き、後姿で立ち止り）ちょっと、散歩して来るよ（とサンダルをはく）」
静子「ああ、行っといで」
賢作「ああ、行って来い。たまにはちっと軟派でもして来い。ハハハハ」
静子「お父さんは（とたしなめるが、芝居っぽい）」
茂「（戸を開閉して出て行ってしまう）」
のぶ代「どうしたの？　二人で」
賢作「（小さく溜息をついて、のむ）」
静子「元へ戻っちゃいそうなんだよ（困ってるんだよ、どうしよう？　という感じ）」
のぶ代「元へ？」
静子「盛岡行って、中野さんにしごかれて、ピシーッとして、自分にもこれだけやれるんだ、これからは、この調子で行こうって、ギンギンして帰って来てさ」
賢作「二学期はじまって、高校行くと、成績こーんなに下だろうが」
静子「それでもこれからは勉強しようって、毎日ちゃんと帰って来て、部屋へ入ってたんだよ」
のぶ代「そういってたから（私、問題ないのかと思ってたけど、という感じ）」
賢作「しかし勉強はドライブインのようには、いかねえだろうが」
のぶ代「うん」
静子「急にやったって、訳分らないだろう？」
のぶ代「うん」
静子「段々だれて来ちゃったんだよ」
賢作「惜しいじゃねえか、折角ああやって、ピリッとしたのに」
静子「あんた（のぶ代）も、なんかいって、おだててよ」
賢作「えれエとかなんとかいってりゃあ、あいつ人が好いから」

■道

茂、歩いている。

賢作の声「頑張ろうって気になるだろうが」

■茶の間

のぶ代「でも、茂には勉強は無理なんじゃない」
賢作「そんな投げたような事いうなよ」
静子「そうよ」
のぶ代「でも、そういう人間だっているわよ。ドライブイン向いてるなら、そういう仕事に早目についちゃった方がいいんじゃない」
静子「そりゃあ（そういうことは考えたけど）」
のぶ代「今更あの子が勉強、頑張ったって、すごーくおくれてるんだもの、パーッと上るってわけにはいかないでしょう」
静子「そうかもしれないけど」
のぶ代「向いてるところで、頑張らした方がいいわよ」
賢作「そういうことというけどなあ。中学だけだと、あとあと、つまんねえコンプレックスがずーっと、あとひくんだよ。俺が、そういう思いしてるから、ビリでもなんでもいいから、高校だけは出といた方がいいってよ、どうしたって、そういう風に思っちまうんだよッ（とわが屈辱を思い出して、声強くなる）」
静子「ね（とのぶ代に）いま、元へ戻るかどうか、大事な時だからさ、一辺、中野さんに電話して、ちょっとなんかいってくれって、あんたから頼んでよ」
のぶ代「どうして？」
静子「中野さんの事は、信用してるんだから」
のぶ代「私がどうして電話するのよ？」
静子「私らが頼むより、親身になってくれるだろ」
のぶ代「そんな、そんな事すれば、私が恩に着なきゃならないじゃない」
賢作「着たらいいじゃないか」
のぶ代「着たらいいって――」
賢作「あの人の、どこが悪いんだ？　お前の、どこがえらいんだ？」
静子「お父さん――（いいすぎないで）」
賢作「いい縁談だよ。断ることはないよ。結婚しちまえよ。あの人と結婚しちまえよッ」
のぶ代「お父さん――（悲しい）」

■パチンコ屋
　茂、やっている。

■雨の街（昼）

■喫茶店

香織「（のぶ代と並んで腰かけている）問題はさ、私らが夢中になれるような男が全然いないってことなのよ」
のぶ代「そうなのよね」
岡崎「（二人の会話は岡崎を無視した感じなのだが、向き合っていて、二人を見ていて）はあ（と当惑したようにうなずく）」
香織「この人っていう、強力な人がいれば、（と岡崎に向い）親がなんといおうと頑張れるわけよ」
のぶ代「（目を伏せたまま）そうなの」
香織「でも、そういう人全然いなくて、親に抵抗するの、大変なのよね」
のぶ代「そうなの」
香織「お見合いなんか、やだって、ドンドン断って、はねつけて、でも、こっちになにがあるかっていうと、なんにもないのよ。だから、なんか断ってるのが、むなしくなってさあ」
のぶ代「そうなの」
香織「で、お見合いするでしょ。一辺逢うでしょう。するともう、つき合うかどうか決めなきゃならないじゃない。それで、つき合うなんていうと、もう周りは八〇パーセントぐらい気に入ったなんて思っちゃうのよねえ。三回から四回逢うと、もう結婚するかどうか、決めなきゃならなくなる。これからの一生を、ずーっと一緒に暮す人を合計五回ぐらい逢って決めるなんて、無茶苦茶でしょう」
岡崎「はあ（なんかおこられているような気がする）」
香織「でも、断るなんて事になると大変なのよねえ。『お前はつき合ってみるっていったじゃないか。それは気に入ったってことだろう』そりゃそうよ。少しは気に入ったわけよ。『それから、三回も四回も逢って、今更断るのは、失礼じゃないか』冗談じゃないわよ。五回ぐらいがなんだっていうのよ。でも親はね『どうせ断るなら、せめて、二回目ぐらいの時にいってくれりゃあいいのに、五回も逢ってからじゃ、どういうふうにいったらいいか』なんて、そんなもの、どういったたっていいじゃない」

岡崎「ええ――（とうなずく）」

香織「だから、見合いってすごく億劫になっちゃうのよ。いい人に逢えるかも分らないと思ったって、せかされること思うと、やだっていっちゃうの」

岡崎「（うなずく）」

香織「でも、断って一人になると、なんにもないのよ。いい男性いるわけじゃないし――っていうと、私バカにもてないみたいだけど、そうじゃないのよ。第一、あなた（岡崎）だって、私とつき合いたいっていったし、そういう風にいう人は一杯いるんだけど、こっちが打ち込める男性がいないのよ」

岡崎「（すいません、という感じ）」

のぶ代「そうなの。私、時々、男って、どいつもこいつも、自分勝手で、ガサツで、結婚する相手が男しかいないっていうのが、たまらない気がする時あるわ」

香織「そうなの。どいつもこいつも、一生を共にする相手じゃないって思っちゃうの」

のぶ代「そりゃ時々は、いいなって思う人いるわよ。でも、結婚して毎日一緒だと、やなとこ一杯出てくるんじゃないかなあ、と思っちゃうの」

香織「でも、いつかね、笑うかもしれないけど」

岡崎「いえ――」

香織「いつか、ぴたっとした人が出てくるかもしれないって、私みたいな人でも、思ってるとこあるわけよ」

のぶ代「そりゃそうよ」

香織「でも、さしあたってそういう人いないし、お見合いは断ってるし、そうすると、なんかむなしくてさあ」

のぶ代「わかるわ」

香織「ケーキをさ」

のぶ代「食べる？」

香織「そうじゃないの。ケーキを、肥るからよそうって、甘いもの、気をつけて気をつけて暮してると、急にある日むなしくなって、いいや、もういいやって、ワーッとこんなケーキ四つぐらい食べちゃうみたいに、時々私、無茶苦茶しちゃうけど——」
岡崎「それ、どういう意味かな？」
香織「意味ないの」
岡崎「え？」
のぶ代「意味、ないんですって」
岡崎「はあ」
香織「本当は、そんな、純粋に、ものすごく愛し合ったりする関係なんて、あるもんかって、このあたりじゃ（と頭の一画を指して）思ってるんだけど」
のぶ代「でもねえ」
香織「夢、あるのよねえ」
のぶ代「そりゃそうよ」
香織「フフ、フフフフ（と想いの中）」
岡崎「で、あの、ぼくに用事っていうのは」
香織「（岡崎を見る）」
のぶ代「ごめんなさい」
岡崎「いや、いいんです。日曜だし、雨だし、いいんだけど」
香織「（悪かったな、という微笑のある口調で）フフ、こへね」
岡崎「ええ」
のぶ代「いま、人が来るんです」
岡崎「人って？」

■街

典夫、雨の中を、濡れながら歩く。
香織の声「男、なんだけど」

■喫茶店

香織「ある女性を、すごく愛してるっていってるわけ」
岡崎「はあ」
のぶ代「その人のために」

■街

典夫、歩く。
のぶ代の声「生活がらっとかえて」
香織の声「怠けもんなのに、すっごく一生懸命働き出したりして」

■喫茶店
のぶ代「本当かなあって思って」
香織「だって、女性を知らないとか、そういうんじゃないのよ」
のぶ代「むしろ、すれっからしよねえ」

■街

典夫、歩く。
香織の声「それが、すっごく一人のひと愛してるっていうから」

■喫茶店
のぶ代「嘘みたいだし」
香織「もし本当なら、周りじゃ、はじめてみたいな、恋愛らしい恋愛だし」
のぶ代「そういうのあるっていうの、私、やっぱり素敵だと思うし」
香織「あなた、わりと冷静っぽいから」
のぶ代「男性の目から見て、どう思うか」
香織「聞きたいの」

■街

典夫、ぐいぐい歩いている。
香織の声「本物かどうか、見抜きたいのよ」

■吉川家・外観（昼）
のぶ代の声「久美子さんへ」

■店
久美子「（しんとした店内の隅で、手紙を読みかえしながら、店番をしている）」
のぶ代の声「彼から受けとった、15日間働いたという、工事現場の」

■喫茶店（前出の店）
典夫「（濡れた髪で、胸ポケットから証明の紙を折ったものを机の前へ差し出す）」
のぶ代の声「主任さんの証明を同封します」

■吉川家・店
久美子「（読んでいる）」
香織の声「仕事はかなり力仕事で、彼みたいな生活し

てたもンには、相当こたえると思うし、よく
やってるといってもいいと思うの」

■喫茶店

岡崎「（典夫の去ったあとで）うー、まあ、本気じゃな
いかと思うけどなあ」

■吉川家・店

久美子「（読んでいる）」
のぶ代の声「あと15日、ばっちり働くといっています」

■吉川家・茶の間（夜）

夕食後で、お膳の上の最後の食器をお盆にのせている久美子。優子は台所で食器洗い。武志は、電話を置いた座机で、帳簿に書き入れをしている。

香織の声「そしたら、約束だし、私とのぶ代さんで、お
父さんにお願いに行くことになると思います。
待っていて下さい」
のぶ代の声「待っていて下さい」
武志「（手を止めていて、遠慮がありながら）久美子――」
久美子「なに？（底流では不機嫌が消えないまま、かすか
に微笑）」
武志「薬屋の丸山君な」
久美子「うん（と合所へ）」
武志「中学で、一年か二年上だったろう」
久美子「うん。二年かな」
武志「よかったら、福祉会館へ、明日来ないかって
いってた、さっき（と立ち上って、商品置場の方
へ）」
久美子「（台所へ）なあに、それ」
優子「（台所で横にいて）コーラスよ。あの子、コー
ラスのリーダーやってるのよ」
武志「（商品を片付けるような事をしながら）静岡で、十
月に県のコンクールがあるんだと」
優子「バッハとか、わりと高級なのよ」
久美子「へえ（手は動かしている）」
武志「（これもなにかしながら）昼間、青色のことで
逢ったら、久美子さん、帰ってるんですって
ねえって」
優子「ほら、あなたわりと声よかったから」
久美子「駄目よ。コーラスなんて、やる気ないわ（と
茶の間のちゃぶ台を片付けに行く）」

武志「そういうなよ（となだめるように）行って来いよ。一日家にいるより、いいじゃないか」
優子「そうよ。バカにしたもんじゃないんだから、この辺だって」
久美子「そんなこといってないわ。ただ、行きたくないだけ」
武志「家にばっかりいて、どうするんだ？」
久美子「どうするって（ちょっと悲しい。自分たちがひっぱってきて、とじこめたんじゃないか、という思い）」
優子「気持かえなきゃ駄目よ。東京のことは忘れるの」
武志「ここにだっていい奴は一杯いるよ。結婚とかなんとかいってるんじゃない。みんなと、コーラスでも、演劇でもどんどんやって、つまんないことは忘れなきゃ駄目だよ」
久美子「――」
武志「明日、七時から、福祉会館の二階へ行って来い。見るだけだっていいんだ」
久美子「――その気になったら行くわ（とおだやかにいうように努めて階段の方へ行こうとする）」
武志「久美子――」
久美子「――なに？」
武志「お前、まだ、あの男に、つまんない希望を持ってるんだったら、とんでもないぞ（と静かにいう）」
優子「そうよ。パパが、一度怒っただけで、すぐ諦めるっていったような人」
久美子「（うなずいて、上ろうとする）」
武志「久美子」
久美子「――（止まる）」
武志「一ケ月ぐらい働いたからって、そんな事で」
久美子「（ドキンとする）」
武志「男の誠意なんて分るもんじゃないぞ」
久美子「どうして知ってるの？」
武志「働くのは当り前じゃないか。誰だって働いてるんだ」
久美子「手紙見たの？」
優子「見たくはないけど――」
武志「当然だろう。大事な時だ。お前のこれからが、全部かかってるんだ」
久美子「ひどいわ」
武志「一ケ月働いたから、なんだというんだ？　そんな事で、なにが証明出来る？　子供じゃあるまいし、なにをいってる」

久美子「（カッと怒ってもいいのだが、あと半月で交渉に入るのだと思い、青ざめてキッと父を見て）証明、出来るのよ。あの人が、ひと月、そんな力仕事をするっていうのは、大変なことなの」

武志「普段怠けてるってことじゃないか」

優子「そうよ。ひと月ぐらいじゃ、なんにも分りゃあしないわ」

久美子「じゃあパパに出来る？　いま、お父さん、飯場行って力仕事出来る？」

武志「パパは、あいつほど若くない」

久美子「同じことなの。あの人、そんな、ひどく怠けてたわけじゃないわ。ただ、力仕事じゃなくて、わり合いお金が入ったのよ。それ急に捨てて、力仕事はじめたのよ。それは、やっぱり誠意じゃないかしら？　誰にだって、出来ることじゃないわ」

武志「ひと月で、お前が手に入るなら、誰だって働くよ」

優子「そうよ。ひと月なんて、すぐじゃない。そんなもんに、だまされちゃ駄目よ」

久美子「だまされてないわ。私は、正確にあの人を見てるわ（と二階へかけ上る）」

武志「いいか。そんな芝居がかった、そんな誠意の見せ方ってェのが、不良のやり口なんだ」

■久美子の部屋

久美子、窓をあけて外を睨む。

武志の声「ひっかかったら、どんな目にあうかも分らないんだぞ！」

■工事現場（昼）

典夫、働いている。

■ラーメン屋（昼）

テーブル席もカウンターも満員で、そのテーブル席に、工事の労務者達が腰かけてラーメンライスなどを食べている。中に典夫もいる。横にいる労務者（五十代後半）が、肘でちょっと典夫をつつく。典夫顔をあげると、労務者、定期入れに入れた写真を見せる。

典夫「あ、これ、おっさんの?」
労務者「ああ(といままで無表情だったのが急に笑顔になってラーメンを食べる)」
典夫「へえ(と見ながらラーメンを食べかけ)なかなかべっぴんじゃないの」
その定期入れの写真。田舎の細君と娘と息子(中学生)である。あまり、べっぴんではない。ちょっと皺もある写真。

■工事現場
また働いている典夫。

■典夫のアパートへの道(夜)
典夫帰って行く。ちょっと右腕が痛いとか、労働した痕跡の表現がある。
この途中まで音楽で来て、足音になり。

■典夫のアパート・廊下
典夫「(帰って来て、自分のドアを見て、う、となる)」
妙子「(ドアによりかかって、ちょっと首曲げて、フフと微笑する。少し酔っている)」

典夫「(近づき)なんだ?(と冷たくもあたたかくもないい、ポケットから鍵を出す)」
妙子「働いてんだってねえ」
典夫「おかしいか?(と妙子をどかし鍵を入れる)」
妙子「(どかされて)おかしいよ。みーんな笑ってるわ」
典夫「(鍵を抜き)みんな?」
妙子「腕落ちたって——」
典夫「(苦笑して、ドアをあけ、素早く入ってドアしめようとする)」
妙子「(あっという間に身体つっこんでいて)よしてよう、痛い(と声はあまり敏しょうではない)」
典夫「行けよ。お前とは、切れてるはずだ(と押し出してドアしめる)」
妙子「(よろめいて廊下に残る)」
典夫「九州帰れよ(と中でいう)」
妙子「へッ。魅力ないね。女ひっかけるのに、そこまですることないでしょう。(中の灯りつく)いま時ね、中学生だってね」

■典夫の部屋
典夫「(窓をあけたり、シャツぬいだりする)」

妙子の声「そんな間の抜けたことしないわよ」

■部屋の外

妙子「(ドアの中へ吹きこむように)私マジメ、私マジメってそんなにいわなきゃついて来ない女なんて、いやらしいじゃない」

■部屋

典夫「(窓の外を見て息をつく)」

妙子の声「そりゃあね、あいつひっかけりゃあ、あとあと金になるだろうけどね、そこまでやることはないって、みんな笑ってるわよ」

■部屋の外

妙子「私だって、笑っちゃうね(と悲しくなりドアに頭をくっつけて)ハハハハハ(と声だけ笑って)カテリーナのマスターの奴、評価するね、だと。ハハ、冗談でしょ。女にいいとこ見せるなら、もうちっと」

■典夫の部屋

典夫「――」

妙子の声「気の利いたことして貰いたいよう」

■部屋の外

妙子「働きゃあ女が惚れんならね、全国の飯場のお父さんは、女にもてもてのはずじゃないの。ふざけんじゃないよ(泣いて、しゃがみこみ、ドアの前にへたりこんで、泣いている)」

■典夫の部屋

典夫「――(妙子の泣き声)」

■食肉輸入課(昼)

香織「(伝票の束に、ドンドン日付印を押している)」

松永の声「(自席から)池谷くん」

香織「あ、はい(と見る)」

松永「(受話器持ち上げて)面会だって――お兄さん」

香織「兄がですか?(意外である)」

松永「(電話へ)あ、いまロビー行くけどね、受付こないだも内線番号間違えたよ。ここは二八四

五、池谷くんところは二八四七」

■ロビーの一画

理一「（カバンを持って腰かけながら）いま上野着いてな。真直ぐ来た」

香織「（腰かけながら）一体なんだっていうの？ 不意に来ないでよ。私がなにしてるっていうの？」

理一「いや、そんなんじゃないんだ」

香織「お見合いの写真だって、あんなのから二人選べっていうの無理よ。私のこと、なんだと思ってるのよ」

理一「昨夜、葉子お前ンとこ電話したろ？」

香織「なあに、あれ？ ちっとも要領得なくて、結局用事でもなんでもないんじゃない」

理一「お前に、お母さん、余計なことというなっていうんでな」

香織「（別の話かと）え？」

理一「親父が行ってるかどうか、たしかめたんだ」

香織「やだ。お父さん、来てるの？」

理一「まずい事あってな」

香織「なに？」

理一「いや（周囲を見、別に聞いてる人もいないと確認して、小声で）親父、これ（小指）がいたんだ」

香織「子供？」

理一「バカ、これっていえば、女だ」

香織「まさかァ」

■東京の公園

激しく噴水があがっている。それをぼんやり見ている信吾。

理一の声「まさかと思いたいが、二十三の女でな」

香織の声「二十三？」

理一の声「バーの、まあ売れっ子ってェ奴だが、親父、酒のめねえのに、結構入れあげてたらしいんだ」

香織の声「呆れた」

理一の声「ところが女は東京へ行くことになった」

香織の声「うん――」

理一の声「親父は、別れが惜しいとかなんとか、かなり本気で訴えたらしい」

香織の声「うん――」

理一の声「女は、それじゃあ、飯坂あたりで、衣衣（きぬぎぬ）の別れをしましょうって、出まかせいったわけだ」

香織の声　「出まかせ？」
理一の声　「どうせいなくなるんだ」
香織の声　「ひどい」
理一の声　「ま、しつこい親父なんだが、昨日、仙台へ出張だっていって、朝出掛けようとしたところを、お袋につかまった」
香織の声　「ウワ」
理一の声　「お袋、かなり前から、あやしいと思ってたらしい」
香織の声　「すごかったでしょ？」
理一の声　「ああ、親父、お袋のこと怖がってるからな」
香織の声　「そうよ」
理一の声　「逆上して、かえってひらき直って、女遊びは男の甲斐性だァとかわめいて、とび出してっちまった」
香織の声　「あーあ、（ふざけているのではない）」
理一の声　「女は、二、三人の連れと、真直ぐ東京へ発ったという――」
香織の声　「じゃあ」
理一の声　「ああ、ひとりで、どっかうろついてるわけだが、その女が、今夜から銀座の店に出るっていうんでな。そこへやって来て、ひと騒ぎなんて事になるとこりゃあちょっと大事（おおごと）だからな」
香織の声　「そんなに夢中なの？」
理一の声　「今夜、念のためその店で、俺がはりこむってわけだ。（と苦笑）」
信吾、歩いている。
雑踏を歩いていく。

■月
クレーターが見える大きな月。

由起子の声　「（電話へ出ていて）うん――うん――（落ちついて、しっかりした声）」

■池谷家・電話口
由起子　「（電話に出ていて）じゃ、理一は銀座にいるのね」

■香織の部屋
香織　「（電話に出ていて）そう。で、もしお父さんここへ来たら、私はなんにも知らないことにして、刺激しないで、ちょっと外へ出て」

■池谷家・電話口

由起子「公衆電話で――うん――うん――そんな（急に怒りがこみあげ）そんないたわることないよ。ここまで来てね、ここまで来てこんなめに逢うとは思わなかったよ（と泣き声がちょっと入る）」

葉子「（臨月のように大きいお腹で、無表情に、ススキと植木鋏を持って通過する）」

由起子「（電話をかけながら、こんな時に呑気にススキをとりに行って、と思ってにらむ）うん？　そりゃそうさ、そりゃあ何処もかしこもかくしとくわけにはいかないよ。今頃は、市役所だって、みんな知ってるだろ。私はね、私は、誰恥じるところなく、やることはやって、指一本さされないで生きて来たつもりだよ。それをね、この年になって、お父さんに目茶苦茶に、されるとは思わなかったよ。泥塗られるとは思わなかったよ（泣く）」

■香織のアパート・廊下

信吾「（階段を上りきる。由起子の泣く声少しこぼれて。香織のドアを見、ちょっとアパートから見える風景を見、ドアに近づき、ノックをする）」

香織の声「あ、はい」

信吾「――」

香織「（近づく間あって、あけ、意外そうに）お父さん」

信吾「（目は微妙に合わさず）ああ」

香織「なあに、こんな時間に」

信吾「いいか？」

香織「フフ、勿論、いいわ。やだわ。でも、ちょっと来る前電話してって、いっつもいってるのに（と、ちゃぶ台の前の座蒲団を裏返したりする）」

信吾「（入ってドア閉める）」

香織「お腹は？　御飯まだ？（と台所へ、お茶の仕度に行く）」

信吾「いや、すました（と靴をぬぐ）」

香織「わり合い出張あるのね、今度のとこ」

信吾「福島から、電話なかったか？」

香織「なかったけど」

信吾「そうか（と立ったままである）」

香織「なんか疲れてるみたい。ころがって、足のばして」

信吾「（その香織の後姿を見ていて）不用心だな（といって座る。いつもの父をとり戻そうとしている）」
香織「うん？」
信吾「ノックしたら、無造作にあける奴があるか」
香織「ほんと」
信吾「誰だか聞いて、ドアのチェーンかけて、顔確認して（むなしさが走りすぎ、力なくなり）それから、あけるようにしねえで、どうするだ」
香織「（声の変化にドキリとして、ふりかえられない）」
信吾「――」
香織「そうだね（とうなずき、急須などもって、父の傍へ行き、出来るだけ普通の声で）ケーキ、あるの。食べる？」
信吾「んにゃ」
香織「（お茶いれながら）フフ、足くずしたら。なに正座してるの」
信吾「連絡、あっただな」
香織「なんの？」
信吾「お前にはまだ、かくし事はできね」
香織「（分ったか、という顔になってしまうが尚）やだ、なんの事か分らないわ（と顔をあげられず、力なくいう）」
信吾「（目を伏せている）」
香織「フフ、やんなっちゃうわ。だって、どんな顔したらいいの？」
信吾「なんて、いうて来た？」
香織「なんてって――一晩ゆっくりして、帰って来て下さいって」
信吾「――」
香織「いいわよ。どうってことないじゃない。なにしたわけじゃないんだし、日本てわりと、そういうこと許すじゃない。お父さん、帰ったら、幅が出来たなんて、評判いいんじゃない」
信吾「お母さんか？」
香織「うん。わりと冷静だった。お父さん、あちこち放浪するタイプじゃないし、家がなきゃいられない人だから、安心してるって――時々笑ったりしてたわ」
信吾「――」
香織「いいから、今日は、少しウイスキーでものんだら」
信吾「んにゃ、こげな話、酒の助けはかりたくねえ」

香織「（はじめておかしくなり笑って）いっちゃってる。だから、こういうことになっちゃうのよ」
信吾「――」
香織「ほら、足のばして上衣脱いで（と上衣をとりに行き）大体温泉行って一番助兵衛なのは、警官と先生だっていうじゃない。お父さんも、ちょっと堅すぎたのよう」
信吾「バカタレ。ホステスみてェな、口きくな。（と本気で叱る）」
香織「（間あって）ホステス好きになったの誰よ?」
信吾「お前らに、分るこっちゃねえッ」
香織「分るわ。中年が、若い女好きになるなんて、分りすぎるわよ」
信吾「分りっこねえ。分るわけはねえッ」
香織「（間あって）だったら、それでいいわよ（とやさしさをとり戻して静かにいう）」
信吾「年とって行くとな、若えってことが、まぶしいような気ィするもんだ。身に沁みて若さが縁遠いような気がするもんだ。周りは、中年の皺寄って来たもんばっかりでな、会合ったって、みんな、四十五十ばっかかで急に、気ィつくと、若ェってことは、ずーっと遠くに行ってしもうとる。俺にはなんの縁もねえ。若ェ奴は、そりゃあ、口きくが、垣へだてて、はいとかいいえとか、いうとるだけだ。そんなことは当り前のことだが、当り前のことが、オーッと、身すくむような、淋しいような、怖ろしいような気ィするときあってな。――市役所の昼休みに、若いのが賑やかに、前庭でしゃべくっとる。はじけるように笑っとる。中へ入って、とけこんで、恋愛論なんちゅうものをやってみてェ。本嫌いの女を好きになった男は、本読む女は女性の好《よ》さを失っちまうっちゅうような一般論をいう。気ィ強い女狙っとる男は、女性は自己主張がなきゃならねえと一般論をいう。一般論にかこつけて、気ィひいとる。腹さぐっとる。ハハ、そんな中入って、一緒に気ィひいたり気ィひかれたりしてェような気になって、思わず傍行くと、サーッと空気かわって、こんにちは、とか、なにか御用ですか、とか。こっちももっともらしく『んにゃ、元気でええなあ』などと、おだやかに微笑してはなれながら、なんかいまいましくて『しかしな、役所のもんが前庭であんまりでけェ声出すな』なんぞと、いやがらせいうとる」

香織「――」

信吾「ホステス追っかけて、色事じゃねえっちゅうたら、そら嘘だ」

香織「――」

信吾「だが、なんかニュアンスが、ちがうだなあ。その女(おなご)は、俺に、若いもんとしゃべるような口きいてなあ」

香織「――」

信吾「そけェ行くと、俺はまだ若ェもんととけ込んどるような気ィした」

香織「――」

信吾「溺れた。そこで溺れなきゃ、なんか、生きとるバランスとれねえような気ィした。のめねえ酒なめて、のんだ気ィになって――考えりゃあ、プロの女(おなご)だな」

香織「(うなずく)」

信吾「まったく――なんちゅうことを――娘に、しゃべっとるだ」

香織「いいわよ。分るし。いまお母さんに、そんなこといって甘えるわけにもいかないだろうし」

信吾「うむ」

香織「それとも、夫婦なら、いいのかな？」

信吾「んにゃあ、あいつは、一辺でも、全部心をひらいたことはねえ」

香織「(びっくりして見る)」

信吾「(ちょっと激して)あいつは――」

香織「やめ(と思わずいう)」

信吾「――」

香織「やめ、た方がいい」

信吾「――」

香織「いいすぎると、後悔するもん」

信吾「――」

香織「今日、普通じゃないもの。あんまり、いわない方がいい」

信吾「――」

香織「バーにね、銀座のバーに、お父さん来るかもしれないって、兄さん行ってるの。電話、いまかけるから。足――のばしてよ」

信吾「――」
香織「(受話器をとり、ダイヤルを回す)」
信吾「――(ウフッというような声)」
香織「(ドキリとして手を止める)」
信吾「――(抑制して声はないが泣いている)」
香織「――(手で電話を切り、そのまま手をのせていて
――)」
信吾「――(静かに涙落ちる)」

■佐伯家・階段(朝)

静子「(さしせまった顔で、息を荒げて急ぎ上って来て、のぶ代の部屋の襖をあけ)のぶ代(それから夫婦の部屋の襖あけ)お父さん、はじまっちゃったよ、とうとう(と、のぶ代の部屋の方へ行き)とうとう、茂、もとへ戻っちゃったよ」
賢作「(とび起きて現われ)どうした?」
静子「シンナーよ(とあとは現われたのぶ代に)なんか、くさいと思って、あの子の部屋のぞいたら、シンナーすって眠ってるのよ。(と、おりて行く)」
のぶ代・賢作「(続く)」

■茂の部屋

静子「(入口へ現われ)だけどいい?(と、ふりかえっていう)」
のぶ代「(中を見る)」
賢作「(中を見る)」
静子「ほら、こうやって(と、中へ入って机を指し)教科書やノートをひろげてるのよ。やろうとしてたのよ。でもよく分らなくて、シンナーすっちゃったのよ」
茂「(シャツにズボンのまま、ころがって手にビニール袋持って、眠っている)」
静子「可哀そうよ。この子可哀そう。やっぱり無理して高校出さないで、ドライブインにやった方がいいわよ」
賢作「(茶の間の方へ行く)」
静子「(それを追うようにして)あんなにさ、あんなにドライブインじゃ、はりきってすごかったじゃない」
賢作「(背を向けたまま)だったら、電話しろよ。電話しろよ、のぶ代」
のぶ代「何処へ?」

静子「何処へって」
賢作「盛岡に決まってるだろうが」
のぶ代「どうして？」
静子「どうしてって」
賢作「分ってることを聞くなッ」
のぶ代「ドライブインは、何処にだってあるわ」
静子「そういうわけにはいかないだろ」
賢作「あの人がな、あの人がいたからこそ茂は、はり切ったんだよ」
静子「そうさあ（と大きくうなずく）」
賢作「その辺のドライブインに入れて、あいつがピリッとする訳ないじゃないか。あの人ンところで、ビシッといわれたからこそあんな風になったんだよ」
のぶ代「だったら、お父さんが、ピシッといえばいいじゃない。どうして、他人に頼るのよ？」
静子「そんな事いったって」
賢作「他人だからいいんだよ。親じゃいう事きくもんか。他人で、しかもあれだけ親身になってくれたからこそ、あいつは、あれだけ変ったんじゃねえか」

茂「やめとけよ（とよろよろと現われる）」
静子「茂。あんたシンナーなんてやっちゃったら、終りじゃないか（ゆする）」
賢作「終りなんていうな。そういうこというから、やけになるんじゃねえか」
茂「やめとけっていってんだろ（と大声を出し、ふらふらする）」
のぶ代「茂（いたましい）」
茂「いちいち、気ィ使うなよ。俺は、いろいろによ、自分でよ、やってんだよ、いろいろ。それ、いちいち気ィ使われると頭くるんだよな。気ィ使うなよ、ピリピリ（としゃがみこみ）あーあ（とひっくりかえる）」
静子「ああッ（と抱きとめる）」

■佐伯家・前の道（夜）

二郎、旅行の小カバン提げて、やって来て、ガラス戸あけようとして、鍵がかかっていて、
二郎「今晩は」

■のぶ代の部屋

のぶ代「（ハッと顔をあげる。編物をしている）」
静子の声「あ、はーい（と待っていた声）」
二郎の声「中野です。中野二郎です」

■佐伯家・茶の間（夜）

賢作「（恐縮しながら）こんなに早く、来て貰えるとは、思ってなかったもんで、なんとも（と一礼）」
静子「ほんとに、もう（と一礼）」
のぶ代「（静子の斜め後ろで一礼）」
二郎「いえ、こちらさんのことなら（と一礼）」
静子「茂、なにボーッとしてるの」
賢作「挨拶しねえか挨拶」
茂「（一応正座していて）あン時は、どうも（と一礼）」
二郎「うむ。どうした？（と微笑）」
茂「うん――」
二郎「うんじゃないだろ。はいだろ（と静かにいって、急に）はいじゃないのかッ（と茂の正面に座って怒鳴る）」
賢作「（びっくりする）」
静子「――（同じく）」
のぶ代「――（同じく）」
茂「はい」
二郎「あんたは、やりゃあ出来るんだ。やりゃあ出来ることを二十日間で証明したじゃねえか。毎日あんたは変ったよ。一日二日三日四日（と腕を下から上へ派手に上昇させ）どんどんどんどんよくなった。こなせねえ仕事もどんどんどんどんどんこなせるようになった。二十日目がピーク！　最後の日がピークだった。つまり、下り坂がなかったあッ！」

のぶ代「（びっくりしている）」
二郎「帰ったら、その調子で頑張れ、といったはずだ。あんたも、頑張るといったはずじゃあなかったか？」
茂「（目を伏せる）」
二郎「ちがうか？　ちがうか、返事せェ！」
茂「はい」
静子「ほんとにねえ。そんな風に、一生懸命、やって下さったのにねえ」
賢作「ああ、この頃の親も教師も、こんな風にはいかねえや。へへへへ」

のぶ代「（目を伏せている）」
二郎「いいえ。私は、ちっと、汚ェ事をしました（と一礼）」
賢作「汚え――事？」
二郎「実は、茂くんが、こんな風になるのを、見越してました」
静子「見越してたって――」
二郎「二十日間あずかるっちゅうのは、そんなむずかしいことじゃねえんです。私も、ぐうたらしとった頃があるから、どんな風に怒鳴りゃあピシッとするか、どんな風に励ましゃあ力がつくか、大抵分っとりましたけェ、二十日間、ぐんぐん力がつくように、スケジュールたてて、全力でやりました。一番やる気出て来たところで、お帰ししました。これが、三月（みつき）半年となったら、こっちもへばってしまうかもしれねえが、二十日なら、いいように出来ました」
賢作「（うなずく）」
二郎「茂君は、頑張るっていって帰ったけど、こっち帰りゃあ勉強です」
静子「そうなの（うなずく）」
二郎「ドライブインなら、頑張りゃあそれなりの成果があがるけんど、勉強は、ちっとばか急に頑張ったって、成績なんぞ上らねえです」
静子「そうなの。私、だから、そういう風にいってたの。でもね、この子、結構頑張ってたのよ。夜だって、ずーっと机向ったりしてたのよ」
二郎「きっと、もたなくなって、元へ戻っちまう。そン時、俺に頼ろうって気になるんじゃねえかって」
静子「その通りになったわよ（大きくうなずく。恨みでいっているのではない）」
二郎「そン時、俺は、のぶ代さんを、くれるならって、いおうと思ってました」
のぶ代「――」
二郎「そりゃあ、でも汚え」
賢作「いや、そこまでねえ、そこまでこんなの思ってくれりゃあ」
静子「ほんとに、今時、めったあることじゃないよ、のぶ代」
のぶ代「――（目を伏せている）」

二郎「いや、そんなことはいいません。茂君は、半年、あずかりましょう。今度は、地道に教えましょう。で、そのあとは、どっかの店で、一人っきりで修業した方がいいでしょう」
賢作「そりゃあ、どうも（と一礼）」
静子「どうも（一礼）」
二郎「のぶ代さん」
のぶ代「――はい」
二郎「明日一日だけ、工場休むってェわけにはいきませんか？」
賢作「いきます」
静子「ええ、いきます、そんなことは」
二郎「東京へ来ても、あんまり遊んだことねえもんで、一日、のぶ代さんと、歩けたら、ありがてェと思ってます」
のぶ代「――」
賢作「返事しねえか、返事」
静子「いいですとも。そんなこともう、お安い御用で、もう」

■隅田川
遊覧船。のぶ代と二郎、乗っている。

二郎が橋の名前を聞いたりして、のぶ代、あまり嬉しそうではないが、ちょっとは愛想笑いをしてこたえている。

■浅草など
実景と、二人のいる風景とで、一日の東京を見せて行く。
終り近くなって――。
のぶ代の声「こういう風になってくると、なんだか私ばっかり、えらそうに意地はってるみたいで、段々、仕様がないのかなあ、なんて気になってくるのよね。二人で並んで歩いてると、あこの人と一生暮すことになるのかなあって、諦めたような気持になってくるの」

■香織の部屋（夜）
香織「話だけだと、そんな悪い人でもないような気がするけど」
のぶ代「（東京見物の衣裳で）そうなの。頭で考えると、そんな悪い人じゃないなあ、って思うの。でも、人間て、虫が好くとか好かないとか、そういうこともあるんじゃないかしら?」

香織「そりゃあ、あるわよ」

のぶ代「なんかね、なんか、ちがうんじゃないかなあって思うの。でも、歩いてると親切だし、いやらしいこと別にしないし、こんなの(と胸にやや大きなブローチをつけていてつまみ)いいっていうのに買ってくれて」

香織「そうなの」

のぶ代「もっと小さいのがいいっていうのに、遠慮してると思って、いいよいいよ、こっちにしなさいって」

香織「(笑う)」

のぶ代「(苦笑して)困っちゃってるの」

香織「いいんじゃない」

のぶ代「どうして?」

香織「(ちょっと小声でからかうように)のろけてるもの」

のぶ代「やだァ」

香織「(笑っている)」

のぶ代「ほんとに、困ってるんだからァ(と笑いを含みながら、しかし本当に迷っているところもあっている)」

■吉川家・店の表(朝)

久美子、開店のための準備。シャッターあけて、店頭に出す平台を出したり、ビラのはがれたのをつけたり、甲斐甲斐しい。

久美子の声「私は、ひと月たつのを、息をひそめるようにして待っていた。父や母がなんといおうと、彼がひと月力仕事を続けるというのは、かなり大変なことだった。それはたとえば、私が突然農家へ働きに行くようなものだと思う。はじめはきっと役に立たないだろう。笑われたりするだろう。みんながなんでもなくやっている仕事が、とても大変だったりするだろう(典夫の働いているのが、だぶって見える)腕や背中や腰が痛くなったりするだろう。たったひと月というけれど、新しい仕事は、はじめのひと月が一番大変なのだ。それを彼が続けている。私は彼を信じよう。すぐ東京へ行

こう。反対とか、そういうことは——そうな
　れば無視するしかないと思っていた」

■典夫の部屋

典夫、蒲団の上にいて、畳に手をついて身体を起こす。荒い息。高熱がある。頭をふる。自己憐憫はなく、これはまずい、と思い、しかもすぐ起き上る。ふらつく。掌で額の熱を見、小さく「まじいじゃねえか」といい、流しへいき、水を出して、頭をぬらす。ここまで音楽で。

時間短くとんで、まだ少し濡れている髪と顔で、荒い息のまま、ジーンズをはいて、ジッパーを締め、ドアへ行き、あけようとする。あかない。押す。

■典夫の部屋の前

妙子がドアに寄りかかって眠っていて、後ろから押されて、ぐらりと斜め前へ倒れる。典夫、その妙子を狭くあいたドアから見て、小さく「バカヤロウ」と腹を立てながらもちょっと憐れに思う声を出し、荒い息をして、狭いところから身体を出し、表の方へ、軽く壁に一度ぐらい手をつく程度で急ぐ。

■公衆電話ボックスの中

典夫「（すでに受話器を持っていて）はい、根本——ええ、すいません。なんか、熱出ちまって——ええ、ちょっと（仕様がねえなあ、今日になって、といわれ）すいません。明日は、なんとか出るようにします。すいません（と切り、ドアをあけて出ようとする）」

妙子「（そのドアの前にいて）どうした？（と心配そうにいう）」

典夫「（目を伏せ）みっともねえことするなよ（と妙子を押しやるようにして、アパートの方へ）」

妙子「（追いながら）なんかね、酔っぱらってさあ、いつの間にか来ちゃってたのよね。でも、起こさなかったんでしょう。やっぱり起しちゃ悪いって、思ったのよね。気がついたらさ、ドアの前で寝てたのよね。フフ、フフ（と典夫をドンドン追いかける）」

■典夫の部屋

典夫「（ドアをあけ、すぐしめようとするが）」

妙子「いいのよ、いいの（とちょっと意味不明のことをいって、典夫を押すように入って来て）病気でしょ、看てあげる。看てあげるから（とドアをしめる）」

典夫「（熱の高いのに争うのが、情けなく）世話やかすなよ、お前。しつこくすんなよ、お前（とへたりこんでしまう）」

■典夫の部屋（時間経過）

妙子「（昔ながらの氷のうを、器具にさげて、立ち上りながら）これで、どうかなあ、おでこにのるかなあ」

典夫「（蒲団の上で、熱でぼんやりしながらも、うんざりして）いいよ、そんなもん」

妙子「いいの、私さ、一度、こういうことしてみたかったんだ」

典夫「そんなもん、お前、よく売ってたな（とあえぎながらいう）」

妙子「借りたの、お向いの松田っていうおばさん。熱があるっていったら、貸してくれたの。あ、丁度のるじゃない。いい気持？」

典夫「ああ」

妙子「フフ、おばさんのくせに、いい人だね、あの人」

典夫「うむ」

妙子「大抵さ、ああいう年だとさ、アラ、なんか濡れるね」

典夫「タオルなんか、ちょっとひかなきゃ」

妙子「ああ、そうだね（とさがし）タオルどこ」

典夫「いいよ（あえぎながら）」

妙子「いいって」

典夫「ちょっと寝かせろよ、お前。うるせえよ（あえぎながら）」

妙子「あ、ほんとね、あ、ああ、ハンカチあるわ。ハンカチひきゃあいいね（まるめたハンカチを出す）」

典夫「――（荒い息で）」

妙子「フフ、よかったよ（とハンカチいい加減にひろげて、氷のうの下に入れながら）熱出してくれて、よかったよ。こんなこと、出来ると思ってなかったよ（急に泣いて）よったよ（泣き笑いで、氷のうを調節している）」

■月

■典夫の部屋（夜）

典夫、氷のうをはずして眠っている。その胸に手をのせ、裸体らしい妙子が一緒に眠っている。氷のとけた氷のう。薬屋の薬。お粥をつくったらしい鍋と茶わんが盆にのっていたりする。

■吉川家・店の表（昼）

久美子、バケツを持って、道に水をまいている。右手でサッサッサッサと。

9

「誰かに夢中になるなんて怖いじゃない。なんか、自分がなくなっちゃうみたいで」

■これまでの映像で

久美子は、吉川家へ戻ってからの映像で――。

のぶ代、香織は結婚をせまられている映像で――。

久美子の声「女は、十四、五の頃から、結婚については、いろんなことを考えている。ところが、二十四、五になると、お見合いで二、三回逢って相手を決めてしまったりする。周りが、どんどん結婚という柵の中へ私たちを追いこんで行く。いら立つんだけど、とり残されるのも嫌だと思ってしまう。そんな風にして、結婚したくないと、私は、心から思っているのだけれど――」

■タイトル

■吉川家のある町の情景（昼）

■吉川家・店内

久美子「（レジをチンと閉め、釣り銭を金銭皿にのせて、包んだ衣類を持って待っている三人ほどの娘の一人に渡しながら）ありがとうございました」

娘A「（その釣りをとる）」

娘B「あら、これ、いいけど高い」

娘C「高いのよ、そういうの（といいながらドアを押して出ながら）ブランドのマークだけでバカみたいなのよ」

娘B「（出ながら未練あって）ちょっといいけど、お金ないな」

娘A「お世話さまでした（とBCの後を追う）」

久美子「ありがとうございました。またどうぞ」

中学生の男の子「（小綺麗な風呂敷に細長いチーズケーキの箱を包んで入れかわりに閉まりそうなドアを押さえて）あ、あの――」

久美子「はい？」

中学生の男の子「北川ですけど、ケーキ持ってけって」

優子の声「（台所の方から）あ、北川さん？」

久美子「（なんだか分らず）そう（と台所の方を見る）」

優子「（なにか調理していた感じで現われ、男の子に）どうもありがとう（と急ぎおり、レジをあけ金をとりながら）ごめんね。とりに行くっていったんだけど、お母さんいいっていうもんだから」

久美子「なあに、ケーキって？」

優子「チーズケーキをね、（男の子に）お母さん、とっても上手なのよねえ（と二千円持って男の子の方へ）」
久美子「へえ（と身体をずらして優子を通す）」
優子「（男の子のさし出す風呂敷包みを受けとりながら）あら、風呂敷返さなきゃいけないいね（と動きを止めずにケースの上かなにかに包みを置いてほどきながら）お店はやってないいんだけど、評判で、一日何個っていうように（とここまでは久美子にいう口調で、急にあとは男の子に向けて）つくってるのよねえ」
男の子「ええ――」
久美子「大きいじゃない（三人で食べるには）」
優子「そりゃお誕生日だもの。お隣にもちょっとあげたいし（と風呂敷をたたんでいる）」
久美子「やだ、おぼえてたの？（嬉しそうではないが、ひどく嫌な顔でもなく、かげりのある苦笑で）」

■吉川家・茶の間（夜）

武志「（誕生日の食卓を前にして座っていて、久美子のワイングラスに注ぎながら）そりゃ憶えてるさ、一人娘じゃないか」
優子「そうよ」
久美子「やだわ、忘れていりゃあいいいな、と思ったのに」
武志「ひねくれたことというなよ（苦笑）」
優子「四年やらなかったじゃない」
久美子「二十すぎたら、お誕生日でもないいわ」
武志「（ワインを三人に注ぎ終え）じゃ、二十四歳、おめでとう」
久美子「ウワ。いわれたくない感じ（とワイングラスを持つ）」
優子「おめでとう」
久美子「フフ、どうもありがとう（と仕方なく、しかし感じ悪くなくさっぱりいってグラスをちょっと上げ、のんでしまう）」
武志「のみっぷりいいな」
久美子「ちょっとだもの」
優子「前には、この半分ぐらい持て余してたのよ」
久美子「多少は腕だって上るわ、友達とビールぐらいはのむし」
武志「じゃ、行こう（と注いでやるように瓶をさし出す）」
久美子「高いんでしょう？（とグラスをさし出しながら）」

武志「このくらいの贅沢はいいだろう。久しぶりでお前がいるんだ」
いいお酒って感じ」

久美子「もうひと月以上いるじゃない（と、苦笑しながら、のむ）」

武志「どうだ。このまま、家の近くに嫁に行くっていうのは？」

優子「（慌ててたしなめるように）パパ、まだ早い（そういう事をいうのは、の意）」

武志「なにもすぐっていってるんじゃない。あの男（久美子を見ないように気づかいながら）結局ひと月保たなかったようじゃないか」

久美子「分らないわ（固い表情になる）」

優子「いまいいわよ、パパ（と急ぎいう）」

武志「（かまわず）分るさ。ひと月、ちゃんと、力仕事が出来たんなら、すぐ連絡がありそうなもんじゃないか。お前に誠意を見せるために働いてたんじゃなかったのか？」

久美子「まだひと月と四日しかたってないし（と口惜しくてぶっきらぼうにいう）」

武志「俺なら、その日にひと月働いたと連絡するね。直接じゃなくても、お前の友達を通してすぐいいたいのが人情じゃないかね？（誠意ある説得という感じ）」

優子「パパ（よして、というニュアンス）」

武志「結局ひと月保ちゃあしなかったんだ。たったひと月もあの男は、力仕事を続けられなかったんだ」

久美子「――」

武志「そういう奴だよ。一目見りゃあ分った。お前はまだ男を見る目がないんだ。あんな男は、忘れなきゃ駄目だよ」

久美子「（口惜しく）まだ、そんな（分りゃしないわ、といいそうになった時、店のドアがあくチャイム状の音）」

優子「あ、はい。いらっしゃいませェ（ともう立っている）」

■店

香織「あの、池谷と申しますが――」

優子「（現われ）あ、池谷さんというと、（たしか久美子に手紙をくれた、といいかかるのを）」

久美子「（とぶように現われ）香織さん！（と救われたよ

うに嬉しい)」

香織「ごめん、こんな時間に突然」

久美子「ううん。でも、電話くれりゃあいいのに(とやっぱり彼は頑張ったのだ、という思いで胸がいっぱいになる。しかし、台詞のあとあまり間なく)」

■久美子の部屋

一刻も早く答えを聞きたくて、二階へあがって来て貰ったのである。しかし、香織はいい返事ではないので中へ深く入らないで、立ち止って「駄目だったの」といった直後。久美子、中にいて、座蒲団をすすめる形で膝をついていて、動きが止まってしまっている。

久美子「(立っている香織をすうっと見上げ)駄目?」

香織「(目を合わせずに座りながら)ひと月以上経(た)ったから、彼ンとこ行ってみたの」

久美子「(見つめていて、うなずく)」

香織「一緒に暮してるのよ」

久美子「(青ざめて)誰と?」

香織「あなたを、ぶった女」

久美子「(目を伏せ)行くわ(と立って押入れからカバンを出し)いまから東京行くわ(と動きっぱなしで、仕度をはじめる)」

香織「(その久美子の腕をぐっと摑み)駄目」

久美子「(泣きたいような思いで、その腕をはらおうとするが)」

香織「あんな奴駄目よ。ひと月保たないなんて、救いないわよ」

久美子「だって(と目を伏せたまま)あと幾日っていうところまでは、働いてたんでしょう」

香織「そりゃそうだけど――」

久美子「あの女強いのよ。図々しいのよ。押し切られたのよ」

香織「そんなの、だらしないじゃない。押し切られて、一緒に暮してるなんて、下らないじゃない」

久美子「――」

香織「よかったわよ、こうなって。忘れた方がいいわよ」

■階段

武志「(居間の方から現われて見上げ)久美子。下で話さないか?(あがって中ほどで)親の問題でもあるんだ」
優子「（現われて見上げている）」
武志「ひと月、その男が働いたからって、そんな事で東京へ行くなんていうのは（とちょっと激して来て久美子の部屋の襖をあける）」

■久美子の部屋

さっきの形のまま久美子、うなだれている。
香織「（武志の方を半ば見ておだやかに）ちがうんです。そうじゃないんです（と目を伏せる）」
武志「ちがうって？」
久美子「（崩れるようにへたり込み、涙はなくていい。すすりあげるように息をする）」

■駅・ホーム（昼）

帰る香織と送る久美子。
静かなホーム。
久美子「（ポツリポツリと）私――」
香織「うん？」
久美子「わりと気が強くてね――」
香織「（励ますように）そう思う（と微笑）」
久美子「（目を落していて香織の方は見ないで）気持の仕末なんて、自分でちゃんと出来るって、ずっと思ってたの（淡々という）」
香織「うん――（何をいい出すのか、と思う）」
久美子「十八の時、祖母が死んだの」
香織「うん――」
久美子「好きだったの、私。いいおばあちゃんだったの」
香織「（うなずく）」
久美子「でも、年だったし、死んじゃえば仕様がないし、お通夜もお葬式もわり切って結構一生懸命働いて、焼場からお骨と一緒に帰って来てね。ちょっとほっとした時、急に階段の下で、腰がぬけちゃったの」
香織「え？（とちょっと微笑）」
久美子「（目を落したまま真顔で）ほんとは、ものすごく淋しかったのね」
香織「（うなずく）」
久美子「自分では、そんな風に思ってなかったの。腰がぬけちゃって、気がついたの。あ、すごくほんとは淋しいんだなあって――」
香織「（うなずく）」

久美子「気持って、自分でも分らないもんなのね。身体の方が正直にまいっちゃうことがあるのよね。自分でもどうしようもない気持ってあるもんなんだなって、その時、すごく思ったわ」
香織「（電車が来る音で、その方を見る）」
久美子「私（と香織の方を見る）」
香織「（久美子を見る）」
久美子「あなたのいう通り、あの人、くだらないし、どう仕様もないいし、忘れた方がいいと思うけど、駄目だわ」
香織「（久美子を見ている）」
　電車すべりこんでいる。
久美子「とても、とても忘れられないわ（と涙）私、このまま終れないいわ」
香織「――（声が出ず見つめる。なにかいいたいが）」
久美子「さよなら。どうも、ありがと（一礼すると、身を翻して（ひるがえ）ホームを出口の方へ）」
香織「（見送っている）」

■土手の道
　久美子、走って行く。

■河原
　かけおりて来る久美子、強気に遠くを見るが、すすり上げる。流れる涙。
　顔、泣くまいとするのに涙が溢れてしまう。

■東京の街
　女の子を勧誘している典夫。

■佐伯家・階下（午後）
静子「（小さな紙の箱に、買って来た薬が入れられてあり、思いついて茶の間のひきだしから、もう一つ買い置きの薬を補充して茂の部屋へ行きかけたところからはじまり）あーら、カバンからなに出しちゃったの」
茂「（現代風信玄袋といったものに、野暮なビニールの古カバンから、シャツやなにかを移しかえている）」
静子「そんなもん入れたら皺くちゃになっちゃうだろう」
茂「提げて歩けっこないだろ、こんなの」
静子「どうして？　立派なカバンじゃないか」
茂「ほっといてくれよ（とつめかえている）」

静子「ほっときゃあ、いろんなもん忘れちゃうじゃないか。薬買って渡しゃあ、もうテレビの上に置きっぱなしで」

茂「薬屋ぐらいあんだよ」

静子「持ってきゃあお金助かるだろ？　いちいち、うるさいような顔すんじゃないよ（とつめかえているのをかまわず薬箱をビニールカバンの隅へ詰め）お父さん（と茶の間の方へ戻り）息子が半年盛岡に行っちゃうっていうのに、よく昼寝なんかしてられるねえッ（とお尻を叩く）」

賢作「（新聞顔にのせてころがって眠っていたのが）うるせェなあ、ガミガミガミガミガミ（と起き上る）」

静子「（台所へ行って、湧いているやかんを止め、魔法瓶に入れる行動の中で）なんかいってよう、人がちゃーんと詰めてやったのをひっくりかえして、ズタ袋につっこんでるのよ」

賢作「いいじゃねえか（とうんざりして顔をこする）」

のぶ代「（ドドッと階段をおりて来て、茂の部屋へ）」

静子「（賢作の台詞と直結で）お父さんはなんだって、どうでもいいんだから」

のぶ代「（茂の部屋の入口に立ち）茂（と叱るように）これ持って行きなさい（と写真立てに入れた一家の写真をほうるように茂の傍へ置き）嫌だって持って行きなさい（と切口上でいって背を向け、茶の間へ行って座り、咄嗟に賢作が置いた新聞を持って見る）」

茂「（写真をとって見）持ってくよ（と、姉の背を見ていい、静かに）なにもそう、ポンポンいうことないだろ（とその写真立てを、詰める）」

のぶ代「あんたすぐやだっていうからよ。またやだっていうかと思うと、ポンポンいいたくなるの（とポンポンいって、新聞を音たててめくったりする）」

静子「お父さん」

賢作「なんだよ？（とうるさく思う）」

静子「行く前に、社長さんとこ二人で挨拶行った方がいいんじゃない？」

賢作「いいよ」

静子「だって、社長さんの甥のところへ半年世話になりに行くのよ。一言、これから行きますって、茂と二人で寄った方がいいわよ」

賢作「そんなヘイコラすることは（ねえ）」

静子「ヘイコラじゃないでしょ。礼儀ってもんでしょう」

賢作「社長社長って、七人ばかりの町工場の社長なんてものはね、俺たち従業員の技術にどれだけおぶさってるか分らねえんだよ」

静子「そんなこといってないでしょう」

社長中野国夫「（表の戸をあけ）こんちは」

静子「あ――（あまりの間のよさに口があく）」

賢作「社長さん」

社長「茂君、今日発つんだっけ?」

賢作「あ、はい（と恐縮して）こりゃ、どうも、こんな格好で」

社長「いやあ、休みは、そんなもんだ（と戸を閉める）」

賢作「いや、いまあの、御挨拶に行こうかなんていって。へへ」

静子「どうぞ。どうぞ」

のぶ代「（急いで茶の間を片付けている）」

社長「いや、いいのいいの、ここで。ちょっと（と胸からのし袋を出し）餞別な、餞別だけ持って来た（と置く）」

賢作「そんな、困るなあ、そんな」

静子「まあまあ、御丁寧に、そりゃあ（と正座して丁寧に一礼）」

賢作「茂！　なにしてる、お礼いわねえか、お礼」

社長「いいっていいって。頑張って来いよなあ（と上り框に膝ついて茂の方へ）まあ、半年やそこらは、長い一生のうちじゃ、どうってことはないよ」

賢作「はあ、もう」

社長「戻りゃあ高校もちがった風に見えるしさ」

賢作「いや、その（まずいな、と思う）」

社長「（その賢作をみて、あれどうしたかと）許可がおりたんだろ?　休学の」

賢作「ええ、まあ、そりゃあ」

茂「休学って、どういうこったよ――（と賢作にいう）」

静子「（たしなめて低く）茂」

茂「休学なんかにしてんのかよ?（と腹が立って来る）」

賢作「あとで、あとで」

社長「いや、こりゃ（まずいことをいったかという感じ）」

茂「（立ち上り）俺は二度と高校なんか戻る気はねえっていってるだろ」

賢作「しかし、気が変るかも（しれないし）」
茂「変るかよ！　俺は、本気で仕事する気でいたんだぞ！」
賢作「そりゃそうだ」
茂「それ手前、まだそんなことといってんのか！」
静子「茂！」
賢作「高校、高校はお前（と手でなだめるようにしながら急いで）出といた方が、お前」
茂「なんでいけねえんだよ！　なんで中学出じゃいけねんだよ！（暴れ）見栄はりゃがってエッ！（と賢作にくってかかる）」
止めるのぶ代、静子。

■ガム工場（昼）

働いているのぶ代。
茂の声「親父、殴ったのは悪いと思ってます。だけど、人が本気なのに、休学だなんて先公に手を回して、人の本気に水さしたのは、やっぱ親父が悪いんだから」

■佐伯家・茶の間（夜）

賢作「（読んでいる。下着ではなくシャツを着ている）」
二郎が来ているのである。のぶ代、静子もいて、ビールが出ている。
茂の声「（前シーンと直結で）親父に手紙を書く気はねえから、姉さんから、なんかいっといてくれねえか、と思います。こんつぎは、お母さんに書きます」
賢作「（のぶ代に手紙渡しながら）こんつぎと来た。このつぎって、書けねえかねえ、まったく（とビールをのむ）」
二郎「いや、しかし向いてるんだなあ。この前は、私のしごきのせいかと思ってたけど、いわなくても結構やるんだなあ（とのぶ代にいうので）」
のぶ代「（仕方なく微笑し）そう」
二郎「いやあ、水得た魚っていうか——」

■ドライブイン（夜）

茂「（声やや前シーンに先行して）いらっしゃいませ。いらっしゃいませ（と何人かの客を迎え、案内しながら）こちらどうぞ。どうぞ、こちらッ」

■佐伯家・茶の間

静子「そりゃあ、それで長続きすりゃあ、私らいうことないんだけど（しみじみいう）」

賢作「ま（と二郎へビール注ごうとしながら）何より、手紙書かしたり、わざわざ持って来てくれたり」

二郎「ついで、ついで（と手を振って）わざわざ盛岡から手紙持って来ないスよ」

静子「それにしたって、ほんとに、あの子についちゃあ、どうしようかと何辺も思ってたのに（足音が玄関に近づくので顔をあげる）」

社長「（戸をあけ）こんばんは」

賢作「ああ、こりゃあ」

静子「いらっしゃいませ」

のぶ代「（フフ、と中腰）今晩は」

社長「いや、もっと早く来るように思ったんだけど、出がけに人来ちゃってねえ（と戸を閉める）」

静子「（框近くまで出ていて手をついてお辞儀し）先日は、御丁寧に、御餞別までいただいちゃって、もう」

社長「いやいや、そんなことは（と手を振り）二郎、家だ家（行けという手振り）」

二郎「あ、来た？」

静子「あ、なにか？」

社長「いやいや、ちょっと二郎は家で用事でね（と靴を脱いで上る）」

賢作「そりゃ、忙しいのに——」

二郎「いえいえ、じゃ、私は。どうも御馳走さまでした（と大声でいって一礼）」

■同じ茶の間（時間経過）

しんとしている。社長、賢作、静子、のぶ代である。

社長「つまり、二郎は、いま、わざとね、わざと座をはずしたって訳でさ（とのぶ代にいっている）」

のぶ代「はい（と一礼）」

社長「のぶ代ちゃんに、考え直しては貰えないかっていうわけだ」

のぶ代「はい」

賢作「まあ、その、盛岡から、こうちょくちょく東京へ出てくるだけだって大変なこったって、私なんかいってるんですが」

静子「こういうことはねえ、やっぱり、本人の気持次第なもんですから」

社長「そりゃそうだよ。私はね、のぶ代ちゃん」

のぶ代「はい」
社長「甥だからって、無理なことを押し通す気はないんだ」
のぶ代「（一礼）」
社長「ただね、うるせェんだよ。なんとかならねえか、なんとかのぶ代さんと一緒になれねえかって、見てて、こう可哀そうになっちまうほどでね」
のぶ代「（うなずく）」
社長「こないだ一日東京を歩いて貰って——そりゃもう、たいした喜びようでさ」
のぶ代「（うなずく）」
社長「やっぱりいい人だ。俺には一番いい人だってさ」
のぶ代「（うなずく）」
社長「酔っぱらって、夜中の二時すぎまで、私つかまえて、はなさないんだよ」
のぶ代「（うなずく）」

■ガム工場（昼）

働くのぶ代。

■香織のアパートへの道（夜）

のぶ代、歩いて行く。

■香織のアパート・廊下

のぶ代「（来て香織の部屋のドアの前に立つ。暗くて、いないという予感があるが一応ノック）」
久美子の声「（はなれて小さく）のぶ代さん」
のぶ代「（見て）あら（と小さく）」
久美子「（ちょっと暗がりのような所から顔を見せ、うなずく）」
のぶ代「（話は聞いているので、音ひそめて近づく）来たの？」
久美子「うん（目を伏せる）」
のぶ代「そう」
久美子「彼女、会社はもう出てるんだけど、帰って来ないのよ」
のぶ代「黙ってでしょう？（親に、の意）」
久美子「うん——」
のぶ代「じゃ、お父さん、追いかけてここへ来るんじゃない？」
久美子「まだ来ないと思うけど、かくれてたの（とちょっとかくれてた方を見る）」
のぶ代「来て。じゃ、家来て」
久美子「お宅だって困るもの（目伏せる）」
のぶ代「だって、他に行くとこないんでしょう（あくまで小声でいう）」

■典夫の部屋の前

妙子「（中からドアをあけ）なに？」
武志「ああ、ちょっと聞きたいことがあってね」
優子「（その後ろにいて）吉川というもんです」
妙子「（久美子の両親だと分る）あ。で、なに？（といい終るあたりで典夫に腕をつかまれてどかされる）いたい」
典夫「（入れ替りにTシャツにジーンズで現われ）なんですか？（久美子になにかあったという気がする）」
武志「いや、久美子、此処へ来なかったかと思ってね」
典夫「来てるんですか？　東京へ」
武志「（こたえたくなく）いや、来るわけないね、君はその人と一緒なんだし、失礼した（と一礼して行こうとする）」
典夫「いつですか？　いつ出て来たんですか？」
妙子「（その典夫の腕をひっぱって）いいでしょう、そんな事」
典夫「（ふり切りながら）黙って、勝手に出て来たんですか？（しかし、ふりはらえない。妙子が強くひっぱっている）」

■典夫の家の近くの道

逃げるように急ぎ足で行く武志と優子。
武志「あんな、あんな男の、どこがいいんだ」
優子「――」
武志「黙ってるんだな」
優子「黙ってるって」
武志「お前もあんな男がいいのか？」
優子「バカなことをいわないで頂戴」
白人の男が「（英語で）あれでチップとったら泥棒だよ」という台詞先行し。

■ホテル・エレヴェーター

白人の男女四人ほどが乗っていて、笑っている。別の白人が「（英語で）たしかにノー・チップとはいったが、安いとはいわなかった」と笑いながらいっている。隅で久美子とのぶ代、乗っている。

■典夫の家の近くの道

典夫、走って来て立ち止り、さっき武志と優子が歩いていった方向（駅の方向）へ行きたいのだが、逢うかもしれないと思い、近道を行く感じで他の狭い道を走って行く。

■高級フランス料理店・廊下

マネージャーらしき白人が、ロビーもしくはバー兼待合室のようなところから現われ、

白人「（日本語で）どうぞ、こちらへ（と一方へ行く）」

香織「（現われて、すぐふりかえり）ほんとにいいのね？　高いわよ」

由起子「（小声で）いいったらいいの。行きなさい（決心はゆるがないという感じで行く）」

■香織のアパート・廊下

典夫「（香織のドアを小さくノックしている。しかし、返事がないので、仕方なく、気のせく思いで階段へ）」

■アパートの外階段

典夫「（かけおりかけて、ハッとする）」

武志「（背後に優子を従えてあがろうとしていて、あ、と思う）」

典夫「（さっと目そらして）彼女、いませんよ（と横をすりぬけておりようとする）」

武志「（典夫を摑まえ）何故ここへ来た？　君の知ったことじゃないだろう」

典夫「関係ないスよ（とふり払おうとする）」

武志「（はなさず）君は、あの女性と同棲している。久美子に関心はない。そうだね？」

典夫「はなしてくれないかな（とふりはらって一段おりるが）」

優子「（立ちはだかり）お願いします。久美子、そちらに行ったら、追い帰して下さい」

典夫「そりゃあ（ちょっと返事をしたくない）」

武志「追い帰してくれるね？　ありがとう」

典夫「いや――」

優子「（たたみかけるように）大体、あなたと久美子じゃ、合やぁしないと思うの」

武志「ああ、合わないよ。あいつは、あれで扱いに

優子「気が強くて、大変だし」

武志「暴れるんだよ。一旦こうと思ったら、折れないんだ」

優子「東京へ出る時だって大変だったの。一人娘を東京へやりたくなんかないでしょ。反対したって、頑としてきかないで」

武志「そう。一人娘だから、ちょっと我儘に育てちまったんだよ。ああいうのは、やめた方がいい」

優子「ほら、一人娘は三文安いっていうじゃない。あなたきっと苦労するわ」

武志「ああ苦労するよ。親がこういうのもなんだが、よした方がいい」

優子「ひとの気持がわからないし、思いやりってもんがないし」

武志「現に私たちが、こうやってふり回わされてるんだ」

優子「よく家でいってるの。あんなのお嫁さんに貰う男性は気の毒だって」

武志「追い帰してくれるね？　よした方がいいよ、久美子は」

典夫「そんなに、やな娘なら、さがすことはないでしょう（ドドッとおりて走っていってしまう）」

武志「君――ちょっと！（と階段の下までかけおりていう）」

優子「（力弱く悲しく）どうする？　待つ？」

武志「（どうしようかと迷いながら）ああ」

優子「それとも、曳舟の子の方へ行く？」

武志「夕飯食おうじゃないか（腕時計見て）八時だ。腹へったよ」

優子「（目は合わさず、しかし、夫のやさしさにはこたえる声で）ええ（といい、武志を見て苦笑）」

武志「（目を伏せ、苦笑して淋しく、階段の手すりを軽く叩く）」

■あるホテル・シングルルーム（夜）

のぶ代「（久美子と並んでベッドに腰かけていて、ハンドバッグをひらき、千円札をかぞえていて）じゃ、七千円しかないけど（久美子に渡す）」

久美子「どうも（と目合わせず受けとり、小さく）ありがとう」

のぶ代「ううん――（とハンドバッグを閉める）」

久美子「一週間以内に返すわ」
のぶ代「いいのよ、そんなに早くなくったって」
久美子「通帳もカードも、あずかっておくって、とられちゃって」
のぶ代「だからいいの。無理しないで」
久美子「(うなずく)」
のぶ代「(その久美子の横顔を見て)やっぱり、恋愛ってあるのねえ」
久美子「(ちょっと淋しく苦笑)」
のぶ代「そういう恋愛って、映画とかそういうのだけで、実際にはないと思ってたの」
久美子「(典夫のことを思って、真顔に一点を見ている)」
のぶ代「もしあったら、怖いと思ってたわ。誰かに夢中になるなんて怖いじゃない。なんか、自分がなくなっちゃうみたいで」
久美子「(一点を見て、聞いていない)」
のぶ代「――(非難ではなく)帰るわ(と立つ)」
久美子「(ひき戻される感じでのぶ代を見て)あ、なんか(と立ち)いった?」
のぶ代「帰る(といたわる目でいう)」
久美子「ああ、どうも、ありがとう」
のぶ代「ううん(とドアの方へ行きかける)」
久美子「おそくなっちゃったわね」
のぶ代「(ドアの前でふり返り)ね」
久美子「うん?」
のぶ代「私、こうやって、あなた助けるの、いいんだか悪いんだか――」
久美子「大丈夫。悪くはならないわ」
のぶ代「ほんとよ。あの人に、ひきずられて、キャバレーとか、トルコとか、そんな人にならないで(と心からいう)」
久美子「――うん(涙縊れて、目を伏せ)うん」

■七回目の街路(回想)

典夫にすがるようにして楽し気に歩く久美子。

静子の声「(先行する)会社のですか? 会社の」

■佐伯家・茶の間

静子「(電話に出ていて)組合の人ですか?」

■公衆電話

典夫「そうです。のぶ代さんに、連絡事項がありまして」

■佐伯家・茶の間

静子「まだのぶ代、帰ってないんですよ。チアガールの練習とかなんとかいって、この頃ちょくちょくおそいんですよ」

■公衆電話

典夫「そうですか——じゃ、明日、会社で連絡しますから、失礼しました（と切る。どこに久美子はいるんだ、という思いで、街を見る）」

■佐伯家・茶の間

賢作「（酒をのみながら）だから組合だかなんだか分るもんかっていうんだよ」

静子「そういったもん（と台所で米をとぐ仕度）」

賢作「いったたって分るもんか。あいつはね、ここんとこでほっとくと、虫ィつくぞ。虫ィついたら最後、行きおくれっからなッ」

静子「私に、なにおこってるのよ？」

賢作「いいえってんだよ。盛岡へ嫁行けって、母親がもっといえっていうんだよ」

静子「そんなね、邪魔みたいにいうことないでしょう。自分の娘でしょう、のぶ代は！」

賢作「お前だって、行った方がいいっていったじゃないか」

静子「そりゃあねえ。そりゃあ、あんなに思われるなんて、いいもん。お父さんなんかなによ」

賢作「なにも、俺のことなんか——」

静子「遊ぶつもりで手を出して、逃げられなくなって、仕様がなしに結婚したんじゃないの」

賢作「そんなね、昔のことというなよ、昔のこと」

■高級フランス料理店・店内

香織「（食後のデミタスを前にして、向き合って座っている由起子を見て、苦笑するようにかすかに笑う）」

由起子「（苦笑して）ああ（満腹で）二品ぐらい多かったわ」

香織「ほんとよ。でもね、料理の値段はたかが知れてるけど、あのワイン高いわよう（とのり出して小声でいう）」

由起子「高いの選んだんだもの」

香織「勿体ないじゃない」
由起子「明日は青山のうーんと高い美容院行って、髪セットして」
香織「まだやるの？」
由起子「洋服つくるの」
香織「大丈夫？」
由起子「デパートなんかじゃなくて、ちゃーんと有名なデザイナーのをつくるの」
香織「あきれるわ」
由起子「だってあなた、お父さんはねえ」
香織「聞いたわよ」
由起子「（止まらず）若い女のお尻追っかけ回して、市役所休んで、行方不明になったりしたのによ」
香織「行方不明は（オーバーよ、いいかかるが）」
由起子「（かまわず）全然非難されないどころか、お堅い池谷さんも人の子だったなんて、株あがったりしてるのよ」
香織「（苦笑）」
由起子「それだけならまだしも、裏切られた私の方は、どうよ？　気の毒だなんていってくれる人はいなくて、あの先生あがりの怖いような奥さんじゃ、浮気もしたくなるだろうって、まるで浮気は私のせいみたいなんだから」
香織「分った」
由起子「お金ぐらい使わなきゃ、おさまりゃあしないわよ。二着ぐらいつくってやるわ。三着ぐらいつくってやるわ、（と終りはちょっと声大きくなり、ハッとして、体裁とととのえようとする）」
香織「（からかったりするのではなく、母親の無念も分って、微笑する）」

■佐伯家・近くの道Ａ

のぶ代「（本当に久美子を手伝ってよかったのだろうかという思いの中で、家への道を急いでいる）」

■佐伯家・近くの道Ｂ

のぶ代「（来る）」
武志「（すれちがってから）佐伯さん――」
のぶ代「（振りかえる）」
武志「のぶ代さんですね？」
のぶ代「（誰だか分り）あ――」
武志「久美子の父です」

優子「母です」
のぶ代「あ、あの――こんなところに（とショックを押
　さえて、ごまかそうとする）」
武志「駅前でお電話したら、まだお帰りじゃないと
　いうので、（のぶ代が思わずあとずさりするので、
　つい前へ出ながら）お邪魔するのもなんだと思
　い、ちょっとうろうろしておりました」
のぶ代「どんな――（目を伏せ）御用でしょうか？（嘘
　をつくのが下手である）」
優子「久美子に、逢ったんですね？」
のぶ代「どうしてですか？」
優子「だって、なんかかくそうとしてらっしゃるわ」
のぶ代「そんな、私、久美子さんが東京にいるなんて、
　私、知らなかったし」
武志「東京にいるんですか？」
のぶ代「え？」
武志「久美子は、東京の何処にいるんです？」
のぶ代「あ、だって、そうじゃないんですか？」
優子「かくさないで。大事な時なんです」
武志「逢ったんですか？　何処で、久美子と逢った
　んです？」
のぶ代「私、私――困るわア（と心から困って目を伏せ
　てしまう）」
　電話のベル、先行して。

■ホテル・シングルルーム

電話、鳴っている。久美子、かかってくるならの
ぶ代からしかないと思いつつ、しかしためらいな
がら、手をのばし、受話器をとる。

■佐伯家・茶の間

のぶ代「（電話かけている）あ、久美子さん。私、教え
　ちゃったの。断れなかったの。だって、お父
　さんとお母さんで、すごく一生懸命で、私、嘘
　つけなかったのよう（とすぐ半分泣き声のよう
　になってかけている）」
はっきり見えなくてもいいが、賢作と静子、声か
けられず見ている。

■ホテル・シングルルーム

久美子「いいの。いいのよ。私も――いま、ひとりで、
　頭ひやして考えると、黙って出て来て、そのま

まっていうのは、やっぱり、親に悪いし。いいわ。逢うわ。逢って、ちゃんとするからいいの」

■ホテルの表

久美子の声「（ずれ込む）逢って、ちゃんと話すわ」

車の流れ。がっくりした武志と優子が、ホテルの中から出てくる。

武志「（溜息を小さくつき）電車ないし、俺たちも、どっか泊らなきゃならないが――」

優子「ええ――」

武志「――（歩き出す）」

優子「――（続く）」

久美子の声「パパとママ。フロントに、この手紙あずけます。来るの分って、待っていようと思ったの。ちゃんと話そうと思ったの。でも、ちゃんと話が出来ることじゃないの。分らないの。自分でも、バカなことしてるって思うんだけど、気持が、おさえられそうもないの。でも、悪い男にひっかかって、どんどん駄目になってしまうなんて思わないで下さい。私は、もう少し、しっかりしているつもりです。（と台詞のように感情こめて）」

二人、ビル街の道をとぼとぼと歩いていて――。

■街路（昼）

香織、昼休みのオフィス街を小走りに行く。

■喫茶店

香織、入って来て久美子を見つける。久美子、なんとなく人目をさけている感じの隅の席で、うなずく。

「いらっしゃいませ」

香織「（近づいて）ごめんね、昨夜」

久美子「ううん」

香織「汚ない旅館に泊ったんだって？」

久美子「うん。でも、連れ込みとかそういうんじゃないのよ」

ウェイトレス「いらっしゃいませ（と水を置く）」

香織「ホット」

ウェイトレス「かしこまりましたァ」

久美子「この間は、遠くまでありがとう」

香織「ううん。でも、こんなに早く出てくるとは思わなかった」
久美子「うん。あんまり計画的じゃなかったんだけど――」
香織「今朝早く、お父さんとお母さん、うちへ見えたの」
久美子「え？」
香織「お金あずかってるの」
久美子「お金？」
香織「あなた、あんまり持っていないはずだからって――」
久美子「（胸つかれて）そう」
香織「連絡あったら、渡してくれって」
久美子「（そう、というようにうなずく）」
香織「これから、彼のとこ行くっていってたわ。念押したけど、もう一回念押すって」
久美子「なにを？」
香織「あなた来ても、相手にしないようにって」
久美子「そう――（目を伏せる）」
香織「どうする？　帰る？　帰るなら、送って行くわ」
久美子「――」
香織「それとも、このお金、受けとる？（とハンドバッグから紙包み出す）十五万（と小さくいう）」
久美子「――」
香織「私、あんまり意見いえないわ。そんな風に夢中ンなったことないから」
久美子「――」
香織「ただ、親不孝してることは、事実ね」
久美子「うん――」
香織「人のことはいえないけど――親って大変だな、とは思ったわ」
久美子「（うなずく）」
香織「どうする？」
久美子「お金――貰うわ」
香織「そう（久美子の方へすべらせる）」
久美子「いま、帰ると、一生残りそうだもの。一生、後悔するような気がする」
香織「帰らなくても、そうかもよ」
久美子「（苦笑し）ほんとね（情けなくて笑う）」
香織「（薄く、いたわりのある目で笑う）」

■街路

人々通っている。たとえばガードレールに腰をか

けて、放心したように一点を見ている典夫。その前に、三十代のちょっと太い声の男（怖さのある男）が立ち、

男「おい、なにだれてんだよ？」

典夫「あ、はい」

男「少しは、働かねえかよ」

典夫「（立ち上り）あ、ちょっと、考えることあって。すんません」

■街路

久美子、ひとり歩いている。

■食肉輸入課

働いている香織。

■ガム工場

働いているのぶ代。

■街路

久美子、尚歩いている。

■「カテリーナ」の前の道（夜）

酔った客が通りすぎる。駅の方から、典夫、上衣を手に持って、やって来て、入る。

■「カテリーナ」店内

典夫「（ドアあけた形でマスターに）今晩は（とやや沈んでいって入って来る）」

マスター「（カウンターの中で、かがんでいて、あ、と身体起して典夫を見る）」

典夫「（そのマスターとは無縁に、店の奥の久美子に気づいて、ドキンとする）」

マスター「（小さく）来たかよ」

典夫「ああ（と久美子を見たまま）」

マスター「来るかどうか分らないよっていったんだけどね」

典夫「そう」

久美子「（客席に腰かけて、ドアの方を向いていて、典夫を見つめている）」

典夫「そうかよ（と自分だけに聞える声でいい）ここに、いたかよ（とゆっくり近づいて行く）」

久美子「（その典夫を見たまま、しかし腰は上げず、むしろ

腰がぬけたように見つめていて、フフ、とちょっと笑いをつくり）出て来たの」
典夫「そうかよ（見下していて手をそっと久美子の頬に触れる）」
久美子「（その手に頬を押しつけるようにして泣く）」
典夫「（見下ろしている。愛している）」
久美子「（静かに泣いている）」

■ラブ・ホテル一室（夜）
うらぶれた部屋。
典夫「（ベッドで裸の身体を起し）一日待ってくれよ」
久美子「（その典夫を寝たまま見ている）」
典夫「（それをそんなに待たせるの、という目にとり）いや、いきなり叩き出すと、またうるせェからな（と立つ）」
久美子「――」
典夫「あとくされねえように、因果ふくめて、別れるからよ、（と風呂場へ行く）」
久美子「――（一点を見つめている）」

■風呂場
和風の湯舟があり、一方にシャワーがある。その湯と水の栓をひねり、「ウオッ、つめてェッ」とよけながら温度の調節をする典夫。

■ホテル一室
久美子「（その水音を聞いている）」

■ホテル一室（時間経過）
タオルで頭をふきながら典夫、部屋を見て、
典夫「なんだよ、シャワーいいの？」
久美子「（椅子に、着替えて座っていて）私、あなたと暮す気ないわ」
典夫「（苦笑して）まだそんなこといってるのか」
久美子「あの人、叩き出すとはなによ。因果含めるとはなによ！」
典夫「じゃあどうしたらいいんだ？　一緒にいろっていうのか？」
久美子「いろっていえば、いるつもり？」
典夫「からんだようなことというなよ。俺は追い出すっていってるんだ」

久美子「だったら、どうして部屋入れたの？　どうして、はじめっから、つっぱねなかったの？」

典夫「だから熱だっていってるだろ。熱出してフラフラで、気がついたら一緒に寝てたんだ」

久美子「気がついたらって」

典夫「一晩あいつは、寝ないで俺を看病してたんだ。朝ンなって横見たら、眠ってたんだよ。それ起して、出て行けともいえねえだろ」

久美子「だから手を出しだの？」

典夫「裸で横に寝てたんだ」

久美子「だから、なに？」

典夫「熱は下がっちまったし、そうなりゃあ男は仕様がねえんだ。誰だってそうだよ」

久美子「あなた、時々素敵だけど、時々ものすごくいやらしいわ」

典夫「人間てもんは、そういうもんよ。全部素敵なんてェのがいる訳がねえ」

久美子「嫌いよ」

典夫「ああ、嫌いだろうよ。俺だってな、（ここまでは怒鳴り、これからは告白めいて）うっかりあいつと寝ちまって、お前に逢わす顔がねえと思って、お前は、俺にはすぎた女だと思って——諦めようと思って——あいつ——いさしちまったんだ」

久美子「——」

典夫「嘘でもなんでもねえ。お前だけが好きだ。そうじゃなきゃ、ひと月近く、ビル工事で働くもんか」

久美子「私も、あなた好きよ。どうして好きなのか口惜しいくらい好きよ。でも、いまのあなたに溺れる気ないの。溺れたくないの」

典夫「どうしろって（いうんだ、といいかかる）」

久美子「ちゃんとしてよ。もっと、ちゃんとしてよッ」

典夫「ちゃんとってェのは、どういうことだよ」

久美子「女の子、だますような仕事やめて」

典夫「だますったって、全部が全部（そういうわけじゃない、といいかかるが）」

久美子「とにかく、やめて」

典夫「いいだろうよ。しかしな、俺なんか高校やっと出て、フラフラしてたからな。お前が気にいるような会社で、やとっちゃくれねえんだ」

久美子「いい会社なんていってないわ」

典夫「分ったよ。お前のいいたいことは分った」
久美子「お前っていうのも、やめて」
典夫「そんなもん（いいじゃねえか、といいかかるが）」
久美子「やめて」
典夫「へへッ、君とか、そんな風にいやあいいのか？」
久美子「久美子っていって」
典夫「――分ったよ。久美子」
久美子「まだまだあるけど」
典夫「いい加減にしろよ。自分にゃあ欠点がないつもりか？」
久美子「直すわ、なんでもいって」
典夫「キスしながら、目ェあくなよ。時々、目ェあいてるじゃねえか」
久美子「直すわ。怖いのよ。あなたに溺れきるのが怖いの。どっかで醒めていようとしちゃうの」
典夫「ぺらぺら、格好いいこというじゃねえか（と、そのぺらぺらさに劣等感もあってやや力弱く苦笑気味にいう）」
久美子「当分、アパート教えないわ。カテリーナでつかってくれるから、あそこで働くわ」
典夫「あいつは――どうしろっていうんだ。追い出さなきゃ、自分から出て行きゃしないぞ」
久美子「――」
典夫「強いこといわなきゃ、きくような奴じゃない」
久美子「どっか、二、三日他所（よそ）へ泊ってくれない？」
典夫「二、三日？」
久美子「ひどいことはしたくないの。どうしたらいいか、考えるわ」
典夫「お前の――久美子の、アパートへ泊まろうじゃねえか」
久美子「駄目。絶対、いや」
典夫「どうして？（いら立つ）」
久美子「ホテル代、なければあげるわ。二、三日、どっかへ泊ってッ（と、強くにらむ）」

■典夫の部屋

妙子、テレビを見ている。小さくあくびをする。
哀れを感じさせる長さと音楽あって――。

■ガム工場（朝）

働いているのぶ代。
社長の声「（ガラッと戸をあけ）女将（おかみ）さん」

■佐伯家・玄関

社長「（土間に）女将さん、いる？」
静子の声「はーい（と二階から）」
社長「いや、いま旦那から聞いてね。そりゃあ、女将さんにも、礼いわなくちゃってさあ」
静子「（シーツの汚れものをまるめて持っておりて来ながら）わざわざそんな、（と現われ）そりゃあ、どうも」
社長「いや、どうも、ありがとう（深く一礼）」
静子「いいえェ。こちらこそ、さんざんじらしたような事になっちまって」
社長「今朝だって？　今朝ひょこっといったんだって？（框に腰かける）」
静子「ええ。あ、どうぞ、お上り下さい」
社長「いいのいいの。十一時に浅草行かなきゃなんないんだから」
静子「そりゃお忙しいのに、どうも」
社長「いや、喜こぶよ、あいつ。とんで来るよ、きっと（ハハハ）」
静子「いいえ、昨夜も、お父さんと私で、あんまり返事をのばすのもなんだからっていろいろいったんですよ」
社長「そうだってねえ」
静子「そン時は、なんかふくれたような顔して二階行っちゃったんですけどね」
社長「うん――」
静子「今朝になったらまあ、バカに明るい顔でおりて来て、お母さん決めたわ。私、盛岡へお嫁にいっちゃうわって」
社長「そうだってねえ」
静子「主人なんて、そうさっぱりいわれると、惜しいような気になるのか、ほんとにいいのか？　ほんとにいいのかって」
社長「そういうもんよ」
静子「すすめといて今になって念押さないでよって、のぶ代が大声出したりして。フフフ」
社長「そう。そりゃまあ、とにかく、ねばり甲斐あったよ。ありがとう。女将さん、ありがとう（と、派手にいってハハハと笑う）」
静子「（フフと合わせて笑って、しかし本当にのぶ代はいいのか、という一抹の不安もありながらお辞儀したりする）」

■ガム工場
働いているのぶ代。
香織の声「結婚？」
■食肉輸入課
香織「（電話に出ていて）あの人と？――そう。そりゃおめでとう」
■ガム工場・ピンク電話
のぶ代「（休み時間の隅で）ううん。その、いま、この電話したのはね、ほんとに、いいのかなあって――」
■「カテリーナ」店内
久美子「（電話に出ていて）そりゃあ、そういうもんじゃないかしら？　事情私よく分らないけど、いい事決めても、大事なことって、これでいいのかしらって、思うもんじゃゃない？」
■ガム工場・ピンク電話
のぶ代「うん。いま、香織さんにも、そういわれたけど。もう、いいっていっちゃったから、仕様がないけど――うん？――うん――うん（と、なんとなく不安で淋しい）」
大きな笑い声、先行して。
■佐伯家・茶の間（夜）
二郎、社長が来ていて、賢作、静子、のぶ代がちゃぶ台をかこんで、みんなで笑っている。
二郎「そりゃあもうね、電話切って一瞬も止まらずワーッと仕事着脱いで、脱ぎながらロッカーへ行って、茂君！　茂君って大声出して、茂君、なにごとかと店からふっとんで来るのに、まかしたよッ、店は今日明日あんたにまかしたからねッって」
社長「大丈夫かい？」
二郎「大丈夫大丈夫。あの子はね、まかせばまかすほど、はり切るんでね。そりゃあもうたいしたもんだよ」
静子「なんていってましたか？」
二郎「喜んでくれましたよ」
賢作「そう」

二郎「実は、姉さんが、承知してくれたよっていうと、そうかってね、ほら、あの年頃は、よく表情顔に出さないから、とび上ったりはしなかったけど、そうかって——喜んでくれたなあ、ありゃあ」
社長「そりゃあ、喜ばあ。大体あの子はお前（二郎）気に入ってるんだから」
二郎「これからは弟だっていうと、はあなんてね。ハハハ」
のぶ代「（微笑）」
二郎「のぶ代さん」
のぶ代「——はい」
二郎「どうもありがとう。いい家庭を——つくりましょう」
のぶ代「——はい」
社長「よ（と拍手をする）」
一同笑う。その画面、暗くなり、笑い声はこぼれて——。

10

「愛情を持ってある人間を見つめれば、顔は

すべてを語るだろう」

■久美子の新しいアパート一室（朝）

汚い四畳半。なにもない。家出した時のカバン。毛布二枚だけの寝具にくるまって、下着で寝ている。外食。しかし、目は闘志を見せて光っている。

久美子の声「男の人は、努力をしたりすると、それで自分の人生がひらけてくるけど、女は余程の力がない限り、努力したり、仕事を一生懸命しても、それで人生がひらけてくることはなくて、たいていは結婚する相手次第で後半の人生が決まってしまう。私は、なんとかそんな風じゃなく生きて行こうと思うけれど、特別なにか才能があるというわけじゃないし――」

■ガム工場

働いているのぶ代。

久美子の声「友だちののぶ代さんは、そろそろ未来が決まりかけているのだった」

■タイトル

■曳舟の情景（午前中）

社長の声「それじゃあまあ」

■佐伯家・階段

社長「（紋付きで二階に向って中段から）略式になるけど、結納（ゆいのう）、はじめさして貰うから」

■のぶ代の部屋

背広の賢作と茂、和服の静子、のぶ代もワンピースの盛装である。

賢作「はい。どうぞ（と正座して大きくうなずく）」

静子「（冠婚葬祭実用事典のようなものをひらいて）どうぞって、私らが、これでおりて行くんじゃない？（と小声で賢作に本を見せる）」

賢作「そんなら、そういう風にいうだろう（と本をのぞく）」

■佐伯家・茶の間

二郎、背広で座っている。仲人の位置に社長夫人正子が和服で正座していて、同じく冠婚葬祭事典をひらいている。

社長「(賢作の台詞と直結で、正子の方へ) いいのかよ? いいんだな? (と小声でいう。立ったままである)」

正子「(慌てていて) うん。いい、いい (と何度もうなずく)」

社長「(もう階段上を見ながら) どうぞ。それじゃあ、花嫁先頭に」

正子「まだ花嫁じゃないでしょ、お父さんは」

社長「あー、花嫁じゃなくて、えー」

正子「のぶ代ちゃんでいいわよ、のぶ代ちゃんで」

社長「えー、のぶ代ちゃんを先頭にどうぞォッ」

■階段上

賢作の声「(すでに襖はあいていて) ただいまァッ」

のぶ代「(真顔で現われる。おりて行く)」

賢作「(続く)」

静子「(続く)」

茂「(現われ、ちょっと母の背を見ながら立ち止る瞬間あって、おりて行く)」

■茶の間

のぶ代「(上座に二郎に向き合う形で座る)」

その横へ賢作、静子、茂の順で座る。神妙に固くなって正座している二郎。

社長「(のぶ代が座るあたりで) はい。えー、それからこっちへ順に。そう、そう。はい、はい (とあとずさりながら世話をやいていて自分も下座に正子と並んで座って) えー、ちょっと二郎の方があいちまうが、まあ、親代りの俺が仲人も兼ねるという変則的な形だもんで、えー、そういうところは、お許し願うとして、えー、ただいまより中野家長男二郎と佐伯家長女のぶ代に関する結納の式をば、開催させていただきます (と一礼)」

一同「(一礼)」

社長「二郎は父親を四歳で失い、母親を十六歳で失い、以来身寄りは、叔父の私ひとりになってしまいましたが、少しも私に頼ろうとせず、二十七歳でガソリンスタンドの経営者となり、三十五歳のこの春、その横へドライブインを開店したという根性の男であります」

正子「(本をひらいて) そんな事はいわなくていいのよ」

社長「いったっていいだろうが」
正子「ここの人はみんな知ってるでしょう。知らない人がいる披露宴で、そういうことはいうのよ」
社長「女っちゅうのは（と本をとり）すぐもう本見りゃあ本の通りやらなきゃおさまんねえんだから（と限鏡をふところから出し、かけながら本を見て）えー」
静子「（本をひらいていて賢作に）本によっては多少は、ちがうのかね？（と小さくいう）」
賢作「いいからこっちはこっちでやりゃあいいんだ（と小さく叱る）」
静子「なにも怒んなくたっていいでしょ」
社長「えー、本日は（と本を置き、眼鏡をはずしながら）お日柄もよろしくて、おめでとうございます。（一礼）」
一同「（一礼）」
社長「ただいまより、中野家、佐伯家の結納の儀をとりおこなわせていただきます（一礼）」
一同「（一礼）」
正子「（すっと立ち、一礼する）」

社長「（また本を見る）」
静子「（本を見る）」
正子「（結納品のところへ行く）」
二郎「――」
のぶ代「――」
正子「（結納品を持ってのぶ代の前へ行き、座る）」
静子「（のぶ代に本をひらいたまま）座蒲団はずして、座蒲団」
賢作「座蒲団、座蒲団（といいながら自分もはずす）」
静子「お父さんはいいのよ」
賢作「いいって、娘がお前貰うのに、親が知らん顔ってわけにはいかないだろうが（小声でいう）」
社長「いや、これによるとだな（と本をひらいていて）仲人夫人の口上が終ったあとで、女性婚約者は、座蒲団をはずして挨拶をするとある」
賢作「じゃ早いんだよ。お前は、（正子が）座ったら、もう座蒲団座蒲団って」
静子「だって、これにはそう書いてあるんだもの仕様がないでしょう」
二郎「あのー多少の間違いは結構ですから」
賢作「ああ、そうだよ」

社長「そうだ。待ってねえで、さっさとやらないか」
正子「やらないかって、傍でワーワーいわれてて私がどうして（出来るのよ）」
二郎「おばさん、分った。分った」
賢作「シー、シー」
社長「ああ、シー」
茂「（憮然としている）」
正子「えー、本日は、おめでとうございます」
のぶ代「（一生の大事の緊張の中にいるのはのぶ代だったのだと分らせるような、真顔でキチンと）ありがとうございます（と一礼）」
一同、一種の感動がある。
正子「これは、中野二郎からのご結納品でございます。どうぞ、幾久しくお納めください」
のぶ代「ありがとうございます」
二郎「――」
のぶ代「幾久しくお受けいたします（と一礼）」

■典夫のアパート・表（朝）

雨。秋の雨である。傘をさし、心を決めるように立っている久美子。入って行く。

■典夫の部屋の前

久美子「（来て、ノック。返事がない。ノック）」
妙子の声「（眠っていた声で）この部屋？」
久美子「そう。私――」

■典夫の部屋

妙子「（髪乱れて、久美子が来たことにサッと緊張した顔で身体を起こす）」

■典夫の部屋の前

久美子「――話が、あるの」
妙子「（ドアを廊下の方へ強くあける）」
久美子「――（辛うじてよける）」
妙子「（激しくにらみ）荷物なんか一個も渡さないよ。欲しけりゃ自分でとりに来いっていいなて摑んで閉めようとするのを）」
久美子「（押さえて）そうじゃないの。一緒にいないわ。彼と一緒に、私いないわ」
妙子「（悲しさのある怒りの声で）じゃ、何処行っちゃったのよ？（と尚閉めようとする）」

久美子「あっちこっち（とそのドアを押さえながら）泊ってる筈なの。私も逢ってないの」
妙子「（動きを止め、久美子を見て）ほんと？（と疑いの目）」
久美子「ほんとよ。入れて。話聞いて」

■典夫の部屋

カーテンを強くあける妙子。それから、寝ていた蒲団を、荒っぽく二つ折りにして隅へやる。あがったところで立っている久美子。

妙子「（足で尚蒲団を邪慳に押し、久美子の方は見ないで）なに？　話って」
久美子「もっと早く来ようと思ったんだけど、考えてたの。なんとか、あなたと、ひどいことにならないで、解決出来ないかって」
妙子「なんのこと？（ともって回ったいい方にいらいらしていう）」
久美子「――あの人、私と暮すっていうの」
妙子「（予期していたが、ショックを受け、しかし弱味を見せまいと、震えるようにせせら笑おうとして）なによ？　それがなんだっていうの？　こないだは、あいつ、私と暮すといってたのよ。暮してたのよ。現に一緒に暮してたのよ」
久美子「わかってるわ」
妙子「勝ったような顔しないでよ。ヘッ明日か明後日には、私と暮すってまたいい出すわよ」
久美子「いわないわ。いわせないわ（と冷静にいう）」
妙子「（バカバカしいというようにせせら笑って、蒲団を蹴とばす）」
久美子「あの人、あなたといたら、いまのまんまのぐうたらだけど、私とならちがうわ」
妙子「（窓へ行き、窓をあける）」
久美子「私、あの人を変えるわ。あの人いいとこ一杯持ってるのに、それ出そうとしないのよ。自分をつまんない奴だと思ってるの。でも、あの人、ほんとは、つまんない奴じゃないのよ。自信つけたいの。自信つけて、自分を大事にする人にしたいの。自分を大事にすれば、あんなに、投げやりに、その日暮しばかりしてないはずだし、きっと、なんかやる人だと思うの。私がついてれば、そういう風に出来ると思うの」

妙子「ああいう、タイプはね、女がね、みんなね、私がついてれば、私がついてなきゃって思うのよ（と雨を見たまま慌てずにいう）」
久美子「でも、私はちがうの。あの人にお金やって、ごろごろさせようっていうんじゃないの」
妙子「同じよ。好きになりゃ同じよ」
久美子「ちがうわ。甘やかさないし、いうなりになる気はないわ」
妙子「同じよ。気取ったこといってたって、本音は、抱かれたいんじゃないか。どこがちがうっていうんだよ」
久美子「ちがうわ。同じなら、とっくに一緒に暮してるわ」
妙子「なにいってんだか（と嘲笑風に）」
久美子「そんなのやだっていったの。あなたのこと、はっきりさせるまでは、いやだっていったの」
妙子「だったら、あいつにはっきりさせりゃあいいだろ。あいつはどっか置いといて、女が来るっていうのは、甘やかしてるからじゃないのかよ?」
久美子「あの人が来て、あなたに、もう逢わないっていうんじゃ、キツすぎると思ったの」
妙子「（その久美子を見て）キツすぎないわよ。来させなよ」
久美子「――いいわ。それが本当かもしれないわ」
妙子「一人でだよ。あいつ一人で来させるんだよ（と強くいう）」
久美子「（見たまま）」
妙子「（嘲りを浮かべ）怖いだろ」
久美子「（図星なので虚勢で見たまま）」
妙子「遭わせりゃあ、また私に、なびくかもしれないもんね（とゆっくりいう）」
久美子「怖くないわ」
妙子「じゃ、いいなさいよ。一人で、ここへ荷物をとりに来いって。私に、ちゃんと気持いいに来いって。黙って（悲しみがこみあげ、しかし尚強がろうとしつつ）いなくなるなんて、男らしくないって（と久美子をにらむ）」
久美子「――いいわ。来させるわ」

■「カテリーナ」店内（昼）

典夫「（奥の隅で久美子と話している）やだよ、俺は（とカウンターへ来て、手をつく）」
マスター「（黙々とカウンターの中で仕込みをしている）」
久美子「（すぐ典夫を追ってカウンターへ来て、マスターの手前もあり小声で）どうして？」
典夫「（カウンターの隅へ行きながら）分るだろう」
久美子「（すぐ続き、典夫を壁に追いつめるようにしながら）怖いの？　行けばあの人になびいちゃうの？」
典夫「なびくかよ（と小声）」
久美子「じゃあ、行って」
典夫「暴れるだろうが。あいつは、泣いて暴れるだろうが」
久美子「自分のまいた種じゃない。はっきりさせて来て」
典夫「――」
久美子「そうじゃなきゃ、私、絶対あなたと暮さないわ」
典夫「――」
久美子「行って（間）お願い、行って」
ドアをあけて、客ひとり入って来る。
マスター「いらっしゃいませ」
久美子「いらっしゃいませェ」

■典夫のアパートへの道（夜）
典夫、歩いて行く。気が重い。ちょっと立ち止ったりする。

■「カテリーナ」洗面所
水を出して、水を見ている久美子。
マスターの声「（背後で）久美子ちゃん」
久美子「あ、はい（と水を止める）」
マスター「行って来なよ（と店の方へ消える）」
久美子「あ、何処へですか？（と行く）」

■店内
マスター「（客誰もいない）暇だし、行った方がいいよ」
久美子「いいんです。一人で、ちゃんとするのが当然だし」
マスター「理屈はそうだが、そうきつい事ばっかりいってるとね」
久美子「いいんです」
マスター「ああいう二枚目は」

■典夫のアパートの前

典夫「――（やって来て、ドアを見る）」

マスターの声「甘やかしに慣れてるから」

■「カテリーナ」店内

マスター「甘い女にとられちゃうよ」

久美子「あの人、そこまで自分がなくはないと思うし」

マスター「行って来な」

久美子「――」

マスター「行った方がいいよ」

久美子「（不安にかられながら）いいんです」

■典夫の部屋の表

典夫「（ノック）」

妙子の声「（典夫を一日息をひそめて待っていた感じで）誰?」

典夫「俺――」

妙子「（ドアにとびつくようにして来てあけ）あんた――（すがりつくような目）」

■典夫の部屋

典夫「（目を伏せて入って来る）」

妙子「お帰り。待ってたわ」

典夫「（あがる）」

妙子「（ドアを閉め、鍵をかけ）夕飯どうした? 食べる?」

典夫「――（背中を妙子に向けていて）いいよ」

妙子「よく、よく帰って来て、くれたね（といじらしくいって、夢中で、脱ぎやすい服の上半身をぬぐ。ノーブラで、胸が見える。せわしくそうして）お帰り（と典夫の背後から抱きつき）お帰り」

典夫「――（気のやさしさもあり、辛い）」

■「カテリーナ」店内

久美子「（カウンターの中にいて）ありがとうございましたァ」

マスター「ありがとうございました」

久美子「（カウンターの客へドライカレーを二つ出し）お待ちどうさまでした（と明るくふるまっている）」

■「カテリーナ」表（夜）
店の中の灯りもカウンターあたりだけになっていて、「本日は閉店いたしました」という札がかかっている。

■店内
マスター「（カウンターの中で椅子にかけて、金庫を傍に置いて、電卓をたたいている）」
久美子「（紙ナプキンをカウンターの外にかけて折っている）」
マスター「（帳簿に書き入れながら）久美子ちゃん（とぼそりという）」
久美子「（顔をあげてから）はい」
マスター「気持は分るけど、もう十二時だよ」
久美子「すいません」
マスター「（金庫の蓋をしたりしながら）帰ろうよ、今日は」
久美子「戸閉り、ちゃんとしますから、ここへ泊らせて下さい」
マスター「今日は来ないって」
久美子「でも、アパート私、教えてないし」
マスター「いいかい（と教えさとすように）」
久美子「はい」
マスター「彼、ここ出たの、七時すぎだろ」
久美子「はい（マスターのいう事は見当がつく）」
マスター「七時半に着いたとして、八、九、十、十一、十二と（指を折り）四時間半以上たってるじゃないか」
久美子「ええ——」
マスター「逢わない、これっきりって話に、そんなにかかるかね？」
久美子「——（目を伏せる）」
マスター「つかまっちまったんだよ」
久美子「（うつむいたまま）いえ——」
マスター「そういう奴なんだよ」
久美子「私、そういう奴っていう風に、決めつけたくないんです」
マスター「分るけど（尚、いおうとするのを）」
久美子「（不安をねじ伏せるように）人って、相手によって、ちがっちゃうとこあると思うんです。悪い人が、ある人にだけはいい人だったり、ケチん坊が、誰かにだけは気前よかったり——性格って、そんなに決めつけられないと思うんです」

マスター「（苦笑しつつ憐れにも可愛くも思う）」
久美子「あの人、絶対に変る人だと思うんです」
マスター「成績よかったんだろうね？」
久美子「成績？」
マスター「いや、頭のいい、いい方するからさ」
久美子「ううん。私、数学駄目だったし、物理も（と淋しく苦笑）」
マスター「いくらでもいるじゃないか。あんたなら、いくらだっていい人みつかるよ」
久美子「――」
マスター「どうして、あいつがいいんだい？」
久美子「誰をみても、あの人の方がいいなって思っちゃうんです。電車ン中で、ああ、いっぱい男の人いるな、なんて見て行っても、あの人より素敵な人いないなって、そういう風に思えちゃうんです」
マスター「――」
久美子「あの人いないと、生活からっぽのような、ものすごく淋しいような――」
マスター「それがまあ、好きってこったろうが――」
久美子「（見る見る急に目が緊張をとり戻しながらドアを見る）」
典夫「（ドアの外で、ドアにちょっとぶつかって、ノブをつかむ）」
マスター「――（あ、帰って来た）」
典夫「（あける）」
久美子「（立っている）」
典夫「（洋服数着を、背負うようにして、酔っぱらって入って来る）」
マスター「どうした？」
典夫「――（洋服をどさっとカウンターへかけるように置く）」
久美子「待ってたわ（と小さくいう）」
典夫「水くれる？」
マスター「ああ（と動く）」
久美子「（そのマスターに）すいません（といいながら典夫に近づき）どうしたの？　今まで、いたの？　向うに」
典夫「――」
久美子「どうなったの？（不安と、しっかり冷静にしなければという思いで）」
典夫「別れたに、決まってるじゃねえか」

久美子「そう」
マスター「(水を置きながら)随分かかったね」
典夫「(その水のグラスをつかみ)俺だって、多少人情ってもんがある。やなもんだぜ」
久美子「(分ってる、というように)うん」
典夫「そのまんまここへ来て、万歳なんて、いう気になれなかったよ(と水をのんで行く)」
マスター「そうかい。それで、のんでたのかい」
久美子「そう」
典夫「(空のグラスを置く)」
久美子「(その腕を摑むようにして、その腕に顔をつけて泣く)」

■「カテリーナ」近くの道(朝)

十時頃。妙子が一見所在なくぶらついているように歩いて来る。

立ち止って、小猫がゴミバケツの周囲の残飯を食べているのを見たりする。悲しいのだが、立ったまま「ヒューヒュー」とかすかな口笛で小猫に呼びかけたりする。

■「カテリーナ」表

久美子、開店前の掃除をしている。はなれて、久美子を見ないように、ぶらぶらと妙子来る。久美子、気づかない。
妙子、立ち止って、久美子を見る。
久美子「(気配で、その方を見る)」
妙子「(ちょっと憐れむように、むしろ優しい目で見ている)」
久美子「(すまない気がして、笑いかけも出来ず、目を伏せ)なに?(といってチリ取りに集めかけていたゴミを入れる)」
妙子「ぶらぶら来ちゃったけど(とほとんど口の中でいって、久美子に近づく)」
久美子「(よく聞えなかったので)?(というように顔を上げる)」
妙子「(久美子の前を、目をそらして通過しつつ)開店十一時?」
久美子「うん(と妙子を見る)」
妙子「(久美子に近い位置で後姿で立ち止り)同じ奴、好きになったよしみで、教えてやるけどさ(と店の表のはげかけたペンキの下見板を指先でけずりながら)男って、ほんとは、あんたみたいの大嫌いよ」
久美子「（いたわりの気持で）そう？（とさからわない）」
妙子「男、ひっぱって行こうなんて、変えてやろう
なんて、男から見れば、ウへってなもんよ」
久美子「――」
妙子「ちゃんとするまでは一緒に暮さないとか、強
がって勿体つけて、可愛げなんかなんにもな
いじゃない」
久美子「（目だけ伏せる）」
妙子「それでもあいつがいうことをきいてるのは、ま
だあんたと寝たいからよ。それだけよ」
久美子「――」
妙子「身体に飽きちゃえば、あんたなんか、いいと
こなにもないじゃない。すぐポイよ」
久美子「悪いけど、そこけずらないでくれない」
妙子「――」
久美子「入る？　コーヒーなら、いれるわ（とチリ取り
とほうきを脇へ置きに行きかけて、いきなり肩をつ
かまれて、頭を殴られる）」
久美子「（よける）」
妙子「（物もいわず、泣くような声で、無茶苦茶に久美子
に殴りかかり、押しまくる）」
久美子「（よして、という余裕もなく店内へ）」

■店内

ドドッと久美子と妙子が入って来て、抵抗しない
久美子を妙子殴る。
マスター、呆然としていて、気がついて、
マスター「よせよ。よしなったら（と間に入ろうとする。
殴られたりしながら、やっと妙子に平手打ちをする）」
妙子「（やっと止まる。荒い息）」
マスター「いいだろう、もう（と荒い息）」
久美子「（髪乱れ、ブラウスのどこか破れて、荒い息）」
妙子「（顔そむけ、パッととび出して行く）」
マスター「（久美子を見て）大丈夫かい？」
久美子「ええ。フフ、私も、空手かなんか習わなきゃ
（と苦笑しつつ、まだ荒い息でいって、戸口を見て、
ハッとする）」
武志「（その久美子を、ちょっと悲哀のある目で見ている）」
久美子「パパ」
マスター「お父さん？（と武志を改めて見て一礼）」
武志「（それには答えず久美子に）どうした？」

久美子「ううん」
マスター「（誤解されているか、と思い）あ、これ、私じゃないですよ、いま出て行った女が、いきなり、やったンスから」
武志「帰ろう（と久美子の腕をつかみ）まるで（悲しく）あばずれの喧嘩じゃないか（とひっぱる）」
久美子「ちがうの（とひきずられながら）そう見えるかもしれないけど、そんなんじゃないの（となにかにつかまる）」
武志「（かまわず、つかんだ手をはがして連れて行こうとする）」
久美子「マスター。マスター、知ってるわよね、そんなんじゃないわよね」
マスター「ああ。しかし——」
久美子「（またなにかにつかまり）帰ったって同じよ。また出てくるわ。無理にこんなことしたって同じよ（と抵抗する）」
武志「（かまわず、連れて行こうとする）」
マスター「お父さん。ちょっとあの」
武志「ほっといてくれ」
マスター「この子はね、この子はそんなんじゃないんですよ。この子は、並の子とはちがうんです。この子は（と武志と久美子の間へ入り、武志に対して）男と暮してないし、そりゃもう、無茶苦茶つっぱってて」
武志「（すきを見て、久美子をつかもうとする）」
マスター「ちょっと、私の話、ききなさいよ、お父さん！（と大声でいう）」

■東京の街の車道

吉川洋品店の車、あまりスピードなく、たとえば、大きくカーブをして行く。

■その車内

武志、ひとりである。

フロントグラス越しの東京。

香織の声「うちに見えて、何処にいますかって、すごく疲れた顔でいわれて、アパートは知らないけど、つとめてる店はって、黙ってらんなくて、いっちゃったの」

■久美子の新しい部屋（夜）
久美子「いいのよ（悲しみがある）」
のぶ代「で、諦めて、帰ったわけ？」
久美子「（淋しくうなずき）やだったわ、父親、追い帰すって」
のぶ代「強いわ（私なんか駄目、という感じ）」
久美子「ううん」
香織「彼――」
久美子「うん？」
香織「仕事見つけたの？」
久美子「ううん。だから、ちゃんと就職するまでは絶対に一緒には暮さないって、つっぱってるわけよ（と淋しくいう）」
香織「さがしてる？」
久美子「（うなずき）そりゃあ――（不安）」
のぶ代「（励ますように）そりゃあ、さがしてるわよ。早く一緒に暮したいもんねえ」
久美子「うん（と苦笑）」
香織「そっち（のぶ代）は、どうなの？」
のぶ代「私は、もう終りよ」
香織「なにいってんの（とからかう）」
久美子「どんなふう？婚約した気分て（と明るくきく）」
のぶ代「土日と月曜、二泊で、盛岡行って来るの」
香織「じゃ、明後日？」
のぶ代「うん。彼の店とか、そういうの一度も見てないし」
香織「そりゃ見て来なきゃ」
久美子「いいわねえ、ガソリンスタンドとドライブインなんて」
香織「案外、ボロボロだったりして」
のぶ代「そんな事ないわよ。弟も見てるし、写真も見たし、結構ちゃんとした店なのよ」
香織「ほーら（と久美子に）もう旦那の自慢してる」
久美子「ほんと（とからかう目）」
のぶ代「やだ、旦那じゃないでしょ、まだ（と万更でもない）」
三人、笑う。
「ヒヒヒヒ」などと香織。
マスターの声「根本さんよ」
■「カテリーナ」（夜）
典夫「（カウンターで水割り前にしていて）うん？（他

に客はいない)」
マスター「(しゃがんでなにかしていたのが立ち上り、思い切ったように) お宅、本当に本気なの?」
典夫「なによ、それ?」
マスター「遊びなら、彼女可哀そうだよ。親御さんも、随分苦労してる」
典夫「本気だよ」
マスター「だったら、何故仕事さがさねえんだよ? ちゃんとしろよ」
典夫「ちゃんとってなんだよ? (静かに)」
マスター「定職もって、毎日ちゃんと働くこったよ(にらむようにいう)」
典夫「(目を伏せたまま) 俺はね、これでも高校出て、四年そういうことやってたんだよ。毎日朝起きて、夕方まで働いてよ。日曜には休んでよ」
マスター「そういうのやってくれよ」
典夫「全然ちゃんとなんてェ気分じゃなかったね。あんなことしてりゃあ、まともかよ? 毎日、いうなりにコキ使われてりゃあ、真面目かよ?」
マスター「理屈をいうなよ。あの子は、そういうの望んでんだ(とおさえた声でいい) 惚れてんなら、いう通りしてやれよ。本気なら、ちゃんと仕事さがせよ!」

■「カテリーナ」近くの道

人通りのない道。ジュースの空缶を、前のシーンと直結で蹴とばす足。

典夫である。缶の行方を立ったまま見ている。

典夫の声「それでも俺はききたいね。ちゃんとってェのは、なんだよ? ほんとにちゃんとするってェのは、どういうこったよ?」

典夫、ゆっくりまた缶に行き、蹴とばす。ガラスの割れる音。「やだッ」と中年女の声。「誰だ、この野郎!」物音。

典夫、その方を真顔で見ている。

■オフィス街・夕方の情景

■ビルの中の和風甘味店

香織「(入って来て、さがしたりせず、まっすぐ信吾の席へ行き) お待たせ (と向き合って腰かける)」
信吾「ああ (と落着いてアンミツを食べている)」

香織「だけど残業だったら、どうする気だったの？」
信吾「うむ」
香織「急にアパートへ来られるよりはいいけど、五時五分前に電話して来て近くにいるなんて、呑気すぎるわ」
ウェイトレス「（中年の和服の人）いらっしゃいませ（と水を置く）」
香織「えーと、お父さんなに？」
信吾「（見ればわかるからこたえない）」
香織「アンミツか。私、お抹茶貰う」
ウェイトレス「かしこまりました。少々お待ち下さい（と行く）」
香織「（父を見て苦笑し）一人でアンミツ食べてるなんて、いかさない」
信吾「うむ（と食べている）」
香織「お母さん、どうした？」
信吾「うむ」
香織「お金随分使っちゃったんじゃない？」
信吾「うむ」
香織「まあ、お父さん浮気したんだから仕様がないけど、評判いいんだってね？」
信吾「うむ」
香織「あのブスッとした池谷さんも人の子だったって、みんなホッとしてるっていうじゃない」
信吾「――（食べている）」
香織「ほほえましいなんていう奴もいるのよってお母さん怒ってたわ。ほんとよね。お母さんが浮気したって、誰もほほえましいなんて、いってくれないもんね」
信吾「きこえるだろうが（と、不機嫌にいう）」
香織「きこえないわよ（と、すいた店内に目を走らせ）きこえたっていいじゃない。関係ないもの」
信吾「市役所のバカもん共は（と食べ終えて、スプーンを置く）」
香織「うん？」
信吾「俺が（とハンカチを出しながら）若い娘を追いかけたっちゅうて、すっかり見すかしたような顔をしよる」
香織「親近感よ。お父さん、怖くてけむったかったから」
信吾「まるで仲間だとでもいうように、下卑た冗談をいいよる」

香織「へえ」
信吾「なんで俺が、やつらの仲間なもんか」
香織「いいじゃない」
信吾「よかねえ。俺は、女さ追いかけたからっちゅうて、道化になる気はねえ。そげな一点の出来事で、人格全部を変える気はねえ」
香織「怖いの」
信吾「なめた口も、きかさねえ」
香織「ふうん」
信吾「お前も、あン時俺が泣いたからっちゅうて、親の弱味でもつかんだ気でいたら、とんでもねえことだ」
香織「そんなこと思ってない」
信吾「んにゃあ思うとる。お待たせ、とはなんだ」
香織「え？」
信吾「いま此処へ来て（うまい口真似で）お待たせ、というた」
香織「いったわ（それがいけない？）」
信吾「水商売の女みてェに」
香織「そうかしら？」
信吾「堅気の女はな、お待ち遠うさま、お待たせしました、そういう風にいうもんだ。お待たせェ（と口真似し）なんちゅう口のきき方か！」

■香織のアパート・部屋

香織「（お茶いれている）」
信吾「（折詰ののり巻きと稲荷寿司を食べている）」
香織「（お茶を信吾の方へ置きながら）会社の傍で逢ったから、銀座あたりで御馳走してくれるのかなあ、と思ったら」
信吾「そんな贅沢出来っか。お母さんお前、三十七万ちょっと使いよったた」
香織「へえ」
信吾「ええか。尻馬に乗って、つけ上るじゃあねえ」
香織「私が、なによ」
信吾「八件もの見合いの話を、にべもなく断って、それじゃあこっちに恋人がいるかっていやあいねえ、という。それじゃあ人生なめてるとしかいいようがねえ」
香織「そうかしら？」
信吾「結婚を真剣に考えてねえ」
香織「いい人いないんだもの」

信吾「んにゃあ何年も東京におって、一人の恋人も出来んというのは、お前に問題がある」
香織「そんな失礼なこと」
信吾「お前は不相応に相手を高いところから求めすぎとる」
香織「そんなことない」
信吾「普通の水準の男さ鼻で笑っとるようなところがある」
香織「笑ってないわ」
信吾「笑っとる。お前は、いつも笑っとる。真顔になっても、どっかへらへらしたとこがある」
香織「そんなこと言われたって」
信吾「男はな、どっかでへらへら笑っとる女と、結婚しようとは思わねえ」
香織「見てよ。私見てよ。何処笑ってる？　私の顔の何処が笑ってる？」
信吾「(見る)」
香織「そんな(と父を見返して)そんな、失礼しちゃうわよ(といいながら馬鹿馬鹿しい気がして笑いがこみ上げる)」
信吾「ほら、みれ、笑っとる？」
香織「だって、誰の子よ？　私、他の男の子？」
信吾「バカタレ」
香織「大体ね、私もてるのよ。結婚してもいいなんていってるの、一杯いるのよ。へらへらしてるなんて誰もいわないわよ」
信吾「じゃあ証拠を見せてみろ。お前と結婚してェといっとる男を見せて見ろ」
香織「私が気に入らないもの」
信吾「ええんだ。気に入らなくてええから逢わしてみろ」

■喫茶店(昼)

岡崎「(眼鏡をちょっと上げたりして視線に耐えている)」
信吾の声「(前シーンのずり下がりで)お前の生活がちっとも分らねえ。どんな男がお前を気に入っとるか逢わしてみろ(後半は信吾の顔にかかる)」
信吾「(向き合う位置で岡崎を見ている)」
香織「お父さん。そんな、ジーッと見てるの失礼よ」
信吾「んにゃあ、人間外見をバカにしもやあいかん。いくら見てくれと中身がちがうといわれとるもんでも、よーくその外見を見れば、外見がすべてを語っとるもんだ（と見ている）」

岡崎「（耐えていて、たまらず）ただその」

信吾「うん？」

岡崎「マックス・ピカートという人がこういうことをいっています」

信吾「ピカート？」

香織「この人すぐこういうことをいうの」

信吾「なんというてるかね？」

岡崎「たしかに人間の顔を見れば、その人間がかなり分る」

信吾「うむ」

岡崎「しかし、それでなにもかも見抜いたような気持になってはいけない」

信吾「そりゃあそうだ」

岡崎「本当に顔を見て相手が分るためには、鋭い目だけではいけない。その相手に対する愛情がなければいけない」

信吾「うむ（ちょっと感心する）」

岡崎「愛情を持ってある人間を見つめれば、顔はすべてを語るだろう。しかし、見抜ける目を自慢して、意地悪く見つめようとする人間には、顔は本当のことを語らない。そんな風にいっています」

信吾「（感心して）その通りだ。そりゃあその人はいいことをいってる」

岡崎「はい」

信吾「で、係長さんだったね？」

岡崎「はい。営業係長です」

信吾「この子の課長さんの引き合わせとか」

岡崎「はい」

信吾「で、そちらは、この子を気に入って下さったとか」

岡崎「いえ。つまり、おつき合いをしてみたい、というふうに」

信吾「気に入ったには、ちがいない」

岡崎「はい」

信吾「つき合って貰いましょう」

香織「お父さん――」

信吾「お前にこの人を批評する資格はねえ。思い上りも、二十三どまりだ」

■ゴルフ練習場

信吾「（その端に立って、打っている人を見ている）」
信吾の声「（前シーンのズリ下がりで）つき合いもせんで断るなんてェのは、とんでもねえことだ」
松永「（休日でシャツスタイルでクラブを振っている）」
信吾「（それに近づいて行く）」
松永「（気配で、その方を見て、ギクリとする）」
信吾「（本来そなわった迫力で、笑顔なく来る）」
松永「（急速に思い出し、おびえて）たしか（と、意気地のない声を出す）」
信吾「（来て止まり）お休みのところを（一礼）」
松永「池谷くんの――」
信吾「父親でございます」
松永「そうでした（おびえが走る）」

■食肉輸入課（回想）

松永、香織を抱きしめてキス。

■ゴルフ練習場

信吾「娘が就職いたしてすぐ、一度お目にかかりました（と一礼）」
松永「そう。第二応接かなんかで、出張でいらっしゃったとかって。フフ」
信吾「娘はひき受けた、と胸をたたいていただきました」
松永「アハ、いえ――」
信吾「以後なにかとお目にかけて下さっているそうで」
松永「いやあ、なに（と顔をそむける）」
信吾「お礼をもっと早く申し上げなければなりませんでした（一礼）」

■坂のある横丁（回想）

松永「一緒に、ここらで、ちょっと休んで行かないか？　頼むよ、頼む」
香織「――」

■ゴルフ練習所

松永「（怖くなり）あの、なにか？」
信吾「お宅へ駅からお電話をいたしましたところ、こちらだということで」
松永「そうですか。あ、ま、そこのコーヒーショップで――（と帰り支度）」
信吾「出来れば――」
松永「は？」
信吾「下見といってはなんですが、駅の傍に静かな場所を見つけてあります」
松永「あ、そうですか、（只事ではない、と思う）」
信吾「御足労願えますか？」
松永「いいスよ。ハハ、いいスよ。どこでもハハ（と怖い）」

■ラブホテル（回想）

松永、香織を抱きしめて求めて行く。

■日本そば屋の一室

女中「（障子をあけ）こちらです。どうぞ（と、廊下でいって中へ入り隅から座蒲団二つとって、お膳の傍へ置く）」
信吾「（廊下へ、女中からそれほどおくれずに現われ、後ろへ）さあ、どうぞ」
松永「いや、どうぞ、お先に（怖がっている）」
信吾「いや、お客さまです。どうぞ、そちら（上座へ）」
松永「そうですか。じゃあ（と一礼して中へ）」
女中「ただいま、お茶を（と障子を閉めて去る）」
信吾「いや、あの節娘をお願いしただけで、年賀状、暑中お見舞いのみで、失礼をいたしておりましたが」
松永「いえいえ――」
信吾「その間、ひとかたならず娘がお世話になっておったことを、昨夜はじめて聞きまして」
松永「（ドッキーンとしている）」
信吾「何故もっとそういうことは早くいわないかと」
松永「池谷さん――」
信吾「は？」
松永「お嬢さん、なんていったか知らないが、ひとかたならぬ世話なんて、そんな、そんな関係じゃないんですよ。一回だけです。そりゃ一回だって、そりゃあ、上司と部下の関係で、そういうことはいけないにきまってるが、合意でした。決して無理矢理じゃありませんでした（と平伏する）」
信吾「（思いがけない展開に、その松永をちょっと見ている）」
松永「反省しております。以後決して指一本触れておりません。お許し下さい（と更に平伏）」
信吾「知りませんでした」
松永「はあ（と呆然とした顔を上げる）」
信吾「そういう事がありましたか」
松永「あ。だって——」
信吾「私は、あなたが娘に岡崎勇君をおひき合わせ下さったことと、結婚について心配して下さっていることを、昨夜はじめて聞いて」
松永「はあ（そうですか、と息を引くようにする）」
信吾「これまでのお礼と今後のお願いにまいったのですが（松永を見据える）」
松永「そうですか（目を上げられない）」
信吾「（ゆっくりと）そういうことが、ありましたか」
松永「なんとも。なんとも申し訳けないことで（一礼）」
女中「（はじめの声で）失礼します（とあけ、お茶を二つ置き）お決まりでしょうか、御注文」
信吾「ああ。天ざるでも貰うかな。二つ」
女中「おのみものは？」
信吾「いい。それだけで——いい」
女中「かしこまりました。少々お待ち下さい（と出て閉めて去って行く）」
信吾「私も、似たような思いがないでもない」
松永「そうですか（とホッとする）」
信吾「（鋭い目で見て）深くは、とがめますまい」
松永「（目を伏せ）ありがとうございます（と一礼）」
信吾「但し、条件がある」
松永「はい？」
信吾「岡崎君と娘を、一緒にして下さい」
松永「——（というと？　短く）」
信吾「いや、無論岡崎君じゃなくてもいい。ともかく、私は福島におり」
松永「はい（よく承知しています）」
信吾「娘は、御承知のような娘で」
松永「とてもいい娘さんで。つまりその精神的な意味ですが」
信吾「監督が行き届かんところがある」
松永「はい」
信吾「あんたに監督を頼むのは、滑稽かもしれんが」
松永「いえ——」
信吾「深く反省しとるということを信じて」
松永「そりゃもう」

信吾「あの子の縁談を、責任をもってまとめて下さい」
松永「はあ」
信吾「ほっときゃあ、二十七、八になっても、ありゃあ、ひとりです」
松永「はあ」
信吾「まとめてくれりゃあ、あんたのした事は、奥さんに、いわねえようにしましょう」
松永「はあ。尽力――いたしますでございます（と一礼）」

電車の警笛、先行して。

■走る盛岡行き急行

■その車内

おめかししたのぶ代が、ひとり乗っている。

アイスクリームかなにか食べている。

■ドライブイン・店内（昼）

込んでいる。柄の悪い客が多い印象。
ワハハハ、と大声を出して笑っている男がいて、煙草の煙がちょっと目立ち、
客A「おう、ラーメンライスまだかよ」
客B「いい加減にしろよ」
二郎「（盆にのせられるだけ注文の丼をのせて運びながら声の方へ）ただいま、すぐやっとりますから」
茂「（レジの方へ、こっちはさげた皿や丼をのせた盆を持って走り）ありがとうございました」
ウェイトレス「（盆にコップを沢山並べて水を注ぎながら）いったでしょ。カツカレーは、都合五丁っていったわ、さっき（と頭へ来て怒鳴っている）」

■二郎の部屋

ドライブインの裏二階にあり、六畳一間のつましい一室。

のぶ代、電車の中の服装で、乱雑な部屋を見かねて、片付けはじめている。

下からコックがウェイトレスの声にこたえて「さっきいったって仕様がねえんだよ。いちいち口ごたえするなバカヤロウ」というのが聞える。

■盛岡の山の遠望

茂と二郎の声が「いらっしゃいませ」と前後して怒鳴るのや皿の音など聞える。

■階段

外階段でもいい。二郎、店の方から、ふっとぶように現われ、階段をかけ上り自分の部屋のドアをノックなしであける。

■二郎の部屋

二郎「悪いねえ（という間も気がせいている）」

のぶ代「いえ――」

二郎「コックとウェイトレスが、二人で急にやめちゃってね。こういう時に限って、客がまた入って来るんだよ」

のぶ代「いいですから、私は」

■店

ウェイトレス「（派手に丼や皿を床におとしてしまう。ガチャンガチャン）」

■二郎の部屋

二郎「（忽ちその音に反応し）あーッ、やっちまったァ（とかけおりて行く）」

■店

入口のドアがあいてドヤドヤとトラックの運転手、五人ほど入って来る。

茂「（ウェイトレスの方へ、盆に空皿をのせて行こうとしながら入口の方を向き）いらっしゃいませ、いらっしゃいませェ」

■二郎の部屋

電気掃除機で掃除をしているのぶ代。

■階段

今度は、茂がコーラとグラスを持ってとび出して来て階段を上り、ドアをあける。

■二郎の部屋

茂「（ドアをあけて動きを止めず）ああ、仕様がねえよ、急にやめやがって（とコーラを畳に置く）」

のぶ代「いいのに」
茂「俺じゃあねえよ。二郎さんが持ってけって（ともう階段をおりかける）」
のぶ代「あ、茂」

■階段

茂「うん（といいながらも急いでいて、おりて行く）」
のぶ代「（とび出し）私、手伝うわ。私だって丼ぐらい運べるもの」

■店

二郎「（嬉しく明るく）ありがとうございましたァ（レジでいう）」
茂「ありがとうございましたァ（丼を運びながらいう）」
のぶ代「（前掛け借りて締めていて、空テーブルから空の食器を盆にのせながら）ありがとうございましたァ（とさわやかに明るく怒鳴る）」
二郎、はり切って動く。茂も、なんだか楽しくなって働く。のぶ代、どんどん働いている。
「いらっしゃいませ」「いらっしゃいませ」「いらっしゃいませ」

■「カテリーナ」店内

こちらはうってかわって、しんとしている。
二人ほどの客。マスターが客の一人の前へコーヒーを出し、
久美子「（テーブル席のコーヒー二つをさげて、カウンターの隅へ置きながらドアのあくのを見て）いらっしゃいませ」
マスター「（低く）お待たせしました」
マスター「いらっしゃ――（ドキリとする）」
久美子「（もうドアを見ている）」
武志「（うなずいて入ってドアを閉める）」
久美子「（マスターをチラと見て、さっと武志の傍へ行き）パパ、お客さんいるから大きな声困る（と小さな声でいう）」
武志「荷物、持って来たんだ（といってマスターの方を見て会釈）」
マスター「（一礼しながら）荷物って？」
久美子「私の？」
武志「ああ。寒くなるし、着るもの、ないんじゃな

いかって、ママがな」
久美子「そう」
マスター「いいよ、久美子ちゃん」
久美子「――ええ（武志に）で、どこ？」

■「カテリーナ」近くの道

武志「（久美子と駐車場に向いながら）アパート知ってれば、隣にでも頼んで置いて行こうと思ったんだが」
久美子「ううん（すまなくて、来てくれて嬉しいという気持をこめてただそれだけ）」

■駐車場

武志「（自分の車のところへ行き、トランクをあけ）とりあえずこれだけだ（とカバン二つを示す）」
久美子「そう。助かったわ」
武志「どうする？　アパートなら、車で行くぞ」
久美子「いいわ。貰って、店置いて、帰りに運ぶ（といいながらもうカバンを一つ運び出している）」
武志「（もう一つのカバンも外へ出してやり）結構重いぞ」
久美子「大丈夫。一つずつ運ぶから」
武志「そうか（トランク閉める）」
久美子「どうも、ありがとう」
武志「店まで運ぶよ」
久美子「いいの」
武志「いいよ（と二つのカバンを持って歩き出す）」
久美子「じゃあ、一つ持つ」
武志「いいよ（とはじめて怒りをチラと見せて、大人気なく久美子に持たせまいとして歩く）」
久美子「（そのチラッとした邪慳さにドキリとし、父の後姿を見て、すぐまた追い父の背後まで行き）パパ」
武志「（尚数歩歩いて立ち止る）」
久美子「ほんとに、すいません（と一礼）」
武志「――（グッと来るが、ふくれたように振り向かず立っている）」
久美子「親不孝だと思ってるわ」
武志「アパート、あいつと一緒か？」
久美子「ううん。まだ一人。彼、ちゃんとするまで、絶対入れないの」
武志「――」
久美子「私なりには、これでも、ギリギリつっぱってるのよ」

武志「――」
久美子「ママに、よろしくね」
武志「――（歩き出す）」
久美子「（その後姿を見て続く）」

■「カテリーナ」への道

武志、両手にカバンを提げて行く。その後ろを、うつむきながらついて行く久美子。

■「カテリーナ」前

久美子「（小走りに来てドアをあける）」

■「カテリーナ」店内

久美子「（ドアを押さえながら）ここでいいわ（と入ったすぐ脇を指し）どうも、ありがとう」
武志「（カバンを持って来て、チラとマスターに目礼して脇へ）」
マスター「（客と共に見ている）」
武志「（カバンを置く）」
マスター「どうぞ、コーヒーでも、どうぞ」
武志「いいえ（とマスターを見て）久美子をどうかよろしく（と一礼）」
マスター「はあ、そりゃもう、しっかりしてるもの、久美子ちゃん」
武志「では（と一礼して久美子の方は見ないで外へ）」
マスター「あ、どうですか、コーヒー」
久美子「（父を見ていて）パパ」

■「カテリーナ」表

武志「（ドンドン歩いて行く）」
久美子「（道へ出て）パパ（と小さく）」
武志「（ドンドン歩く）」
久美子「ありがとうパパ（と思い切って怒鳴っている。見る人もいる）」
武志「――（ふりかえらず見えなくなる）」
久美子「（涙あふれている）」

■ホテル・ダブルルーム

盛岡のホテル。
電話をかけているのぶ代。

のぶ代「そう。ホテル。すごい、いい部屋。ベッドなんか、すごく大きいの。豪華」

■佐伯家の茶の間

静子「（電話に出ていて）なにもホテル泊んなくても、家泊めてもらえばいいじゃないか」

賢作「連れ込みじゃないだろうな」

静子「そんなんじゃないわよ。ちゃんと一流のホテルだって（と賢作にいう）」

■ホテル・ダブルルーム

のぶ代「だってね、あの人、ドライブインの二階に一部屋だけなの。そうよ。それで一人なら充分だもの――そうよ。結婚してないもの、そこ一緒に泊るわけいかないでしょ。ホテルとってくれるってのは常識よ。常識だけど、そのホテルがすごいのよ。私、こういうとこ泊るのはじめて。フフフフ」

ノックの音。

のぶ代「はーい（電話に）じゃ、誰か来たから――うん、茂かもしれない。またする。じゃ、明日、うん。じゃ（と切りドアへとんでいって錠をあけ）ごめんね、いまちょっと電話（とドアをあける）」

二郎「（ニコニコと）待たしたね」

のぶ代「あ、いえ――（と待っていなかったのでちょっと当惑）」

二郎「（入って来ながら上衣を脱ぎ、どんどんシャツを脱ぎながら）あー今日はもう一日茂くんにまかして、ドライブでもする気だったのになあ」

のぶ代「いえ（ドアを閉める）」

二郎「まったくヒマなし。手伝ってもらっちまって、ほんとにたすかった」

のぶ代「いえ――」

二郎「でも、さっきようやく、コックの助っ人ひとりつかまえてね（とどんどん脱いでいく）」

のぶ代「はあ――」

二郎「明日は盛岡、案内出来そうだよ」

のぶ代「いえ――」

二郎「風呂、入った？」

のぶ代「いえ――」

二郎「一緒に入ろうか？（ケロリという）」

のぶ代「いえ――」

二郎「じゃ、先入れて貰うよ（と風呂場の方へ行きながら）どう、この部屋？」

のぶ代「ええ――」

二郎「二人の最初の夜だからなって、一番いい部屋とらしちまったんだ。一泊三万五千円（すごいだろう、というようにいって風呂場のドアを閉めてしまう）」

のぶ代「あ、私、そんなつもり、ありません。結婚してないのに、二人一緒なんて、そんなの嫌です（とドアの前でいう）」

二郎「（ドアをあけ）堅いこと、いいっこなし、正式に婚約したんじゃないの（バタンと閉まる）」

のぶ代「だって――」

■浴室

シャワーの中の二郎「ウヘ、ツベテエ」

■部屋

のぶ代「困ります。私、困ります。（ノックして）困りますから」

■ホテル・外観

■盛岡・夜景

「結婚なんて事務的なことだもの。だって、日常生活を一緒にずーっとこれから生きて行くわけでしょう。散文的なことなのよ」

■バー（夜）

カウンターの隅で、香織が呟くようにしゃべる。

香織「考えると私、誰と結婚しても、結構やって行くような気がするの。あなたと結婚しても」

岡崎「（隣にいて、グラスの中を見ている）」

香織「そこらの（とちょっと周りに目をやり）その人と結婚しても、結構幸せだったり不幸だったりして、なんとか一生を生きて行くだろうなって思うの。そんなに変りばえしないんじゃないかなって思うの。だったら、勿体つけないで、縁があって、そんなに嫌じゃなきゃ結婚しちゃえばいいいじゃないかって思うこともあるの」

岡崎「――（無機質的にのむ）」

香織「でもまだ多少、甘いとこあるのかなあ。もしかすると、もしかするとそうじゃない相手が現われるかもしれないって思うの。他の人と結婚するのとは全然ちがう。胸ン中ゆさぶられるような、私とぴったり合った人に、逢えるかもしれないっていう（ちょっと苦笑いし）未練があるの。いい年して、はずかしいけど、まだなんだか、結婚ていうと、とりあえず、もう少し先へひきのばしておきたいっていう、気持どうしても湧いちゃうの」

■タイトル

■盛岡の山の遠望（朝）

■茂の部屋

コック場脇のひどく狭い部屋で蒲団を一人分敷くと一杯になってしまう。そこで、起き出す茂。下着。

■コック場

シンとしている。茂、ズボンにシャツのすそをつっこみながら、眠そうに店の方へ。

■ドライブイン・表

「オープン・十一時」の札。

■店内

茂　「（コック場からのドアを押して顔出し）お早うス

（と入って一番手前のテーブルの上にあげた椅子をおろしはじめる）」

老コック「（もうコックの服装で、窓際のそこだけ、すでにテーブルにあげた椅子をおろして腰をかけ、朝刊を見ている）早いじゃないか」

茂「ええ（と椅子どんどんおろしながら）ちょっと十時まで、いいですか？」

老コック「十時まで？」

茂「姉、ホテルなもんで、ちょっと」

老コック「ああ、そうだったな」

茂「店あけちまうと、こっち、暇ねえから（とどんどん椅子をおろしている）」

老コック「いいよ。そんなの、初子来たらやらせっから」

茂「いいえ、椅子だけ（とおろしている）」

老コック「（その茂をちょっと見て）そりゃそうだ（これは後に続く台詞）」

■ホテルの表

老コックの声「姉さんと少しは、しゃべりたいなあ」

■エレヴェーターの中

茂、目を伏せ、おさえめにあくびをしながら、目をこすっている。

■廊下

エレヴェーター、あき、茂出て来て、部屋の番号を見ながら行くと、一室のドアがあいて二郎が出て来て、

二郎「お――」

茂「あ」

二郎「（ドアを閉め）早いな」

茂「はあ――」

二郎「（悪びれないが、さすがにちょっと照れくさく）今日は、店頼むぞ。岩手山（いわてさん）や高松池ぐらい見せねえとよ（とエレヴェーターの方へ止まらずにいく）」

茂「はあ（ああ、此処で寝たのかと思う）」

二郎「（エレヴェーターのボタン押して）ああ、姉さん連れて店の方へ来いや」

茂「はあ」

二郎「十時半でいいからよ。ま（ズボンをちょっとあげたりして）姉弟（きょうだい）でしゃべって来いや（エレ

ヴェーターあく）ああ、コーヒー、ちょっとあまってらあ。俺のカップ洗ってのめよ。コーヒー（と閉まる）」

茂　「――（ドアを見て、ノブを回すが自動錠なのであかない。ノック）」

のぶ代の声「待って（ときわめて日常的に、ちょっとはなれて高くいう）」

茂　「（なにいってやがる。という思いあって。ノックする）」

のぶ代「（声だけで）分ったっていってるでしょう（といってあけて、茂とは目を合わさず、奥へ去る）」

茂　「（入りながら）なにも、鍵かけることはねえだろう」

■洗面所

のぶ代「（鏡に向って、髪をちょっとととのえながら）バカね、自動的にかかるのよ、これ」

■部屋

茂　「（ドアを閉め、あける）かかってねえじゃねえか」

■洗面所

のぶ代「なにいってんの。中からはあくにきまってるじゃない。外からだとあかないの」

■部屋

茂　「そんな都合よくいく訳ねえだろ（と部屋の中へ歩き出す）」

のぶ代「バカねえ。そんなこと知らないの、あんた（と顔を出す）」

茂　「知らねえよ」

のぶ代「そんなもん、何処のホテルだって、そうじゃない」

茂　「ホテルなんて泊ったことねえもん。親父そんな金くれたことあっかよ……（と窓辺へ行く）」

のぶ代「おっきな声出さないで（と、姉らしく声押さえてたしなめる）」

茂　「（窓の下をガラスに額をつけて見下しながら）ひとバカにしやがって（と口の中でいう）」

■茂の見た地上

二郎、首や腰をほぐすようにして、道を渡って行く。

のぶ代の声「朝御飯、すんだの？」
■ホテル・部屋
茂「（ガラスに額つけたまま）すまねえよ」
のぶ代「（たとえば腕時計をつけるなど、明るく何気なく動きながら）下行こうか？　下で食べよう」
茂「（まだガラスに額つけたまま）すんだんだろ」
のぶ代「いいわよ。紅茶ぐらいつき合うから（と洗面所へ行く）」
■洗面所
のぶ代「昨日感心したわ。茂があんなに働くとこ、はじめて見た」
■ホテル・部屋
茂「（部屋の方を見る）」
のぶ代の声「あんたやっぱりあってるのよ。お父さんたちも一度来るといいんだわ。高校なんかいってるより、仕事おぼえて早く店持った方がいいわよ」
とりつくろってあるが、乱れの残ったダブルベッド。二人分の朝食のあと。のぶ代、紙ナプキンをかけて、ややかくしている。
のぶ代の声「彼だって、相談にのるだろうし、場合によっちゃ、資本出してもいいぐらいの事いうかもしれないいじゃない」
茂「（ドアの方へ歩き出す）」
■洗面所
のぶ代「（化粧しながら）彼、東京へ支店出したいって、すごく思ってるんだって」
バタンとドアの音。
のぶ代「（ハッとし）茂」
■部屋
のぶ代「（見て、いないので）やだ、茂（ドアの方へいう）」
■ホテル・階段
茂、ドンドン駈けおりる。
茂の声「店長！」

■駐車場

二郎「（車をあけかけて振りかえる）」

茂「（はなれて走って来て立ち止まり）俺もういいスから。あの、今から店やりますから（と一礼して店の方へ走る）」

二郎「おう。なにいってんだ。お前」

■店

開店中。込んでいる。

茂「（なにか運びながら）いらっしゃいませェッ！」

女の子の声「いらっしゃいませッ」

茂「おまたせしましたァッ（とキビキビ丼をテーブルへ置いていく）」

■車から見た夕陽

■二郎の車の中

二郎、不機嫌に運転している。その横で、ふくれたような淋しいような目で正面を見ているのぶ代。

■ドライブインの表

二郎の車、店の前へ道からすべりこんで来る。

■二郎の車の中

二郎「（車を止め、エンジンを停める）」

のぶ代「（隣の席で、ブスッと正面見ている）」

二郎「（こっちもあまり機嫌よくなく）いいかよ。はじめが肝心だからいっとくけどな」

のぶ代「――」

二郎「おれは、仕事を生やさしい気持でやってんじゃないんだ」

のぶ代「わかってるわ」

二郎「お前だけに一日かかづらってるわけにはいかねえんだよ」

のぶ代「そんなこといってるんじゃないわ。大体お前とは何よ？　昨日までのぶ代さんていってて」

二郎「女房をいちいちさんづけて呼べっか？」

のぶ代「いっとくけど私はまだ女房じゃないのよ」

二郎「女房も同然だべが！」

のぶ代「あんまりガラッと変りすぎるわよ（思い出しても口惜しく）なあによ、おい煙草とれ、道聞いてこい、勘定払っとけ、俺が食えっていったら食えばいいんだ」
二郎「夫婦ってもんは、そういうもんだべが」
のぶ代「夫婦じゃないもん」
二郎「そういうお前の根性が、いけねえっていってんだよ。結納かわしたら、出来るだけ早く俺の女房になる訓練をするというのが、嫁になるもんのつとめだろうが」
のぶ代「私はそんな風に思ってないわ。なんで、私ばっかりが、そっちに合わせなきゃなんないのよ」
二郎「俺は、お前の一生に責任さ持つ。食うに困るような目には絶対に会わさん。その代り、俺は俺の思うようにやるッ。女房は黙ってついて来りゃあいい。これが、俺の方針だ。男ってエもんは、そういうもんだ。よっく頭さ入れとけエッ！（ここまでに外へ出ていて、バタンと激しくドアを閉めて去る）」
のぶ代「口惜しい。口惜しーいッ（と涙が出て来、派手に泣く）」
静子の声「（先行して）そんなね、そんな事」

■佐伯家・茶の間（夜）
静子「（電話へ出ていて）いちいち親のところへ電話してくるんじゃないわよ」
賢作「（酒をのんでいて、電話の方を見ている）」

■ホテル・一室（夜）
のぶ代「（電話で）だって、大変なことでしょう」

■佐伯家・茶の間
静子「大変でもなんでもないの。どんな夫婦だって、はじめっから、うまくいきゃしないわよ」

■ホテル・一室
のぶ代「まだ夫婦じゃないったら」

■佐伯家・茶の間
静子「夫婦じゃなくても！　とにかく、生い立ちの違う二人が一緒になるんだもの、合わなくて当り前なの。喧嘩しない夫婦の方がどうかしてるの。そういうもんなの（賢作が受話器をよこせというように手を出す）」

■ホテル・一室
のぶ代「そんな、決めつけないでよ（と、とり合ってくれないのが悲しく情けない）」

■佐伯家・茶の間
賢作「（電話替っていて）いいか、のぶ代。喧嘩しっぱなしで帰ってくるんじゃないぞ」
静子「（傍から）仲直りしてくるんだよ」
賢作「お前はまだ世の中ってェもんが分ってねえんだから」

■ホテル・一室
のぶ代「（受話器をゆっくり耳からはなして行く）」
賢作の声「（電話を通した声で）分ったか？　こんなことで短気起したら、結婚なんて一生出来やしねえぞ」
のぶ代「（ガチャリと切ってしまう）」

■ホテル・廊下
茂「（エレヴェーターがあいて、現われる。『もりおか』などと書いたビニールでくるんだ大型の紙袋を二つ提げて来て、ノックをする）」
のぶ代の声「――はい（二郎だと思って、あまり愛想のいい声ではない）」
茂「おれ」
のぶ代「（来て、あけ、ちょっと目を伏せ）朝、どうしたのよ？（と、中へ）」
茂「どうもしねえよ（と、入って行く）」

■ホテル・一室
のぶ代「（ベッドの端に腰かけて）急に出てっちゃって」
茂「（身体でドアを閉め）今更よ、姉弟でコーヒーのんだってはじまんねえじゃねえか（のぶ代の傍へ袋二つ置き）ああ、重てェ（と両手をふるようにして、ややはなれた椅子にドスンと腰かける）」
のぶ代「なに、これ？」
茂「みやげだと。社長ンとこと家と。大きい方が家だと（と煙草を出す）」
のぶ代「こんな大きいの二つ提げて、どうやって上野から帰るのよ（と二郎のことをいう）」
茂「（胸ポケットから一万円札を出し）タクシーにのれとよ（とベッドへ一万円札を、ほうる）」

のぶ代「いらないわ」
茂「（苦笑しつつ、煙草をくわえ）もう喧嘩したのかよ？」
のぶ代「金持ちぶってなによ。一万円よこして、勝手に帰れっていうわけ？」
茂「明日は、駅まで送るとよ」
のぶ代「いいわよ、別に」
茂「今夜は、俺と街でも歩いて、ビールでものめって」
のぶ代「へえ――（和解求めちゃって）」
茂「たしかに（と大人ぶって、窓辺へ行って煙草をくゆらしながら）感じ悪いとこあるけどな」
のぶ代「あるなんてもんじゃないわよ」
茂「（苦笑）」
のぶ代「あんた、どうして、あんな人、いいと思ったのよ」
茂「ま、いま思やあ、夏は、店長すごく俺に気ィつかってよ。俺が気に入るように、スケジュールたててたよ」
のぶ代「いまは、ちがうんでしょう？　そういう人よ、あの人」
茂「俺はいいけどよ」
のぶ代「よかないわ、ちっとも」
茂「特別扱いより、普通の従業員扱いの方が、修業になるし、修業だと思やあ、なんだって、平っちゃらだけどよ」
のぶ代「よそうかしら？　結婚」
茂「そんな事いうなよ」
のぶ代「裏表あるんだもの」
茂「仕様がねえよ」
のぶ代「どうして？」
茂「一人であれだけになるにゃあ、いい人ばっかりじゃいられねえよ」
のぶ代「そりゃそうかもしれないけど」
茂「姉さんに、惚れてんのは、事実だろうか」
のぶ代「そうかしら？」
茂「惚れてなきゃ、はじめっから、なんにもするもんかよ」
のぶ代「（そりゃそうだと思い）うん」
茂「カッとなって、簡単に、よすなんていうなよ（と大人びて、さとす感じあっていう）」
のぶ代「うん」

茂　「（煙草ふかす）」
のぶ代「（気がついて）やだ」
茂　「うん？」
のぶ代「随分大人になったね、茂」
茂　「もともと大人よ」
のぶ代「よくいうよ」
二人、なんだか可笑しく、ほのぼのして笑ってしまう。
上り急行の警笛。

■その車中
のぶ代、ひとり、アイスクリームを食べている。

■「カテリーナ」表（夜）
香織、勤め帰りの仕度で来て、中へ。

■「カテリーナ」店内
マスター「いらっしゃいませ」
久美子「（香織なので微笑で）いらっしゃい」
のぶ代「（カウンターの外に久美子と向き合う位置にかけていて、香織の方を見て、元気ない微笑）」
香織「今晩は（と微笑でのぶ代に近づき）やんなっちゃったんだって？」
久美子「なんか、がらっと変ったんだって」
のぶ代「（苦笑）」
香織「どういう風に？」
のぶ代「（ちょっと泣き声のようになって）あんなにさ（と高い声が出て、抑制して）あんなに、低姿勢だったじゃない」
久美子「そうよ。浅草で、すごく腰低かったわよ」
香織「いつから変ったの？」
のぶ代「だから（とまた泣きたいような気持になる）」
久美子「（すぐとってやり）結納交わして、盛岡行ったら、ガラッとだって、お前っていうんだって」
香織「やだ」
久美子「はじめが肝心だからといっとくけど、俺は俺の思い通りにやる。文句をいうな。俺に合わせろ。いう通り動けばいい。その代り、食うのには困らせないって、それじゃまるで犬と同じじゃない」
香織「ほんと」
マスター「（脇からおだやかに）コーヒーでいいですか？

香織「あ、すいません」
　（と水を香織に置く）」
久美子「ただいま（と仕度にかかる）」
のぶ代「親なんかね」
香織「うん――」
のぶ代「黙ってオレについて来いなんて、男らしくて
　いいじゃないかっていうのよ」
香織「うん（それもそうだと思う）」
のぶ代「でも、いってる事よりね、いい方にショック
　受けたの」
香織「お前？」
のぶ代「お前だって、いい方によるのよ」
久美子「そりゃそうよ」
のぶ代「のぶ代さんていってたのが、急に、お前、煙
　草買って来い、根性直せって、すごいのよ」
香織「呆然」
久美子「ほんと呆然よ」
のぶ代「それでも親なんかね」

■佐伯家・茶の間（夜）

帰宅したばかりののぶ代。おみやげも脇にあって、
ワーッと発散したのに、賢作と静子の攻勢、間を
置かず。

賢作「（のぶ代の台詞と直接で）純情な証拠だよ」
静子「そうよ。器用でずるい男なら、そんなにガラッ
　と変らないもの」
のぶ代「そうかしら」
賢作「大体ね、男なんてものはね、結婚する前には、
　いろいろ周りからいわれてるんだよ」
静子「そう。はじめが肝心だから、はじめにお嫁さ
　んをガーッとやっとけよなんて」
賢作「よくいわれるんだよ」
静子「それあんた真正直にさ、真正直どころか、結
　婚する前に、結納で変っちゃうなんて、不器
　用もいいところじゃない」
賢作「三十五で初婚だろ。緊張してんだよ」
静子「そうよ」
賢作「それに、お前、従業員の手前だってあるよ」
静子「そうよ、それがあるわよ（大きくうなずく）」
賢作「そんなへいこら出来ないよ。一旦へいこらし
　たら、嫁さんになっても、こりゃあ後をひく
　なあって、奴は奴で、結構考えたんだよ」

静子「あんたはまだ表面見てカーッとなるから」
賢作「いいんだよ。大丈夫だよ。そんな悪い奴じゃねえよ」
静子「世の中、まだまだあんたには分っちゃいないんだから」

■「カテリーナ」店

のぶ代「なーんか、そういう風にワイワイいわれると、そうかなあって気もしてくるんだけど（と歎く）」
香織「大人は、そういう時すごいからね」
久美子「ほんと」
のぶ代「こっちのいうことは、みんな、世の中分ってないからだって」
久美子「どうですか？　マスター」
マスター「うむ」
香織「純情なのかしら？　そういうの」
マスター「いや、私なんか、ひねくれてるから」
久美子「ひねくれてなーい」
マスター「よく分らないね」
久美子「そんな冷たいこといわないで」
香織「卒直な印象（と催促）」
マスター「つまり結納なんかじゃなくてね、そうじゃないので変るんなら、よく分るんだけど」
のぶ代「（両手で顔押さえ）いいわ、もう」
久美子「そうじゃないって？」
マスター「（打切りというように）いやあ駄目。私なんか駄目（と立ち上る）」

二人ほど男が入ってくる。

マスター「いらっしゃいませ」
久美子「いらっしゃいませ」
香織「（思いあたり）そうか（と小さくいい、のぶ代に）そうなの？」
のぶ代「（両手で顔をおおったまま）もういや。私、もう、いや（と小さく泣く）」

■久美子の新しいアパート

久美子「（水割りのグラス持って腰おろして壁かなにかに寄りかかって）そうか」
香織「うん（と水割りをのむ）」
久美子「じゃあ純情でもなんでもないよね」
香織「よくある奴」

久美子「よくあるやな奴じゃない。関係出来ると変るなんて」
香織「うん」
久美子「そんなの駄目よ。絶対、断るべきよ。やめるべきよ（とのむ）」
香織「うん」
久美子「結婚は、やっぱり愛し合ってなきゃ（とまたのむ）」
香織「――そう思うけど」
久美子「けど、なに？」
香織「いいなあ、あなたは見つかって」
久美子「なにいってんのよ。来やしないわ。仕事を見つけたってまだ来ないのよ（と情けなくなってぼやく）」
香織「彼女に、またとられたんじゃない？」
久美子「そんな（顔キッと正面にあげ）それだけは、ないと思ってる。あの人を、そこンとこでは信じてる（不安が横切るが、押しやるように）信じてる（といってグーッとのむ）」
香織「そういう気持に、なってみたい（とのむ）」

■佐伯家・茶の間
賢作「（ころかってテレビを見ていて）なんだと（とむっくり起きる）」
のぶ代「（玄関の方から階段へ行きながら）解消」
静子「（台所から）なんだって？」
のぶ代「（階段一段あがって）婚約解消、そう決めたの。そう思って（パッと二階へ）」
賢作「とんでもねえッ」
静子「そんな勝手なこと、許さないよ、お母さん！」

■のぶ代の部屋
のぶ代「（襖を後ろ手に閉め）許さなくても（と自分だけに聞える声でいって、灯りをつけ）許さなくても、解消するの（とふるえるように自分だけの声でいい、また消す）」

■オフィス街（昼）

■喫茶店
松永「（せかせかやって来て腰をかけながら）ああ、お昼すんだ？」

香織「（コーヒーを前にして、すでに腰かけていて）ええ」
松永「四十分か？（と腕時計を見る）」
ウェイトレス「いらっしゃいませ（とおしぼりと水を置く）」
松永「ピラフあったよね？」
ウェイトレス「はい」
松永「コーヒーと一緒に急いで（とおしぼりを破って）ああ（と溜息のような声）」
ウェイトレス「少々お待ち下さい（と去る）」
松永「なんだか、ひどいね、ママンとこは。昨日は三時だよ、メシ（と顔を拭く）」
香織「（松永を見ていて目を伏せる）」
松永「で、どう？　その気になった？（と水をのむ）」
香織「いえ（とちょっとムッとした顔で）」
松永「どうして？　ぼくは、やっぱりいい縁だと思うけどねえ」
香織「――（目を伏せたまま）」
松永「彼、あんまり我強くないし、合ってるよ、丁度」
香織「――」
松永「君はね、ちょっとはなれた年上か、彼みたいのが、いいんだよ。たとえば大沢みたいのと一緒になってみな、毎日喧嘩して、忽ち別れちゃうよ」
香織「――」
松永「あのあと、彼とまた逢ってね。どうだってきいたら、結婚してもいいような気持が、六〇パーセントぐらいだっていうんだよ」
香織「――」
松永「（香織の顔色でいうことを選んでいる）怒ったよ。そういう情熱もなにもねえようないい方を、よく出来るなって。年寄りみたいなこというなってさ。ハハハ」
香織「――」
松永「好きなら好き。嫌いなら嫌い。はっきりしろっていったらね」
香織「――（反応ない）」
松永「あの人が――つまり君がね、ぼくを好きかどうか分らない。きっと好きじゃないでしょうっていうんだよ。つまり、コンプレックスなわけ。彼は全面的に、かなり本気で結婚したいと思ってるわけ。しかし、君の気持が分らない。それで、まあつまり怖じ気づいてるってわけよ」
香織「――」
松永「お父さんも気に入ってらっしゃることだし、私としちゃ、まとめたいと思うんだけどね。どうだい？」
香織「まるで、なにもなかったみたい（と松永を批評するように見る）」
松永「（一瞬受けとめ、すぐなんのことか分り）俺と君？なにもなかったさあ」
香織「よく、ケロッと仲人出来ると思うわ」
松永「そんな事いうなよ。君だって、ぼくみたいなオジンと永続的にどうこうなりたかないだろう？　あれは、あれっきりよ。むしかえすなよ、そんなこと（とここは小声でいって、笑って煙草を出す）」
香織「――」
松永「そりゃあね、ぼくだって忘れてないよ。いい想い出だよ。しかし、あえて、金庫へ入れて鍵をかける。あとひいて、いいこと、両方ともないじゃない」
香織「――」
松永「いまは、結婚について冷静に考える。いらざる感情は殺して、君がいい結婚をすることに協力したい。それが、せめて小生のやるべきことだと思っている」
香織「――」
松永「で、彼はいいよ。逢えば逢うほど君に合ってる。君がいいたいことをいっても、彼は黙って聞いている。眼鏡ちょっとあげてさ」

■バー（夜）

アヴァン・タイトルのバー。

カウンターの岡崎と香織。

岡崎、眼鏡をあげる。

松永の声「けしてバカじゃあない。仕事は結構こなすし、上役の受けも悪くない。運もいい」

■喫茶店

松永「それに、こういっちゃなんだが、ぼくの見るところ、女性経験もあまりない。そういうのは、女房大事にするからね」
香織「――」

松永「条件いいと思うけどね」
香織「条件よくたって、気持が――」
松永「気持なんて、大げさに考えちゃ駄目だって。そりゃ若い子だから、そういうこと考えるの分るけど、会社ン中見てみなさい。恋愛結婚とかなんとかいったって、みんな実は冷静よ。適当にうまいとこ狙ってさ。抜け目ない結婚ばかりじゃない」
香織「――」
松永「カーッとなって、障害をのり越えて結婚するなんてのは昔の話よ。昔はほらタブーがいろいろあった。お嬢さんと書生とかさ。そういうのはカーッとなる。しかし、いまタブーないもん。好きならくっつきゃいい。しかもくっついたことを大げさには考えない。結婚は別。結婚は、いい条件を見て決める。そういう人だと思ってたけどなあ、君も」
香織「そうだけど、いざ結婚となると」

■バー（夜）

香織と岡崎、黙ってのんでいる。

香織の声「こんな風なのかな。この程度の気持なのかなあ。まるで事務的な気がして」
松永の声「結婚なんて事務的なことだもの。だって、日常生活を一緒にずーっとこれから生きて行くわけでしょう。散文的なことなのよ。カーッとなってするなんてことが、そもそも本質と矛盾してるわけ。建前はともかく、みんな、そう思ってるんじゃないの？　みんな」
香織「――（氷を見ている）」
岡崎「――あんまり」
香織「え？」
岡崎「おそくなると、明日起きるの大変だから」
香織「そうね」
岡崎「帰りましょうか？」
香織「うん（グーッとのんで）あーッ（と岡崎を見て微笑）」
岡崎「（微笑）」
香織「（淋しいような微笑で目を伏せる）」
久美子の声「こうやって、その頃の私たちは」

■「カテリーナ」表（朝）

　掃除をしている久美子。

久美子の声「男がガラッと変ったからといって怒るのは子供っぽいこと、結婚に熱っぽい夢を見るのも子供っぽいこと、もっと大人になるようにと、周りの大人たちからいわれ続けたのだった。私も、自分がとても現実ばなれをしたことをしているのではないか、という不安があった」

■女の子に声をかけている頃の典夫

久美子の声「人間はそんなに変るもんじゃない。ぐうたらは結局ぐうたらかもしれない」

■「カテリーナ」表

久美子「（掃除続けている）」

久美子の声「典夫に私が求めているのは無理なことなのだろうか？　と気持が時々崩れそうになった」

久美子「（ほうきの向きをかえた時、傍に男の足が立っているのに、気づき、ドキリとして、顔を上げながら立ち上る）」

典夫「（汚れたツナギの作業服を着ている）よう（とちょっと照れた目をそらして微笑）」

久美子「なあに？　その格好（といいながら、つとめてくれたのだ、と嬉しさが走る）」

典夫「徹夜でよ、いまあけたんだ（と『カテリーナ』の中へ）」

久美子「（嬉しさがこみ上げながら）徹夜って（と中へ入り）」

■「カテリーナ」店内

久美子「仕事？」

典夫「ああ（とカウンターへのりながら）なんか食わしてくれないかな」

久美子「（来て）どんな仕事？」

典夫「下請けで、部品だけどな」

久美子「工場？（とカウンターの中へ）」

典夫「ああ、工作機械の、ボトルなんかつくってるんだ」

久美子「そう」

典夫「入るなり、今朝までに入れる仕事でよ。二日、泊りこみで、ガッチャンガッチャン、フフ、まだ、頭ン中で音がしてるよ」
久美子「なにがいい？（と泣きそうな顔で）御飯まだ炊いてないの。パンならあるけど（とうつむいてしまう）」
典夫「いいよ、サンドイッチで」
久美子「（典夫の腕を摑み）ありがとう。待ってたわ。ありがとう（と泣く）」
典夫「（その久美子の腕をつかむ）」
久美子「（泣いている）」

■久美子の元のアパート・部屋（昼）

ガランとした部屋の畳やガラス窓の拭き掃除をしているのぶ代と香織。

久美子の声「私は、元いたアパートへ移った。思いついて大家さんに電話をしたら、私が出たあと、まだふさがっていないというのだった」

■近くの道

久美子、一杯の買い物をかかえてアパートへ急ぐ。

久美子の声「礼金なしで敷金一つ。一ケ月分の部屋代前払いでいいというのですぐとびついた」

■アパート入口と階段

久美子、入って行き、階段を上る。

久美子の声「十月中旬の日曜日。漸く典夫と暮すところまで、たどりついたのだった」

■アパート・部屋

久美子「（あいているドアを入って来て）ごめんね、やらしちゃって」
のぶ代「あーら、丁度終る頃帰って来た（畳拭いている）」
香織「ううん、押入れン中残してある（とガラス窓拭いている）」
久美子「やだ（と台所の床へ買い物置きながら）ケチしないで、やってよ、全部」
のぶ代「あーら、よくいう」
香織「ふてぶてしい」
久美子「（笑って）これ見て、ヒレのステーキ、百グラム三百五十円。ちょっと安いんじゃない（とスーパーのパックに入ったステーキ肉を示す）」

のぶ代「ほんとにヒレ?」
久美子「ヒレじゃない? これ」
香織「ビーフじゃないんじゃない?」
久美子「ビーフよ。ほら、ビーフ、ヒレステーキ用って」
電話のベル。
のぶ代「(包みの中を見て) あーら、まあ、随分いろいろ買って来た」
香織「やだ、ワイン三本も買ったの?」
久美子「(電話へ出て) もしもし――あ、典夫」

■小工場のピンク電話

典夫「(働いている最中という感じで) とってもな、五時で終りそうもねえんだよ」

■工場の中

騒音、激しい。部品工場。

■久美子の元のアパート

久美子「(電話に出ていて) いいわよ。八時で、いい。待ってる。うん? いい。二人も待たして置く。食べさせない。待っている。うん――うん、じゃ、頑張って。フフ (と切る)」
のぶ代「やだ、八時まで食べさせない気?」
香織「ほんと」
久美子「そのくらい、つき合ってよ。彼、いま一生懸命働いてるのよ。待ってるぐらい、なんでもないじゃない」
のぶ代「ウウ」
香織「女将(おかみ)さん (だわ、まるで)」
久美子「女将さんだもの。これからは、家計やりくっていかなきゃ。さあ、大変大変 (と包みの中のものをどんどん出して行く)」
のぶ代「くわれた」
三人、笑ったとき、ノックの音。
三人、前後して見て、それぞれハッとする。
武志「(あいているドアをノックしたのである。立っていて、目を伏せ、ちょっと会釈のようなものをする)」
久美子「パパ (と口の中でいって立ち上る)」
香織「今日は (と一礼)」
のぶ代「お邪魔してます (と一礼)」
武志「ああ。いや、連れ戻しに来たとか、そういうんじゃないんだ。いいかな? (笑顔はなくいう)」

香織「あ、どうぞ」
のぶ代「私たち、それじゃ」
武志「いいんだ。いてくれていいの。いやむしろ、いてくれた方がいい。今日は引越し手伝って下さったそうで、どうもありがとう（と立ったまま一礼）」
香織「いえ」
のぶ代「いえ」
久美子「どうぞ。座蒲団も、なにもないけど」
武志「ああ（靴を脱ぎながら）マスターが、電話くれてね。彼、機械メーカーで働き出したって？」
久美子「そうなの。忙しくて、日曜もなにもなくて、今日もまだ働いてるんだけど」
武志「そうか（と戸に近いところで座ろうとするので）」
のぶ代「あ、もっと、こっちへどうぞ」
香織「ドア、閉めようね、もう（と立ってドアの方へ行き閉める）」

■同じ部屋（時間経過）

ガスにかかっているヤカン。
武志、上座らしきところにあぐらをかき、向き合って久美子。その脇に、香織とのぶ代。途中で、ヤカンが煮立ったら、のぶ代が立とうとする香織を制して、お茶の仕度をはじめる。香織、ややおくれて、手伝う。
武志「ざっくばらんにいうと、私もお母さんも、彼は、久美子の願い通りには働かないんじゃないか、と思っていた。アルバイト気分で、結構面白く金を稼いでいた男が、地味な定職につくことは、なかなか出来ないことだ。そこに希望をもっていたといってはなんだが、お前たちは、一緒に暮す前に、喧嘩して別れてしまうこともあるのではないかと思っていた。しかし、マスターから、工場で働いていると聞いてね」
久美子「（うなずく）」
武志「今日から一緒に暮し出すと聞いて、昼前に向う発って、やって来た」
久美子「（うなずく）」
武志「親ってものは厄介なもんでね。二人は本気で、真面目に暮してるなら結構じゃないか、とほっとく事が出来ない」

久美子「(本意が分らぬまま、うなずく)」
武志「つまり、二人が、そんなに本気なら、同棲などという形ではなく、いっそ結婚しちまったら、どうか、と思ってね」
久美子「――」
香織「――」
のぶ代「――」
武志「その方が、彼も腰が決まるような気がするんだが、どうだい?」
久美子「――」
武志「同棲という言葉が、少々親にはこたえる、ということもある」
久美子「彼、こんな事いいたくないけど、まだ分らないと思うの」
武志「(うなずく。俺も思うね。という気持)」
久美子「いまは一生懸命だけど、ずっと続くかどうか分らないって気がするの」
武志「(うなずく)」
久美子「その時はまたパッとはなれる気なの。その日に縁切っちゃうつもりなの。こうやって、まだ、たたかうっていうか、やり合っていくつもりなの。結婚しちゃったら、私が出て行ったって、どうせ結婚してるんだって、どっかでつながってるような気がしちゃうでしょう。そうじゃない方がいいの。パッとはなれたら、もうなんにもない。それっきり、そういうところで生きてた方が、緊張もするし、お互い、安心も出来ないし、いいと思うの」
武志「――」
久美子「それに、彼は、毎日工場通うだけでも、随分しばられてる気がしているわ。その上、結婚だなんていうと、すごく縛られちゃうような気がして、やめたやめたなんて事になるじゃないかって、そんな心配もあるの。パパたち、世間体悪いかもしれないけど」
武志「いや――」
久美子「一緒に暮しながら、少しずつ結婚に近づいて行くっていう、そういう結婚も、あったっていいんじゃないかって思うの」
のぶ代「思うわ」
香織「思います」
久美子「もう少し我慢して貰いたいの。(遠慮がちにいう)」

■車のフロントグラス越しの道(夜)

久美子の声「普通の結婚にならなくて悪いと思ってるけど」

■車の中

武志「(運転している)」

久美子の声「好きになったの、ああいう人だから、もう少し頑張らなきゃならないの。ごめんなさい」

武志「——(運転している)」

典夫の声「(マイ・ウェイを唄う声、先行して)」

■久美子の元のアパート・部屋(夜)

典夫、唄っている。マイクのつもりで、フォークかなにか持っている。

食卓は、かなり食べたあとで、ワインの瓶も三本、あけられて、花などもささやかにあり、久美子、香織、のぶ代、それぞれ、そのワインのグラスを持ち、ほろ酔いである。

久美子「(唄う典夫を見惚れるように見ている)」

香織「(呟くように、横ののぶ代に)いいねえ、久美子」

のぶ代「うん?」

香織「久美子、ひとり充実してる感じねえ」

のぶ代「ほんと。私も頑張らなくちゃ、私もあんな結婚やだって、頑張らなくちゃ」

香織「私も——もうちょっと、気持がカーッとするような、結婚したいって、頑張ろう」

典夫「(いい気持で唄い終る)」

久美子「(嬉しく拍手している)」

■食肉輸入課前の廊下(昼)

松永、ああやりきれん、という思いで、ぐいぐい来て、

松永「(ドアをあけ)池谷くん、いるかい?」

■食肉輸入課

香織「(お茶くばっていて)はい」

松永「ちょっと来てくれ、(と廊下へ消える)」

■廊下

松永「(たとえば窓際までぐいぐい歩き、振りかえって、イ

ライラとまた戻って行って）」
香織「（とび出して来るのと、ぶつかりそうになり）」
松永「第三応接にね（とまた窓際の方へ行きながら、立ち止り小声で）お母さんが見えてる」
香織「母が？」
松永「頼むよ。大げさなことにならないようにしてくれよ（と泣き言をいい、人が来るので）今日は（声を普通に上司風にかろうじて変え）今日は、これでいいから。このまま帰っていいから。しっかりやってくれよ（と部屋の方へ）」
香織「（見送る）」
由起子の声「昨夜ね」

■第三応接室

由起子「（入って来た香織を見て立ち上り、香織が座るのを目で追いながら）お父さんが、ちょろっといってね。お母さんもう、びっくりしちゃったわよ」
香織「（目を伏せたまま座る）」
由起子「いま課長さんと逢ったけど、あんた、課長さんと」
香織「待って。ここ、薄い壁で応接間いくつも並んでるのよ。そんな話しないで（目を合わせずにいう）」
由起子「（その娘を見て低く）あなた、課長さんが好きなの？　それで、お見合い、断ったりしてたの？」
香織「ぜんぜん。ぜんぜんそんなんじゃないのよ？」
由起子「じゃあ、どうして？　どうして、課長さんと、そんなことになったの？」
香織「一回だけよ」
由起子「一回なら、いいってもんじゃないでしょう（と、ちょっと声大きくなる）」
香織「（立ち上り）バッグとってくるわ」

■タクシーから見た東京

■タクシーの車内

黙って乗っている由起子と香織。
由起子の声「一体、みんな、どういう神経をしてるの？」

■香織のアパート・部屋

香織「（カーテンをあける）」

由起子「（あがったあたりに立ったまま）部下に手を出す課長も課長だし」
香織「（窓の錠をあけている）」
由起子「そのこと聞いて、娘やめさせるどころか、その課長をおどかして、あんたの結婚に責任持てっていったっていうんだから、訳分りゃあしない」
香織「（ガラス戸、あける）」
由起子「あんたも、そんな課長に、仲人みたいなことされて、平気なの？」
香織「――」
由起子「やめて、家へ帰りなさい。まるで、なにもかもめちゃくちゃじゃないの（座る）」
香織「そんな大げさなことじゃないのよ」
由起子「大げさなことですよ。結婚前の娘が、四十越えた奥さんのいる男と、そういうことになったってだけだって大変なことじゃないの」
香織「中学の頃からね（口の中でいう）」
由起子「なに？」
香織「中学の頃から、みんな男の子の話、夢中でしてるのよ」
由起子「だから、なに？」
香織「それから高校の三年間があって、就職してからだって、もう五年になるのよ」
由起子「そんなこと分ってますよ」
香織「その間、全然なんにもないなんて方が、おかしいんじゃない？」
由起子「おかしかないわよ。普通の人は、みんな、結婚するまで、きちんと身を綺麗にしてるもんですよ」
香織「そうかなあ」
由起子「そうですよ。なんだかんだいったって、そういう人が大半なのよ。それが当り前ですよ」
香織「でも人間だから、フラッとそういうことあったって自然だし」
由起子「フラッとは、なんですか！」
香織「――」
由起子「（口調かえ）あんた、あの人がはじめて？」
香織「ちがうわ」
由起子「じゃ何人？　その前に、何人？」
香織「よしてよ」
由起子「どうして、そんな子になったの？」

香織「そんないい方しないでよ」
由起子「男はね、いざ結婚となれば、そんな女、嫌いよ」
香織「だったら、いいわよ。結婚なんかしないから」
由起子「そんなことといって、三十四十になったら」
香織「三十四十になったら、どうだっていうの？　大体、お母さん、幸せ？　結婚して幸せ？　こんな娘がいて、兄さんはつめたいし、お嫁さんとはピリピリして、お父さんは浮気して、ちっとも幸せじゃないじゃない」
由起子「よくまあ、そんなことと」
香織「ひとりでいるのと、どっちが幸せか分ったもんじゃないわよ」
由起子「少くともね、お金の心配はしませんよ」
香織「いやらしい」
由起子「いやらしくないわよ。女が四十五十になって、お金稼ぐのは、大変なことよ」
香織「だから結婚するの？　だから今のうち結婚しとけっていうの？」
由起子「そればっかりじゃないでしょう。ひとりで意気張（ば）って生きるより、好きな人と力合わせて、二人で生きてく方がどんなに幸せか分らないじゃない」
香織「だからいってるのよ。本当に好きな人が出てくるまで、慌てないって」
由起子「そんなことといってるうちにねえ」
香織「年とったっていいの」
由起子「なんにも分ってないんだから」
香織「分ってないわ。分ったつもりで、適当に手を打って、ブスーッとした男と一緒になって、両方で陰で悪口いい合って、一生我慢して暮すより、ここで五年や十年おくれるのが、なによ」
由起子「我慢ばっかりしてませんよ、私は。私だって、幸せな時あったわよ。生意気なことというんじゃないわよ」
香織「とにかく、家へなんか帰らないわ。あの家で、嫁姑の間に、まきこまれて、掃除や洗濯してたかないわ」
由起子「いっとくけど、いい人なんて見つかりゃあしませんよ。そんな理想の高いことといったって」
香織「心から好きになれる人っていうのが、どうして理想が高いの？」
由起子「あんたの基準が高いじゃない。岡崎っていう人、とってもいいそうじゃない」
香織「お父さんが、よくたって」
由起子「ほどほどによけりゃあ、決心した方がいいの。そんな、白い馬に乗った王子さまが現われるわけないいんだから、そういう人と一緒になって、そのうち、かけがえのない人だなって、そういう風に思ってくるもんなの」
香織「――」
由起子「帰る気ないなら、その人と一緒になんなさい。なんなさい！　贅沢いってないで！」
香織「逢ってもいないのに、よくそんなことといえるわねえ（とクッションを母にいくつも投げつける）」
由起子「香織！」

■久美子の元のアパート・廊下

のぶ代「（急ぎ足で階段を上って来て、久美子の部屋をノックする）」
久美子の声「はい」
のぶ代「私。のぶ代――です」
久美子「（あけ）いらっしゃい（と微笑）」
のぶ代「（うなずき）いるのねえ（典夫が）」
久美子「あ、うん（とチラと典夫の方を見て）どうぞ（と中へ）」
のぶ代「ごめんね（と中へ）」

■久美子の部屋

典夫「（ズボンをはきながら）いらっしゃい」
久美子「フフ、パンツでいたもんだから（と座蒲団を裏返して置き）どうぞ」
のぶ代「（ドアを閉め）邪魔して悪いんだけど」
久美子「いいのよ」
典夫「なにいってんの。どうぞ」
のぶ代「（二人の方を見るのがまぶしくて）ウワ。すごいもう（と靴をぬぎながら）新婚家庭ねえ」
久美子「そんな事なーい（とお茶の仕度）」
典夫「あ、俺、何処か行ってようか？」
のぶ代「ううん、いいの。いてくれていいの（と座り）香織さんとこ電話したらいなくて、家にもいたくなくて、つい来ちゃったんだけど」
久美子「どうした？」
典夫「敷いてよ、座蒲団」
のぶ代「（その典夫にうなずくようにして、久美子へ）すごいのよ。絶対、婚約解消なんて許さないって、両親で、すごいの」
久美子「ほんとォ（そりゃそうだとは思ったけど）」
のぶ代「結納交わして、御馳走食べて、盛岡までいって、今更よしたなんて、そんな相手の顔をつぶすような事いえるかって、父なんか殴るのよ」
久美子「やだ」
のぶ代「ここンとこ（と頭に触って）見えないけど、すごいコブ出来ちゃったわ」
久美子「ひどい」
のぶ代「私もう、どうでもいいや、なんて」
久美子「駄目よ。一生のことじゃない。やな奴と結婚することないわよ。ねえ（と典夫に同意求める）」
典夫「ああ。そんなスゴイなら出ちゃったら？」
久美子「そうよ。うちを出ちゃえばいいのよ。殴るなんて、ひどいもん」
のぶ代「ただね、結納って一種の契約でしょう。契約して、いやになったからよすっていうのも、無責任な（気がして、といいかかるのを）」
久美子「そんなことあるもんですか。向うの態度が、かわったんじゃない。かまったことないわよ」
のぶ代「仲人が、父の工場の社長だし――」
久美子「仕事と関係ないじゃない」
のぶ代「そうはいかないのよ。やっぱり、こわすような事すれば、父は居辛らくなっちゃうし」
久美子「そんなのお父さん仕様がないと思うんじゃない？　娘が不幸になるよりはいいもの」
のぶ代「でも、その社長さんに、随分恩になってるのよねえ」
久美子「いくら恩になってるったって」
のぶ代「ちょっと一日、態度変ったからって、婚約解消っていうのは、せっかちすぎたかなあ、とも思うし」
久美子「やだ（とちょっと拍子抜けする）」
のぶ代「帰りのホームじゃ、なんか悪かったっていう感じあったし――弟がいうように、なんだかんだいったって、やっぱり私を気に入ってはいると思うし」
久美子「なんなの？　一体（とがっかりしていう）」
のぶ代「なんなの、って？」
久美子「結婚したいわけ？」
のぶ代「したかないわよう」

久美子「だって、まるで、了解求めるようなことというんだもの」
典夫「いいじゃないか（と久美子をたしなめる）」
久美子「そりゃいいけど（変よ、という感じ）」
のぶ代「したくないわよ。したくないけど」
典夫「迷ってるんだよね？」
のぶ代「（うなずき）うん」
典夫「そりゃ、一度は結婚しようとした人だし、迷うのは無理ないと思うよ」
久美子「そうね。そういえばそうだけど（と典夫にすぐ従ってしまう）」
典夫「少し時間貰ったら、どうなのかな？」
久美子「時間？」
典夫「ああ、一月だっけ？　式」
のぶ代「ええ」
典夫「それ、少しのばして貰ってさ。もっと何度もつき合ってみて、ガラッと変ったのは、どういうわけか？　どっちが、本当の彼なのか、じっくり見てから、それでも嫌だったら、その時は断固解消する。家出をしても、抵抗する」
久美子「（そんな典夫に見惚れている）」
典夫「そういうことにしたら、どうかな？」
久美子「おどろいた」
典夫「うん？」
久美子「典夫、そんな口きけるのねえ」
典夫「バカ、なにいってんだ」
久美子「だって、いまの、いかにも一家の主人て気しなかった？（とのぶ代にきく）」
のぶ代「うん（と急いで同調してやる）」
久美子「見直しちゃったわ、私、この人」
典夫「そんなことといってる時じゃないだろう（と突く）」
久美子「（うしろへのけぞるが、嬉しく）いたい（と黄色い声で幸せそう）」
のぶ代「（仕方なく、見せつけられてる感じで、笑う）」

■佐伯家・茶の間

社長、社長夫人正子、二郎、賢作、静子が、座っていて、みんな玄関の方を見ている。ドキリとするような真顔である。短く間あって――。

社長「（おだやかだが、厳しさのある声で）お帰り」
のぶ代「（玄関の戸をあけた形で、ギクリとして、目を伏せ）

ただいま（と小さくいって中へ入る）」
賢作「どこ行ってたッ」
二郎「お父さんは、ちょっと、どうか（となにもいわないでくれ、というように両手をバッとついて一礼する）」
のぶ代「（戸を閉める）」
静子「此処おいで。お父さんはね、お前がそんなにいうならって、昨日の夜ね、社長さんのところへ相談に伺ったんだよ。ただ、あんたのいうこと、頭ごなしに叱ってたわけじゃないんだよ」
社長「お母さんも、ちょっと黙ってて貰おうか？」
静子「はい。そりゃ、もう」
社長「さあ。上って、こっちへいらっしゃい」
のぶ代「（うなずく）」
社長「こんなことは、はじめてだよ、のぶ代ちゃん。甥と二人で、こんな思いをするとは、夢にも思わなかったよ」
のぶ代「（ゆっくり、みんなの目を感じながら上り、茶の間へ入ったあたりで座り）すいません（と小さくいってお辞儀を深くする）」

久美子の声「のぶ代さんは、その夜、結局折れてしまったのだった。そして一月に式をやるはずだったのが、気が変らないうちに、ということだろうか？」

■結婚式場ロビー

あまり広くないロビーに、ガヤガヤと祝客がいる。
久美子の声「突然半月あとに、盛岡で式をあげることに決まってしまったのだった」

■美容室

花嫁衣裳で、かつらはまだつけず、白塗りに顔を塗られているのぶ代。

「みんなで、人生こんなもんだとか、義理が悪いとか、今更断ったら悪いとか、行きおくれるとか、男なんてみんな同じとか、お金があれば何よりとか、よってたかって、おどかしたり、すかしたりして、ここまで持って来たんじゃない」

■盛岡・結婚式場ロビー（昼）
　賑わっている。幾組もの結婚がある。
久美子の声「のぶ代さんは、十五日足らずの仕度で」
■花嫁化粧室
　白粉ぬられているのぶ代。
久美子の声「あわただしく盛岡で、結婚してしまうことになった」
のぶ代の声「（電話をかけている声で）いいの。もうわり切ってるの」
■佐伯家・茶の間（夜）
のぶ代「（電話かけている。普段着）ま、人生こんなもんだろ、と思ってるわ。ジタバタしたって、たいして代り映えしないもの」
デパートからの届けものが、いくつか隅にあるのが、わずかに結婚真近の娘の家らしい。誰も他にはいない。
■久美子の元のアパート・部屋
久美子「（電話に出ていて）そう。そんならいいけど――（淋しさと心配する感じ）」
■佐伯家・茶の間
のぶ代「わりと私、適応性あるしね。フフフ」
■久美子の元のアパート・部屋
久美子「フフ（と笑って、うん、うんなどと続いている）」
久美子の声「その結婚までの十五日の間、私たちは、ほとんど逢えなかった。そして、私も」
典夫、ころがって、テレビを見ながら煙草をふかしている。
■香織の部屋
香織「（鏡の自分の顔を淋しく見ている）」
久美子の声「香織さんも、その十五日間は、情けない半月だった」
■結婚式場ロビー
　その賑わい。
久美子の声「あの出来事をお話する前に」

■久美子の元のアパート・部屋

典夫、煙草をふかして、ウイスキーをのむ。

久美子、電話切った形で目を伏せている。

久美子の声「そこまでの私たちのことを、暫く聞いて、いただきたい——と思います（終りは、息の声になる）」

■タイトル

■久美子の元のアパート・部屋（朝）

久美子「（台所でベーコンエッグをつくって皿へ移しながら）典夫。起きて（と甘さよりむしろ母親の日常という声）」

典夫「（蒲団、顔にかぶって動かない）」

久美子「仕様がないなあ（とベーコンエッグの皿をちゃぶ台へ持って来ながら）典夫（皿を置いて典夫の蒲団のところへ行き、頭をちょっとついて）ちょっとたるんで来たんじゃない（今度は両手で身体をゆするようにして）典夫（といった時、腕を典夫がつかんで、押し倒されてしまう）あー、なにすんのよ」

典夫「（かまわず、セックスに至る過程を進行する）」

久美子「駄目よ、駄目ったら、やだ、やだったら典夫（しかし、激しい抵抗にはなれない）」

■同じ部屋（時間経過）

事後。典夫、うつ伏せに目を閉じている。

その横であお向けの久美子。

久美子「（典夫を見て）どうするの？（あまり非難がましくない）八時（目覚しを見て）二十四分よ」

典夫「——（動かない）」

久美子「急げば、十分おくれぐらいで着くんじゃない？」

典夫「——（動かない）」

久美子「ねえ——」

典夫「——」

久美子「私も、もう洗濯干して、行かなくちゃ（と起き上る）」

典夫「やめた」

久美子「え？」

典夫「一昨日、やめちまったんだ（と仰向けになる。ケロッという）」

久美子「一昨日って——」

典夫「（煙草をとりながら、うつ伏せ）」
久美子「じゃ、昨日は、どうしたの？　ちゃんと出て行ったじゃない」
典夫「――（火をつける）」
久美子「（無論いい出しにくくてそうしたことは分っていて）どうして？　まだ、ひと月もたってないのに」
典夫「イモくせェ奴ばっかりで」
久美子「――」
典夫「人を阿呆みたいにいいやがって。新入りは、可愛げがなくちゃいけねえだと（と、吐き捨てるようにいう）」
久美子「だから？（だからなに？　という思い）」
典夫「へつらいやがって（呆れたことに、という口調）二日遅れで入って来た四十八だかのチビがよ、まるで世の中はじめて見たってェ面して、『へえ、ハンマーはそういう風に叩くんですか』（ヘッ、というように苦笑し）班長が乗っちまって、人間辛抱だァなんて、説教をたれる。それまた四十八のカマトトが、そんな素晴しい教訓聞いたこともねえって顔をする。そんなバカな真似、俺が出来るかよ？」
久美子「バカな真似だとは思わないわ。四十八になって新しく就職するのはきっとすごく大変だったのよ。だから、一所懸命ゴマすって、誠にならないようにしてるのよ」
典夫「俺は四十八じゃない。他に、いくらだって、楽で儲かる仕事あるんだ」
久美子「どんな？　どこに、そんな仕事ある？　楽で儲かる仕事なんて、どこにあるのよ？」
典夫「来いっていってんだよ」
久美子「誰が？」
典夫「ジョイフルの頃の――」
久美子「あれは、いやだっていったでしょう――」
典夫「――」
久美子「大体、あれだって楽に儲かるってもんじゃないじゃない。そりゃ、一人でその日暮しなら、なんとか食べて行けるでしょうけど、私たち、計画持ちたいわ。ここで一生暮したかないわ」
典夫「――」
久美子「お給料は？」
典夫「社長殴ってやめたんだ。貰えるかよ」
久美子「何故せめて貰って来ないのよ？　何故格好よ

がって、殴ってやめたりするのよ?」

典夫「男にゃあ、そういう時があるんだ。そうそう女の思うように行くもんか!」

久美子「約束だわ(いいたくないという思い溢れるが)一緒にいる訳にいかないわ」

典夫「ああ、何処へでも行けよ。ひとを教育する気でいやがる。沢山だ。何処へでも行っちまえ!」

久美子「――(情けなく、ふるえている)」

典夫「(その久美子を見て)行けよ。行けるもんなら、行けよ。(と起き上る。裸体である)」

久美子「――(見つめている)」

典夫「それとも俺を追い出すか?」

久美子「――(泣きたい。別れたくない)」

典夫「(その久美子の腕をつかんで抱きしめる)」

久美子「いや」

典夫「(押し倒す)」

久美子「(力弱く)いや(といいながら、泣き、泣きながら、典夫に抱きついて行く)」

■「カテリーナ」店(夜)

マスター「(入って来た男客に)いらっしゃいませ」

久美子「(同じくカウンターに入っていて洗い物をしていて)いらっしゃいませ」

男客「ホットね(カウンターへ)」

久美子「かしこまりました」

■久美子の元の部屋

典夫、酒をのんでいる。テレビを見ている。

■「カテリーナ」店

久美子「お待たせしました(とカウンターの客にスパゲティを出している)」

マスター「あ、いらっしゃい(と微笑)」

香織「今晩は(とドアをあけたところで微笑)」

久美子「いらっしゃい(と微笑。底流に淋しさがある)」

■飲食街の裏手

小さな店々のさんざめきが小さく届く、ゴミの大きなポリバケツなどがある場所で久美子と香織、立っていて、香織「（久美子の手短かな状況説明を聞いたあとで、軽くショックを受けている）そう」
久美子「だから、私、このままじゃ、あいつのいうなりになって、キャバレーでもなんでもつとめちゃいそう」
香織「つとめろっていうの？」
久美子「いってないわ。いってないけど、いわれたら、さからえないような気がするの」
香織「どうしたらいい？（手伝える事ある？）」
久美子「お宅へ泊めてくれる？」
香織「いいわよ」
久美子「――」
香織「勿論いいわよ（励ますようにいう）」
久美子「だけど、本当は、泊りたくないの。あいつンとこ帰りたいの」
香織「――」
久美子「これじゃ、あいつ、どんどんつけ上って、どんどん、ぐうたらに戻っちゃう（香織の肩に額をつけ、小さく）助けて――」
香織「――」

香織の声「結局たかくくってるのよね」

■香織の部屋

香織「（ちゃぶ台の上で湯気の立つラーメン二つに、瓶詰めから支那竹を小さなフォークでつまんでのせながら）女なんて、抱いちゃえば、こっちのもんだって、なめてるのよ」
久美子「（両膝立てて座り、そこへ額をのせている）」
香織「なんでか自分の方がえらいような顔して、がさつで、見栄っぱりで、威張ってて、助兵衛で」
久美子「そんなに、いわないで（と顔を上げ）これでも、好きなんだから（と淋しく苦笑）」
香織「一般論よ。彼はま、ちょっと確かに素敵なとこもあるもんね」
久美子「フフ（ラーメン見て）おいしそう」
香織「どうぞ、めし上れ。コショウか（と、とりに立つ）」
久美子「よかった」
香織「うん？」
久美子「友達いて、よかった」
香織「頑張って、向うが折れてくるまで、ずっといればいいわよ（と戻って来る）」

久美子「——（うん、といえない）」
香織「私、明後日から三日いないし」
久美子「どして？」
香織「兄の赤ん坊がうまれたの」
久美子「へえ」
香織「予定日より三週間もおくれたのよ。そんなのってある？（と、食べはじめる）」
久美子「（その香織をちょっと見て、しかし答えるほどの知識もなく、薄い微笑で）いただきまァす（と、食べはじめる）」
香織「ユーツ」
久美子「なにが」
香織「また結婚結婚ていうに決まってるんだもの（と食べる）」
久美子「ほんとね（と食べる）」
電話のベル。
久美子「（ハッと顔をあげ）彼かなあ（と、緊張していう）」
香織「いいわよ、私が、はっきりいってやるから（と電話へ行くのを）」
久美子「いいの（と止め）私、帰る。帰るわ、やっぱり」
香織「なにいってるの」
久美子「だって、やっぱり、私（と、電話へ行き）もしもし（とせっぱつまった声を出す）」

■佐伯家・茶の間

のぶ代「（電話に出ていて）あ、あの、香織さんじゃなかったっけ？」

■香織の部屋

久美子「あ（と息のような声出して、ほっとして受話器をちょっとおろし、笑うような声で香織へ渡し）出て」
のぶ代の声「（小さく電話から）もしもし、あの、池谷さんじゃありませんか？」
香織「（素早くとって）のぶ代さん？」

■佐伯家・茶の間

のぶ代「やだ。いま、なんか変だった」

■香織の部屋

香織「そうなの。ちょっと、久美子さんがふざけてたの」

■佐伯家・茶の間
のぶ代「やだ。来てるの」
■香織の部屋
香織「そう。今日は泊ってくの」
■佐伯家・茶の間
のぶ代「丁度よかった。あのね、こないだのことだけど――ほら、盛岡のこと」
■香織の部屋
香織「結婚式？」
■佐伯家・茶の間
のぶ代「そう。本当に、迷惑じゃなかったらね」
■香織の部屋
香織「迷惑なわけないじゃない」
■佐伯家・茶の間
のぶ代「どうぞ、おいで下さいって、父も母も、そういってるの」
■香織の部屋
香織「よかったァ。のぶ代さんのウエディング見たいもの」
■佐伯家・茶の間
のぶ代「私もよかった。なんだか遠くて、友達もいなくて、淋しいなあって思ってたの。よかったァ（と、笑う）」
■久美子の元のアパート・廊下
典夫「（中からドアをあける）」
久美子「（目を伏せていて）ただいま」
典夫「おそかったじゃないか（と、やさしくいう）」
久美子「うん（と、入る）」
■部屋
典夫「（迎え入れるようにあとずさり）帰って、来ないのか、と思ったぞ（と、淋しかった気持溢れていう）」
久美子「（ドアを閉め、錠を閉め）ごめんね」

典夫「何度も――何度も、外へ出て。駅まで行ったりしたんだぞ」

久美子「（典夫を見る）」

抱き合う二人。固く抱き合う。

■池谷家・二階（夜）

生後一週間の赤ん坊。

それをのぞいている香織。葉子、ネグリジェにガウン姿で、傍で理一のワイシャツにアイロンをかけている。

香織「不思議ねえ、赤ちゃんて、見飽きない」

葉子「あーら（とちょっと微笑）」

香織「なに？」

葉子「子供なんか嫌いっていってたのよ」

香織「そうだけど、無責任でいいせいかなあ。可愛い」

葉子「（微笑でアイロンかけている）」

香織「三つ四つでさ、デパートなんかで、ギャアギャア駄駄こねてるの見ると、子供なんか面倒くさくて、責任重くて、いらないって思っちゃうけど、こういうの自分の子だなんて、いいなあ」

葉子「フフフ（階段上る足音の方を見る）」

由起子「あーら、またアイロンなんかかけてる。なんもしなくていいっていってるのに（と下着の洗濯したものをたたんでいくつか持って整理ダンスへ行く）」

香織「大きな声で。赤ちゃん、いるのよ」

由起子「まだ聞こえやしないってば」

香織「聞こえるってば。呼ぶと見るもの」

由起子「嘘いいなさい」

香織「大体、姉さんたちのタンス、どかどか勝手にあけていいの」

葉子「いいのよ」

由起子「いいに決まってるじゃないの。こんなとこへ、秘密のもんなんか入れてるわけないでしょ」

香織「感じの問題よ」

由起子「うるさいねえ、あんたは。帰ってくると、いいのか？　いいのか？　って、こっちが自然にうまくやってるのに、なんか妙に意識しちゃうじゃないの」

信吾「（いつの間にか廊下へ来ていて）香織」

香織「ああ、びっくりしたァ」

信吾「下へ来いっていっとるのに、なにしてるんだ」

香織「行きたくないものォ（そういってるでしょう！という感じ）」
信吾「挨拶ぐれエしたっていいべが」
香織「絶対呼ぶと思ってたの。そしたら」

■池谷家・階下・座敷

三人の青年を、理一が相手をして、酒をのませ、談笑している。それぞれに悪くない青年。

信吾も、寸前までいたので席がある。

香織「三人も、ひとりもんいどきに呼んで、挨拶しろ、お酌しろって」

■二階・部屋

信吾「それがなんでいけねえ」
由起子「そうよ。みんな、赤ちゃんのお祝いに来てくれたんじゃないの」
香織「そうかなあ（ドデッと動かない）」
信吾「勿体つけねえでくりゃあいいだ（とカッとなり、しかし声はおさえて）見合いなら、なんでいけねえだ（と香織の腕つかんで、ひっぱる）」
香織「よしてよ」
由起子「赤ちゃんいるんだから（暴れないで）」
信吾「（かまわずひっぱって）ほっときゃあ、ぐずぐずひきのばして、ハイミスになって、銀行の金ごまかして、フィリッピンなんか行かれて、たまっか（とひっぱって、ダーッと階段の方へ）」
香織「いたい（といいながらひっぱられて障子の向うへ消え）」
ドドドドッと二人で階段を落ちる音。
由起子「やだ、まあ（と行く）」
葉子「――（立つ）」

■階下・座敷

四人とも、音のした方を見ていて――。
理一「どうしたのォ？」

■階段下

信吾「（ころがっていて、痛さこらえながら笑い）なんでもねえ。ハハ、なんでもねえ」
香織「（ころがっていて）痛い、ひどい（トホ、というように腰を押さえて、ベソをかく）」

■盛岡行き急行が走る（昼）

■その車内

他所（よそ）行きを着た香織と久美子、前シーンまでの経緯と無縁に、楽しく、ゲラゲラ笑って、なにか食べながら、しゃべっている。

久美子の声「それから五日後、私と香織さんは、東京から一緒に盛岡に向った。のぶ代さんは二日前に行っていた。急に決めた日取りなので、式は夕方の四時半からのしか、とれず」

■結婚式場・ロビー

賑わっている。

久美子の声「私たちは、三時半に式場へ着けばいいことになっていた」

■花嫁化粧室

のぶ代「（かつらはまだで、白粉をぬられている）」

他にお色直しの衣裳をつけるのを急いでいる一組がいる。

ドアをノックして、静子が礼装で顔をのぞかせ、

静子「のぶ代」

のぶ代「（無表情に見えた目が動くが光はなく、沈んでいるのが分る声で）うん？」

静子「吉川さんたち（外を見て）まだ少しかかりそうですけど」

のぶ代「（その母の声の間に見る見る明るくなり）入って。どうぞ、入って（と大声でいう）」

静子「大きな声出すんじゃないの（と急ぎ早口でいい、外へ）やあねえ、花嫁が（と笑って身体をひく）」

久美子「（のぞいて）おめでとうございます（と見る）」

香織「（のぞいて）おめでとうございます（見る）」

のぶ代「遠いとこありがとう」

静子「じゃ、どうぞ、ちょっと中へ（気がついて、美容師へ）いいかしら、美容師さん、二人だけど」

美容師「（女）ええ。どうぞ」

静子「じゃ、どうぞ。私、ちょっと。お父さんなんにもしないもんだから（とチョロッと愚痴をいいながら、消えつつ）フフフ」

久美子「（その静子へ）すいません」

香織「（その静子へ）すいません」

のぶ代「見て。なんだか自分じゃないみたい」

久美子「そんなことなーい」
香織「綺麗。きっと綺麗だと思ってた」
美容師「少し元気つけてあげて下さい。さっきから何度も溜息ついてるんですよ（と明るく冗談めかしていう）」
のぶ代「あら、そうですか（と美容師にきいている）」
久美子「くたびれてんでしょう？」
香織「よく眠った？」
のぶ代「なんだか、全然寝てないの」
久美子「ウワ」
香織「大丈夫？」
のぶ代「フフ、ほんというと大丈夫じゃないの」
香織「大丈夫じゃないって？」
久美子「熱でもある？」
のぶ代「ううん。ただ、ちょっと（気がゆるんで、泣き声になってうつむく）」
久美子「あらァ」
香織「どうした？」
のぶ代「（目をおさえ）美容師さん、すいません、五分、五分待ってくれますか？（と泣いてしまう）」

■空室の控室

香織「（廊下からドアをあけ）あいてるわ（と内側へあけて押さえて、廊下の方へ、いらっしゃいというようにうなずく）」
久美子「（のぶ代の肩を抱くようにして）泣かないで。泣いたら、あと困る（と中へ入れる）」
のぶ代「（入ってすぐの壁に額のあたりを掌で押さえて、身をもたせるようにする）」
久美子「どうしたの？」
香織「（ドアを閉めて）どうしたの？」
のぶ代「横暴なの」
久美子「横暴？」
香織「じゃ改心しないの？」
のぶ代「おととい（心をしずめようとして）おとといさ」
香織「うん」
久美子「うん」
のぶ代「（泣きそうになるのをこらえながら）こっち来たら、話があるっていうのよ」
久美子「うん」
香織「うん」
のぶ代「でさ（とちょっとすすりあげる）」

二郎の声「俺は嘘をつきたくねえし」

■二階の部屋（ドライブイン）

二郎「（のぶ代を前にして正座して、それなりに真摯にいっている）もう一回ガラッと変って、変節漢のように思われるのもかなわねスから、この際はっきりいうとく。随分考えたけど、俺はやっぱりあんたには全面的に従って貰う。妻は夫に従う。合わせる。夫唱婦随がやっぱり夫婦の本来あるべき姿だと思うている。その思想を変更する気はねえ。俺の仕事について、批評がましいことは一切いわせねえ。俺のすることに指図がましいことは、一切いわせねえ。そのことを、もう一度はっきりいうとく」

のぶ代「（目を伏せていて）私がチアガールをはじめた時、そんなもんでエネルギーを発揮するのはつまらない、俺と結婚して商売で発揮しなさい、そうすりゃあ、なんぼか面白いっていったじゃないですか（と終りはにらむ）」

二郎「発揮すりゃあいい、なんぼでも発揮すりゃあいい。但し俺の管轄の範囲で、ということだ」

のぶ代「なんで、管轄の範囲なんですか？」

二郎「お前は思ったより我が強くて、ほっときゃあ、なにすっか分らねえからだ」

のぶ代「それが成功すればいいんじゃないですか？」

二郎「ほれみれ、そんな事考えとる」

のぶ代「だって、商売する人と結婚するってことになれば、誰だって、多少の夢は見るんじゃないですか？」

二郎「お前は素人だ。素人が勝手なことを言って、俺の事業が左右されるのは、絶対に困るだ」

のぶ代「私も、自分が素人だってことは、よーく分ってます。なにも勝手なことをして、かき回そうなんて思ってません。なんとか役に立ちたいと思ってます。でも、男のほうから、なんにもいうな、全面的に従えなんていわれれば、誰だって頭へ来るんじゃないですか？」

二郎「とんでもねえ。大半の女は、分りました、あなた好みの女房になりますって、いじらしく頭下げるだよ。そういう風に女らしくなって貰いてエと俺はいっとるだ」

のぶ代「そんなの男らしくないじゃないですか。本当の男なら、意見があったらなんでもいえ、力を合わせてやって行こう、というんじゃないですか?」

二郎「あー、俺はそういう小理屈をいう女は大嫌いだ」

のぶ代「大好きだって、いうから、ここまで来たんじゃないですか!」

二郎「全面的には好きだ。しかし、部分的に、そういうところは大嫌ェだ」

のぶ代「そんな事いわれたって、ひっくるめて私は私なんだから、どうしようもないですよ」

二郎「そんなことはねえ。そんなことはねえぞ!(とスックと立ち上る)」

のぶ代「(ちょっとおびえるが、頑張って)なんですか?」

二郎「人間は欠点を克服出来る存在だ」

のぶ代「欠点だなんて思ってないもん」

二郎「欠点だァッ(と怒鳴る)」

のぶ代「おどかすなんて、男らしくないんじゃないですか?」

二郎「(足を出し)脱がせェ。この靴下脱がせェ」

のぶ代「(その足つき上げる)」

二郎「(ひっくりかえり)問題だ。亭主の靴下も素直に脱がせられねえスか!」

のぶ代「帰るわ。結婚とりやめだわ(とドアへ向うのを)」

二郎「(ふっとんでドアの前にたちはだかり)そうはいかねえ。ここまで来てなにいってるだ」

のぶ代「その方がお互いにいいんじゃないですか?(強いばかりでなく、悲しく)」

二郎「式場へもう引出物が届いているだぞ」

のぶ代「そんなの返せばいいじゃないですか」

二郎「東京から来る人には、指定券を送り、すでに、こっちさ向っとるもんもおり、ケーキも特別のを注文し、従業員からもお祝いさ貰い、ホテルは予約し、お前の親父さんには、燕尾服さつくり、弟にゃあ紺の背広さつくってやり、お母さんには、真珠のネックレスさあ、奮発して」

のぶ代「(その二郎を)沢山だわ(とつきとばして行こうとする)」

二郎「(立ちはだかり)今更、さからったって、誰が許すもんか。社会的影響さ、考えろ。俺は、男にかけて、お前さ屈服さして、俺に合わせるええ女房にしてみせる!」

のぶ代「（その顔へハンドバッグ叩きつけ、裸足で、ドアをあけて、ふっとんで出る）」

二郎「屈服さしてみせるぞッ！」

■ホテルの一室（夜）

床に腰おろして、ウーッと泣いている静子。

その傍で、目を伏せて同じく床に座っているのぶ代。

その傍で、あぐらをかいて、やりきれなく賢作——。

賢作「ここまで来て、なにいってんだよ。そんなお前、とりやめなんていったら、こっちはどんな顔したらいいんだよ。社長は夜行でこっちに向ってるし、藤田さんも明日の朝は花巻へ着くっていうし、親の身にもなってみろよ」

のぶ代「でも、ひどいとは思うでしょう？　いやらしいでしょう？」

賢作「ちっとも、いやらしかないよ」

のぶ代「どうして？（と悲しい）」

賢作「言葉にすりゃあ、そういういい合いになるかもしれねえが、夫婦なんてもんは、そんなに簡単なもんじゃねえんだよ。威張ってる亭主が、内心女房が怖くて仕様がねえ、なんてケースはいくらでもあらア。合わせろっていわれたら合わせるっていゃあ、いいんだよ。実際の生活になりゃあ、そんなもんは、ぐっちゃぐちゃだよ。そン時、尻敷きたきゃ敷きゃあいいんだよ。あいつもまた、糞真面目で、余計なことを、こんな時に、お前にいうことはないんだよ」

のぶ代「私が一番いやなのは、お金のことなの。お父さんになに買ってやった。茂に、お母さんにって、だから今更断るのは許せないみたいな——」

賢作「多少の欠点はあるよ、人間だもの」

のぶ代「お母さん、どう？　私が、いやだっていうの、無理だと思う？」

賢作「どんな顔してこっから帰れっていうんだよ（と情けない）」

のぶ代「お母さん。お母さんも、私が無理いってると思う？」

静子「（涙の中で、やりきれなく）今更、そんな勝手いわないでよ。お願いだから、温和しく式あげてよ」

のぶ代「――」
静子「男なんて――どうせ、あんた、そんなもんよ。
みんな、どうせ、勝手なもんよ（と泣く）」
のぶ代「――」
ノックの音。
ノブのがちゃがちゃ。
美容師の声「もしもし、もしもし」

■空室の控室

香織「はい」
美容師の声「（ノブをがちゃつかせながら）時間もうありませんよ、急がないと」
のぶ代「――」
久美子「はい。ただいま」
香織「あと、三分下さい、すいません」
美容師の声「そんなの、困るわ。もしもし、責任持てませんよ、もしもし（ノックとノブのがちゃがちゃ）」
のぶ代「行くわ」
香織「でも――」
のぶ代「いいの。今更、本当仕様がないもの（ドアの方へ）」
久美子「――」
香織「――」
のぶ代「（ドアをあけ）すいません」

■廊下

美容師「どうしちゃったのかと思ったわ」
式場の女性の声「先生」
美容師「（その方を見る）」
式場の女性「すいません、さっきの人、やっぱりかつらが、ちょっとおかしいって（とひどくいそいでいる）」
美容師「おかしいって（と行きながら）あ、化粧室へ入って下さいよ（とのぶ代の方へ行って急ぎ去る）」
のぶ代「（廊下へ出て、花嫁化粧室の方へ歩き出す）」
久美子「（すぐ並ぶように歩く）」
香織「（出て来てすぐ続く）」
のぶ代「――」
久美子「（ちょっと先に出て、化粧室のドアをあけてやる）」
のぶ代「（立ち止り）ありがと（といってから中へ）」
久美子「（そののぶ代を見ていて、中へ）」

香織「（中へ）」

■花嫁化粧室

香織「（ドアを閉める）」
のぶ代「（鏡の前に座る）」
久美子「誰も、いなくなったわね（とちょっと空気を明るくしようと、のぶ代に微笑する）」
　他に誰もいないのである。
香織「（ドアのノブの錠を押し、ドアの上部にあるドア枠の穴へさしこむ型の錠をかけながら）することないわ」
久美子「え？」
香織「そんな気持で結婚することないわよ」
のぶ代「だって（と振り向く）」
香織「一生のことじゃない。式場や体裁がなによ。結婚――することないわよ（と妙に低く静かにいう）」
久美子「――」
のぶ代「――」
香織「そうでしょ、そうじゃない？」
久美子「――」
のぶ代「――」
香織「（二人を見ている）」
久美子「――うん」
のぶ代「――うん（すくわれたようにうなずく）」

■結婚式場・ロビー（昼）

　その一画で祝客相手に笑っている二郎。
二郎「いやいや、俺なんか自分の分さ知っとるから、ほどほどンとこでさ、まあ、こんなもんじゃないかなあって（手を打ったような感じでね、といいかかったところへ）」
茂「（紺の背広を着ていて、二郎の傍へ行き）すいません。（と一礼）」
二郎「どうした（と茂のただならぬ感じにドキリとする）」
茂「ちょっと、すんません（来てくれというようにいって、一方へ）」
二郎「おい（祝客に）あ、ちょっと、それじゃあ（片手をあげて一礼）」

■化粧室前の廊下

賢作「（ドアを叩いて）いいからあけなさい。のぶ代が返事しなさい」

■化粧室の中

香織がドアの傍、のぶ代と久美子は鏡の傍に座っている。

静子の声「お友達もね、こんな事で手伝わないで下さいよ」

美容師の声「他の方の、御衣裳もあるんですから」

■化粧室の前の廊下

賢作「(叩く)のぶ代! のぶ代」

社長「(その背後にいて、廊下を来る茂と二郎を見て)あ、来た(化粧室に向って)来たよ、花婿来たよ」

二郎「(突進して来てドアの前へ立ち)のぶ代さん、一体これはどういうことだね!(話は茂に聞いているのである)」

■化粧室

香織「内線で中野二郎さんは電話をかけて下さい。理由は電話で話します」

賢作の声「バカなこというんじゃねえ」

静子の声「あけなさい(叩く)あけなさい! のぶ代(叩く)」

■空室の控室

二郎「(とび込んで来て隅の電話を見つけ、それにとびつき)内線の二六二花嫁化粧室、大至急!(社長、正子、賢作、静子の順でついて来る)」

■花嫁化粧室

ベル。

久美子「(素早くとり)もしもし」

■空室の控室

二郎「(周囲をみんなが、とりかこんで)中野二郎だ。のぶ代さんと話さしたい!」

■花嫁化粧室

久美子「待って下さい(のぶ代を見て)あの人よ(と受話器さし出す)」

のぶ代「――」

香織「いおうか、私」

久美子「自分で言わなきゃ駄目よ（と香織にいう）」
香織「そりゃそうだけど、こんな時本人が冷静にな
れる？」
のぶ代「いいの（受話器へ）もしもし」

■空室の控室
二郎「一体なんだね？　なんだっていうだね？」

■花嫁化粧室
のぶ代「ごめんなさい。やっぱり、どうしても私、結
婚出来ないわ」

■空室の控室
二郎「なにいってるんだ。今になって、なにいって
るだ！」

■花嫁化粧室
のぶ代「お詫びは、どうにでもします。許して下さい
（と切る）」
香織「駄目よ。そんな、自分が全部悪いような事
いっちゃ」
のぶ代「悪いには、ちがいないもの」
香織「向うの方が、もっと悪いじゃない」
美容師の声「（ノックして）あけて下さい」

■化粧室前
美容師「（他に二人ほどの係員いて）他の方の荷物がある
んです」

■化粧室
美容師の声「あけて下さい！（電話のベル）」
香織「久美子さん、荷物出してあげて（と電話へ行
き）今、外に、あの人たちいないから（と受
話器をとり）もしもし」

■空室の控室
二郎「のぶ代を出して貰おう」

■化粧室
香織「冷静に聞いてくれる？」
二郎の声「（電話の声で）あんたと話したって仕様がね

え。本人を出して貰うべぇ」
久美子「（錠をあけ荷物を外へ出す）」
美容師「そんなね、あなたたちね（と入って来ようとするのを）」
久美子「（荷物を更に出すことで押しまくってドアを閉める。その間、二郎の『もしもし』の声）」
香織「（それらの久美子の動きを見ていて）本人は、興奮していて冷静に話せないわ。私が彼女の気持を話すわ」

■空室の控室

二郎「式まであと二十分もねえだよ。披露宴の方の人も、もうどんどん来はじめてるんだから」

■化粧室

香織「のぶ代さんはね、はじめからあなたを嫌いだっていってたわ。それ認めるわね？」

■空室の控室

二郎「最終的には、結婚するっていったじゃねえスか（と情けなく泣きたいような気持でいう）」

■化粧室

香織「いったんじゃなくていわせたんでしょう。あなたね、彼女の気持つかまえようとした？　気にいられようとした？」

■空室の控室

二郎「したさ。一生懸命したさ」
社長「なに議論してんだ？（とイライラする）」

■化粧室

香織「嘘よ、本気で彼女の気持を考えてたら、急に『お前』なんていえるわけないでしょう。屈服さしてやるなんていえるわけないでしょう」

■空室の控室

二郎「結婚してから、ガラッと変るよりいいべが」

■化粧室

香織「どっちにしたって、屈服さしてやるなんていってるあんたなんか嫌いなの。嫌い嫌いって彼女はずーっといってるんじゃない」

のぶ代「――（目を伏せている）」
香織「それをあんたは、周りから攻めてお父さんやお母さんや社長の圧力で、ウンていわせたんじゃない」

■空室の控室
二郎「いまはあんた、自由な時代だよ」
社長「貸してみろ」
二郎「（無視して背中向け）いくら圧力かけたって、嫌なら嫌っていえばいいいじゃないスか！」

■化粧室
香織「だからいまいってるじゃない。いま、いやっていっているのよ！」

■空室の控室
二郎「いまなんて、おそいじゃないの」

■化粧室
香織「おそかないわ。結婚してからいうより、ずっといい筈だわ」

■空室の控室
二郎「結婚してからいってくれよう（と情けなく泣きたく）いま、みんな来ちまって、俺そこで、赤っぱじかきたくねえよ、まったく」

■化粧室
のぶ代「（香織の方を見て）私、やっぱり――やっぱり悪いから」
香織「とにかく、結婚はしませんから（と切る）」
のぶ代「私――どうかしてた」
香織「どうかしてないわ。頑張りゃあいいのよ。いやな結婚することないわよ！」
久美子「すること――ないと思う（香織ほど過激にはなれないが、自分を納得させようとして、かえって強く震えていう）」

拍手。

■披露宴会場
司会の二郎の友人、川竹がマイクの前で一礼し、
川竹「（明るく、やや盛岡なまりで）えー、あちら（花婿の席）を御覧になって、こりゃまたどうし

たことだろう、とお思いになっていらっしゃる向きが、多いかと存じますが、まことにいじらしいというか、ういういしいというか、花嫁は、この一生に一度の晴れの舞台を前にいたしまして、緊張と喜びの余り、さきほど昏倒なさいまして（拍手する人もいる）」

二郎「（社長と正子にはさまれて、のぶ代の席あけて腰かけていて、情けなさをかくして微笑をつくる）」

川竹「ねえ、いまどき、そういう可愛い花嫁さんが、日本の何処におりますか？『被露宴なんてさあ、私だってやりたかないけどさあ。手続きでしょ。あ、ちょっとそこのライト、私ンとこあたってる？　ちゃんとあててよ。この貸衣裳だって、高かったんだから』なんていう世の中に、人生の新しい門出を前にして緊張の余り倒れる。まっこと、さわやか（拍手一人か二人）花婿がうらやましいッ」

笑いの中で、情なく微笑をつくっている賢作。

撫然としている茂。

■化粧室前の廊下

久美子「（中からドアをあけ）あ（ちょっと胸をつかれ）どうも（と一礼）」

静子「（ドアに向き合う位置の壁につけて椅子を置き、それにかけて、がっくりしていて、あけた久美子を見ていて）えらいことをしてくれたわね」

のぶ代「（更にドアをあけ）お母さん」

静子「入って頂戴。中へ入ってて頂戴（と顔をそむける）」

久美子「バカにあの、静かになったもんだから（脇に気がつくとガードマンが歩哨のように立っている）」

のぶ代「私、嫌だって、何度もいったじゃない。何度もいったけど聞いてくれないもんだから（と廊下へ出る）」

のぶ代側にももう一人ガードマンがいて、のぶ代の前に立ちふさがる。

のぶ代「なによ、お宅」

ガードマン「出ないで下さい」

のぶ代「そんなこと――」

久美子「いう権利あるの？」

香織「いいわよ、出て行こう」

静子「（立ち上り）行かさないよ！」
のぶ代、久美子、香織、ギクリとする。
静子「（青ざめて）いま、みんな被露宴やってるよ」
のぶ代「被露宴？」
静子「花嫁はね、気持悪くなったってことで、予定通りやってるんだよ」
静子「終ったら、みんなで話すのよ。それまで、入ってて頂戴！　三人共入ってて頂戴！」
久美子「そんな」
のぶ代「お母さん——お母さんも結婚した方がいいと思うの？」
ガードマン「（さえぎって）入ってて下さい」
静子「入ってなさい！」
静子の声で抵抗する気をなくし、三人押し入れられてドアが閉まる。
静子「親があんた、こんな事、よくやったなんて、いえるわけないいじゃないか」

■化粧室

のぶ代「（小さく）お母さん——」
香織「そんなもんよ（と小さくいう）親だからって、子供のこと第一に考えてるわけじゃないのよ。世間体や義理の方が大事だったりするのよ。私だって、心からこの人って思える人に逢うまで、結婚はしないっていってるのに、結婚しろ結婚しろって、適当なところで手を打てって」
久美子「被露宴やって、みんなに結婚したって思わせてるわけよね」
香織「うん？」
久美子「終ってから、それ認めさせようってわけ？　もう結婚しちゃったんだから文句いうなっていうわけ？」
香織「そうね。今更文句いうなって、きっというわ」
のぶ代「私、いいわ。もう」
久美子「なにいってるの。対抗すればいいのよ」
のぶ代「どうやって？」
香織「あくまで、いやなものはいやだっていえばいいのよ」
久美子「そうよ（とドアへ走り、錠二つかけ）結婚解消って、向うがいうまで、此処占拠して出なきゃいいのよ」
結婚行進曲のテープ先行し。

■披露宴式場
拍手の中で、ケーキにナイフを入れる二郎。フラッシュの方を向いて、笑ってみせる。

■久美子の元のアパート部屋（夕方）
電話のベル。典夫、ころがっていて、電話をとり、
典夫「もしもし――ああ、ちょっと前帰って来てよ（本気で職さがしてるの、といわれて）さがしてるよ（とムッとして）朝からさっきまで、ずーっとよ（で、見つかったかと聞かれて）見つかんねえよ。なにも、盛岡から電話してくることないだろう」

■化粧室
久美子「いい？　今日中に仕事見つけて」

■久美子の元のアパート
典夫「なにいってんだよ」

■化粧室
久美子「本気でさがせば、典夫の年で、その身体で、仕事ないわけないの。どっかで本気じゃないのよ。私が働いてるからいいと思ってるのよ」

■久美子の元のアパート
典夫「いい加減にしろよ（と切ろうとする）」

■化粧室
久美子「ちょっと待って。私、いま、なにしてると思う？　結婚式場を占拠してるのよ」

■久美子の元のアパート
典夫「センキョ？」

■化粧室
久美子「そう。占拠。ハイジャックみたいに、結婚式場をジャックしてるの」

■久美子の元のアパート
典夫「バカ、なにいって（んだ）」

■化粧室
久美子「本気よ。本気でジャックしてるの」
■久美子の元のアパート
典夫「どうして？（信じがたいが）」
■化粧室
久美子「女なんて、半分遊び道具みたいに思って、ちっともいうこときいてくれない、典夫に抗議してよ」
■久美子の元のアパート
典夫「お、おれに？」
■化粧室
久美子「そうよ。典夫に抗議してよ。真面目に（泣きたくなりながら）私の頼みきいてくれない典夫に抗議してよ。人が、地道な、ちゃんとした仕事さがしてって、あんなに頼んでるのに、すぐ私、抱いて、ごまかして。私のお金で暮そうとして。いまからすぐ外へ出て、仕事きめて頂戴。そうじゃない限り、私、ここを出ないわ。そうすれば話題になるわよ。新聞に出るわよ。日本中に、典夫のいい加減さ、知れちゃうわよ」
■久美子の元のアパート
典夫「おい、そんな突飛な――そんな」
由起子の声「お父さん、早く」
■池谷家・玄関
由起子「（かけ出て来て、帰って来た信吾に）早く、お父さん」
信吾「なに、騒いでる？」
由起子「香織から電話、盛岡から、あの子、友達の結婚式出てて（ひっぱる）」
信吾「そんな電話に、なんで俺が慌てて出ることがあるんだ？（とふり切る）」
由起子「ジャックしたんだって、ジャック」
信吾「ジャックとは、なんのことか？」

■化粧室
香織「結婚式場！　そう。結婚式場を占拠してるの」

■池谷家・電話
信吾「お前がか？」

■化粧室
香織「そう。私が占拠してるの」

■池谷家・電話
信吾「なんでだ？」

■化粧室
香織「要求があるの（あくまで、ふざけている印象はなく、本気である）」

■池谷家・電話
信吾「誰に？」

■化粧室
香織「お父さんや、うちの人に」

■池谷家・電話
信吾「バカタレ。そんな内輪のことで、盛岡の結婚式場を占拠して、どうするんだ！」

■化粧室
香織「要求は、今後一切、結婚結婚てせっつかないこと」

■池谷家・電話
信吾「バカタレがッ！　心配されてるうちが華だってことが分らねえか！」

■化粧室
香織「行きおくれたら、どうするなんて、おどかすような事は絶対いわないこと」

■池谷家・電話
信吾「ほっとけば、お前は、行きおくれッだろうが。そうなりゃ、いくつになったって親の方は安心が出来ねえ。一人暮しの娘残してじゃ、気になって死ぬことも出来ねえだろうが」

■化粧室
香織「電話番号をいうわ。家中、今後一切、結婚しろなんてせっつかないと決まったら、電話頂戴。それまで、占拠を続けます。電話番号は盛岡の。書いてる？　盛岡の」

■池谷家・電話
信吾「盛岡の（バカバカしいが、仕方なく）書いとる。さっさといわんか！」

■化粧室
香織「そう――五六、終りは五六」
のぶ代「（座ってうつむいている）」
香織「以上。そう以上（と切る）」
のぶ代「――（久美子はいない）」
香織「これで三人一緒よ。みんな、自分のためにジャックしたのよ。のぶ代さんが恩を感じることないし、ひとりで責任とることもないわ」
のぶ代「（まだ少し元気なく）うん」
香織「それとも、あいつの奥さんになって、威張られながら一生おくりたいの」
のぶ代「ううん」
香織「だったら頑張ろう」
のぶ代「うん――」
久美子「（少し前に水音あって、トイレからドアをあけて出て来て）よかったね」
香織「なにが？」
久美子「偶然トイレついてて」
香織「ほんと」
久美子「ついてなかったら、一晩なんてとってもいられないもん」
のぶ代「やっぱり、神様だか仏様だかが、こっちの味方なんだわ」
香織「そうよ。ちゃんとトイレがついてるんだもん（励ますようにいう）」
三人、笑う。いじらしい。
ノックの音。ガチャッとノブを回す音。
社長の声「仲人の中野だ」

■廊下
社長「ここをあけなさい（おだやかにいう）」
気配がなかったのに、その周りに、正子、二郎、賢作、静子、茂、ガードマン二人、それから支配人らしい男が息をひそめて、ドアを見ている。
社長「いま、式も披露宴も、とどこおりなく終った。誰も、このことは気がついていない。あけなさい。いまあければ、なにもなかったことにしよう」
賢作「のぶ代」

■化粧室

のぶ代「――」
静子「のぶ代、あけなさい」
香織「結婚を解消して下さい」
賢作の声「あんたに聞いてないよ」

■廊下

静子「そそのかして、なんて事するんですか？」
二郎「本人の意志をはっきり聞こうじゃないか」

■化粧室

二郎の声「本人の声がないで、なんで納得出来るかねッ！」
のぶ代「本人が、いいますッ（とふるえる声で大きくいう）」

■廊下

二郎「いいかね、あんた。俺はね、一人でね、一生懸命ね、披露宴すませて来たよ。この年まで結婚しねえで頑張って、あげくの結婚式をひとりでやるとは思わなかったよッ。俺の身にちっとはなったかね、あんた！」

■化粧室

のぶ代「それは――悪いと――思ってるわ」

■廊下

二郎「悪いに決まってるよ」

■化粧室

のぶ代「でもどうしても結婚したくないの」

■廊下

二郎「無茶苦茶いうなよ」
賢作「ああ、無茶苦茶いうな」

社長「そんなことは、世間には通用しないよ」
支配人「支配人から一言いいます」
静子「あ、支配人さんよ」
支配人「はっきり申し上げて、これは犯罪です。家屋の不法占拠です。警察を呼んでも、ちっとも不思議はない事件です」
賢作「聞いてるか、のぶ代」
支配人「しかし、私共は、警察沙汰にする気はありません。どうか、これ以上バカなことしないで、あけて下さい。出来るだけ穏便におさめたいと思います」

■化粧室
のぶ代「───」
賢作の声「あけなさい、あけなさい、のぶ代」
のぶ代「(小さく)私は(大きく)私は、これでも、結婚に夢を持っていたわ。そりゃあ、夢通りにいかないことは、分っていたわ。だから、こんなもんだ、こんなところだっていわれた時、あなたと結婚しようと思ったわ。本気で思ったわ」

■廊下
二郎「ああ、そういったもんなあッ」

■化粧室
のぶ代「でも、オーケーした途端、『お前』じゃないの」

■廊下
二郎「あんたっていうべ。君っていうべ」

■化粧室
のぶ代「いい方じゃないの。気持の問題よ。女なんかバカだと思ってるじゃない。女なんか、男に黙ってついてくればいいって思ってるじゃない」

■廊下
社長「黙ってついて来いなんて男はね、今時貴重だよ。そんな男らしい男は、めったにいないよ、あんた」

■化粧室
のぶ代「私はいや、いやなの。私は、そんな人と一緒になりたくなかったの。何度もそういったわ。でも、みんなで、人生こんなもんだとか、義理が悪いとか、今更断ったら悪いとか、行きおくれるとか、男なんてみんな同じとか、お金があれば何よりとか、よってたかって、おどかしたり、すかしたりして、ここまで持って来たんじゃない。私、仕様がないかなあ、と思ったけど、やっぱり嫌だって分ったの。嫌なの。私は心から、対等に私を愛してくれる人と結婚したいの」

■廊下

賢作「そんな男は、つまんねえ奴だよ。女の顔色伺って生きてて、ろくな仕事が出来るもんか」

■化粧室

のぶ代「お父さんは、ろくな仕事が出来たの？　出来たの？」

■廊下

賢作「なんてこといいやがる。なんてこというんだ！」

■化粧室

のぶ代「結婚を、やめるといわない限り、此処をあけないわ。以上（ドアをにらむ）」

香織「（のぶ代の腕をつかみ）よくいったわ（静かにいう）」

久美子「素敵だった」

のぶ代「へへ（と笑おうと思うが、大変なことをしているという重みに圧倒され、へたへた座りこんでしまう）」

列車の走る音。

■盛岡行き急行（夜）

走る。

■その車内

由起子「（座っていて、その傍に席がなくて立ってる信吾に）で、お父さん」

信吾「（不機嫌に）なんだ？」

由起子「電話の人、弁償とかなんとかいってた？」

信吾「そんなことは、あとの話だ。いまは、あいつを内々に、ひっぱり出すことだべが」

由起子「表沙汰になったら、私らも新聞社にインタビュ

ーされるだろうか？（嬉しそうでなく、しかし
不安ばかりでもなくいう）」

信吾「そんな事になんねえように行くんだろうが、人のおるとこで、しゃべるな」

■式場の廊下

ドアを、職人が来て、あけている。上の「落し穴」に入った金具によって、あかないので、その部分をこわしている。二郎、賢作、静子、茂、社長、正子、支配人、ガードマン二人が見ている。

■化粧室

三人で、ドアに戸棚をひっぱっている。

■「カテリーナ」店

マスター「（電話に出ていて）そうですか。そりゃ、どうも、お取込み中、ありがとうございました（と切る）」

典夫「（カウンターの外にいて）本当だって？」

マスター「ああ、三人で、花嫁の化粧室にとじこもって、大騒ぎだと」

典夫「まいったね」

マスター「これはあんた本気だよ。本気で職さがせよ。あんた、たかくくってるからいけないんだよ」

典夫「いってよ。職見つけたって、そういう風にいってよ」

マスター「だますなよ。これ以上、あの子、だますなよ。本気になれよッ！」

■化粧室前・廊下

メリメリッとドアがはがされる。

■化粧室

香織「（戸棚おさえて）おさえようッ」

久美子、のぶ代もおさえる。

香織「こんな事して、結婚して、うまく行くと思うのッ！」

久美子「あきらめなさいよッいい加減にッ」

戸棚、ドドッと押される。

香織「トイレッ、トイレに（と走る）」

二人とも続いて、トイレに入り、ドアを閉める。

戸棚を倒して、ガードマンを先頭にみんな入りか

ける。

■トイレ

三人、一緒に入っていて、

香織「トイレあけないでよ！　女のトイレ、男があけていいと思うのッ！」

久美子「警察呼んじゃうからッ！」

余裕なく、夢中で叫んでいる。

■廊下

しんとしている。

まず支配人があとずさりに出て来て、監視でもするようにドアの中を見る。

ガードマンが香織をまず連れて出てくる。次に別のガードマンが久美子。次は賢作がのぶ代をつれて出てくる。あと、社長、正子、茂そして二郎の順で出て来て一方へ切れて行く。

久美子の声「（途中から）私たちは、たしかに分らず屋みたいなところがあったかもしれないけれど、男の人は、ほんの少し私たちの身になってみればいいと思う。二十五、六になっても結婚しないと、まるでどこかに欠陥があるようにいわれ、ちょっと結婚に夢を描くと高望みだといわれ、男より一段低い人種みたいに思われ、男の人生に合わせればいい女で、自分を主張すると鼻もちならないといわれ、大学で成績がいい人も就職口は少く、あっても長くいると嫌われ、出世の道はすごく狭くて、女は結婚すればいいんだから呑気だといわれ、結婚以外の道は、ほとんどとざされて、その上いい男が少いときては、暴動が起きないのが不思議なくらいではないでしょうか？　少しは、人の身にもなってもらいたいわと――私たちは――思うのです」

■化粧室

戦いのあと。

香織と久美子のハンドバッグなどが、ころがったり、ひらいて中のものがこぼれたりしていて――。

13

「愛情は、決心して持つものじゃない。感じるものでしょう」

■吉川洋品店・表（夜）

十一時過ぎ。武志、サンダル履きで、ちょっと乱れた酔いの足で、店の前の街灯に手をつき、しっかりしようと頭を振り、自分では確かな足取りのつもりで道を歩きはじめて、すぐ自宅を行きすぎたことに気づき、苦笑し、鍵をポケットから出しながら、シャッターが七分の三ほどおりて、中は暗い店の表のドアへ行き、鍵穴に鍵をさしこもうとする。

優子の声「何処へ行ってたの？　随分探したのよ、あっちこっち電話して（後半はシーンへこぼれる）」

■吉川家・台所

武志「（流しで水をのみ終え）月に二回か三回じゃないか（コップを置き）文句いうなよ」

優子「（酔っているので困ったなと思いつつ）そうじゃないのよ（大事なことをきり出す感じ）」

武志「二人っきりで、これから何年生きるか分からないんだ（居間へ）」

■居間

武志「（カーディガンをぬぎながら）拘束し合わないようにに、しようじゃないか」

優子「（すぐきり出さないのは多少意地悪もあって）久美子の働いているスナックね、カテリーナっていった？」

武志「うむ？（なにをこんな時に、という思い）」

優子「九時頃、マスターから電話があって、久美子、盛岡でなんか大変なことしたようなの」

武志「盛岡？　なんだ？　大変なことって（と緊張する）」

優子「友だち二人と、結婚式場のひと部屋を占拠して」

■花嫁化粧室（回想）

一番激しく抵抗しているところ。ドアがこわされたりする。

優子の声「のぶ代さんて子の結婚式を、めちゃめちゃにしちゃったらしいの」

■吉川家・居間

武志「そんなことお前、なに落着いてしゃべってるんだ（と衝撃を受けている）」

優子「だから随分パパさがしたのよ」

武志「（電話へ行き受話器をとり）で、あいつは？　あの男のとこへかけたか？」

優子「盛岡へ夜行で行ったって」

武志「（受話器を切り）めちゃめちゃって、結婚式めちゃめちゃって、大変なことじゃないか（と出来事に圧倒される思い）」

　夜行の警笛。

■夜行の車内

　寝台でなく、普通の座席で眠っている典夫。

■タイトル

■東京・新橋あたり（昼）

　スーパー「東京・二日後」

■ホテル・エレヴェーター内

　信吾、憮然として乗っている。下り。

武志の声「吉川久美子の父でございます」

■コーヒーショップ

武志「（すでにコーヒーを前にしていて、信吾が来たので立ち上って通路で信吾と向き合って挨拶しているのである）とんだことでお目にかかることになりまして」

信吾「（反感があり、目を合わせず）いや、（ま、かけましょう、というように手を動かして腰をおろす）」

武志「盛岡へまいるべきでしたが（と腰をおろしながら）騒ぎを知ったのが一昨日の十一時すぎでして（はなれてウェイトレスが通るのに）あッと（と手をあげて、ここ注文とりに来てといおうとするが、気づかずに行ってしまうので）昨日はもうこっちへ向うということなので、やむを得ずお目にかかるのが今日になってしまいましたが、なにかと娘が、（ウェイトレスがつかまりそうで）あッ（とはなれた方へ手を上げ）ちょっと此処ね（と小声で決して田舎くさくはなくいい）

なにかと娘がお世話いただいたそうで、ありがとうございました」

信吾「いや、別になにもお世話はしません。娘さんには、青年がついておったし」

武志「いや、あれはもう、どうも面目ないことですが――」

ウェイトレス「失礼いたしました（水を置き）いらっしゃいませ」

武志「あ、なにか」

信吾「（武志の世話にはならないというようにウェイトレスを見て）コーヒー」

ウェイトレス「かしこまりました（とすでに置いてあるレシートをとる）」

信吾「あ、それ」

ウェイトレス「は？」

信吾「別にして貰おう」

武志「いや、いいですよ、そんな」

信吾「（ウェイトレスに）別にしてくれ」

ウェイトレス「かしこまりました（とレシートを置いて）少々お待ち下さいませ（と去る）」

武志「いや、そんな、せめて（フフ、と信吾の不機嫌を怖いような不気味なような気がする）」

信吾「これから、金銭上のことも、お話しなければなりません」

武志「はあ。是非そのことも（伺いたいと思っていました、という感じで一礼）」

信吾「おごったりおごられたりはせん方がいいでしょう」

武志「はあ。そういうことでしたら」

信吾「（コップをとり水をのむ）」

武志「お嬢さんは、福島のお宅に？」

信吾「ええ。あんな事を」

■池谷家・二階

窓辺に腰かけて、ふくれたような顔をしている香織。

信吾の声「した娘を、東京へ置くわけにはいきません」

■ホテル・コーヒーショップ

武志「はあ――たしかに（自分はそうではないので、目を伏せめにして）うちはまあ、いまのところ、叱りつけて」

■「カテリーナ」店

久美子「（明るくなく、洗いものをしている）」
武志の声「東京に置いてはおりますが」

■ホテル・コーヒーショップ

武志「連れ帰らなきゃいかんと、考えてもおりますが――」
信吾「化粧室のドアを、ホテル側がこわしてしまったんですが（と手帳をひらいている）」
武志「はあ、聞いております」
信吾「原因は、娘共にあるんで、弁償をせにゃあならんでしょう」
武志「はい」
信吾「さもねえドアで、五、六万もしねえだろうと思っとったら、ホテル側はこれは既製品ではねえという」
武志「はあ」
信吾「設計士が入口の寸法を規格に合わせなかったとかで、注文のドアだから、二十万だという」
武志「高いですね」
信吾「（なにも俺がふっかけてるんじゃないという思いで）お疑いがあれば」
武志「いえいえ――もう、やむを得ないと思います」
信吾「裏付けを、建築屋にさせたところ」
武志「そりゃあ、御丁寧に――」
信吾「現在購入すれば、たしかに二十万。それに、ドアは一人ではつけられねえとかで、職人の手間が二人半日で一万五千」
武志「はい」
信吾「幸い、トイレのドア、戸棚にこわれたところはなく、しかし、その間（かん）、化粧室が使えなかったことで、別室をそれにあてていた費用、ガードマンへの特別手当てなどで、十一万三千円」
武志「はい」
信吾「それ以上の無形の損害は、要求せんということで、合計――」
武志「（すぐ）三十二万八千円」
信吾「ええ。式場側の要求は、そういうことです」
武志「分りました。それは、いろいろ、御苦労さまでございました（一礼）」
信吾「次は、結婚式及び披露宴をこわされた中野氏に対する娘どもの責任に関してですが」

武志「はい」
ウェイトレス「こちらコーヒーお待たせいたしました」
静子の声「（先行して）見栄はってないで、とれるもんは」

■佐伯家・茶の間（夜）

静子「（背広の背の皺にアイロンをかけながら）とらなきゃ駄目よ、お父さん」
賢作「（ネクタイをあまり上手でなくしめながら）そんならお前いけよ。陰で、命令するようなこというな」
静子「男の仕事でしょう」
賢作「元はといえば、のぶ代が原因の話じゃねえか（そんな強いこといえるか）」
静子「のぶ代ひとりで、あんなこと出来たと思う？」

■佐伯家・二階

のぶ代、憂鬱。茂、その傍にころがって、マンガ雑誌を見ている。
静子の声「あの二人がいたからやったのよ。そそのかしたに決まってますよ」

■茶の間

静子「うちだけで百万ものお金、弁償するなんて、とんでもないわよ」
賢作「なにもお前、弁償するって限ったもんじゃないよ」
静子「どうして？」
賢作「向うは、いいっていってるんだ」
静子「そんな訳にいかないでしょう。向うは思い直してのぶ代がお嫁に来れば、お金はいいっていってるんじゃないの」
賢作「そんなことはいわなかった」
静子「いわなくたって、そういう意味でしょう。お嫁にはいかない、弁償もしない、それでもいいなんて、いうわけないじゃない」
賢作「やめたァ、もうネクタイなんか（とうまく長さが行かなくて、いらついてネクタイをたたきつける）」
静子「駄目。ネクタイ締めなきゃ、お父さん、格好がつかないんだからッ」

■うなぎ屋の一部屋（夜）

信吾「（お膳の上座の次の位置にいて）さあ、どうぞ、どうぞ（笑顔なく）」

武志「（下座に座っていて同じく）どうぞ（と上座を、笑顔なくすすめる）」

賢作「（廊下から膝を入れた感じで中腰にいて）いや、そんな、お高いところは——（とネクタイ締めていない。慣れていない）」

信吾「いやいや、上も下もないということで、どうぞ（信吾と武志にはお茶が出ている）」

賢作「そうですか。じゃ、まあ、悪遠慮してもなんだから（行く）」

仲居「（バタバタと来て、膝をつきながら）それじゃ、お出ししてよろしいんですね」

武志「ああ、頼むよ」

仲居「では、ただいま（と去る）」

賢作「（上座に座って信吾に）盛岡では、ろくに話も出来ないで（一礼）」

信吾「いやいや、お互いさまで（一礼）」

武志「お電話で、さきほど。吉川でございます（一礼）」

賢作「ああ、どうも、静岡の方からわざわざ（と一礼）」

信吾「そちらへ二人で伺えばいいことだと思ったのですが」

賢作「いえいえ（とりあえず、恐縮するような格好をしてしまう）」

信吾「お嬢さんもおられることだし、やはり、こういう席をもうけた方が率直にお話出来るんじゃないかと思いまして」

賢作「ごもっとも。いや、まったく、とんだことで。なんていったらいいか。ああいうことを、するような娘じゃないんだよねえ本来」

信吾「ま、そこンところは、お互い議論があるところでしょうが、まず、はっきりしたところからはじめると（手帳）」

武志「いや、まあ、ちょっと足くずしませんか。一服なさってから、ぼつぼつはじめるとして（とちょっと笑って自分があぐらになる）」

賢作「じゃまあ、そうさして貰うかな、（と、ちょっと怖そうな信吾をチロリと見つつ、あぐらになる）」

信吾「（手帳を見ながら正座したまま）なら、一服なさればいいが（と、手帳を閉じる）」

賢作「いや、どうぞどうぞ。話は進めて下さい。一服ったって、骨休める心境じゃないんだからハハハ（と、チョロッと信吾を見ながらいい、救いを求めて武志を見て笑う）」

武志「まったく（と、同情するようにうなずき）跡仕末は大変な御苦労でしょうが」

賢作「ええ、しかし、もうなんだかね、ジタバタしたって仕様がないから、一つ一つ詫び、叱られるところは叱られて、なんとか片ァつけて行くしかないと思ってますけど」

武志「そうですか（同情してうなずく）」

信吾「では、はじめてよろしいスか（と、手帳をめくりはじめる）」

賢作「ああ、どうぞ。どうか」

信吾「まず、この店の払いですが」

賢作「ああ、そりゃあ私にもたして下さいよ。お宅さんたちは、ここへ来るだけでもう相当に交通費やなんか使ってるんだし」

武志「いえ、三人で公平に三等分ということで。ま、はじめにこんなことを決めるのも不粋な話ですが――」

信吾「なら、いつ決めたらいいスか？」

武志「いや――」

信吾「こんな話し合いに、不粋もへちまもないじゃないスか？」

武志「勿論。いや勿論そうですが」

賢作「まあ、その、なごやかに行きましょうよ」

仲居「（盆につき出しと酒三本持って）お待たせいたしました」

賢作「よ（とついパチパチと軽く手を叩き、そんなことをする時ではなかったと思って）ハハ、フフフ（と中途半端に笑い、顔こすり、ああやりきれない、という顔になる）」

■池谷家・階段（夜）

香織「（小さなカバンをもって、そっとおりて来る。立ち止り、息をひそめて階下の気配を伺い、またおりておりきると）」

由起子「（いきなり現われ）何処へ行くの？」

香織「（心からおどろいて）びっくりするじゃないの（と、照れくささもあって、乱暴に玄関の方へ行こうとする）」

由起子「とんでもないよ（とカバンを摑んで）表なんか出さないよ」

香織「（むしりとろうとして）私が、なにしたっていうのよ」

由起子「よくまあそんなことがいえるねッ（と、カバンを奪いとる）」

香織「勤めてるのよ、私。そんな休めないわよッ」

由起子「そんなことは話がついてるの」

香織「此処にいてなにしろっていうのよ（とカバンをとり返そうとする）」

由起子「（巧みに避けて渡さず）お父さんがね、お父さんがいま、東京でなにしてると思ってるの？」

香織「弁償は、私らでちゃんとするといってるでしょう。それ勝手に、ひき受けて、私がひどい厄介かけるみたいにいうけど」

由起子「あんたに百何十万もの弁償が出来るわけないでしょう」

香織「三人だもん、三人でやるもの（とカバンをとろうと踏み込む）」

由起子「（平手打ちする）」

香織「なにすんのよ！」

由起子「あんたはね、あんたは、嫁さ行くまで、此処におるの。此処でジッとしておるのッ！（迫力がある）」

■うなぎ屋の一部屋

蒲焼きや吸いものも出て、それもかなり手をつけてあり、日本酒が五、六本あって、賢作は酔っている。武志がその相手をし、信吾は下戸なので、飯を食べている。

信吾「――（食べている）」

賢作「（武志に酌をされて）あ、あ、どうも（と盃を口に持って行きながら）いや、知らないってことは仕様がないことでね（のむ）マスコミなんかが、女おだてるから。それへ訳の分んないのがのっちまって、男はなんだァなんていう。しかし、女はね、ちっとも可哀そうでもなんでもないですよ。金ェ稼がねえっていうことだけでも随分と気楽なもんじゃないの。その上うちで威張ってる。威張ってるよう。どこの家行ったって、本当のところは、女房の方が威張ってる。そういうとこが分んない。表面だけ見て、男に従うだけの結婚なんかしたくないなんて、きいた風なことをいう。人生分ってねえッ、お前はまだ夫婦のなんたるかを分ってねえッっていう。すると、そういうことをいって、無理矢理嫌な男をおっつけるという。そんなね、私だってあんた人の親ですよ、娘の不幸になるようなことをするわけがない。あの男はね、つまり、その娘の相手の中野二郎って奴ですが」

武志「ええ」

賢作「たしかに泥くせェけど、なかなかいい人物なんですよ」

武志「そうですか」

賢作「何より娘に惚れてる。そして、ガソリンスタンド二つに、ドライブインひとつ持ってる」

武志「そうだそうですね」

賢作「そういう縁談はね、うちなんかには、めったに来ないスよ」

武志「いえいえ」

賢作「大抵は勤め人。それも一流だの二流だのっていう高級なんじゃない。そういうのは、町工場の職工の娘なんか貰いたがらない」

武志「そんなことはないでしょうが」

賢作「こりゃあ、いいッて私は思ったの。こいつは、いい。なんだかんだいったって、金があるっていうことは、悪かないもんね。ねえ、池谷さん（急に信吾に向く）うん？」

信吾「（お茶のんでいて）」

賢作「なによ、あんた、さっさと飯くっちまって、お茶ですか？　また、綺麗にくっちまったなあ」

信吾「あんたのを、食べたわけじゃない。そんないい方は、およしなさい」

賢作「（武志へ）怒ってる。この人、さっきから、怒ってる。俺のこと嫌いね？（と信吾にいい）分ってる。分ってます」

信吾「とにかく（と財布を出しながら）披露宴などの損害については、向うの請求が出たところで、もう一度電話なりで相談するということで、定食四千五百円（と武志にさし出し）私は酒は一滴ものんでいないので、その分はお二人で適当にして下さい」

賢作「帰りますか？」

武志「そうですか？（まだ料理が残っているので、一緒にといいにくい）」

信吾「いや、帰る前に、ひとつだけ同意していただきたいことがある」

武志「なんでしょう?」
信吾「このような不祥事を起したつき合いは、どちらにとっても望ましいことではない。今後、お互いに一切つき合わせないということにしていただきたい」
賢作「そう。そりゃいいね。私もそう思うね。うちのが一人なら、あんた――」
武志「お言葉ですが、私は反対ですね」
信吾「反対でも、そうしていただく」
武志「そうはいきません。私は、そんな無茶苦茶には反対です」
信吾「あなたは酔っている(と、立ちかかる)」
武志「いやあ、お座りなさい」
賢作「いいじゃないの」
武志「お座りなさい。捨て台詞のように、そんなことをいわれても困る。座って下さい」
信吾「――(座る)」
武志「私は酔っていません。いや、少しは酔っているが、いう事に責任はもてます」
賢作「喧嘩は、よしましょうよ」
武志「(かまわず) たしかに、娘のした事を、よくやったとはいえませんから、口にするのはひかえていましたが、私は、三人は、なかなかいい友達だと思っています」
賢作「そう。そりゃあね」
信吾「――」
武志「あの子たちのいい分も、私はこちら(賢作)のように、ただ世間知らずの言(げん)だとは思いません。娘の身になれば、もっともだと思うところもあります。確かに日本は男社会ですよ。女は、なんていったって、二番目の位置にある。ただ男に従え、男に合わせろ、男をたすけろといわれれば、カッとする子がいても不思議はない。女の友達というのは、なかなか成立しないというじゃありませんか。それを、こちら(賢作)のお嬢さんのために、もしかすれば警察に逮捕されるかもしれないことを、かまわずやったんです。こんなつき合いは、今時男だって、そうそうあるとは思えない。私は、ただ頭ごなしに、今後一切逢うな、なんて、そんな事は、到底いえません。もうちょっと、あったかく見てやってもいいんじゃありませんか」

賢作「そう。そりゃそうだ」

信吾「そったことといって甘やかして、あんたの娘はなんですか？（静かにいう）」

武志「なんです？」

信吾「同棲してるっていうじゃないですか？　男が迎えに来て、それとべたべたして」

武志「下司ないい方はやめなさい」

賢作「ちょっと――」

信吾「そんな娘を怒ることも出来んで、親といえますか？」

武志「親ですよ。事情も知らないで勝手なことをいわないで貰いたい」

信吾「とにかく、うちの娘は、つき合わすわけにはいかんですから（立ちかかる）」

武志「同棲しようと結婚しようと、問題は二人のあり方でしょう」

信吾「田舎のエセインテリが（と立つ）」

武志「なんだ、それは、なんだ、その口は（と立つ）」

信吾「――（廊下へ行こうとする）」

武志「（立ってしまうと、はずみで、そのまま信吾を行かすことが出来ず肩のあたりを押して行かせまいとして）詫びなさい」

信吾「（よろける）」

武志「詫びろ」

賢作「よそうよ、いけないよ」

信吾「俺を怒る元気があったら、娘を怒んなさい（と行こうとする）」

武志「怒ってるよ、怒るべきときは、怒ってるよ、（と信吾を二度ほどつく）」

信吾「なにする」

武志「あんただって、娘を東京へ出してほうってたじゃないか。人のことという前に自分が反省しなさい」

信吾「同棲などしてる娘と一緒にされてたまるか（と武志をつきとばす勢いで廊下へ出ようとする）」

武志「待ちなさいよ。待ちなさいよ、あんた（とこれを阻止する）」

賢作「ちょっと、よそうよ。また、なんかこわして弁償だなんてことになったら」

障子に武志、押されてぶつかり、障子廊下へ倒れる。

賢作「ああッ」という。

■久美子の元のアパート・廊下（夜）

典夫「（部屋の中からドアをあけ）あ（と一礼し）まだ、スナックの方ですけど」

武志「久美子じゃないんだ。君に話がある（殆んど酔いはない）」

典夫「はあ。どうぞ（急ぎ中へ）」

■久美子の元のアパート・部屋

新聞が散らかり、枕を使って、ころがってテレビを見ていたらしく、灰皿、缶ビールなどあるのを、典夫、急いで片付ける。

武志、それを靴脱ぎのあたりで見ている。娘の同棲の部屋を見る悲しさが走っている。

典夫「あ、どうぞ」

武志「ああ（とドアを閉める）」

■同じ部屋（時間経過）

典夫「（一つのコップに、缶ビールの残りを注ぎ終えるところ。八分目）」

武志「（向き合ってあぐらをかき、煙草に火をつけている）」

典夫「どうぞ（とコップを盆ごと武志の方へすべらせ）これで、ないんですけど」

武志「（煙を吐く。どう切り出そうかと考えている）」

典夫「（間がもたず）ほんと、なんにもなくて（と正座のまま一礼）」

武志「これでも私は民主主義世代でね」

典夫「（ピンと来ないで）はあ——？」

武志「物事は、なるべくリベラルに考えようとしている」

典夫「——はあ（相手しにくいなあ、という感じがあるが、努めている）」

武志「娘が男と出来たからって、ただ大騒ぎして結婚させようとは思わない」

典夫「はあ」

武志「一時の気持かもしれない」

典夫「（うなずく）」

武志「バタバタ娘の人生を決めてしまいたくない」

典夫「——（うなずく）」

武志「それに、率直にいって、君と一緒になって幸せかどうか、分らないという気がした。しかし、下手に反対すると、尚更のぼせる方でね」

典夫「（うなずく）」

武志「こうなってしまった以上、熱がさめるのを待つしかないと思った」
典夫「――」
武志「はっきりいうと、早く熱がさめてくれと願っていた」
典夫「――」
武志「しかし、娘は、相当本気らしい」
典夫「――」
武志「君に地道な仕事を持って貰って、結婚をしたいと考えている」
典夫「――（うなずく）」
武志「どうだい？　結婚する気が、君にはあるのかね？」
典夫「ありますよ」
武志「じゃ、地道に働く気もあるんだね？」
典夫「――」
武志「どうなんだい？」
典夫「働く気はありますよ」
武志「なら働いてくれよ。マスターから聞くと、一向に仕事を見つけて来ないそうじゃないか」
典夫「俺は、前から働いていたし、働くのを嫌いじゃないし、やる気はあるんだけど、そういうンじゃ久美子は――久美子さんは」
武志「久美子でいいよ」
典夫「気に入らないんですよね」
武志「うむ」
典夫「金だけじゃなくて、少しは働いてて楽しい仕事を、あっちこっちさがしてやって行きたいんだけど、そういうのは、やだっていうんですよね」
武志「うむ」
典夫「一つの仕事をずっとやれっていう。一日机に向ってるとか機械をいじってるとか。しかし、特別金になる訳じゃなし、なんでそんなのがいいのか分んないのよね」
武志「そりゃあ長い目で見てるからだろう。当座入る金は少くても、定職についていれば、昇給もあるし、保証もある。目先の面白さで転々としてたら、そりゃあ今はいいかもしれないが、少し年をとったら、仕事はなくなるだろう」
典夫「だから、なくなったら地道になるしかないでしょう。それまでは、なるべく自由にやりたいっていうのが、どうしていけないんだか」
武志「不安なんだよ。女は、それでは不安なんだ」
典夫「――」
武志「いま職を転々としている人間が、三十になったら地道になるという保証はない。女は、結婚の相手に、安定が欲しいんだ」
典夫「――」
武志「ほんとに、あの子が好きなら、定職についてくれよ」
典夫「――」
武志「そして、結婚してくれ」
典夫「――」
武志「たしかに、それは君を縛ることになる。定職も君を縛るし、結婚も君を縛る。そうやって、自由を縛られるのが嫌なら――別れてくれ」
典夫「――」
武志「これでも親なんでね。同棲を我慢してるのも限度がある。もういいだろう。もう、どっちにするか、決めてもいいだろう」
典夫「――」
武志「こんな（感情溢れ）話の分る親は、めったにないぞ。少しは、こっちの身にもなれよ」
典夫「（間あって、うなずく）」

■国電

乗っている久美子。

■久美子のアパートへの道

久美子、歩いて行く。

■久美子のアパートの階段

久美子、上って行く。

■久美子の部屋の前

久美子「（来て、小さくノックし）ただいま（返事がない）寝た？　典夫（返事がないので、バッグから鍵を出しながら）つめたいんだからなあ（と鍵を出して、鍵穴へ）」
武志の声「ああ、そうだ（肯定）」

■公衆電話

武志「別れるといったよ」

■吉川家の電話

優子「じゃ、久美子は？」

■久美子の部屋

久美子「(入ったところのスイッチで部屋の灯りをパチンとつける)」

武志の声「ああ、今日、帰って、おどろくだろう」

久美子「典夫——(部屋から典夫のスーツなどが消えているのでサッと予感が走る。ハッとせわしなく上って、押入れをあけたりし)典夫(と流しのコップに久美子の歯ぶらししかないのを見たりし)どこ？　どこよ？(とパニックになりかかり、サンダルをつまずくようにひっかける)」

■階段

久美子、ドドッとかけおりる。

■駅近くの商店街

久美子、パチンコ屋などを見ながら、しかし思いに圧倒されて、おろおろとさがし歩く。

優子の声「もしもし」

■吉川家の電話

優子「行ってあげなくていいの？」

■公衆電話

武志「今夜じゃ、俺が工作したように思うかもしれない。明日行くよ。明日、スナックの方へ顔出して、弁償の件は終ったといって、はじめて知ったような顔をする。そして、そっちへ連れて帰るよ。それが一番いいだろう」

■街

久美子、ただ、くるくると左右を見ながらさがして歩きつづける。

■池谷家・座敷と次の間(午前中)

由起子、次の間で、蒲団のカバーをつけかえている。その傍に理一が、灰皿を持ってあぐらをかいて、消した煙草を灰皿にこすりつけている。

座敷の方で、信吾は新聞を見ている。日曜日である。

由起子「(手を動かしながら)そんな事、いちいち女房にいわれていいに来ることはないでしょ」

理一「（ふくれてボソボソ）いわれたわけじゃないよ」
由起子「大体ね、姑っていうのは、孫がうまれると嫁からとりあげて可愛がっちまうようなところがあるの。そういうことで、どれだけいろんな家が揉めてるか分らないんだから」
理一「分ってるけど――」
由起子「私は、そういう姑には、なりたくないと、我慢してるんじゃねスか。そりゃ抱きたいよ。加代子加代子加代子て、一日いじくっていたいよ。だけど、それじゃあ、母親の葉子は淋しいだろう不満だろうと思って、なるべく加代子抱かねえようにしてれば、どうでしょう。お父さん、（と信吾を見、知らん顔をしてるので）お父さん、聞いた？」
信吾「（うるさそうに）二階に聞こえっだろうが」
由起子「すーぐ葉子の肩持つんだから」
信吾「（ムッと）肩持ってやしねえだろうが」
由起子「うまれたのが女の子だったんで、私は内心面白くないいんだろうだって（ちょっと大声）」
理一「よせって（二階を気にする）」

■二階

葉子、もう起きていて、赤ん坊（加代子）のおしめをかえている。

由起子の声「（階下から小さく）冗談じゃありませんよ」

■階下・座敷と次の間

由起子「一姫でよかった、よくやったってあんなに何度もいったじゃないの。孫が女だろうと男だろうと、そんなことで可愛さがかわるような、旧幣な女じゃありませんよ、私は」
信吾「いい加減にしねえか」

■玄関

上ったあたりの壁によりかかって立っている香織。

理一の声「いいよ、もう、頼まないよ。ちょっときり出しゃあでっかい声出して（と出て来て、香織を無視して二階へドドドと上って行く）」
香織「（入れ替り次の間へ現われ）いいかな、ちょっと」

■次の間と座敷

由起子「うちにいたの？　何処へ行ったかと思ったら」

香織「私——決めたわ」
由起子「なにを？」
香織「結婚——するわ」
信吾「（顔上げる）」
由起子「——誰と？」
香織「岡崎さん」
由起子「そんな、あんた、気ィすすまねえっていってたじゃねスか」
信吾「今更なにいってるだ」
香織「でも、まだ、ちゃんと断ったわけじゃないし」
信吾「向うは、とうに断られたと思っとる」
由起子「でもまあ、そりゃまだ聞いてみてもいいけど——」
信吾「ヤケでいってるんじゃないだろうな」
由起子「そうだよ。投げやりで、そんなこというもんじゃないよ」
香織「さんざんしろしろっていってて、なにいってるのよ」
由起子「だって、ユーウツそうにしてるじゃないか」
信吾「結婚なんてもんは、そんな顔して決めるもんじゃねえ」

香織「だって不安だってあるもの。そうそうニコニコ出来ないわよ」
由起子「なら、なにもそう急いで決めることないわよ」
香織「決めたの」
由起子「なにいってるの」
香織「こっち来て、四人だか五人だかに逢わされたけど」
由起子「六人。六人、逢ったでしょう」
信吾「そういうフテくされた態度をとるな」
香織「（素直に、ちょっと淋しく）別に、フテくされてないよ（悲しい）」
由起子「逢ってなに？　六人に」
香織「比べると、大分、あの人の方がいいから」
信吾「そりゃそうだよ。そういう風に、はじめっから、いっとるじゃねスか」
香織「ものすごく好きとかいうんじゃないけど、なかなかあのくらいの人、いないのかなあ、と思って」
由起子「あの課長、日曜なら、自宅だろうか？（と信吾にきく）」
信吾「そんなこと、俺が知るか」

由起子「かけてみよう、かけて（と電話の方へ行く）」

■電話のところ

由起子「（私製の電話帳のマをめくりながら）まだ他の人と決まってなけりゃ縁があるんだから」

■次の間

香織「――――（決心しちゃった、しちゃったァと思っている。ダイヤル回す音）」

■佐伯家・玄関（夜）

ガラッと戸があき、二郎が旅行カバンを提げて明るく「今晩は」という。

■茶の間

テレビを見ながらビールをのんでいた賢作は、狼狽して「あ」といいながら、思わずお膳に手をついて正座をしかかり、ビール瓶を倒し、それをすぐ起こし、ぬれたところを手で拭くようにする。

静子「（風呂場の方から湯加減でも見ていた感じで現われて）あれまあ（とやりきれないような顔ながら挨拶する声で）」

二郎「（それまでに戸を閉め、靴を脱いで茶の間へ上って）いや、どうもその節はお気をつかっていただいて、ありがとうございました（と一礼する）」

賢作「こっちこそ、大変な迷惑をかけちまって」

静子「正式に、お詫びに行かなくちゃっていいながら、もう」

二郎「なにおっしゃいますか。お父さん、叔父ンとこ辞表出して、工場さ行かねえそうじゃねスか」

賢作「どの面さげて、あんた」

二郎「なにをなにをおっしゃいますか」

静子「弁償沢山しなくちゃいけないのに」

二郎「お母さん（とんでもないというように手を振る）」

静子「（自分の台詞の流れで）このビールは、貰いものなんですよ」

賢作「いや、残ってたもんでね（と一礼）」

二郎「淋しいなあ、そういうことをいわれては。私は淋しいですよ。お父さんお母さん」

賢作「いや」

二郎「四歳で父を失い、十六歳で母を失い、以来親族は夫婦だけという私が、お父さんお母さんと呼び得るお二人に出逢い、弟と呼び得る茂くんにさえ恵まれ（口調かえ）茂くんはどうしてますか？」
静子「近くのね」
二郎「近くの？」

■道

出前に走る茂。
静子の声「中華料理へつとめてるんですよ」

■佐伯家・茶の間

二郎「（景気よく）そりゃいいわ、そりゃ。あの子は、絶対サービス業飲食店関係で大成しますよ。お父さん。私は、それを願ってます」
賢作「ありがとう。ほんとに、ご好意は」
二郎「そういうご家族から、弁償だとかなんだとか、金払えば終りだなんてニュアンスで、そうやって壁たてられたら私は、ものすごく孤独感におち入りますよ。お父さん」
賢作「しかし」
静子「弁償はしない。のぶ代はやらないなんてことじゃ（世間がすまない）」
二郎「いやいや、私は諦めておりませんから（とケロリと明るく笑う）」
賢作「あ」
静子「諦めてないって」
二郎「（二階に向い）のぶ代さん」

■階段の上と下

のぶ代「（ハッと自室へあとずさりする）」
二郎の声「二階でしょう？　のぶ代さん（と階段下へ現われる）」
静子の声「中野さん」
賢作「ちょっと」
二郎「いえいえ（と手で来ないでくれというように制し、二階を見）入るとき、二階に灯りがあったから、きっとのぶ代さんはいると思ってね。ハハハハハ」

■のぶ代の部屋

二郎「今晩は（と笑顔で現われ）いや、あのあとも（入って襖を閉めながら）三人だ四人だって、俺の結婚を祝う会なんちゅうのがあって、なんだか、のんでばっかり。ハハハハ（と座って）どうしたの？　しょんぼりしとるじゃねえスか」
のぶ代「あの節は（一礼）」
二郎「いいのいいの。後悔してるかい？　ハハ」
のぶ代「後悔は別にしてませんけど、迷惑はかけたと思ってます（一礼）」
二郎「いやあ、それでいいの。俺はね、取引で人に逢うでしょ？　約束の時間に俺が行く。すると、向うが来ねえ。十分待つ。すると、グングン元気が出て来る。普通のもんはね、二十分も待ちゃあ、俺はバカにされたァなんて思うでしょ。俺は、そういうことは思わない。二十分待たしゃあ、その分向うは、負い目が出来る。三十分結構。一時間ならもっといい。来るでしょ。相手は一時間待たして、平気で来る。しかしね、どっかで、向うは、一時間こいつを待たしちまったなあ、と思ってる。その負い目は、絶対こっちに有利。ましてやあんた。結婚式披露宴をぶちこわしちまったんだから、ドーッとそっちに負い目がある。そういう時は、元気が出る。ドドドドーッと諦めない。ハハハハハ」
賢作「（いつになく緊張した顔で、襖をあけ）二郎さん（青ざめてさえいる）」
二郎「あ、なんの御用ですか？」
賢作「私は――私はね、あんたのこと好きなんだよ（と入って正座する。静子も続いて入り座る）」
二郎「私もお父さんのことを好きです」
賢作「好きだから、結婚の線でずーっと娘をひっぱって来たよ」
二郎「（賢作の口調の真剣さに明るくばかり応対出来ず）はあ、それは、ありがたいと思っています」
賢作「しかし――残念だけどねえ」
静子「披露宴こわすってことは、よくよくのことです。そこまで嫌だっていう娘を、親としちゃあ、それでもとはいえません」
のぶ代「（目を伏せる）」
賢作「申し訳けねえ（と平伏し）諦めてくれ。なかったもんと思って下さいよ」
静子「許して、許して下さいよねえ（と平伏する）」
二郎「――（のぶ代を見る）」

のぶ代「(手をついて平伏というほどじゃないが、顔を下げる)」
賢作「弁償は、出来る限りのことをする。金額をいって下さい。借金して、年内に払います」
静子「お金ですむことじゃありませんけどねえ(と泣く)」
二郎「そうですか(と案外平静にいう)そうですね。そこまでいわれては、諦めるしかないですね」
賢作「すまねえ」
静子「ほんとに、申し訳けない——」
二郎「いゃあ、俺、見かけより、もろいとこあってね。図図しいようにいわれっけど、ほんとは、気弱くて、普通の調子で人と話すと、なんか気の弱さ克服出来なくてね。ワーッと、オクターブ高く、図々しい芝居をしてると、なんとか、やって行けるもんでね。常に、俺は図々しいんだって、気ィ励まして、芝居をしてるようなとこあんだよねえ」
のぶ代「——」
二郎「だけんど、ここまで追いつめられると、それでも平気平気って芝居、出来っかどうか、自信ねえなあ。出来ねえなあ(と泣き声になり)」
のぶ代「——」
二郎「まいった。まいったわ、もう(と泣いてしまう。悲痛に泣く)」
のぶ代「——」
賢作、静子も顔を上げられない。

■久美子の元のアパート・廊下(朝)

ドアを男がノックする。

■久美子の部屋

久美子「(スナックへ行く仕度で鏡に向っていて、ピクンとドアを見て、パッと鏡を見る。典夫かもしれないという思いが走ったのである)」
マスターの声「お早う」
久美子「(ちがう、と分り、肩の力ぬけ、息をつく)」
マスターの声「いるかな、久美子ちゃん」
久美子「あ、はい(と立つ動作にかかる)」

■廊下

マスター「悪いね」
久美子「(はじめ声で)いいえ(ドアをあけ)なんですか、

マスター」
マスター「ちょっといいかな」
久美子「ええ、どうぞ（と身をひきながら）でも」

■部屋

久美子「（ちょっと片付けながら）いまからお店行くとこなのに（と非難や文句ではなく微笑でいいながら座蒲団を出し）どうぞ」
マスター「（ドアを閉め）いや、上らなくていいんだ（と立ったままいう）」
久美子「そんな、そんなところじゃあ」
マスター「いいんだ。いや、実は、今日の夜でも話そうと思ってたんだが（と腰をおろそうとする）」
久美子「上って下さい。マスター」
マスター「（かまわず腰をおろし）今日からね、見習い一人いれたんだよ」
久美子「あ（つまりどういうことをいいたいのかと判断しながら）そうですか――」
マスター「明日からっていったんだが、今日から行くって言付けがあってね。言付けじゃ断れない。あんた、店来て、いきなりその子がいるんじゃ、感じ悪いしね」
久美子「いいえ――そんな（ちっともと微笑）」
マスター「一日二日その子、教えてやってよ」
久美子「はい、そんなこと喜んで――」
マスター「それから、郷里（くに）へ帰りなさいよ。帰った方がいいよ」
久美子「（目を伏せる）」
マスター「気持は分るが、お父さん、ああいってる事だし、お母さんだって待っているだろうし、一人娘が、そう自分ばかり、押し通しちゃいけないよ」
久美子「――」
マスター「あいつはね、帰って来ないよ」
久美子「――」
マスター「あいつなりに、決心固めて、出たに相違ないんだ」
久美子「――」
マスター「地道に働くと、なぜいいんだか分らねえと、何辺もいってた」
久美子「（うなずく）」
マスター「分らなくても、久美子ちゃんの望みなんだから、『いいじゃねえか、いう通りにしてやれよ』って、こっちも何辺かいったよ」
久美子「（うなずく）」
マスター「あげくに出て行ったんだ。それも、ひとつの生き方にはちがいない」
久美子「――」
マスター「諦めて、お帰んなさい」
久美子「――」
マスター「随分心配かけたんだ。親孝行しなきゃ駄目だよ」
久美子「――」
マスター「いいね？」
久美子「――」
マスター「明後日で、馘だよ、うちは。いいね？」
久美子「（うなずき）――（またうなずく）」

■噴水（昼）

前シーンとのきりかえのはっきりつく音のあるなにかを見せる。
それを見ている香織と岡崎。東京。

■コーヒーショップ

松永「（ちょっと中腰になって、あかないガラス窓から下をのぞいていて）あ、話してます。フフ、見えてます。フフ（と窓際の椅子に戻る）」
信吾「（向き合って煙草をすっている。さっきまで香織と岡崎もいたので四人テーブルで四つのカップがある）」
松永「いやあ、ほっとしました。私なりには尽力したつもりだったんですが、うまく行かず、これはもう駄目かと思ってたんですが、ハハ、いやあ分らないもんですねえ、娘さんの気持ってもんは」
信吾「分らんね」
松永「はい。もう。ハハハ」
信吾「あんたみてエのと、一度にせよどうして、そういうことになったか――」
松永「あ、それはもう過去。過去です、お父さん（と小声でいい）フフフフ（と目のやり場のない思い）」
信吾「人間、頭だけで生きてないからねえ（と自分のしたことも思っている）」
松永「あ（意外で）ほんとです。いや、そういう御理解のある御言葉、ありがたいと思ってます

（と調子よくではなく、ちょっとしんみり調にしていう）」

信吾「――（松永の声は聞えないように煙草をふかしている）」

■噴水の傍

香織「なんか――フフ――随分黙ってるのね」

岡崎「あなたは、この辺で、手をうとうと人生に見切りをつけた（目は合わせない）」

香織「フフ、そういわれるだろうと思ったけど、そうじゃないの。ほんとに、何人も、福島で男性と逢って、なんてつまんない男ばっかりなんだろうって、改めて思ったの。そしたら、ポッと、ほんとにポッと、灯りがつくみたいに、岡崎さんの顔が浮んだの」

岡崎「――」

香織「随分失礼なことや、曖昧なことといって、結局ウヤムヤで別れちゃったけど、岡崎さんは、会話面白かったし、いい人だったし」

岡崎「多少マシだと思った」

香織「そういわれると、いい加減みたいだけど、私、いまは、いい加減じゃないつもりなの」

岡崎「――」

香織「いい加減で、こんな風に、親と一緒に来たりしないわ。岡崎さんがよければ、私、結婚したいと思ってます。ぐらぐらしない決心もしてます。ほんとです」

岡崎「しかし、愛してはいない」

香織「ううん。結婚するんだもの、愛すべきだし、自信もあるわ」

岡崎「愛情は、決心して持つものじゃない。感じるものでしょう」

香織「そりゃ、きびしくいえば、そうかもしれないけど――」

岡崎「あなたは、ずっといってた。胸の中ゆさぶられるような、自分とぴったり合った人に逢いたいんだって」

香織「でも、そんなの、現実には無理なわけよねえ」

岡崎「そうかな？」

香織「たしかに、いま、あなたに私、胸の中ゆさぶられるような思いはしてないわ。でも、今まで逢った人の中では、一番私と合ってるのか

　　　も分らないって、そういう気持はとても強く
　　　してるの」
岡崎「疲れたんだな」
香織「疲れた？」
岡崎「ひとつの考えに、長く執着していると、人間
　　　は疲れてしまう。で、もういい、もうよそう。
　　　どうせ、ぴったりした人なんか現われない、と、
　　　長いこと抱いていた執着を簡単に捨てようと
　　　してしまう」
香織「そうかなあ――」
岡崎「しかし、もう一息かも知れない。もう一息待
　　　てば、現われるかもしれない」
香織「それ、つまり、どういう意味かしら？　つま
　　　り、私、断られてるわけ？」
岡崎「――」
香織「それとも、婚約したあとで、そういう人が現
　　　われたら、私、そっちへ行っちゃうっていう
　　　わけ？」
岡崎「――」
香織「そんな事は絶対にしないわ。こうやって来た
　　　以上、あなたがオーケーなら、途中で他の人
　　　にするなんて、そんなこと絶対にしないわ」
岡崎「ほんの四日ほど前――」
香織「うん？」
岡崎「六本木のバーで、大沢さんに逢った――」
香織「それで？」
岡崎「あの人がいうには、あなたと松永課長は、か
　　　つて出来ていた」
香織「（ドキンとしている）」
岡崎「そうですか？」
香織「――」
岡崎「いや、その返事はあまり聞きたくない。そう
　　　いう現実は好きじゃない。ただ、一つだけ聞
　　　きたいことがある」
香織「（うなずく）」
岡崎「あなた――処女ですか？」
香織「――」
岡崎「ちがいますか？」
香織「（うなずく）」
岡崎「そうですか――体験ありですか」
香織「（うなずく）」
岡崎「いや、そんなことに、ぼくがこだわるのは、お

かしいと思うでしょう。ぼくも理性は、そんなことにこだわっていない。しかし、肉体というか、そういうものがこだわっている。パスカルによれば、肉体は一つの理性である。つまり、こだわるには、こだわるだけの理由がぼくの身体の中に、あるにちがいない。それを無視して結婚をしても、ろくなことはない」
香織「――」
岡崎「つまり、お断り、せざるを得ない」
香織「――」
岡崎「すいません」
香織「――いいえ」
岡崎「――どうも――」
香織「（なんだか可笑しくなって笑い出してしまう）」
岡崎「――（その香織を見て、一緒に笑い出す）」

■久美子の部屋（夜）

明日、武志が車で荷物をとりに来てくれるので、荷物をまとめている。たとえば机の上のビニールのクロスを、スタンドや鏡などおろしてひっぱってとる。その時、何処かにひっかかっていたのか、典夫の櫛が畳に落ちる。

久美子「（それに目を置き）やだ、何処かいっちゃったって、怒って、私のせいにしたくせに（と櫛をひろい）バカヤロ（となるべく部屋の遠くへ投げ、泣きたくなり）バカヤロ（と顔をゆがめながら、ピクッと階段上る人の音を聞いてその方を見る）」

ノックの音。

久美子「（顔、泣くのをやめなきゃならず、普通にしようとする）」

ノックの音。

久美子「（ちょっと泣き顔のまま）はい」
香織の声「私――」
のぶ代の声「こんばんはァ」
久美子「あ（と立ち上り）どうしたのォ（とドアへ行きながら）東京へ、香織さん、出て来たの？（とあける）」
香織「大丈夫？」
久美子「なにが？」
のぶ代「ちょっと泣き声だった」
久美子「とんでもなーい。どうぞ。どうぞ入って（と荷物をどかしてスペースをつくって行く）」

香織「スナックへ行ったのよ」
のぶ代「いつもなら、まだそっちでしょう」
久美子「(手止まっていて)じゃあ、聞いた?」
香織「うん」
のぶ代「うん」
久美子「逃げられちゃった。みっともないの(と笑う)」
香織「(微笑して)私もね、私も実は、ふられたとこなの」
久美子「誰に?」
香織「(苦笑し)おいおい話すけど(とドアを閉める)」
のぶ代「私だって、まあ似たようなもんでしょ。三人とも、さえないなあって」
香織「のもうかって」
のぶ代「そういって来たの(とウイスキーを後ろ手にしていたのを、かかげる。紙の袋に入っていて見えない。形だけ)」
久美子「いい。のもう。今日は徹底してのもうよ」
香織「いいとも」
のぶ代「いいとも!」
三人笑う。

■駅裏のみ屋街

二人のサラリーマンが、ふらふらと帰って行く程度。
久美子の声「その夜は、部屋だけでは、おさまらなくて、酔っぱらって駅の裏の小さなのみ屋へ行って日本酒をのんだ」
のれんのかかった店の戸があき、久美子、のぶ代、香織の順で出て来る。「ありがとやしたァ」と男の声。
香織「御馳走さまァ(と戸を閉める)」
久美子「ああ、気持いい(ゆらゆらしている)」
のぶ代「ほんと。酔っぱらっちゃったァ」
香織「フフ、せいせいしたねえ。いいねえ、こういうの」
久美子「いい」
のぶ代「いい」
三十代ぐらいの小柄のチンピラ「へへへへ(と三人を見ながら近づいて来て)いい御機嫌じゃねえか、姐ちゃん」
久美子「そりゃそうよ」
香織「悪い? あんた」
三十代のチンピラ「悪くねえ悪くねえ。フフ、どうだい？　三人一緒に、遊ばねえかい？　一人で俺が喜ばせるぜ。ウーッ、クーッ（とワイセツな形をする）」
久美子「この野郎（とその男を殴る）」
三十代のチンピラ「いて。なにすんだ、このアマ」
香織「（ものいわず蹴とばす）」
三十代のチンピラ「いて」
のぶ代「（ぽかりと叩く）」
三十代のチンピラ「なに――手前ら」
それを久美子が蹴とばし、香織がこづき、のぶ代も蹴とばしたりして、暴力ふるう。チンピラ、対抗出来ず「やめろ、やめろよ」といいながら、ひっくりかえったりする。
久美子の声「なんだか、男の人が憎たらしくて、そのチンピラを、相当にいびってしまったのだった」

14

「いつの間にか、想い出をつくろうなんて、
思わなくなっていた」

■吉川洋品店・店の表（昼）

久美子、掃除をしている。淋しい。

久美子の声「私たち三人は、バラバラになってしまった」

■今までの映像で

三人（久美子、香織、のぶ代）が一緒にいる絵。抵抗しているところ、大笑いをしているところなど短く。

久美子の声「私は、郷里（きょうり）へ帰って」

■吉川洋品店・店の表

久美子の声「（働いている久美子にかかって）あの人のことを」

■今までの映像で

典夫。

久美子の声「忘れようとしていた」

■池谷家の一画

香織、洗濯物を干している。

久美子の声「香織さんは、お嫁に行くまで福島の家から出さないといわれていた」

■スーパー・レジ

のぶ代、スーパーのレジをやっている。

久美子の声「のぶ代さんは、前の工場へは戻りにくくて、近所のスーパーでとりあえずパートの仕事をしていた」

のぶ代「（明るく）三千と百二十七円のお返しでございます。ありがとうございました（次の客へ）いらっしゃいませ。（品物を別の籠へ移しながらレジを叩く）五十八円、二百二十九円、三十八円が三回（その声、小さくなり）」

のぶ代の声「もしもし、聞える？」

■池谷家・電話（夜）

香織「聞えるよ。よーッく聞えてる（と慰めるような声でいう）」

■公衆電話（夜）

のぶ代「私ね、とっても逢いたいの。二人にとっても逢いたいの」

■池谷家・電話

香織「どうしたの？」

■公衆電話

のぶ代「とってもね、とっても変な気持になって来ちゃって、困ってんのよう（と本当にどうしていいか分らずにいう）」

■タイトル

■東京の街（夕方）

ビジネスホテルのある街。つきはじめた灯り。

■ビジネスホテル・ロビー

ガラスのドアがあいて、外から久美子、入って来る。あまり大げさではないカバン。

久美子「（ホテルに慣れていないが、とりわけおどおどするようなことはなく、フロントへ行く）」

フロント(男)「（久美子がカウンターへ来たのを見て、小さく）いらっしゃいませ（といい、丁度客が、宿泊人カードを書き終えてすべらせたのを受けとり）はい、えーと（と背後のキーの中から一つとり）五〇六号室でございます（と客に渡し）ごゆっくり、どうぞ（久美子へ）お待たせいたしました、いらっしゃいませ」

久美子「あの、なんていう名前で申し込んであるか分らないんですけど」

フロント(男)「はい（といいながら、ちょっと他のことを手早くする）」

久美子「吉川か池谷か――」

フロント(男)「はい（とカウンターの中の予約カードをもうめくっている）」

久美子「申し込んだのは、佐伯っていう人なんですけど――」

フロント(男)「吉川久美子さま（カードを出す）」

久美子「ええ、そうです」

フロント(男)「ツイン三泊で伺っております（宿泊カードを出し）お名前と御住所をお願いいたします」

久美子「はい（と書き出す）」

武志の声「反対だな」

■吉川家・台所（夕方）

武志「（外出から帰って店で優子にそういわれ、ジャンパーを脱ぎながら上って来て、台所で夕食の仕度をしている久美子にいいはじめたという感じで）いま東京へ行くのは反対だね」

久美子「（なにか刻んでいて手を止めていて）のぶ代さんが逢いたいといってるのよ」

武志「（説得するように）行けば思い出すだろう。東京へはまだ行かない方がいい」

久美子「大丈夫よ。忘れたわ、もう」

武志「逢いたいなら、来て貰えばいい。（と居間の方へ仕事用のカバンを提げて行き、あけて中のものを出したりしながら）新幹線うまく使えば二時間半で来るんだ」

久美子「香織さんと三人で逢おうっていってるのよ」

武志「二人で来て貰えばいいじゃないか」

久美子「だって、あの人福島よ」

■ビジネスホテル・ロビー

香織「（さっきの久美子と同じに、ガラスのドアを押して入って来てフロントへ）」

久美子の声「福島から東京を通って此処まで来てくれなんていえないわ」

■吉川家・台所と居間

武志「だったら無理に逢うことはないよ。小学生や中学生じゃないんだ。二十四にもなって、女同士で無理して逢うこともないだろう」

久美子「いい友達だっていったじゃない」

武志「とにかく、いま東京へ行くのはパパ、反対だね」

■ホテル・ツインルーム

久美子「（窓の外を見ている）」

武志の声「反対だよ」

ノックの音。

久美子「（さっとふり向く。明るさが、さっと顔に浮んでいる）はい」

■部屋の前の廊下

香織「私――（とこっちもなつかしさに溢れている）」

久美子「（ドアをあけ）よく来られたァ」

香織「突破突破（と親の反対を突破して来たと、中へふざけて突入）」
久美子「（笑って）私もォ（とその香織を見ながらいう）」
香織「いけないって？（椅子かベッドにすでに腰かけている）」
のぶ代「（ドスンとベッドに腰落とし）私も。すごいの（とこれは笑っていない）」

■ツインルーム（時間経過）

久美子「（同じく腰かけていて）逢っちゃ？」
のぶ代「はじめは、いわないでいようと思ったの。そしたら、何処行くって、しつこいのよ。それから三人で逢うなんてとんでもない。今度は、なにたくらんでるんだって、夫婦でわめくんだもの、イーッってヒステリイ起してやって、他になにがあるのよ？　二人に逢わないで、私に他になにがあるのよッて、魔法瓶蹴とばして出て来ちゃった」
香織「すごい」
久美子「顔負け」
のぶ代「（ニコリともせず）そう。ちょっと親不孝。後味よくないけど」
香織「（やや慰めるようにやや自己告白の感じで真顔で）いうなりになってりゃ、なんにも出来ないもんね」
のぶ代「そうなの。温和しけりゃ、いい娘なんだもの、まいっちゃうわ」
久美子「もっとも、私が親で、こんな娘だったら困るなあ（と自分のことをいう）」
香織「ほんと。私も、ちょっとそう思う（と自分のことをいう）」
のぶ代「私も」
三人、笑ってしまう。

■中華料理屋

町の小さな店。その隅のテーブルで、四品ほどをとって、食べながらの三人。
のぶ代「（また真顔で目を伏せめにして、すでに口に入れたなにかを噛んでいる）」
香織「（そののぶ代を箸を止めて見ていて返事をうながすように）うん？」
久美子「なに？（とやはりのぶ代を見ている）」
のぶ代「だから（目をあげられず）いいにくいんだけど」

香織「いいわよ。それ聞くために来たんだもの」
久美子「そうよ。どんな気持?」
のぶ代「きっと、二人とも怒ると思う」
香織「怒らないよう」
久美子「どうして、怒るの?」
のぶ代「だから、とっても変な気持なのよ。自分でも、どうしようかと思っちゃうんだけど――」
香織「なに?」
久美子「なに? ほんと」
のぶ代「(思い切って、やや早口で)あんな騒ぎおこして、今更とってもいえた義理じゃないんだけど、あの人が、なんだか、よくなっちゃったの(と顔伏せている)」
香織「――(声が出ない)」
久美子「あの人って――あいつのこと」
のぶ代「(うなずき)中野二郎」
香織「(小さく)やだ」
久美子「どうして?」
のぶ代「あのあと、うちへ来て、またしつこくして、それうちの父と母で、きっぱり断ったのよね」
香織「聞いたわ(のぶ代から、という感じ)」
久美子「聞いた(とうなずく)」
のぶ代「そうしたら、それじゃあ、もう、ほんとに諦めるしかないか。まいったな。まいったなって――」

■十三回の佐伯家二階

二郎「(泣いている。悲痛に)」

■中華料理屋

のぶ代「その、泣く声聞いてたら、私、急にこの人いい人だなって――」
香織「――」
久美子「――」
のぶ代「それから、どんどん結婚してもいいような気持になって来ちゃったの」
香織「呆れた」
久美子「ものすごく嫌いっていってたじゃない」
香織「大体いいの? おい、お前なんていわれて顎で使われて」
久美子「靴下脱がせなんていわれて」
香織「それでも、いいの?」

のぶ代「いいの。他の人ならやだけど、あの人は、心底私を愛してるの分ってるから」
香織「(くわれて) ――」
久美子「――」
のぶ代「遅いと思ってるわ。あんなことまでしてくれたのに、今更ほんとに悪いと思ってる」
香織「向う、知ってるの?」
のぶ代「誰にもいってないわ。まず二人にいわなくちゃって、二人が了解してくれなきゃ、誰にもいわないつもり――」
久美子「――」
のぶ代「殴って。気のすむまで、私、殴って――」
香織「――」
久美子「――」
のぶ代「――」
香織「(急に手をのばし、ゲンコでのぶ代の頭を) ガツン (と叩く)」
久美子「ボカン (と叩く)」
店のおばさん、隅のテーブルで夕刊見ていて、驚ろいて顔あげる。
香織「了解、した」
久美子「した」
のぶ代「(顔をあげ、涙浮んで) ありがとう」
香織「バカ見た (祝福するように)」
久美子「ほんと (祝福するように)」
のぶ代、泣き笑い、二人も、仕様がないなあ、という感じで、苦笑する。

■佐伯家・茶の間

のぶ代が帰って来て、賢作 (もう寝間着) と静子、(同じく、上にカーディガン) に、二郎への気持を話したところ。
賢作「バカ。バカバカ。バッカだなあ、お前は (と残念そうにいう)」
静子「なにもそんなにいわなくたっていいでしょう」
賢作「世間を知らねえよなあ (まったく)」
静子「お父さん工場へ戻れるじゃないの」
賢作「そりゃいいよ。そりゃあ社長も喜ぶし、向うの当人も喜ぶし、万事そりゃあいいだろうよ」
静子「ならいいじゃないの」
賢作「しかしね、向うが惚れてて一方的にいってくるのをオーケーするのと、こっちも惚れてますって電話かけて一緒になるんじゃ、あとあとの暮しが随分ちがうんだよ」
静子「そうかしら」
賢作「そりゃそうだ。お前だって俺の方がせまったからこそ、今だに威張ってるじゃねえか」
静子「自分の方が余程威張ってるじゃない」
賢作「惜しいよなあ（とひとりで惜しがって）前の形で一緒になってりゃあ、随分大きな顔出来たんだよ」
静子「そんなこと（どっちだってと苦笑）」
賢作「（かまわずのぶ代へ）いいか、すぐ電話したり手紙書いたりしちゃ駄目だぞ。向うからいわせるんだ。向うから、もう一回嫁になってくれェって、いわせるんだよ、いいか？　テクニック使わなきゃ駄目だぞ」
のぶ代「――」

■東京・たとえば公園通り（昼）

人々、歩いている。

■ガラス張りの喫茶店

香織と久美子、ぼんやりガラス越しの外の流れを見ている。

香織「なんだか――」
久美子「うん？」
香織「拍子抜け」
久美子「ほんと――」
香織「もっとなんか手伝うことでもあるのかと思って来たのに」
久美子「フフ（ちらと淋しさがある）」
香織「さっさとしゃべって、さっさと帰っちゃって」
久美子「フフ（雑踏を見ている）」
香織「いい男いないねえ、こうやって見てても」
久美子「フフ（淋しさがある）」
香織「どうしたの？　元気がないじゃない」
久美子「実はね」
香織「うん？」
久美子「心配なことあるんだ（とはずかしいので、目は向けない）」
香織「なに？」
久美子「ないの」

香織「なにが？」
久美子「気持悪いとか、そういうことはないんだけど――」
香織「やだ（と分る）」
久美子「もしかすると（と香織に、どうしよう、という目を向ける）」
香織「そう」
久美子「そうだったら、どうしようかと思って、私」
香織「うむことないよ。出てった奴の子うむことないじゃない（あくまで小声）」
久美子「そう。そういう風に思ってるけど――（でも、そう簡単に分りきれないのよ、というように雑踏を悲しいような目で見る）」

■雑踏

その中の二人連れを短く幾組か拾って――。

■スナック「カテリーナ」（午後）

香織「（ドアを押して中をのぞく）」

カウンターに四人ほどの客がいて、テレビがついていたりする。

女の子「（テーブル席の皿を盆にのせていて、すぐ）いらっしゃいませ」
マスター「（香織と分り）あ、いらっしゃい」
香織「こんちは（背後をチラと見ながら）一緒なの（と入る）」
久美子「（底流に悲しみありながら、普通の微笑をつくって）こんちは」
マスター「あれ、もう家出かい？（冗談だが、やや本気の部分もある）」
香織「（他の客が見るので）人聞き悪い。ねえ（と久美子に終りはいって、カウンターへ）」
久美子「フフ（とカウンターへ近づき）その節は、いろいろありがとうございました（と一礼）」

■「カテリーナ」近くの場所

裏通り。店では他の客がいるので、ちょっとマスターに出て貰ったのである。

マスター「（来て、振りかえり）医者？」
久美子「（目を伏せ、うなずく）」
香織「その足で来たんです。彼女、やっぱり、彼の子供――（言葉濁す）」

マスター「（分って）そうかい」
久美子「（うなずく）」
マスター「その事は、気にはしてたんだけどねえ」
香織「で、あの人、いま何処にいるか分りませんか？」
マスター「（その香織を見て、目を伏せ）うむ（どっちともつかない声である）」
香織「私は、おろした方がいいと思うんだけど、彼女は逢いたいっていうんです。逢って、この事をいった上で、どうするか決めたいっていうんです」
久美子「――」
香織「私はもうきっぱり、わり切っちゃった方がいいと思うんだけど――」
マスター「知らないんだよ」
久美子「（そのマスターを見る）」
マスター「（おだやかに久美子に）あれきりなんだ。一辺も来ない。何処にいるかねえ（香織を見て）見当つかないねえ」
香織「（目を伏せ）そうですか――」

■街

香織と久美子。

久美子「（壁に手をつき、これからどうしよう、というようによりかかる）」
香織「だからわり切った方がいいわよ。さがすったって、東京広いもの。一日や二日で見つかるかどうか分らないし、そのうち大きくなって来ちゃうし、さがして歩いてちゃあ身体にだってよくないし、見つけたって彼なにいうか分ってるじゃない。面倒くさいような顔するだけよ。おろすお金だって、とれるかどうか分ったもんじゃないわ。逃げ出したんだもの。そんな奴に責任とれる訳ないじゃない」
久美子「（低く、しかし耐えられず）いい加減にしてよ」
香織「いい加減って――（と久美子の暗く腹を立てた声にドキリとする）」
久美子「やいてるんじゃないの？（低く）」
香織「なんですって――？」
久美子「私がうまく行くのやなんでしょう（低く）」
香織「なによ、それ（当惑）」
久美子「心配するようなふりして、私の不幸楽しんでるのよ。私が幸福になるのがやなもんだから、あの人に逢わしたくないのよ！（と行く）」
香織「ちょっと（カッとなって久美子に追いつき肩を摑んで）そりゃあないんじゃない」
久美子「自分が、誰もいないもんだから！」
香織「よくいうわね、よくそんなこというわねッ」
二人、ちょっと摑み合う。歩く人、おどろく。

■あるアパート・廊下（夜）

マスター「（一室のドアをノックする）」
典夫の声「はい」
マスター「私——（それだけで待つ）」
典夫「（あけ）なんスか？（と小さくいって、意外な来訪にちょっと会釈）」

■その部屋

殺風景な四畳半。テレビだけはある。
それを見ていたらしい。
マスター「（ライターの火をつけ、煙草につける。あぐらをかいている）」
典夫「（ウイスキーと不揃いのコップ二つ持って、台所近くに立ったまま）で、なんだって、いうんですか？（とマスターを見る。ショックを軽くうけている）」
マスター「居所知らないかってね」
典夫「はあ——で？（教えたんですか？　とききたい目でマスターを見ている）」
マスター「知らないっていっといたよ」
典夫「（うなずき、マスターの傍の畳にウイスキーとコップを置く）」
マスター「教えて、あの子たちが此処へ来て、子供が出来たっていえば、あんたもほっとけないだろう」
典夫「（うなずく）」
マスター「泣かれでもすりゃあ、子供は産めよ、結婚もしよう、なんてことになるかもしれない」
典夫「（うなずく）」
マスター「しかし、それが幸せかどうか分んないやね」
典夫「——」
マスター「あんたのことより、あの子のことを、考えてる」
典夫「——」
マスター「一旦忘れようとしたあんたを、子供が出来たからって、ヨリ戻して、一生妙なことにはしたくない」

典夫「――」

マスター「あんたに、一人で考えて貰いたかった」

典夫「――」

マスター「あの子が目の前にいて、どうするっていわれりゃあ、そうそうつめてエことはいいにくいだろう。そうじゃなく、考えて貰いたかった」

典夫「――」

マスター「あの子を、幸せにする自信がなかったら、なにもしないでいい。あの子は、子供おろして、あんたを忘れるだろう」

典夫「――」

マスター「幸せに、出来るってェなら、これ（と胸ポケットからメモ一枚折ったものを出し）ホテルと部屋の番号だ。明後日まで、いるそうだよ」

典夫「――（受けとり、うなずくように一礼）」

マスター「よく――よく考えてくれよ（久美子を可愛いと思う気持溢れて、しかし押さえながらいう）」

典夫「――（うなずく）」

■ツインルーム

ベッドにひとり、ころがって天井を見ている久美子。

■ディスコ

踊っている香織。

■スーパーマーケット（昼）

茂、出前のスタイルで気がせきながら表からレジののぶ代のところへ行く。

のぶ代「（商品の値段をよみ上げてはレジを叩いている）五十三円、三百六十五円、四百と三円」

茂「（ちょっと遠慮があるが）姉ちゃん」

のぶ代「（にらんで短く）仕事中（といいすぐまた）百三十五円、七十八円（合計のキーを押し）千三百二十一円いただきます」

茂「二郎さん、来てんだよ」

のぶ代「（ドキンとして）何処に？」

茂「いま俺、出前で社長のとこの道ツーって通ったら、あの人が駅の方から来るんだよ」

のぶ代「で？」

茂　「俺下手なことといわねえ方がいいかと思って、顔こう（そむけてみせ）やって（自転車の仕草）すれちがっちまったけど、ちょっとなんかやせたみたいでさあ」
のぶ代「そう。やせた？　あの人」
茂　「ちょっとトボトボ歩いてる感じでさあ」
のぶ代「トボトボ。そう。トボトボ歩いてた？」
客のおばさん「（急に）ねえ。こんな事許せる。何人も並んでんのよ。スーパーのレジの子が、お客ほっといて、勝手におしゃべりしてるなんて、許せると思うの！」
のぶ代「（客のおばさんを見て、その怒りを聞くが、膜がかかってる感じで）すいません（と心ここにないというようにいう）」

■佐伯家・家の前（夜）

賢作「（背広にネクタイで、ちょっとふりかえりながら急ぎ足で帰って来て、戸をあけ）のぶ代、おい、のぶ代（と入って急ぎ閉める）」

■茶の間と台所

静子「（台所でのぶ代と食器洗いをしていて）あら、もう帰って来たの？」
賢作「そうじゃないんだよ（と茶の間を通過して台所へ来ながら）俺が、社長ンとこの角曲ったら、ガラッと戸があくんだよ、誰かなっとちょっと足止めると、奴なんだよ」
静子「奴って二郎さん？」
のぶ代「それで？」
賢作「ちょっとお前、出鼻くじかれたような感じで立ってるとな。駅の方へずーっと行くんだよ」
静子「呼び止めりゃあいいじゃない」
賢作「そんな簡単に行くかよ」
静子「どうして？」
賢作「呼び止めて、ああ丁度よかった、のぶ代が、なんだか行ってもいいらしいよ、なんて、手軽にいやあ、向うは怒るよ」
静子「そうかしら」
賢作「黙って聞けっていうんだよ」
のぶ代「帰ったの？　盛岡へ」
賢作「そうじゃないよ。スナックのピョンピョンてェ

のぶ代　　のあるだろ」
のぶ代「うん。知ってる」
静子「そこへ入ったの？」
賢作「（のぶ代へ）行けよ。いま行きゃあ、必ずいるよ」
のぶ代「私が？」
賢作「行って、知らん顔してコーヒーでものみゃあいいんだよ。向うは、お前だと分りゃあカーッとするよ。声かけずにはいらんないよ。もう一回もう一回考え直してくれないか？　そのくらいのこと絶対いうから、そうしたらウンて大威張りでいやあいいんだよ」
静子「お父さんは（また、すぐそう）」
賢作「ネクタイしめて社長ンとこへ俺が行くよりずーっといいよ」
静子「妙なとこで策を弄するんだから。お金儲けは下手なくせに」
賢作「そういうこというなよ。そういうことが、どれくらい男を傷つけるか」

■スナック「ピョンピョン」の前

のぶ代「（来て立ち止る）」

賢作の声「分んないのか？　お前は」
のぶ代「（ドアをあける）」

■スナック「ピョンピョン」の中

女主人「いらっしゃいませ」
　カウンターだけで、奥に二郎がいて、手前に二人ほど男客がいる。
のぶ代「（ドアに近い二郎から見えるカウンターに腰をかけ）コーヒー、下さい」
二郎「（顔上げない。反応なし）」
女主人の声「かしこまりました」
のぶ代「（一人で来たことがないので、なんとなく居心地が悪い）」
二郎「――（目を伏せたまま動かない）」
のぶ代「（その方を見るともなく見て、横の壁を見たりする）」
女主人「少しお待ち下さい（とコップの水を置く）」
のぶ代「すいません」
女主人「佐伯くんのお姉さんでしょう」
のぶ代「あら、茂、来るんですか？」
女主人「時々ね」
のぶ代「そうですか。お金あるんだな、あいつ（フフ、ドキリと二郎を見る）」

二郎「（止り木からおりている。目はそらしている）」

のぶ代「――（どうしたんだろう、と思う）」

二郎「（歩き出し、見る見るのぶ代のところへ来て）私に、気がつかねえわけはねえと思うけど、どうかね？（と目を伏せたまま）」

のぶ代「ええ――」

二郎「だったら何故平気でコーヒーなんか頼むのかね？」

女主人「お客さん――」

のぶ代「いいんです」

二郎「何故せめてさっさと出て行ってくれないんですか？」

のぶ代「私――」

二郎「男と女の仲じゃね、ふったもんがその位の神経使ってくれなきゃ、ふられたもんは、たまらないよ（女主人へ）いくらですか？」

女主人「あ、二百五十円です」

二郎「（ポケットから金を出す）」

のぶ代「ちがうんです。私、偶然ここに来たんじゃないんです」

二郎「つりいいですから（と五百円札おいて出ようとする）」

のぶ代「私、結婚してもいいって」

二郎「（ドアのところで立ち止る）」

のぶ代「結婚してもいいって、そういおうと思って来たんです」

二郎「（思いがけなくてのぶ代を見る）」

のぶ代「（はずかしいし、照れくさくもあり）それなのに、怒るなんて、やんなっちゃうわ、私」

二郎「ほんとかね（と一歩前へ出る）」

のぶ代「いいわ、もう。いいわ、私（とやや意味不明のことをいって、ドアを押して、とび出して行く）」

二郎「ちょっと！　ちょっとのぶ代さん（ととび出す）」

■佐伯家への道

のぶ代「（走る）」

二郎の声「（追いかけながら）のぶ代さん」

■佐伯家・表

のぶ代、走って来て、ドアをあけ、入って、

■玄関

のぶ代「（閉める）」

賢作「どうした？」

静子「どうした？」

■佐伯家・表

二郎「（走って来て、戸をあけようとする）」

■玄関

のぶ代「（あけまいとする）」

静子「のぶ代」

■表

二郎「（戸を叩き）のぶ代さん、いまいったこと本当かね？　本当かね？　のぶ代さん」

■玄関

のぶ代「（なんだか涙が出て来て、戸をおさえていたのが、しゃがみこんで顔をおさえてしまう）」

二郎「（おそるおそるあけ）本当かね？　のぶ代さん（と静かにきく）」

のぶ代「（泣いている）」

二郎「のぶ代さん——」

のぶ代「（泣いている）」

■ビジネスホテル・コーヒーショップ（朝）

香織と久美子、朝のパンとコーヒーを食べている。

二人とも、喧嘩の痕跡はないが、憂鬱である。

久美子「私——」

香織「うん？」

久美子「もう、さがすのよすわ」

香織「いいわよ、なにも（素直にいう）」

久美子「いいの」

香織「私、まだ三万円ちょっとあるし、あと二泊ぐらいは出来るもの。さがそう。もう少しさがしてみよう」

久美子「いいの。帰る。帰る。帰って、子供、なくしちゃって——忘れる」

香織「——（久美子を見ている）」

久美子「忘れて、他の相手さがすわ。いい経験だと思って、今度は、もっとうまくやるわ（と涙がちょっと出そう）」

香織「――（目を伏せる）」
久美子「なによ、あんな奴。あんな奴見つかんなくて幸いだわ」
香織「それで――いいなら、いいけど――」
久美子「競争しよう」
香織「うん？」
久美子「どっちが早くいい男性見つけるか、競争しよう」
香織「いいよ（と励ますように明るくいい）フフ、だけど、私、その点についちゃ半分諦めてるから、適当なのと結婚しちゃいそうだけど――」
久美子「ねばるのよ。きっと、見つかるわよ」
香織「うん。でもねえ、なかなか、コレーッていう男（久美子を見て絶句する）」
久美子「（入口の方を見て、顔色かわっている）」
香織「（その久美子の視線の方を振りかえる）」
典夫「（久美子を見つめて立っている）」
久美子「――」
典夫「――（その久美子を見つめながら歩き出し近寄ってくる）」
久美子「（立ち上る）」
典夫「（その久美子の前で立ち止り）子供、おろしたりしてないだろうな？（小声）」
久美子「（見つめたまま、うなずく）」
典夫「よかった（と久美子の片腕を摑み、見つめたまま）」
久美子「――（見つめて、ちょっとふるえるように感情高まっている）」
典夫「もう大丈夫だ（小声だが力強く）」
久美子「――」
典夫「幸せにしてやる（小声）」
久美子「――（嬉しい。泣きそう）」
典夫「アパートへ来いよ。二人になりたい」
久美子「（強くうなずく。香織のことなど頭にない）」

■タクシーから見た街

■タクシーの中

乗っている典夫、久美子。

手を握り合っていて、久美子、気持溢れて、典夫の肩に頭をもたれさせる。

■ホテル・コーヒーショップ
ぽつんと残された香織。

仕方なく、レシートをとり、立ち上る。

■エレヴェーター前
香織、つまらなく来て、上りのボタンを押す。他に誰もいない。それから、男の足が来て、立ち止る。

エレヴェーターあく。

二人ほどの男がおり、入れかわりに香織乗る。男も乗る。

■エレヴェーターの中
香織、乗っている。男も乗っている。

■廊下
チンといってエレヴェーターあき、香織、廊下を部屋へ。男も出て、あとに続く。香織、しかし思いの中にいて、気づかない。香織、キーを入れて、部屋のドアをあけ入る。風のように素早く男続く。

■ツインルーム
香織、ドアを閉めるために振りかえる寸前で、ドドッと押されて、中へ泳ぐようにつんのめる。これを背後から抱いて押しまくって、ベッドに押し倒す男。香織、猛然と暴れて身体を起こすと、今度はあお向けにされ、唇を奪われようとする。それをさからって、拳固で思い切り、男の顎を殴りつける。男がひるむすきに、更に二発目をくらわす。男、床へひっくりかえる。それに香織、枕をたたきつけ、とびおりて、男の腹を蹴りつける。男、ウォッと腹をおさえ、しかしもう一つの手で香織の足をつかむ。香織、それをふりはらおうと男の頭を殴る。

ドアあいたままで、その廊下に別の男の足が立っている。

香織、殴りつけ殴りつけ、男の背後へ回って、腕をねじ上げる。

香織「（荒い息で）バカにすんじゃないわよ（とねじあげる）」

男「イテッ」

香織「（廊下をチラと見て）そこの人、なに見てんの？

手伝ってくれたらいいでしょう！（男に）立ちなさい、立ちなさいよッ！」
男「（立つ）」
香織「廊下ッ！（と突く）」
男「（よろけて廊下へ）」

■廊下

香織「（男の腕をねじ上げたまま、もう一人の男の前へ）フロントまで、こいつ連れてってよ。いきなり、私、おそったんだから。早く（と腕を持たせようとするスキに）」
男「（逃げようとする）」
別の男「（それを素早くつかまえて、また腕をねじあげる）」
香織「なによ、私がたたかってるの、ボサッと見てて（と荒い息で汗を拭く）」
別の男「いや（男を追って捕えたので、後姿で）あんた強くて、見とれてた（と振りかえる）」
香織「（はじめて男の顔をちゃんと見てドッキンとして）やだ」
別の男「（顔戻していたのでまた見て）うん？」
香織「根津、根津甚八さんですか？」
信一「いや、よくそういわれるんだ（と男を押してエレヴェーターの方へ）」
香織「嘘。嘘、嘘（とドアを閉めなきゃならないし、気持がソワソワするしで、ちょっと混乱する。靴なんかも脱げている）」

■街

雑踏。

■コーヒーショップ

香織「（信一を見ていて）そうかなあ。どう見ても根津甚八に見える」
信一「よそうよ、もう（と苦笑）」
香織「苗字、なんていうんですか？」
信一「青山」
香織「（笑ってしまう）」
信一「ほんとだよ」
香織「じゃ、名前は？」
信一「信一」
香織「嘘嘘」
信一「どうして？」

香織「根津じゃなくて青山、甚八じゃなくて信一、見えすいてるわよう」
信一「（苦笑する）」
香織「ほーら、ほらほら、そうなんでしょう？　ほんとは、根津甚八さんなんでしょう？　フフ」

■セスナの部品の工場

やかましい工場音の中で、信一が工場の人となにか故障のあった部品について話している。

■その工場の事務所

ガラス越しに工場が見える。香織、立っていて、工場の信一を見ていて、
香織「（フフ、と小さく笑って振りかえり）あのォ（と傍で事務をとってるおじさんにいい）フフ」
事務のおじさん「え？」
香織「あの人（と工場の方を指し）私と一緒に来た人」
事務のおじさん「青山さん？」
香織「（小声で）本当は青山さんじゃないんでしょう」
事務のおじさん「どして？」
香織「とぼけちゃって（と笑う）」
事務のおじさん「ああ、根津甚八かっていうの？（と事務をとる）」
香織「（小声で）そうなんでしょう？」
事務のおじさん「時々ね、女の子が間違えてキャアキャアいうらしいけどね」
香織「ちがうの？」
事務のおじさん「あれは、埼玉県のね、桶川の青山さん」
香織「ほんと？（まだ信じられない）」
事務のおじさん「スターが好きなら、やめた方がいいよ。あの人は、全然派手なこと嫌いだから」
香織「でも（まだ半信半疑で工場の方を見て、半ば独り言で）根津甚八も、派手なこと嫌いみたいだけど」

■ジープが走る

■ジープの中

信一が運転し、助手席に香織。
香織「（まだ信じられなくて、正面見てたのが、横目になって信一を見る）」
信一「いいのかな、どんどんつれて来ちゃって」
香織「いいんです。私、なんにもないし、ジープでド

ライブなんてはじめてだし、帰りは、電車で帰りますから、御心配なく。（と、だらしがない）」

■ジープ走る

■ジープの中

香織「（また見たくなって、横目で信一を見てしまう）」

信一「（運転している）」

■ドライブインの表

ジープすべりこんで行く。

■ジープの中

信一、エンジンを切り、

信一「ああ、腹へった」

香織「フフ、ほんと（とだらしがない）フフ」

■ドライブイン店内

信一「（カレーを食べている）」

香織「（スパゲッティをフォークでくるくるとりながら）私、もし、あなたがほんとに根津甚八じゃなかったら、すっごく面白いっていうか」

信一「（苦笑で）こだわるね」

香織「だって、どう見たって、そうなんだもん」

信一「（食べる）」

香織「普通のさ、女性にとって、そういうの理想なんじゃないかしら。たとえば、草刈正雄が好きだとするでしょう？　でも、あの人はスターでさ、実際にはいろいろもてすぎて大変なわけじゃない。私らみたいのが、恋人になるとかっていうことはまずないし、なっても相手がスターじゃ苦労多いと思うのよねえ。一番いいのはさ、草刈正雄そっくりの普通の人がいてさ、その人と恋愛したりするのが一番いいわけ」

信一「（微笑で）草刈正雄好きなの？」

香織「ううんううん（と大きく手を振って否定し）私はね、ああいうタイプ駄目なの」

信一「じゃ誰好き？」

香織「目の前にいて、いいにくいけどさあ（と照れながら）前から私、根津甚八なの。アハハ（と、目を合わせられない）」

信一「へえ！」
香織「やだわ。こんなこと信じられない。ほんとにほんとに、あなた根津さんじゃない？」
信一「ああ――」
香織「じゃあ、狐か狸だわ。こんなそっくりなの、いるわけないもん」
信一「（薄く微笑し）ばれたら、仕様がないけど」
香織「え？」
信一「実はね」
香織「ええ――（とドキドキする）」
信一「狐なんだ（といって両手で、目尻をクーッと上げる）」
香織「やだ」
二人、笑う。

■桶川のススキの原

ススキの原を、信一どんどん行く。香織、どんどんあとついて行く。
香織「やだ（不安で）冗談でしょう？ 狐って冗談でしょう？」
信一「――（どんどん行く）」
香織「やだ（とススキをわけて行く）」

■桶川・民間飛行所（昼）

セスナのプロペラが回っている。そして飛び立って行く。それを滑走路脇（背後はススキの原）で見送っている信一と香織。
香織「（見送って）へえ。こんなとこに飛行場があったの。こういうとこ来たのはじめて」
信一「（微笑で）教官やってんだよ」
香織「キョーカンて先生？」
信一「ああ（滑走路を格納庫の方へ）」
香織「飛行機の先生？」
信一「（歩きながら）ああ」
香織「かっこいい（と小さく独り言でいって、あと追いかける）」

■止まっているセスナの傍

信一「（来てセスナの胴のあたりを叩き）どうだい？ 乗ってみるか？」
香織「あ、私？（とおどろく）」
信一「怖いかい？」
香織「怖くない。怖くないけど、ガソリン代高いんでしょう？」

信一「大丈夫だよ（と格納庫の方へ）」
香織「あ」
信一「（振りかえって）うん？」
香織「でもあの、どうして？　どうして、私に、スパゲティおごってくれたり、飛行機乗れっていってくれたり、親切なんですか？」
信一「（さわやかに微笑し）好きだからさ（といって行く）」
香織「ああ（と声ふるえ）はっきりいうわねえ。根津甚八より多分いい（あまり喜劇風にならないで）」
轟音起って――。

■空とぶセスナ

■セスナの中
操縦する信一。のっている香織。

■空とぶセスナ

■セスナの中
香織「私――（思い切っていう）」
信一「うん？――（轟音）」
香織「私、もう一つだけ聞きたいことがあるんですけど（大声）」
信一「なに？」
香織「（大声で）結婚してるんですかァ？」
信一「（笑って、大声で）してない、独りもん！」
香織「（心からよかった、と思い）そうですかァ。フフフ」

■空とぶセスナ

■走る東海道線鈍行（昼）

■その車内
並んで乗っている久美子と典夫。

典夫がめくるマンガを、のぞきこんで見ている久美子。

久美子の声「翌日、私は典夫と一緒に家（うち）へ向った。正式に、私をお嫁さんに下さいと、両親に頼んでくれるというのだった」

■吉川家・居間（夜）

武志「（優子をやや後ろめに従えて座っていて）本当に、大丈夫なんだろうね？」

典夫「（目は合わせないが）はい（と一礼）」

武志「長い目で見た、ちゃんとした仕事についてくれるんだね？」

典夫「はい。もう、そこンとこは、散々考えて決心しましたから（と一礼）」

武志「そう」

優子「そう」

典夫「いろいろ、ジタバタして、すみませんでした」

久美子「すみませんでした（と一礼）」

のぶ代の声「（景気よく先行して）いらっしゃいませェ」

■盛岡のドライブイン

のぶ代「三人さま、こちらへどうぞ（と働いている）あ、レジお願いします。お帰りです」

茂「（レジへ急ぎながら）ありがとうございましたァ」

のぶ代「（もう別のテーブルのあいた皿を盆にのせている）」

久美子の声「のぶ代さんは、それから三日後には盛岡で働いていた。ガソリンスタンド二つとドライブインを持つお金持の奥さんだった」

■屋根の上の十字架（昼）

ぬけるような青空。

久美子の声「そして、なんとひと月あとには、香織さんはハワイにいた」

■教会の表（ハワイ）

写真屋が花嫁姿の香織と信一の記念写真をとっている。白人の神父が微笑して脇に立っている。それだけ。

久美子の声「セスナのパイロットの青山信一さんと、二人だけの結婚式をあげたのだった」

■池谷家・電話（夜）

由起子「（電話に出ていて）そう。いま終ったの。そりゃおめでとう。こっちは、それじゃ、これから、みんなで乾杯するから。うん、うん」

■池谷家・座敷

信吾「（紋付を着ていて）それじゃまあ（と盃を持ち）

主のいねえ祝杯だが、ともかく肩の荷さおりた」
由起子「ねえ。縁なんてものは、分らないもんねえ（とすでに座っていて盃に葉子から酒注がれている）」
理一「あんなの嫁に貰ったら苦労するねえ（と盃に葉子から酒注がれている）」
信吾「そういうことをいうな（と怒る）」
由起子「お父さん、おめでたいんだから（となだめる）」
信吾「じゃ、いいか？」
葉子「（自分のに注いで、盃を急いで持ち）はい、どうぞ」
信吾「おめでとう」
「おめでとうございます」と口々にいってのむ。

■東京の街（昼）

■ホテル・コーヒーショップ

久美子、ひとり水を前にしている。
久美子の声「私たち三人が、また逢ったのは、それから更に十日ほどたってからだった。ハワイから帰って来た香織さんが、その翌日の夜、小さな披露宴を東京でやるのだった」
ナレーションの間に、コーヒーを持ってウェイトレス来て「お待たせしました」とコーヒーを置く。
久美子「（思いの中にいながら、テーブルから腕をどけて、コーヒーを置かれる）」
妙子「（ウェイトレスなのである）しばらく」
久美子「（ドキッとして）え？（と見上げる）」
妙子「フフ、気がつかなかった？」
久美子「やだ。全然、気がつかなかった」
妙子「今月から、ここで働いてるの」
久美子「そう」
妙子「そろそろ、マジにならないと、お嫁に行けないしね」
久美子「そう」
妙子「元気？彼」
久美子「うん。元気、罐詰の会社へつとめてる」
妙子「へえ。なんか、みんな真面目になって、つまらないね」
久美子「うん――ちょっとね（と返事に困って苦笑）」
妙子「じゃ、しゃべってると怒られるから」
久美子「うん――」
のぶ代と香織、近づきながら、

のぶ代「ごめん、待った？」
香織「しばらくウ」
久美子「ウワ。なんか、ちょっと変った」
香織「そりゃ、やっぱり垢ぬけたもの（とくるりと回ったりする）」
妙子「（水などが置いてあるところへ来て盆を置く。背後で『ウワ、いい』『ねえ、いいわア』と賑やかに笑う人の声聞える）」
久美子「どうだった、ハワイ？」
香織「よかったア」
のぶ代「でも、ちょっと聞いて（久美子へ）」
久美子「なに？」
香織「冗談よ」
のぶ代「私が一番幸せだなんていうのよ」
久美子「そんなことなーい」
のぶ代「ねえ。私よね、幸せは」
久美子「ううん。私」
香織「よくいう」
三人、笑う。それから、腰かけ、尚のぶ代がいかによく働いているかなどとしゃべり出すが——。
久美子の声「私は、なんだかとてもほのぼのとしていた。いい友達だと思った。三人とも、どうなることかと思ったけれど、なんとか幸福らしいし、このまま三人ともずっと幸せならいいんだけどなあ、と心から思った」

■同じコーヒーショップ

五、六年後の空想。しかし、リアルに。
香織「（四歳ぐらいの男の子の手をひっぱって横へ座らせながら抵抗するその子に）ほら、ちゃんと座ってなきゃ駄目だっていってるでしょ」
のぶ代「久子！　走るんじゃないの、こっちいらっしゃい（小声で）」
久美子「典正！　あとで、ひどいよ（と二人目の子を膝に抱きながら、やはり声おさえていう）」
久子と典正、キャッキャッと走り回っている。
時間とんで。
香織「ううん。うちの宿六なんて、朝から晩までヒコーキヒコーキヒコーキ（と憎らしくいう）」
のぶ代「うちのなんかもう、おならプップカして大威張りなのよ」

久美子「うちのもォ。すぐ仕事やめたいっていうから、
　ダメーッ。子供ふたァりいるのよッて怒鳴っ
　てやるの」
香織「信一郎」
のぶ代「久子！」
久美子「典正！」

■コーヒーショップの壁の灯（夕方）
　情景。
久美子の声「でも、いまはまだ静かで」

■コーヒーショップ
　コーヒーを前にして、三人で話している。笑ったりはしているが、子供連れから比べれば、貴族のようだ。
久美子の声「三人で、ああいうこともあった、こういうこともあった、となつかしく話をした。そして、二時間ほどたつと、まず香織さんがいった」
香織「あ（と腕時計を見て）もう帰らなくちゃ。彼
　待ってるから」
のぶ代「私も」
久美子「私も」

■夕暮の街の雑踏
久美子の声「ああ、こうやって、段々逢わなくなっちゃうのかなあ、と香織さんがいい、そんなのやだなあ、とのぶ代さんと私がいい、夕暮れの街で三人は別れた。いつの間にか、想い出をつくろうなんて、思わなくなっていたな、三人とも夢中だったな、そんなことを私は、ひとりになって歩きながら思った」

■罐詰工場（昼）
　働いている典夫。

■ガソリン・スタンド
　働いている二郎。

■飛行場
　セスナを押している信一。別の側で同じセスナを押している香織。

■盛岡のドライブイン
　働いているのぶ代。
■デパートの一画
　働いている久美子。
■画面三等分して
　香織、のぶ代、久美子働いていて――。
■ヘリショットの東京

「想い出づくり」・スタッフクレジット

スタッフ

プロデューサー――大山勝美、片島謙二
アシスタントプロデューサー――秋山征夫
演出――鴨下信一、井下靖央、豊原隆太郎
音楽――ジョルジュ・ザンフィル、小室 等
技術プロデューサー――永田俊明
技術――相沢征二
照明――和田洋一
音声――高橋 進
美術プロデューサー――桜井鉄夫

いちばん綺麗なとき

NHK名古屋放送局　NHKドラマ館　一九九九年一月二十三日放映
国際エミー賞ドラマ部門ノミネート作品

「ああ、そうか、女房はこんなに若くて、こんなに輝いていたんだ。こういう人を女房にしたんだ」

■名古屋・光が丘・地下鉄ホーム（昼）
栄方向からの電車が入って来る。

■エスカレーター
上って行く人々。

■階段
地上への階段を上る人々。その中に武田尚良がいる。

■光が丘・地下鉄入口
尚良、出て来て、どっちへ行くべきか迷いながら立止る。

■東山通り・情景
メイン・タイトル

■平和公園口
バスが光が丘方向へ走る。クレジット・タイトル。

■日比野家・表
玄関のドアがあいて、日比野純（9）が「御馳走さまでしたァッ」と、親にいわれて幾分照れもあって、大声でふざけていって表へ。すぐ続いて姉の妙（11）も「じゃあね、おばあちゃん」と出て来る。すぐ母の志穂（35）も続き、弟の純の方へ「車、気をつけてッ」という。

辰夫「（志穂に続いて出て来ながら）いいよ、自分で食べればいいじゃない」

謡子「（デパートの袋に箱包みを入れながら）一人だもの、減らないもの」

辰夫「（表に駐めてある乗用車の方へ行きながら）塩辛なんて、うちもあんまり食わないよ。（このあたりからクレジット）」

志穂「車来る、純」

純「（道の真ん中へ出ていて）分かってるよ（と反対側へよける）」

妙「そっちへよけることないでしょ」

車、家の前を横切る。

■バスの中
光が丘へ向かうバス。尚良が外を見ている。窓外風景に、クレジット。

■日比野家・表
「じゃあね、おばあちゃん」「バイバイ」「御馳走さまでした」「また来ます」と口々に車の中から謡子に声をかける辰夫たち。

謡子「気をつけてね。ありがとう（と手を振る）」

車、走り去って行く。クレジット。

■甘味喫茶（光が丘）
日比野昭子（70）、ひとり、少量残ったお茶をのみ干して、湯呑みを置く。お汁粉の椀がある。

■光が丘・バス停
バスからおりる人々。尚良もいる。クレジット・タイトル。

■光が丘の道・A
昭子、日比野家へ歩く。

■日比野家・表
出たついでに、ちょっと表回りを掃除している謡子。

■光が丘の道・B
番地をたしかめながら、坂をのぼる尚良。

■日比野家・表
謡子、掃除の終わりがけ。クレジット・タイトル終わって――。
昭子「（近づきながら）こんちは」
謡子「（見て）お義姉さん」
昭子「息子一家は、帰った？（と門の中へ）」
謡子「よくそんなこと（知ってますね）」
昭子「お邪魔しちゃ悪いかと思って、そこで時間つぶしてたの」
謡子「やだ」
昭子「辰夫ちゃん、話した？（家の方へ）」
謡子「なにをでしょう？」
昭子「こんちは（とドアのあいている玄関へ入って行く）」
謡子「（ゴミののったチリ取りと、ほうきを持ったまま、門の扉を閉めかけて、視線を感じて、一方を見る）」
尚良、はなれて立っていて、慌てて曖昧な一礼をし、視線をはずして、歩きはじめる。

■日比野家・座敷

辰夫たちが来ていたので、お膳の上が散らかっている。座布団も四つある。

昭子「（小さな仏壇に向かっていて、短く鐘を打ち、手を合わせる）」
謡子「（お盆を持って来て、お膳の上を片づける）」
昭子「ああ、久し振り（と仏壇の小さな写真を見る。昭子の弟、謡子の亡夫、茂である）今年はじめてかしら」
謡子「はい。お正月は、私が伺ったから」
昭子「そうよねえ。フフ、早いこと、もう五月（と謡子の方を向き）御無沙汰しております（とお辞儀）」
謡子「こちらこそ（と座り直してお辞儀）」
昭子「やあねえ、あの嫁、片づけて行かないの？」
謡子「（また片づけながら）いいっていったの、妙ちゃんの塾の時間だってうから」
昭子「日曜に小学生が塾なんて行く？」
謡子「この頃は、大変らしいから」
昭子「あーあ、ケーキを食べ散らかして」
謡子「一つ（台所）残ってますけど」
昭子「沢山。この頃バター使ったようなの億劫（と片づけを手伝っている）」
謡子「あ、すみません。（などと片づけの間あって）ああ、車？」
昭子「車？」
謡子「（台所へ立ちながら）表に、辰夫の車駐（とま）ってたから、お義姉さん、あの子たちが来てるって」
昭子「ううん、この間、逢ったの」

■台所

謡子「辰夫と？（と盆を置く）」
昭子「そう（と立上がる）」
謡子「へえ（と昭子のためのお茶の仕度に）」
昭子「あの子、急に電話かけて来て、うちへ来たの（と台所へ）」
謡子「お義姉さんとこへ？」
昭子「全然寄りつかなかったから、何事かと思ったわ」
謠子「ええ（何事？　という思い）」
昭子「それがね（と苦笑）」
謠子「ええ」
昭子「困ればまだ私を思い出すのって、結構嬉しいの」
謠子「困ってるんですか？　あの子」
昭子「お母さんに自分でいえばいいじゃないって言ったら、すごくいいにくいって」
謠子「どんなことかしら？」
昭子「なんにもいわなかった？」
謠子「全然」
昭子「息子って母親には弱いのねえ、茂（仏壇）もそうだったけど」
謠子「お金かなにか？」
昭子「ううん、虫のいい話（と座敷へ）」
謠子「虫のいい？」

■座敷

昭子「どうせ女房にいわされてるんでしょ。自分でいい出すとは思えないもの」
謠子「どんなこと？（とお茶の仕度を持って来る）」
昭子「いまの2LDKがね」
謠子「ええ」
昭子「妙ちゃんも、すぐ中学生だし、限界だっていうのよ」
謠子「ええ」
昭子「ここへ移って来たいっていうの」
謠子「ここへ？」
昭子「ここなら二階二間あるし、下も二つあるし」
謠子「だって、あの子が、私と志穂さんと暮らしたら揉めるに決まってるからって」
昭子「だから、虫のいい話っていってるの」
謠子「そりゃあ、向こうがその気なら、私は一緒に暮らしてもいいけど」
昭子「そんな、いじらしい話じゃないの」
謠子「――っていうと？」
昭子「あなたを、あの子たちがいまいるマンションに住まわせて、自分たちが、此処へ住めないかっていうの」
謠子「――」
昭子「随分ひどいことというじゃないって思ったけど、

考えてみれば、この家に謡子さんひとりっていうのも、勿体ないっていえば勿体ないし、２ＬＤＫだって、一人なら広いくらいだし、話すだけ話したらっていったの」
謡子「そう（と平静を保とうとする）」
昭子「いえそうもないっていうから、いえなかったら私が話してあげるっていったの」
謡子「（うなずく）」
昭子「年とれば、マンションの方が面倒がなくていいし、そんなに無茶苦茶な話でもないかなあと思って」
電話のベル――。
謡子「それで、あの子、急に――（と立つ）」
昭子「そう。マンション売って、もう少し大きいのを買うっていう、そういう時代ならいいんだけど――」
謡子「（電話に出て）日比野です」

■公衆電話

尚良「あ、突然申し訳ありません」

■日比野家・電話

謡子「いいえ――」

■公衆電話

尚良「私、一宮の、武田と申す者ですが」

■日比野家・電話

謡子「はい」

■公衆電話

尚良「日比野茂さんのお宅でしょうか？」

■日比野家・電話

謡子「はい。でも――」

■公衆電話

尚良「はい？」

■日比野家・電話

謡子「茂は、二年と少し前に亡くなっておりますが――」

■公衆電話
尚良「はい。それは、承知しています」

■日比野家・電話
謠子「どういう御用でしょうか」

■公衆電話
尚良「奥さんで、いらっしゃいますか」

■日比野家・電話
謠子「はい」

■公衆電話
尚良「武田という名前に、お心当たりは、ありませんか?」

■日比野家・電話
謠子「主人の――（関係の方?）」

■公衆電話
尚良「はい。御主人の、あの――」

■日比野家・電話
謠子「会社の方?」

■公衆電話
尚良「あ、これから、ちょっとお邪魔してはいけないでしょうか?」

■日比野家・電話
謠子「これからって――」

■公衆電話
尚良「実は、お宅の近くまで来ています。数分で、伺えます」

■日比野家・電話
謠子「そんな――困ります。来客中ですし」
昭子「（座敷から見ていて）なんなの?」
謠子「ちょっと、とり込んでいて、今日は困りますから（と切ってしまう）」

■辰夫のマンション・居間（夜）
志穂と純がテレビゲームを競っていて、それを妙と辰夫も結構のって見ている。食後である。辰夫は、水割りのグラス。賑やかに笑い声をあげる四人。電話のベル。

辰夫「（電話に出て）はい、もしもし」

■日比野家・電話

謠子「（ぽつんと電話をかけていて）ああ、辰夫」

■辰夫のマンション・居間

辰夫「うん（笑い声の方を見て）ちょっと待って。（と受話器をおさえ）よ、シーッ。おばあちゃん。シーッ」

志穂「ちょっと、シーッ」

■日比野家・電話

謠子「――（受話器を耳にあてている）」

■辰夫のマンション・居間

辰夫「あ、今日は、どうも。いろいろ貰って、すいません」

■日比野家・電話

謠子「入れ替わりに、丸山町のおばさん、いらしてね」

■辰夫のマンション・居間

辰夫「そうなの」

■日比野家・電話

謠子「そうなのって、あなたが頼んだんでしょう」

■辰夫のマンション・居間

辰夫「今日行くとは」

■日比野家・電話

謠子「都合だけ考えればね、そりゃあ私一人で、この家に住んでるのは、贅沢だし、追い出して、あんたたちが住んだ方がいいでしょうけど――」

■辰夫のマンション・居間

辰夫「追い出すなんて――」

■日比野家・電話

謠子「この家は、お父さんと、あっちこっち歩いて歩いて、やっと見つけて、やっと決心して、それからローンは、ほんとに、ついこないだまで返し続けて、ぎっちりね、ぎっちりお父さんと私とあなたの思いでがつまってる家なの」

■辰夫のマンション・居間

辰夫「分かってるよ」

■日比野家・電話

謠子「そりゃあ、あなたが育った家だし、いずれは、ほっといたってあなたのものになる家だけど」

■辰夫のマンション・電話

辰夫「いいんだよ、ちょっと、そういう気持ち聞きたかっただけ」

■日比野家・電話

謠子「だったら、なんで直接聞かないの。なんでおばさんになんか頼んだの。私が、おばさんと相性よくないの、百も承知じゃないの」

■辰夫のマンション・居間

辰夫「分かったよ。忘れてよ。もう頼まないよ（と切ってしまう）」

■陶芸の店「四季」・表（昼）

雨。小さな店。裏通り。

■「四季」店内

客はいない。謠子、ひとり陳列棚のほこりの掃除をしている。気配で表を見る。男が、傘をつぼめ、店の外に出してある傘立てに入れている。どきんとしている謠子。男が、二日ほど前の日曜日に家の前にいた男、尚良のような気がしたのである。

尚良「（ドアをあけ、入ってくる）」

謠子「（目を伏せ、何気なく）いらっしゃいませ」

尚良「（うなずき、ちょっとどうしようかと思う）」

謠子「（静電気でほこりをとるはたきを、レジの方へ戻しに行く）」

尚良「私――」

謠子「はい？」
尚良「一昨日、電話をかけました――」
謠子「はい」
尚良「武田というものです」
謠子「はい」
尚良「お宅の前で、ちょっと（逢いました）」
謠子「はい。フフ（おびえる気持ちで）ここがよく――」
尚良「お向かいのおばあさんが、丁度出て来て」
謠子「一昨日？」
尚良「さっきです」
謠子「また家へ？」
尚良「雨なら、いらっしゃるような気がして」
謠子「どういう御用でしょう」
尚良「すいません」
謠子「主人と――どういう――」
尚良「気味悪く思われるでしょうが」
謠子「そんなことはありませんけど――」
尚良「御心配なく。乱暴するとか、なにか要求するとか、そういうことでは、ありませんから」
謠子「はい」
尚良「ただ、知ったのが、半月ほど前で」

謠子「なにを？」
尚良「自分でも思いがけないほど、ショックで――」
謠子「主人が、亡くなったこと？」
尚良「いいえ」
謠子「じゃあ、なに？」
尚良「考えると――このことは――」
謠子「ええ――」
尚良「奥さんとしか、話せない」
謠子「私としか？」
尚良「はい」
謠子「どういうこと？」
尚良「武田という名前、心当たり、ありませんか？」
謠子「あなたが、武田さんなんでしょう」
尚良「名前にです。武田――江利子です」
謠子「エリ子？」
尚良「女房です」
謠子「いいえ」
尚良「去年の暮、十二月の十八日に、亡くなりました」
謠子「おぼえがないけど――」
尚良「そうですか」
謠子「学校時代のことだったら、旧姓うかがえば、もしかすると」
尚良「いいんです。旧姓は関係ありません」
謡子「そうなの」
尚良「（気を無理に変えようとして）お店番だそうですね」
謡子「え？」
尚良「ここ、御夫婦で、交通事故で」
謡子「ああ――お住まいが近所なので、頼まれて、半月ほど前から」
尚良「そんなふうに、おばあさんが」
謡子「フフ、なんでもしゃべっちゃう人だから」
尚良「お邪魔しました」
謡子「待って」
尚良「いいんです（ドアへ）」
謡子「よくない。よくありません」
尚良「（立止る）」
謡子「どういうことか、おっしゃって下さらなくちゃ、気になるじゃありませんか」
尚良「――（いおうとして外を気にする）」
外に、三人ほどの中年女性が立ち、傘をつぼめている。
謡子「二度もいらして」
尚良「女房は、御主人と、つき合っていました」
謡子「つき合って？」
尚良「親しくです」
謡子「そんな――」
ドアがあき、中年女性三人、入って来る。
謡子「――いらっしゃいませ（といって客の方へ、思わず背を向けてしまう）」
尚良「（一礼して出て行く）」
中年女性「これ、これなの、これ」「あー、いいじゃない」「うん」と小さくいっている。
謡子「（尚良の方を見る）」
尚良「（傘をひろげ、逃げるように、立ち去って行く）」

■昭子のマンション・ダイニングキッチン（夜）

昭子「（おすましを小さな鍋であたためながら）ごめんなさい。呼びつけたようなことになって」
謡子「（洗面所の方から、ハンカチを軽くたたみながら来て）いいえ」
ダイニングテーブルに、出前の鰻重が二つと、きものの入った椀（ここへ、あたためたおすましを注ぐ）が置いてある。
昭子「タオル使ってくれればいいのに」
謠子「手を洗っただけだから（とハンカチを手提げのようなものの中へしまう）」
昭子「（鍋を持ち、お玉で椀に注ぎながら）うちは、ご馳走っていうと、鰻重になっちゃって」
謠子「おいしいもの、ここの」
昭子「出前がきく店では、ずっとここぐらいしかないのよ」
謠子「ううん、いい匂い。嬉しい」
昭子「――（鍋をガス台へ戻す）」
謠子「ここお邪魔する時は、なんとなく鰻重食べられるかなって、頭のどこかで思うんです」
昭子「そうやって謠子さんは」
謠子「はい」
昭子「絶対素直じゃないから」
謠子「素直じゃないって？」
昭子「頑固で、私には、絶対綺麗なことしかいわないから」
謠子「綺麗なことって、私、鰻、大好きだし」
昭子「ここで食べたって、嬉しかないでしょう」
謠子「どうして？」
昭子「綺麗事いい合ってるとキリがないから、ざっくばらんにいうけど――」
謠子「なにか？」
昭子「辰夫ちゃんに家をあけてあげなさいよ」
謠子「――」
昭子「思い出とかなんとかいえばそりゃそうでしょうけど、どう考えたって、あの家に一人で住んでることないわよ」
謠子「そんなこと」
昭子「実の息子じゃない。気持ち良く替わってあげればいいじゃない。あの子のマンションだって、ここより広いのよ。場所だって悪くないし、辰夫ちゃん、そんなに無茶苦茶いってるわけじゃないわよ」
謠子「――」
昭子「不況だし、ボーナスだって半分だっていうし、自分の力じゃ、あれより広いマンションは無理なのよ。母親なら、向こうがいう前に、察して申し出たっていいくらいじゃない？　広い家に住めて喜ぶ孫の顔を見たいっていうのが、普通の親の気持ちじゃないの？　怒鳴りつけて、どうするの」
謠子「辰夫、そんなこと、お義姉さんに」
昭子「なんだって話すわよ。ずーっと、ずーっと、私、あの子、可愛がって来たもの」
謠子「考えます（と立ち上がる）」
昭子「考えるって、なにを？」
謠子「お義姉さんが、おっしゃったことを（と手提げを持つ）」
昭子「行かないで。此処で考えてよ。そんな難しいことじゃないでしょう。愛情があれば簡単なことでしょう」
謠子「考えますから（と玄関へ）」
昭子「待って（と追う）」

■昭子の部屋・玄関

昭子「鰻重どうするの」
謠子「すみません（靴をはく）」
昭子「あなたは、いつもそう。帰らないで。（とドアへ行き）なにかあると、あなたはただ黙りこんで」
謠子「考えますから」
昭子「そういって、考えないのよ。頑固で、人のいうこと聞かないじゃない」
謠子「考えます（と思わぬ強さで、ドアのノブを摑み、ドアをあける）」
昭子「ちょっと、なんなの」
謠子「考えますから（とドアをあける）」
昭子「（よろけて、廊下へ、やや後ろ向きのまま出る）」

■昭子のマンション・廊下

昭子「ああーッ（と足が痛い）」
謠子「考えますから（とエレベーターの方へ）」
昭子「イターッ（とくずれるように床に手をつく）」
謠子「（立止る）」
昭子「ちょっと――（片方の足が痛い）」
謠子「（大げさだと思う）」
昭子「あ、痛い。おかしい。ああッ」
謠子「――（芝居かどうか決めかねる）」

■日比野家・表（昼）

尚良、表に立つ。

■日比野家・座敷と居間

謠子、座敷で掃除機を使っている。居間の方を急に見て、掃除機をとめながら「はいッ?」という。

昭子「(居間の椅子に、片足ギブスをして、本をひらいていて)チャイム。誰か」

謠子「あら、聞こえなくて(とインターフォンへ)」

■表

尚良「先日お店の方へ伺った武田です」

■居間

謠子「ああ、はい」

■表

尚良「あんなことをいって、そのままではいけないと思いまして」

■居間

謠子「はい。ちょっと、お待ちいただけますか」

昭子「(本を目に落としている)」

謠子「あの――出ますので(と切り)お義姉さん、すみません、ちょっと出て来ます(と着替えのある二階へ)」

昭子「なあに?」

■階段

謠子「(階段の下まで来て)ええ、ちょっと(と二階へ上って行く)」

■居間

昭子「(その階段の方を見ている)」

■日比野家近くの道

謠子「(少し足早に)ごめんなさい、お待たせして」

尚良「(続きながら)お姉さんが?」

謠子「ええ。亡くなった主人の姉ですけど、怪我して来てて」

尚良「怪我ですか」

謠子「ほんのちょっとよろけただけなのに、齢なのね。骨が折れて、ギブスはめて」

尚良「そうですか」

謠子「病院で松葉杖借りたんですけど、馴れていないもんだから、うまくいかないんです」
尚良「結構力が要りますから」
謠子「行きがかりで、じゃあ、しばらく私のところにっていったもんで」
尚良「ああ」
謠子「結婚もせずに来た主人の姉で、一人暮らしなもんで、そう、ほっとけないんです」
尚良「はあ」
謠子、早く昭子から遠ざかりたいというように早足で早口で行く。

■喫茶店・店内

水のグラスを前にしている謠子と尚良。

謠子「ごめんなさい、歩かせて」
尚良「いいえ」
謠子「お話、こんなところより、家の方がいいと思ったけど、そういうことなので」
尚良「はい」
謠子「ほんというと、怒っていました」
尚良「はい」
謠子「一宮のっておっしゃったと思って」
尚良「はい」
謠子「あのままだったら、いつか一宮へ行って、武田っていう人、捜さなきゃって思ってました」
尚良「はい」
謠子「どういうことですか？」
尚良「はい」
謠子「奥さま、亡くなられたんですよね」
尚良「はい。去年の暮に——」
謠子「で？」
尚良「今年になって」
謠子「ええ——」
尚良「妙なところから、女房の日記がみつかりまして」
謠子「妙って？」
尚良「風呂場の脇の、洗剤やトイレットペーパーの買い置きなんかを置く戸棚の奥から」
謠子「ええ」
尚良「鍵のついた日記で——そんなものを持っていたことに驚きましたが」
謠子「ええ——」
尚良「迷いましたが、結局、ヤスリで鍵を切って、あけてしまいました」
謠子「ええ」
尚良「そこに、まあ、もう、三年以上前のことですが、御主人と、何度も逢っていて」
謠子「それって、人違いじゃないでしょうか」
尚良「いいえ――」
謠子「（かまわず）よくも悪くも主人は、そんなことが出来る人じゃないし、そういうことがあれば、なんとなく私だって感じたはずだと思うし、誰にも気づかれずに、そんな、気の利いたこと出来る人じゃないんです」
尚良「御主人は、平成七年の十月四日に亡くなっていますね」
謠子「――ええ」
尚良「心筋梗塞で」
謠子「――」
尚良「お墓は、そこの平和公園の中に」
謠子「――（うなずく）」
尚良「――」
謠子「――」
尚良「ああ、ただ、誤解しないで下さい。二人は大半、逢って、話をしていただけです。名古屋の、栄のあたりとか、駅のあたりとか――」
謠子「大半っていいました？」
尚良「――はい」
謠子「それは、どういう（意味でしょう？）」
尚良「まったく、なにもなかったわけではない、ということです」
謠子「――」
尚良「お気持はよく分かります。私も、信じられなかった。今でも、嘘なんじゃないか、妻の、夢なのではないかと――」
謠子「その日記――拝見できます」
尚良「いいえ」
謠子「どうして？」
尚良「他のことも、あれこれ書いてありますから」
謠子「でも、なにもなしで、そんなこと、いわれたって――信じられません」
尚良「――はい」
謠子「信じられません」
尚良「はい」

■日比野家・ダイニングキッチン（昼）

謠子「（赤ワインの栓をぬいている。ぬく）」

昭子「（食事の用意されたテーブルに向かって腰掛けていて、本を読んでいる）」

謠子「はい。少し、いかがですか、お義姉さん（いいながら腰書ける）」

昭子「あ、いただく。フフ、ごめんなさい、なんにもしないで（とワイングラスを持つ）」

謠子「ううん、その足じゃ、なにも出来ませんもの（と注ぎ、自分にも注ぐ）」

昭子「なんか新鮮」

謠子「新鮮？（と苦笑）」

昭子「いつも自分でつくって自分で食べるでしょ。こんなにひとにやって貰うの、嬉しい（とのむ）」

謠子「あまりコクはありませんけど」

昭子「のみやすい」

謠子「と思って（と自分ものむ）」

昭子「いただきます（と箸を持つ）」

謠子「いただきます（と箸を持つ）」

昭子「驚いちゃった」

謠子「なにが？」

昭子「この本、茂の本棚からぬいて来たんだけど」

謠子「（読み）引揚げの――」

昭子「『引揚げの町』舞鶴の話」

謠子「舞鶴――」

昭子「戦後の外国からの引揚げって、昭和三十三年まで続いてたのねえ」

謠子「そうですか」

昭子「二十年が敗戦でしょう。十三年も、最後はもう舞鶴だけで続いてたんだって」

謠子「へえ」

昭子「うちは引揚者なんていないのに、なんであの子、こんな本読んでたんだろう」

謠子「なんでも読む人だったから」

昭子「三波春夫とか、ああいう人も、シベリアに抑留されて、すごく苦労してるの」

謠子「へえ」

昭子「面白くて、つい、こんなに読んじゃった（と伏せた頁までの厚さをいう）」

謠子「よかった」

昭子「なにが？」

謠子「少し本を整理して売ろうかな、と思ってたけど――」

昭子「売りなさいよ。あんなにあっても読まないもの」

謠子「お義姉さんが読んで下されば」

昭子「そんな。たまたまよ。こんなことでもなければ、これだって読みやしない」

謠子「よさそうなのあったら、分けといて下さい」

昭子「ううん、うち荷物増えるの嫌だから、そんなことはいいの。死んじゃえば、本なんて、周りのもんには大半邪魔なだけ」

謠子「フフ」

昭子「どんどん忘れて頂戴」

謠子「そんな――」

昭子「いい男じゃないの」

謠子「誰が？」

昭子「呼びに来た男」

謠子「呼びに来ただなんて」

昭子「ちらっと背のびして見ちゃったの」

謠子「あの人は、ぜんぜん」

昭子「いいのよ。茂が死んじゃえば、あとはあなたの人生だもの」

謠子「私をいくつだと思ってるんですか」

昭子「六十三でしょ」

謠子「今更、いい男もなにも」

昭子「そうかなあ」

謠子「そうです」

昭子「じゃあ、どういう人？」

謠子「どうって――」

昭子「なんなの、あの男？」

謠子「なんなのって、とにかく、そういう人ではありませんから（と食べる）」

昭子「――（食べる）」

■陶器の店・「四季」店内（昼）

謠子「（やや大きめの包みをやっとつくり終え）なんか、ちょっとかさばりますけれど（と老夫婦の客にいう）」

老夫「大丈夫」

謠子「お待たせいたしました」

老妻「お世話さま」

謠子「ありがとうございました」

老父「いや（と出て行く）」

老妻「さよなら（と続く）」
謡子「ありがとうございました。またどうぞ、お越し下さいませ。（といって、ちょっと老夫妻に遠慮して立ってた様子の尚良に）いらっしゃい（と笑顔がなくなっている）」
尚良「（笑顔なく律儀に軽い会釈）」
謡子「ごめんなさい、朝、電話して」
尚良「いえ（と来る）」
謡子「（椅子を引き出し）どうぞ」
尚良「（うなずく）」
謡子「あれからずっと考えていて、いまだって認めたくありませんけど」
尚良「――（うなずく）」
謡子「あんなこと、証拠もなしに、いって来るのは、やっぱり――ひどいですよ」
尚良「（うなずく）」
謡子「せめて、奥さんの、その日記を見せるのが筋じゃないかと思ったんです」
尚良「（うなずく）」
謡子「あるかないか分からない日記に書いてあったたっていわれたって、信じようがないじゃありませんか」
尚良「はい――（とカバンをあける）」
謡子「――（ドキリとしている）」
尚良「（鍵つき日記帳を出し）どうぞ（とさし出そうとする）」
謡子「――」
尚良「（謡子が手を出さないので、たとえば手近のショーケースの上に置く）」
謡子「――」
尚良「どうぞ（と一礼して、出て行こうとする）」
謡子「待って」
尚良「――」
謡子「いいんです。しまって下さい」
尚良「――（謡子を見る）」
謡子「（目をそらし）そんなの、私、読んだって仕様がないし――他に、いろんなこと書いてあるんでしょ」
尚良「――」
謡子「わざわざ持って来て貰って悪いけど――もういいの」
尚良「（うなずく）」

謡子「どうぞ」
尚良「（うなずき、日記帳を手にとり、一礼して、またドアの方へ）」
謡子「待って」
尚良「――」
謡子「あなたの言う通り――こんなこと、誰にも話せやしない――あなたとしか、話せないじゃない」
尚良「（うなずく）」
謡子「――」
尚良「――」
謡子「私――いま、息子にも義理の姉にも嫌なこといわれて、その上――こんな、死んだ主人にまで――どうしたらいいの（おさえながら、腹立たしく哀しい）」
尚良「――」

■名古屋の夜景

■夜景の見えるバー・店内
二人、それぞれの酒を前にして眼下の夜景を見ている。
尚良「女房が、御主人と、はじめて逢ったのは、どうやら平成六年の十二月のようです。土曜日の日記に――」
謡子「――」
尚良「私のカーディガンや、暮のあれこれを買って、急に息苦しくなって、地下の食料品売場から、外へ出ようとして、階段でしゃがみこんだようです」
謡子「（うなずく）」
尚良「男の人、カッコして五十代半ばかな、とあります」
謡子「うちのは、平成六年には五十九でした」
尚良「だったら、ちがうかもしれませんが、とにかく、その男が、声をかえてくれて、荷物を持ってくれた、と。東海電力の人とのこと、と」
謡子「（うなずく。茂はそうだったのである）」
尚良「その日の日記は、それだけです。しかし、荷物を持って、地下から外まで行ってくれただけで、勤め先を口にする人は、あまりいないでしょう」

謡子「だから？」
尚良「喫茶店で休んだのかもしれない。つき合ってくれたのかもしれない」
謡子「そんなことも、うちのはしそうもないけど」
尚良「タクシーで駅まで送ってくれたのかもしれません」
謡子「さあ（そんなこともしそうもない）」
尚良「翌年の一月の末、ばったりまた、市の方の美術館で逢ったようです」
謡子「そう」
尚良「暮の人に、ばったり逢った、と」
謡子「私が、兄の子の婚礼で、東京へ行った日かもしれません」
尚良「少し話す、と」
謡子「――」
尚良「電気のどういう人かと思ったら、技師とのこと」
謡子「（うなずく）」
尚良「詮索する気はないけど、美術館の立ち話で、仕事が技師だなんてことをいうでしょうか。書いてはいないが、きっとコーヒーぐらいはのんだのでしょう」
謡子「――」
尚良「もう死んでしまった女房だし、お相手も、二年以上前に亡くなっているのだから、どうでもいいじゃないかと思いながら、フフ、つい、あれこれ考えてしまいます」
謡子「（うなずく）」
尚良「二月になると、三回も逢っています」
謡子「（そうなの、と少し驚く）」
尚良「三月に入って二回」
謡子「――」
尚良「日比野という名前は、ずっとあとまで書かれていません。名古屋へ。フローラで。一時間ちょっと。慌ただしい。でも、仕方がない。楽しかった」
謡子「――」
尚良「フローラ、フローラで（苦笑し）情けないけど、十日ほど前、行ってみました」
謡子「（うなずく）」
尚良「焼肉屋に改装中でした」
謡子「（うなずく）」

尚良「四月に入ると、フローラは四回になり、五月
　には――」
謡子「もういいの」
尚良「――」
謡子「いいんです」
尚良「すいません。こんな話、あなたとしか出来な
　いんで――」
謡子「そうね」
尚良「この年の十月に、御主人は、亡くなってるん
　ですよね」
謡子「（うなずく）」
尚良「突然のことだったようですが」
謡子「ええ」
尚良「妻とのことを考えると、死ぬことを、感じて
　いる人の、忙しさのような――」
謡子「そんなはずは――」
尚良「無論そうです。ただ、暮に知り合って、それ
　から、こんなに早く、何度も逢うようになっ
　ていることに――」
謡子「ええ――」
尚良「若い人なら、不思議はないけど」
謡子「ええ――」
尚良「何を話していたのか、余程、気が合ったんで
　しょう」
謡子「――ええ」
尚良「コンチクショウです」
謡子「――（うなずく）」
尚良「それをまた、あなたも私も気づかなかったな
　んて」
謡子「トロクサイ」
尚良「はい（とのむ）」
謡子「フローラって――」
尚良「はい」
謡子「喫茶店じゃないんじゃ」
尚良「喫茶店です」
謡子「二人が話をしていただけなんて」
尚良「話をしていただけです」
謡子「どうして、そんなこといえる？」
尚良「いえるんです」
謡子「どうして？」
尚良「一度だけ、あったのは、舞鶴だからです」
謡子「舞鶴？」

尚良「捜してみたいものがあるんです」
謡子「舞鶴って――どうして？」

■日比野家居間（夜）

『引揚げの町』という本が、ソファで眠っている昭子の胸のあたりに伏せてひろげたかたちでのっている。テレビがついている。そのテレビを消したのは、謡子である。

謡子「（帰ったばかりで、たとえばコートまたは手提げのうようなものを置きに行く）」
昭子「やだわ（と小さくいう）」
謡子「はい」
昭子「イビキでもかいてた？」
謡子「いいえ」
昭子「（身体を起こしながら）いい歳して、帰ったの気がつかないなんて」
謡子「悪いところがあると、やっぱり疲れるんです」
昭子「お友だちと？」
謡子「ええ。すみませんでした、夕飯」
昭子「ううん。なんとか、いただいたわ」
謡子「お茶がいいですか、お酒のみます？」
昭子「お茶いただく」
謡子「（うなずいて）なんか、御迷惑かなぁなんて思って（とお茶の仕度）」
昭子「迷惑？」
謡子「来ていただいたのに、あまりお世話できなくて、お帰りになりたいんじゃないかなんて」
昭子「フフ、買い物さえね、して貰えれば、帰ってもいいんだけど――」
謡子「私はいていただきたいけど、こういう時、なんか申し訳ないような気がして」
昭子「帰りましょうかねぇ」
謡子「そんな意味じゃないんです」
昭子「ううん、分かるの」
謡子「なにがですか？」
昭子「一人が長いと、たまの二人はいいけど、すぐまた一人になりたくなるもんよ」
謡子「そんな――私は別に一人になんか」
昭子「謡子さんは、すぐ綺麗事いうけど」
謡子「（苦笑）」
昭子「すぐ本音が出ちゃうのよね」
謡子「フフ、お義姉さんの、怖いひと言」

昭子「ごめんなさい」
謠子「いいえ」
昭子「お世話になって嫌味いうことないわよねえ」
謠子「馴れてますから」
昭子「オッ、怖いひと言」
二人、ちょっと笑う。
謠子「お義姉さん」
昭子「うん？」
謠子「本棚から、どうして舞鶴の本を持ってらしたかと思って——」
昭子「やだ。ちょっと目についたからよ」
謠子「（目を伏せ）ほんとに？」
昭子「ほんとにって、他に理由がいる？」
謠子「ことによると——」
昭子「ことによると？」
謠子「あの人が、舞鶴の本を持っていた訳を知ってらっしゃるのかなと思って」
昭子「そんな——思いがけないこといわないでよ」
謠子「ええ」
昭子「知るわけないでしょう」
謠子「ええ」
昭子「なんか訳があるの？」
謠子「いいえ、ただ、今度の土曜日、ちょっと舞鶴へ行って来ようかと思って」
昭子「どうして？」
謠子「行ってみたくなって——」
昭子「だから、どうして？」
謠子「理由は、別にないんです」
昭子「謠子さん」
謠子「はい」
昭子「そんなのおかしいわよ。悪いけど、ちょっと異常よ」
謠子「異常だなんて——」
昭子「私が茂の本を読んでいたからって」
謠子「そういうことじゃないんです」
昭子「じゃ、どういうこと？」
謠子「特に別に——」
昭子「ほら見なさい。私が読んでいたっていう他、舞鶴なんて、思いつきようもないじゃない」
謠子「そうですけど——」
昭子「どうかしてるわよ。ずっと、あなたそうなの」
謠子「ずっとだなんて」

昭子「私がちょっと茂と仲良くすると、自分の方がもっと親しいんだ、自分が女房なんだって、すぐ強調するの」
謠子「そんな――」
昭子「ああ、そういうことなんだって、私、どれだけ茂と距離を置こう距離を置こうと思ったか知れやしない」
謠子「そうでしょうか」
昭子「フィリピンで父が戦死して、敗戦の翌年に母が死んで、私は十八、茂は十一で、あと、茂は、私が育てたようなもんなんだから」
謠子「分かってます」
昭子「働いてやっとあの人大学出して、結婚させて、気がついたら、自分は誰もいやしない」
謠子「――」
昭子「人のせいにする気はないし、こんなことだって、めったにいわないでしょ」
謠子「そうでしょうか」
昭子「いわないわよ。姉一人弟一人だもの、仲良くして当然だと思ったって、遠慮してここだって、来ないように来ないようにしてたじゃない」
謠子「そうでしょうか」
昭子「そうですよ。あげくに、茂が死んで、何気なく私が舞鶴の本を読んでたら、自分は舞鶴行っちゃおうなんて、どう考えても、どうかしてるわよ」
謠子「ほんとうは、訳があるんです」
昭子「どんな訳？」
謠子「――」
昭子「ほら、ないのよ。ただ私に対抗したいのよ。どうかしてるわよ」
謠子「とにかく土曜日に私、行って来ますから」
昭子「お店どうするの？」
謠子「出来る範囲でっていわれてるんです」
昭子「引き受けた以上、休まないでやりなさいよ。あなた、そういうところも呑気すぎるのよ」
謠子「ここにいるなり、お宅へ帰るなり」
昭子「帰るわよ、勿論」
謠子「買い物は、しておきますから」
昭子「買い物なんていいわよ。辰夫にして貰うわよ。辰夫は、私に、ずーっと馴ついてるんだからッ」

■名古屋から京都への新幹線（昼）

■新幹線の中

黙って並んで乗っている窓側の謠子と通路側の尚良。

■京都駅・舞鶴線のホーム

乗り換えの情景。

■ＪＲ山陰線（舞鶴線）が行く

■その車内

また並んで座っている謠子と尚良。

謠子「私も――」
尚良「はい？」
謠子「結局、うろたえてるのね」
尚良「（苦笑）」
謠子「武田さんのお仕事も伺ってない」
尚良「土建屋です」
謠子「ビルとか？」
尚良「いえ、道路とか港とか」
謠子「じゃあ、トンネルをつくったり？」
尚良「間接的にはそうですが、トンネルの技術はありません」
謠子「分からない」
尚良「とりかかる場所の地質や、地盤の強弱を調べたり、岩盤の厚さを計ったり」
謠子「そう」
尚良「山を歩くことが多くて――」
謠子「そう」
尚良「御多分に漏れず、女房との時間が少なくて――」
謠子「そう――」
尚良「肝臓で長くないと分かってからは、出来るだけ一緒にいるようにしましたが」
謠子「そう」
尚良「その気になれば、焼くことも捨てることも出来たはずの日記を、そのままにしておいたんですから、どこかで、女房は、私に恨みを残したのでしょう」
謠子「――そんな（と気やすめをいう）」
尚良「いま、仕事をやめて、しばらく無職です」

謠子「そう」
尚良「友人が誘ってくれて、名古屋の大学で、少し教えてみないか、といわれてるんですが」
謠子「いいじゃありませんか」
尚良「力が湧きません」
謠子「――そう」

■トンネルに入る列車

■車内
トンネルの中の二人。

■舞鶴に近い車窓風景
五月の山陰である。

■舞鶴に近い場所
列車が舞鶴に向かっている。

■西舞鶴駅・ホーム
列車が入って来る。

■西舞鶴駅前
尚良、謠子、駅前の街を前にして、
尚良「――なんだか、あっけなく、来てしまいましたね」
謠子「京都から一時間半なんてこんなに近いと思ってなかった」
尚良「ともかく、少し歩きましょうか」
謠子「なにを捜してるか、舞鶴へ来たらいうといったわ」
尚良「ええ」
謠子「なにを捜すの？」

■円隆寺橋あたり
尚良「女房の若い時の写真です」
謠子「奥さん、こちらの人じゃないっていっていいましたよね」
尚良「ええ」
謠子「どうして、ここに？」

■かつて遊郭のあった町並
尚良「女房の親父が、シベリアに抑留されていたんです」
謡子「そう」
尚良「なかなか戻って来なくて、一時は死んだのではないか、と思ったこともあって」
謡子「ええ」
尚良「敗戦から十一年目、ようやく」
謡子「十一年目（と長さに驚く）」
尚良「昭和三十一年の十二月二十六日に、ナホトカから興安丸で」
謡子「そうなの」
尚良「敗戦の時七歳だった女房は、十八になってました」
謡子「そう」

■新橋あたり

高野川の倉庫群が見える。
尚良「親父さんは、ひどく弱っていて、しばらく国立の舞鶴病院に収容されたそうです」
謡子「ええ」
尚良「回復して、いよいよ名古屋に帰る時、記念写真を撮ろうという話になったようです」
謡子「ええ」

■平野屋商店街あたり

尚良「いまのようにカメラはなかったし、毎日に追われて、気がつくと写真を十何年撮っていない――」
謡子「ええ」
尚良「ついでにお前は年頃だから、一人のも一枚撮れといわれて」
謡子「そう」

■田辺城跡・城門

尚良「それが女房の十代の、ほとんど唯一の写真になったそうです」
謡子「そう」
尚良「帰った親父さんは、すぐまた名古屋で倒れて、二年寝て亡くなりましたから」
謡子「大変」
尚良「その後も写真どころじゃなかったようです」

■舞鶴公園

尚良「その女房の娘のころの、一枚だけの写真を私は見ていません」
謡子「どうして？」
尚良「アパートの家事で、私に逢う前に、なくなっていたんです」
謡子「そう」
尚良「話には聞いていました。でも、だったら、舞鶴の写真館にあるかもしれない。君の若い時の写真を見たいじゃないか、なんて、私はいわなかった」
謡子「主人が――」
尚良「ええ。御主人はおっしゃった。そして、二人で来た」
謡子「なかったのね」
尚良「ありました」
謡子「そうなの？」
尚良「妻は、御主人に感謝した。その写真の妻は、四十代の終りの妻ではありません。若くて、キレイだったらしい」
謡子「それはそうでしょう」
尚良「こんなに綺麗な娘さんだったのかと、御主人はいったらしい」
謡子「――」
尚良「その夜、二人は、ここのホテルへ泊まりました」
謡子「――」
尚良「妻は、その写真を持ち帰れなかった。泊まったことを隠して、写真だけ、私に見せることは出来なかった」
謡子「どうしたの？」
尚良「焼いたようです」
謡子「そう」
尚良「御主人じゃなくて、どうして亭主の私が、舞鶴へ行こう、写真館を捜そうといわなかったのか、悔やんでいます」
謡子「捜しましょう。こんなに歩かないで、すぐ捜せばよかったのに」
尚良「場所は分かってるんです」
謡子「そうなの」
尚良「中舞鶴の写真館だと、それだけ日記にあったんです」
謡子「そこは、どこ？」

尚良「ここは西舞鶴です」

■タクシーが中舞鶴へ

尚良の声「この先に中舞鶴」

■タクシーの中

二人、黙って乗っている。

尚良の声「更に先に東舞鶴があります。海軍も自衛隊も、引揚げの桟橋も東にあるんです」

■中舞鶴の写真館の前A

尚良、中から出て来て、タクシーにかぶりを振り、タクシーにのりこむ。

■中舞鶴の写真館B

タクシー来て、停まる。写真館と分かる。入って行く尚良。

■国道175号線

タクシー来て止まる。横道がある。

尚良「(タクシーから出ながら)待ってて。ちょっと見て来る」

■横道

尚良「(来て、一軒の家を見て、あ、となる。ふりかえる)」

謡子「(タクシーから出かかっている)」

尚良「(ここ、ちょっと聞いてみる、という仕草をして、一軒の家へ)」

「西村写真館」とある。古家である。

謡子「(来て、家を見る。尚良の入ったかたちでドアがあいている。入って行く)」

■ニュース・フィルム

舞鶴港の引揚げの光景。抱きつく人。泣く人。捜す人。黙々と歩く人。そして――。

■引揚げた父を囲んだ写真

痩せた父親。年寄り老けた小さな母。十八歳の江利子。そして十六歳の弟。

■十八歳の江利子の写真

美しい。

■大浦・引揚平桟橋
海を見ている尚良と謡子。「引揚桟橋」の表示。

■タクシーから見た舞鶴東港
尚良「力がぬけますね」
謡子「フフ、文句いいたくたって、死なれてちゃいえやしない」
尚良「一発ぶん殴りたいところだけど」
謡子「ええ」
尚良「代わりに私を殴りますか？」
謡子「あなたも、私を殴りなさい」
尚良「フフ、とんでっちゃいますよ」
謡子「（苦笑）」

■自衛隊のある港
二人、ぼんやり戦艦などを見ている。

■引揚げの別のニュースフィルム

■引揚げた父を囲んだ写真

■十八歳の江利子の写真

■舞鶴線・京都行きが行く

■その列車の中
謡子、尚良、弁当を食べている。

■車窓風景
夕景になっている。

■名古屋駅・構内（夜）
人々で溢れている。

■その一隅
謡子「それじゃあ、私は、地下鉄で」
尚良「ええ」
謡子「さよなら」
尚良「ええ――」
謡子「フフ（しかし、それ以上になにもいえず、励ますとも、元気にも振る舞えず、行こうとする）」
尚良「日比野さん」

謡子「え？」
尚良「（近づき）ちょっと、御主人の真似をしてはいけませんか」
謡子「主人の？」
尚良「奥さんの若い時の写真を見たい」
謡子「私の？」
尚良「ありますよね」
謡子「それは、少しなら」
尚良「見たいな」
謡子「でも——」
尚良「きっと、凄く綺麗だ」
謡子「どうかな（と薄く微笑）」
尚良「見たいな。見せて下さい」
謡子「フフ、これから？」
尚良「はい。見せて下さい」
謡子「——（迷う）」
尚良「——（見つめている）」

■光が丘への道
タクシーが行く。

■タクシーの中
尚良「今日、私——女房の写真を見てショックでした。ああ、そうか、女房はこんなに若くて、こんなに輝いていたんだ。こういう人を女房にしたんだって、虚を突かれたような気がしました。亡くなる頃の女房ばかりが、強く残っていたんで——」
謡子「フフ、でも変ね——（と苦笑）」
尚良「はい？」
謡子「私の写真なんかで、わざわざ来ていただくなんて」
尚良「ちっとも変じゃないと思うな。変じゃありませんよ」

■光が丘の道
タクシー、坂を上って来る。

■日比野家・表
タクシー、止まる。
家に灯りがある。
謡子「（短く時間をとばして、門をあけながら）変ね、灯

りがついているけど（とちょっと背後の尚良が
いって、玄関へ）」
尚良「お義姉さんでは――」
謡子「帰ったはずなの（と鍵をあける）」

■日比野家・玄関

謡子「（ドアをあけ）ただいま（と小さくためすように
いい、尚良へ）どうぞ」
尚良「お客さんなら」
謡子「ううん、お客が先に入ってるわけないし（と
靴を脱ぎ）どうぞ」
辰夫「（デパートの紙袋を提げて、居間から出て来て）お
母さん――」
謡子「辰夫」
辰夫「（尚良へ）こんばんは」
尚良「ああ、こんばんは」
謡子「フフ、誰かと思った」
辰夫「おばさんが、いくつか忘れ物したからって（と
もう靴の方へ）」
謡子「あ、息子です。こちら、武田さん。そう。な
んていったらいいか」
尚良「よろしく」
辰夫「はい。舞鶴、一人かと思ってたよ（と目を合わ
さずにいう）」
謡子「ううん、ちょっと説明を要するけど――」
辰夫「いいよ、別に（と外へ出ようとする）」
尚良「（その腕を摑み）ごめんね」
辰夫「なんですか？（あまり強い口調ではないが、不快
で）」
尚良「誤解されると困るから」
辰夫「誤解なんかしてませんよ（と出ようとする）」
尚良「なに怒ってる（とはなさない）」
謡子「武田さん（と困る）」
辰夫「なんですか、これ」
尚良「このまま帰るの？　お母さんに、顔も向けな
いじゃないか」
辰夫「とりに来ただけです。母が、なにしようと勝
手ですよ（ふり切って外へ）」
尚良「ちょっと待てよ（外へ）」
謡子「武田さん」

■玄関の表

尚良「私は、お母さんを送って来ただけだ」
辰夫「分かってますよ（と門へ）」
尚良「お母さんと別に、なにもない」
辰夫「そんないこと、表でいわないで下さい（と門をあける）」
尚良「私も帰る」
辰夫「なにをいってるのかなあ（と門を閉める）」
尚良「（中へ）お母さん、今日は帰ります。私も、帰ります（と道へとび出して行く）」

■表の道

辰夫「（どんどん歩く）」
尚良「（追いかけて）どうするの？　バス。タクシー？」
辰夫「知りませんよ」
尚良「私も帰る」
辰夫「（どんどん歩く）」
尚良「（追いつき並んで）私も帰る（とどんどん歩く）」

■日比野家・玄関

謡子「――（ゆっくり座る。正座してしまう）」

■昭子のマンション・廊下（昼）

昭子の部屋のドアがあき、昭子が慣れない松葉杖を使って出て来る。出て来て、ドアを閉め、鍵をかけようとする。しかし、それだけでも手間をくい、鍵を落としてしまう。すると、それを拾うのが、また大変そう。なんでもない日常のことを、集中してちょっと息をつきながら克服している昭子。しんとした廊下。ひとりの昭子。

■陶器の店「四季」店内

客はいない。奥のレジ近くに腰をかけていて、気配で表を見る謡子。

尚良「（ドアをあけ、微笑で）こんちは」
謡子「あ（と立つ）」
尚良「――（入って来る）」
謡子「日曜日、お電話したんですけど――」
尚良「ちょっと、一日、出てました（と一礼）」
謡子「一昨日(おととい)は――（と一礼）」
尚良「いえ、こっちこそ遠くまで」
謡子「息子、失礼なことといったんじゃないかなって」
尚良「いいえ。どんどん、私を振り切って、小走りになって」
謡子「バカなのよ。車で来て、車庫に入れてあったのに」
尚良「そうですか」
謡子「ほんと子供で、武田さん見て、どうしていいか分からなかったんです」
尚良「いえ」
謡子「あ、どうぞ、掛けて」
尚良「いいんです（と陳列の品を見るようにしながら）私だって、急に母親が知らない男といるのを見たら、とり乱します」
謡子「（苦笑で）私をいくつだと思ってるのか――」
尚良「私も、たぶん、とり乱してたんです。なんでもないなんでもないって、息子さん追いかけるなんて――」
謡子「もう、そんなこと、あるわけないのに」
尚良「（ちょっと受けとめる間あって、陶器を見ながら）――そうかな」
謡子「フフ、（気分をかえて）暇でしょう。ちっともお客さまないの。はずかしいくらい（とお茶の仕度へ）」
尚良「（陶器を見て）これ――いいですね」
謡子「え？（と尚良の方を見る）」
尚良「これ――いいなあ」
謡子「そう？」
尚良「なんか、安っぽいこといってるのかな？」
謡子「ううん、私も好き」
尚良「そうですか。フフ、へえ（と他の商品にも目を移し）少し高いけど、いいものあるんじゃないかな」
謡子「そうね」
尚良「買おうかな、なんか」
謡子「ありがとうございます」
尚良「（見て歩く）」
謡子「（お茶を入れている）」
尚良「（見て歩く。街の音が聞こえる）」
謡子「（お茶を入れている）」
尚良「ダメですね（と立ち止まっている）」
謡子「ダメ？（ドキリとしている）」
尚良「なにを買ったって、なにを見たって、女房と御主人のことが消えるわけじゃない」
謡子「――」

尚良「死なれたあとで、こんなの、まったくまいります。御主人に、恨み言もいえない」
謡子「――そうね」
尚良「二人とも、いないなんて」
謡子「私も――」
尚良「同じですよね。すみません」
謡子「ううん、私の方が、齢のせいかな。奥さまに恨み言をいおうとは思わない。むしろ――これは、奥さまが亡くなっているからでしょうけど――あの、若い時の写真を見たせいかもしれないけれど――よかったじゃない舞鶴で、そんな一日があったなんて」
尚良「――」
謡子「そういってあげても、いいような気がする」
尚良「御主人にもですか？」
謡子「フフ、生きてたたら勿論、そんなわけにいかないけど、もういないんだから、いいわよ、よかったわよって」
尚良「でも、死ぬ頃一番、心を寄せていたのは、奥さんじゃなかったんです、うちのだったんです」
謡子「――」
尚良「うちのが死ぬ時も、私じゃなく、御主人のことを思っていたんです」
謡子「そんなことない」
尚良「いいえ。だから日記を残したんです。私に、なにか、仕返しをしたかったんです」
謡子「そんなことない」
尚良「たぶん、私は、女房の心が分からない、勝手な夫だったんです」
謡子「主人とのことは、ほんの、短い間のことです。奥さまが一番思っていたのは、あなたに決まっています」
尚良「いいえ――」
謡子「日記に――（日記にそう書いてない？）」
尚良「日記は、御主人の亡くなった日――いや、亡くなったことを知った日で終わっているんです」
謡子「――」
尚良「あとは、きっと書くに値しなかったんです」
謡子「――」
尚良「あなたは、情けなくないんですか（とちょっと当たりたいような気持ちでいう）」
謡子「――」

尚良「口惜しくないんですか？」
謡子「口惜しいわ。情けないわ。淋しいわ」
尚良「そうです。淋しいです」
謡子「――」
尚良「あなたを――」
謡子「え？」
尚良「抱いて、いいですか」
謡子「フフ、なにをいうの」
尚良「あなたを抱きたい」
謡子「仕返しに？」
尚良「そうかもしれない」
謡子「もう、私は、そんな齢じゃないの」
尚良「嫌なら、ただ抱くだけでいいんです。だから、たぶん仕返しではありません。舞鶴から、ずっとそう思っていた。抱き合えれば、いいんです」
謡子「若い人をお捜しなさい」
尚良「だから、そういうことじゃないんです」
謡子「こんな年寄り――」
尚良「あなたには、そういう気持ちないんですか？淋しいっていっていったじゃないですか」
謡子「――」

尚良「誰かと抱き合っていたいという気持ちないんですか？」
謡子「そうね。折角、あなたが素直なのに、私が、気取っちゃいけないわね」
尚良「――はい」
謡子「――そりゃあ私も（外を見る）」
老人が、中をのぞくように手を目の上にかざして、ガラスに顔を近づけている。
尚良「――待ちます」
謡子「――」
尚良「そう。デパートへ行って、夕飯のもの、刺身とか、ワインとか、煮物とか、買って来ます」
謡子「いらっしゃいませ」
老人「（入って来る）」
尚良「お宅で、夕飯ていうの、どうですか？」
謡子「そうね」
尚良「行って来ます（と出て行く）」
謡子「――（見送っている）」
老人、陶器を見ている。音楽になり、

■デパート・食品売場
尚良、ワインかなにかはすでに買っていて、チーズを選んでいる。「どうしようかな。これにしようかな?·」と匂いを嗅いだりしている。音楽。

■陶器店「四季」店内
若い娘三人の一人に、包みを渡し、謠子「お待たせしました。四千五百十五円いただきます」という。「これで」と娘、一万円を渡す。「一万円いただきます」と謠子。隅の丸椅子で本を読んでいる尚良。

■「四季」表（夕方）
灯りが、ついている店内。老夫婦が棚を見ている。音楽続く。

■その店内
謠子「（老夫婦の邪魔にならないように、机のあたりに腰掛けて、帰り仕度をしかけていて、尚良の方を見る）」
尚良「（はなれて丸椅子に掛けて本を手にして、しかし謠子を見ていて、微笑）」
その二人の間を気づかずに老夫婦がさえぎる。「ああ、これね」などと。

■光が丘へ向かう道A（夜）
タクシーが行く。音楽続く。

■タクシーの中
ちょっと緊張の中で、二人、ややはなれて腰掛けて、動かない。

■光が丘へ向う道B
タクシーが行く。

■光が丘へ向う道C
タクシーが行く。

■日比野家・前の道
タクシー坂をあがって、家の前で停まる。音楽終わる。

■日比野家・玄関の中

ドアがあき、灯りをつける謠子。続いて入って来る尚良。沈黙の中で、ドアを閉める。

謠子「どうぞ（とつくり笑いでいい、部屋へ）」

尚良「ええ——（とその謠子を見る）」

■居間

二人、抱き合っている。灯りはついている。ただ、強く抱き合っている謠子と尚良。

尚良「写真を——」

謠子「——」

尚良「娘さんの頃の、あなたの写真を見せて貰う約束だった」

謠子「——ええ」

隣の和室との戸襖に、身体がぶつかって、倒れる音。

二人、ドキンとしてはなれ、

謠子「誰？」

尚良「——」

謠子「誰なの？（半ば分かって悲しくいい、戸襖の方へ）」

尚良「（その謠子をとどめ）私が——」

謠子「ううん、分かってるの。お義姉さんでしょ。（と行き、戸襖をあける）」

松葉杖と一緒に倒れている昭子。

尚良「——」

謠子「いつ来たんですか？」

昭子「——」

謠子「のぞいてたんですか？」

昭子「——」

謠子「あなたは、ずっとそう」

昭子「——」

謠子「自分がなくて、弟の面倒を見たのが自慢で、ずーっと首つっこんで来て、死んでまで、なんですか」

昭子「いくつだと思ってるのよ？（と低くいう）」

謠子「なんのこと？」

昭子「あんたの齢よ」

謠子「知ってるでしょ」

昭子「六十すぎて、男連れこんで」

尚良「それは、あの——」

昭子「いやらしいったら、ありゃしない」

尚良「ちょっと誤解です」

昭子「へえ（誤解なんてよくいうよ）」

謠子「いやらしいのは、そっちでしょ。人の家入りこんで」
昭子「本を借りに来たのよ」
謠子「嘘です。灯り消して。はずかしくないんですか」
昭子「どっちがよ」
謠子「自由だっていったじゃないの。私がなにしようと自由だって」
昭子「自由よ」
謠子「お義姉さんは、いつもそう。口じゃ、いいようなことをいって、わりこんで来るの」
尚良「私――（失礼しようかな）」
謠子「（かまわず）結婚する前からそうだった。私、知ってるんですからね。結婚前に、私が、あの人に出した手紙、お義姉さん、何通も何通も、弟に渡さないで、捨てたでしょう。それからずっとじゃない」
昭子「――」
謠子「情けない。あなたの人生は、他にないんですか。いい齢して、杖ついて、こんなの、情けないじゃないですか」
昭子「うるさい。茂の家に、この家に」
謠子「茂の家じゃありませんよ。私と茂と二人で手に入れた家です」
昭子「男をくわえこむなッ。いやらしいッ。いやらしい。いやらしい。いやらしいッ（と泣く）」
謠子、その泣き方の凄さに、息をのむ。尚良も、動けない。

■平和公園・墓地（昼）
広大な市営墓地を、謠子が歩く。目的地は分かっている歩き方。ただ、物を考えている目。歩く。歩く。

■日比野家の墓の前
昭子が、花と線香をあげて、ぼんやり墓を見ている。松葉杖が置かれている。
謠子「（来て）こんにちは（と、もう喧嘩口調ではなく、親しくもなくいう）」
昭子「（ふりむかず）ごめんなさいね」
謠子「いいえ」
昭子「電話でいいっていって、あなたいったけど、見て貰いたいものがあったの」
謠子「見て貰いたいもの？」

昭子「こないだのこと、茂の前で謝りたいって気持ちもあったけど（と立ち上がろうと杖を持つ）」
謠子「（手を貸すつもりで、近づきながら）私も、いいたいことといったから、いいんです（と手伝う）」
昭子「結婚前の、あなたの手紙、破って捨てたの、知ってたなんて」
謠子「――（ただ昭子が杖をつくのを助ける）」
昭子「情けない」
謠子「いいんです、もう」
昭子「あっちなの（と一方を見る）」
謠子「なにが？」
昭子「あなたに見せたいもの（と歩き出す）」
謠子「なんでしょう？（と続く）」

■墓地の道A

昭子「自分では――（と松葉杖で歩く）」
謠子「（続く）」
昭子「それほどと思っていなかったけど、考えると、いやな女ね」
謠子「――」
昭子「随分、あなたたちの暮らしに、首つっこんで、あげくに、いまのあなたにまで、口はさもうなんて、われながら」
謠子「もういいんです」
昭子「他に人生ないのかって――」
謠子「すみません」
昭子「あるのよ」
謠子「あ？」
昭子「あったのよ、他に人生（と行く）」
謠子「（続く）」

■墓地の道B

昭子「でも、人にいえやしない。いえないいまんま、今日まで来ちゃったけど――」
謠子「ええ――？」

■墓地の道C

昭子「これなの（と立ち止まる）」
謠子「これって――（とそのあたりの墓を見る）」
昭子「さっき来て、花とお線香あげたの（と墓を見ない）」
謠子「（花と線香のある、傍の墓を見て）このお墓――

昭子　（誰の？）」
昭子「三十二の時から――なんと、五十一まで、私、この人と（と墓を見て）――いまでいえば不倫してたの」
謡子「そう」
昭子「甘いことばかりじゃなくて、つらいこともあって、それでお宅へ行って、あなたに意地悪したこともあった」
謡子「そう」
昭子「フフ、ただ、弟だけの人生じゃなかったの」
謡子「そう」
昭子「自慢そうにいうことじゃないけど」
謡子「（ううん）」
昭子「私だって、少しは、女の人生があったってこと」
謡子「（うなずく）」
昭子「仕様がないのよ。私らの頃は、いい男いっぱい戦争で死んだから、いい女いっぱい余っちゃって」
謡子「（うなずく）」
昭子「それだけ」
謡子「ええ――」
昭子「こんなこと話せるの、あなたしかいやしない」
謡子「――ええ」
昭子「フフ」
謡子「（微笑を返す）」

■名古屋から遠くない山々

■遠望出来る場所

軽い山登りの服装の尚良がやって来て、立ち、

尚良「ああ、よく見えますよ」
謡子「（追いついて横に立ち）ほんと――」
昭子「（続いて並び）ああ――はあ（と少し疲れて、すぐには声が出ない。しかし、機嫌はいい。足もなおっている）」
尚良「（その昭子に微笑し）そうですか。じゃ、お二人ともマンション暮らしってわけだ（と謡子にいう）」
謡子「そう。いまより、少し近くなりますね（と昭子にいう）」
昭子「うん、でもね、なるべく、別々」
謡子「そうね」

尚良「息子さん、喜んでいるでしょう」
謠子「息子より孫ね。孫が喜ぶのが見たくて、わが
　　家あけ渡し」
昭子「あれ恵那山かなあ（と遠くを指す）」
尚良「ええ、その横が御岳（と山の名か土地か場所の
　　名をいう）」
謠子「キレイ」
尚良「ええ」
謠子「（遠くを見ている）」

■謠子の娘時代の美しい写真

■遠望できる場所
昭子「あーあ（と深呼吸）」

■昭子の娘時代の美しい写真

■山道
　三人、登って行く。

■山の全景

「いちばん綺麗なとき」キャスト・スタッフクレジット

キャスト

日比野謡子――八千草 薫
日比野昭子――加藤治子
武田尚良――夏八木 勲
日比野辰夫――多田木亮佑
日比野志穂――中島ゆかり

制作統括
チーフ・プロデューサー――竹内 豊
演出
エグゼクティブ・プロデューサー――伊豫田静弘
デスク――三井智一
演出・制作スタッフ――堀切園健太郎、土屋勝裕
チーフ・ディレクター――井上芳樹、榎戸崇泰
岡田 健、中島由貴
演出補――久米田 強、水谷美保子、中原寿美絵
デスク補――正田順子

山田太一セレクション

想い出づくり

二〇一六年十二月十七日　初版第一刷発行
二〇二四年　八　月十四日　二刷発行

著　者　山田太一

発行者　清田麻衣子
発行所　合同会社里山社
〒八一二-〇〇一一
福岡県福岡市博多区博多駅前二-十九-十七-三一二
電話　〇八〇-三一五七-七五二四
FAX　〇五〇-五八四六-五五六八

印刷・製本　中央精版印刷株式会社

ISBN 978-4-907497-05-7 C0074